时间的美学

张清华 著

广西师范大学出版社
·桂林·

时间的美学
SHIJIAN DE MEIXUE

图书在版编目（CIP）数据

时间的美学 / 张清华著. -- 桂林：广西师范大学出版社，2023.5
（张清华作品系列）
ISBN 978-7-5598-5713-2

Ⅰ. ①时… Ⅱ. ①张… Ⅲ. ①中国文学－当代文学－文学评论 Ⅳ. ①I206.7

中国国家版本馆 CIP 数据核字（2023）第 012318 号

广西师范大学出版社出版发行
　广西桂林市五里店路 9 号　邮政编码：541004
　　网址：http://www.bbtpress.com
出版人：黄轩庄
全国新华书店经销
深圳市精彩印联合印务有限公司印刷
　深圳市光明新区白花洞第一工业区精雅科技园　邮政编码：518108
开本：880 mm × 1 230 mm　1/32
印张：15.375　　　字数：274 千
2023 年 5 月第 1 版　　2023 年 5 月第 1 次印刷
印数：0 001~5 000 册　　定价：78.00 元

如发现印装质量问题，影响阅读，请与出版社发行部门联系调换。

代序

狂人的谱系学

——从解读鲁迅开始

> 我将向黑暗里彷徨于无地。
> ……我独自远行，……只有我被黑暗沉没，那世界全属于我自己。
>
> ——鲁迅《野草·影的告别》

一曲狂想，一幕悲歌，一切都从这里开始，也必将在这里结束。

20世纪中国文学中有一个不幸的狂人家族，一个知识者的谱系，从鲁迅的第一篇白话小说开始，它就开始了它的繁衍。这个谱系在过去似乎已经被梳理过，但还很不够。没有人将它们联系起来看，更没有人将现实中的和文学中的知识分子看成同一个群体。因为如果不能获得一个整体性眼光的话，将无法得出有启示意义的结论。钱理群有个很著名的说法,叫作"堂吉诃德与哈姆莱特的东移",这是西方文学史上两个最著名的疯子,他们后来拥有了众多的追随者和影子,依次传染给了东方民族的文学。而且这个传染的过程是一个在时间中渐变、空间上慢慢"东移"的过程。以至于一位当代的作家格非干脆就认定,"精神病是可以传染的"——他在自己的小说《傻瓜的诗篇》中,令人震惊地、诗意而形象地诠释了这一点。

这是一个很有意思的发现,研究文学或者研究思想史者就应该这样。没有精神发现的文学研究算什么研究呢?因此这是令人鼓舞的发现。我这里要借用这样一个发现,来谈谈在20世纪中国文学中这个现象是如何"变迁"和"移动"的。

一

> 黑漆漆的,不知是日是夜。赵家的狗又叫起来了。
> 狮子似的凶心,兔子的怯弱,狐狸的狡猾……

鲁迅的《狂人日记》,首先就是书写了一个中国式的"多余人"形象,一个有着久远血缘的疯子。这不是偶然的,历来文学只要写到知识分子,写到有点思想和独立意志的人物,都会不由自主地产生"异类"或间离的倾向。"狂人"之所以被视为狂人，既是误读，也是实情。为什么这样说？狂人是被庸众恶意地"矮化"和放逐的，有独立思想的人通常会共有这样的一个境遇。因为他不能苟同于这社会，因而在这社会上便成了一个无用之人，一个多余的闲人，只有被嗤笑、放逐甚至管制的份儿。狂人的表征是"妄想症"和"谵妄症"，是说诳语和危言，内里则是对规训和规则的抗拒。他在外观上的确很容易就会被视为精神异常者、偏执狂和病人，但鲁迅却告诉我们，这是世俗给他打上的恶毒标记，是"人群的专制"对异类的划分和定性，并且具有在人格意义上的贬抑与侮辱意味。然而如果仅仅是这样的一个深度，那也还不是鲁迅，鲁迅之不同寻常的深度在于，他同时也告诉我们：狂人自己也会真的变疯——被社会命定的处境，会转化为主体自我的暗示性心理与错乱式行为逻辑，以至于成为其性格和命运。哈姆莱特就是由佯疯到真疯的，开始他是佯疯，但当他选择了混乱的逻辑和倒错的语言之后，他就一步步走上了深渊之路，错上加错，起先是对自己所爱的人恶语相加，随后又错杀了自己未来的岳丈，最后又和自己所爱的人的哥哥决斗……他的每一步都是由于自己的疯狂和混乱的暗示所驱动的，这一切反过来铸就了他的深渊性格和命运。自从奥菲莉亚死后他就真疯了，因为他作为一个与命运赌博的赌徒，已经输光了。对狂人来讲，他的病状的自我体验是源于他深刻和无助的孤独感，孤独转化为了恐惧，并表现为真形一样的病状。当所有的人都声称他是一个病人的时候，当他们都用异样的眼光看他的时候，他也无法不自我怀疑自己是一个病人。

一个走错了房间的人，一个生错了时代的人，一个先知式的遭到了庸众嘲笑和捉弄的人，一个惊慌失措的人，一个精神病人……就是这样诞生的。他慢慢地接纳和适应了这样一个角色，无法拒绝。他不能不感到惧怕。一个人对他的歧视只是一种伤害，一群人对他的歧视就是一种扭曲，而一切人对他的歧视则无疑就是毁灭，他怎么能不疯呢？

鲁迅自己就是一个狂人：他就是一个对着羊群和风车作战的堂吉诃德——

寂寞新文苑，平安旧战场。两间余一卒，荷戟独彷徨。

——鲁迅《题〈彷徨〉》

"他走进无物之阵，所遇见的都对他一式点头。他知道这点头就是敌人的武器，是杀人不见血的武器……""太平……但他举起了投枪！"

——鲁迅《野草·这样的战士》

多像一个堂吉诃德！他的后半生一直在拿风车和羊群练习，

最重要的已不是和什么人作战，而是作战本身，至于对象则可以借代和假想。他又是一个哈姆莱特——他的《野草》的语式多像是哈姆莱特的朗诵："彷徨于明暗之间，我不知道是黄昏还是黎明。我姑且举灰黑的手装作喝干一杯酒，我将在不知道的时候独自远行……"（《影的告别》）只有在"思"的状态并且以思的话语方式出现的时候，他才能对自己的人格予以肯定，才会有稍许的自信。所以他不得不沉湎于这种话语游戏之中。伴随着这华美而苍白的修辞，他挥舞着自己的思想之剑，环顾四周，找不到对决的人，悲壮中显得多么滑稽。的确，没有人比鲁迅更接近一个西方意义上的人文知识分子，更接近于尼采、叔本华，更接近于俄罗斯和欧洲文学的精神原型，更接近于一个现实中的哈姆莱特。这在他最早期的著作《文化偏至论》和《摩罗诗力说》中，可以说就已经跃然纸上了。

但不同寻常之处在于，鲁迅总是因为其可以上升到哲学的境地而产生多解，《狂人日记》也一样。这其实也可以理解为鲁迅对"青年"——他原来所深信的"必胜于老年"的一代"新人"——的失望与怀疑。他要确认原来这样一个想法的荒唐：青年一定是纯洁的。现在他明白他们的勇敢是短暂的，他们很快就会屈服于规训，并变得"成熟"起来，与成年人和老年人一样世俗化，变得狡黠和市侩。实际上也只有未曾世俗化的青年敢于讲出"吃人"这样的话，那是他因为自己的纯洁而说出了惊世骇俗的真理,并且敢于声称自己将要与旧世界的法则决裂,但这样的豪情壮志能持续多久?很快他就将溃败下来,在被视为"异类"和"狂人"之后收敛自己,最后变成常人,并且"赴某地候补"。这即是意味着他与现实已达成了完全的妥协,他完成了自己的"成人仪式",经过了一番挣扎和挫折,终于"回归"了社会——与之同流合污了。

历史还是没有什么进步,就像人性从来没有什么进步一样。鲁迅自己终其一生是在反抗这个"规律",他拒绝让自己世俗化,到死还"一个都不原谅"——即便不能完全达到这样的境地。为了暗示自己这样一种"悲剧处境",他坚持了自己的"病症",一方面是与忧郁和愤怒共生的"肺病";另一方面就是与风车和羊群作战的"佯狂"。他不是完美的,甚至也不是最纯洁和真诚的,但他是一个"任性"的勇敢者,一个富有牺牲精神的人,一个流着接舆和屈原的血脉的真正的狂人。

一个诗人。

显然,重要的不在于鲁迅的"正确",而在于他对他的精神原型——堂吉诃德和哈姆莱特——的继承和逼近。有谁是一贯正确的?我们为什么要要求鲁迅正确呢?如果我们是把他当作一个启蒙主义思想者,那么哪一个思想者是纯然正确的?如果我们是将他看作一个文学家,那么文学家又谈何正确,有何正确可言?

"多余人"的变形很多,在鲁迅笔下的魏连殳、吕纬甫庶几近之。郁达夫笔下有"零余者",也近乎多余人,只是这些人物的处境是在异国,而不是像俄国文学中的此类人物一样,是从欧洲回到自己的国内,从自由回到桎梏、从所谓光明回到黑暗之中。他们所表达的是弱小民族在强势文化中的自卑自恋自艾自怨的无助感。这也已经和鲁迅的小说一样,强烈地透示出一个问题:在中国的现代知识分子中有一种更加软弱、病态、扭曲和渺小的气质。在郁达夫看来,他笔下人物的"性变态"的倾向和颓废的人生观,不是因为他们自己的自甘堕落,而竟然是因为自己祖国的"不强大"——这显然是对自我的刻意美化。把深渊性格和自毁命运与国运的衰微连在一起,是很有象征意义的;但将自己的人格萎靡与道德沉沦也归结于国家的积弱,则是不诚实的,这不是真正的知识分子精神,它不能使这种衰弱和堕落因此而变得合法化。

这表明,现代知识分子的人格从一开始,就已经变态到了极端弱小和虚伪的地步。

二

他专为他的同类——人类中的怯弱者——设想,用废墟荒坟来衬托华屋,用时光来冲淡苦痛和血痕;日日斟出一杯

> 微甘的苦酒，不太少，不太多，以能微醉为度，递给人间，使饮者可以哭，可以歌，也如醒，也如醉，若有知，若无知，也欲死，也欲生……
>
> ——鲁迅《野草·淡淡的血痕中》

　　这是另一个证据。显然，有两个鲁迅，有一个日神意义上的作为启蒙思想者的鲁迅，也有一个酒神意义上的作为诗人、狂人、饮者和"精神界战士"的鲁迅，从屈原、李白、李贺到曹雪芹，我看见这样一个来自本土的谱系，也看到来自哈姆莱特和堂吉诃德、拜伦这样一个西方文化血缘的精神遗传。看不到这样一个分裂的鲁迅，就是没有读懂他，没有读懂他的痛苦与希望，他的执着和脆弱，他内心的黑暗和痴狂。

　　作为思想者的清醒的鲁迅只是他的一张面孔，作为一个诗人他可能从来就没有对人性抱有希望，甚至也没有对历史抱有希望。他笔下没有谁是可以拯救的，不只阿Q，还有孔乙己、祥林嫂、闰土、爱姑、七斤、吕纬甫、魏连殳……这才是真正的鲁迅，有血有肉的鲁迅。

　　事实上身体的疾病也是这个酒神的一部分。肺病在某种意义上既成就了鲁迅，也毁灭了鲁迅。肺病是一种"现代病"，在盘尼西林诞生之前，它对于人类近代文明的影响几乎是"美学性"的，苍白、孱弱、咳血和衰颓中有一丝美丽，这是"肺病"在

"现代"中国和西方共生的一个叙事。可以说，肺病让鲁迅对自己有了一个精神黑夜中的孤独战士的自我想象，因为已然属于死神，所以也就决绝，使他有激情对着一个更病态的世界开战。尼采一生曾有一个理想是建立一门叫作"艺术生理学"的学问，他认为一个艺术家在艺术作品中所消耗的能量，和在性活动中所消耗的是同一种东西，所以艺术家应该节约自己的性欲；一个身体孱弱的人和一个强壮的人的艺术态度也是不一样的，假使鲁迅的身体是和周作人一样好，那也许就没有鲁迅了。

还有文体，鲁迅其实非常偏爱并且擅长"野草文体"，这文体显然来自尼采、叔本华和克尔凯郭尔式的寓言，它充满了黑夜气质与暗示性，充满了反逻辑的色彩和混沌的思的品质，这使他始终葆有着一个诗人的情怀与语言状态。

这是一种深渊性格与状态——雅斯贝斯说，伟大的诗人都具有深渊般的性格，他"毁灭自己于深渊之中""毁灭自己于作品之中"，由此形成他独一无二的"一次性生存"，所有伟大的诗人中只有一个例外，那就是歌德，他是唯一一个绕开了深渊，又成为伟大诗人的例证——当然这说法也许绝对了点，但我认同这样一个观点，只有黑暗气质与深渊性格的诗人才是真正的狂人，而其余都是"欲狂而不能的"佯狂者，这也是雅斯贝斯说的。

20世纪中国的狂人与诗人们，当代的食指、海子、顾城……也都是典型的精神分裂症患者。与鲁迅相比，他们是一些更为衰弱的灵魂，他们已不与社会和外部力量战斗，他们是活在自己苦难而衰弱的内心当中，这是一个颇有象征意味的过程，他们也见证着现代以来中国知识分子的灵魂变迁与精神历史。

类似的蜕变中，狂人会一步步衰变成傻子。在鲁迅的笔下，"狂人"之"狂"源于对社会规训意志的拒绝和反抗，他虽然最后又妥协和完成了"世俗化"，但毕竟还有一番让人惊骇的挣扎，而到了钱锺书《围城》中的方鸿渐们那里，则已是典型的傻子或弱智式的"多余人"了。

方鸿渐这个人物值得好好研究：基于20世纪40年代的文化情境，钱锺书将他的性格和角色喜剧化——并且因而将之"矮化"了。他在欧洲游学多年，无所事事，没弄到什么真才实学，到末了只是为了应付出钱的岳丈才不得不花钱买了一个"克莱登"的假博士文凭，以安慰亲朋和家人……看得出，钱锺书是刻意要戏弄和讥刺这时代中国腐朽的知识界。（自然，他自己留学欧洲只拿到了一个"B"，大概是一个学士学位，因此他笔下的"博士"便都近乎骗子了——这当然是玩笑。）事实上，方鸿渐在污浊的文化人圈子里仍是一个有廉耻心的知识分子，他的善良和软弱，以及不肯公开地欺世盗名都是明证。但和鲁迅笔下的狂人相比，他已然是一个更加衰变了的灵魂，他对世俗已没有什么反抗能力和意识，他的原则就是混事和混世，能够保住他稍稍体面一点的生活就很满足。但就是连这一点可怜的目标也很难达到了。

然而这又是一个敢于打"诳语"的人，他不只对曹诗人和苏小姐的假艺术与假学术抱以轻薄，因而开罪并最终离开了这个圈子，他还敢肆无忌惮地在家乡父老面前"演讲"，信口"海通以来，西洋文化只有两件在中国长存不灭，一件是鸦片，一件是梅毒……"云云，这是歪打正着，幽默中很有几分讥讽和悲愤的力量的。

钱锺书写这个人物表明了这样一个意图：五四知识者所希望和承诺出现的图景——西方文化进入中国之后应该结出的果实——并没有兑现。现代中国与西方文化之间，根本没有实现任何成功的对接，西方文化的主导价值——"德先生""赛先生"并未有在中国扎根和结果的迹象，相反倒是在其边缘处生出一系列的文化怪胎——银行家张先生像"牙缝里嵌的肉屑"一样的汉英混杂的谈吐；"十八家白话诗人"之外的"第十九家"曹元朗笔下的半文半白、不中不西的"拼盘姘拌"；鲍小姐那"真理"一般光鲜裸露的装束；"三闾大学"那些欺世盗名的假博士和假学者们的追名逐利、虚荣好色……都是这怪胎异象的杂陈和纷呈。他本人也是这样一个怪胎，一个不愿意与社会同流合污的，但也同样无所作为的好人和甘于平庸的废物。由愤懑传统、渴望西方文化的五四启蒙知识分子，到20世纪40年代对西方文化的信念全然崩毁的"智识阶层"，人格和能力都处在梯次下降中，由反抗者的悲剧更进而降解到了湮没者的悲剧。

这不光是方鸿渐自己的失败,而是新文化运动和现代中国知识分子的集体性失败。

三

四面都是敌意的,可悲悯的,可诅咒的。

丁丁地响,钉尖从掌心穿透,他们要钉杀他们的神之子了,可怜的人们呵,使他痛得柔和……使他痛得舒服。

——鲁迅《野草·复仇(其二)》

中国现代知识分子的悲剧在于,他们某种意义上也做了"自己的掘墓人"。因为他们一开始本是革命理念的创造者——是一群北京大学的教授最初宣传了革命,并且由其中的几位关键人物创建了革命新党。然而随着革命的逻辑不断向前,知识分子的身份开始变得不那么自然和充分合法了,大多数留学日俄和欧洲的"西方马克思主义者"渐渐变成了党内的机会主义者,除了早逝的李大钊、瞿秋白、李立三、王明、博古……他们有更专业和正宗的革命理论,但却不能将革命引向胜利。渐渐地,他们变成了革命的同路人,变成了需要团结和教育的对象,变成了具有"原罪"色彩的需要改造思想的"小资产阶级"群体……直至变成了革命的对象。这个过程并不漫长，其完成的时间也就是二三十年的样子。

这很奇怪，也不奇怪。一方面，纯粹知识分子的观念，会在革命的暴力实践中变得苍白和不合时宜，会走向革命的反面——因为革命不是"温良恭俭让"，革命是一个阶级推翻另一个阶级的暴力行动，革命最终会和知识分子的浪漫主义、人道主义分道扬镳。所以知识分子如果不能及时地转变其价值理念，或者在两种思想观念之间矛盾、游移与彷徨，当然会被抛弃，甚至被甩到对立的一面去。

一切都有一个奇怪而自然的逻辑。就文学来说也近似，其思想和主题的变化就有这样一个轨迹：在"五四"最早的知识分子那里所主张的是"人的文学"；然后很快在文学研究会的作家那里就变成了"为人生的文学"——不要小看这样一个变化，文学的本质已经在转变，由普遍的人性论思想变成了社会学理念；再之后到了20世纪20年代后期，由一群更年轻的激进分子的热情包装，就又变成了"为无产阶级人民大众的文学"，社会学进而变成了阶级论，普遍和抽象的"为人生"，变成了具体的有区分的"阶级"的人群；再之后就是延安的"为工农兵服务的文学"了，变成了由意识形态规定和政治观念统领的文学。这一步看上去似乎是突兀的，其实一点也不，历史的逻辑在其中自行演变着,不期然就走到了这一步。

走到这一步,"五四"作家的那一套价值理念、文学思想、话语方式就完全失效了。要么变成革命文艺家,要么被彻底打入冷宫,甚至消灭。

文学的轨迹,作家的命运,同上面所说的投身政治的知识分子的命运是异曲同工的,有着相通和相同的逻辑。

有许多被抛到了反面的例证,要数最典型的,那可以首推王实味。

他是用了一篇叫作《野百合花》的文章,来试图批评现实与其理想之间的反差。说白了,就是其作为一个知识者对革命的一厢情愿的理解,同革命的现实之间的距离。这个距离令他不解,欲说还休,不由生出一些书生气的哀怨和不平。最终,来自其知识分子的一面占了上风,他到底扭扭捏捏地说出了不满,用了非常软弱的方式——遮遮掩掩地假借了两个革命女性在夜晚路上的对话,以表明这不是自己说的,而是"从别人那儿听来的"。那内容粗略说来,无非是有点"平等(平均?)主义"和"人道主义"的思想,以及从这样的思想出发对延安现实的不满。

但这还不足以完全说明问题,紧接着而来的是在受到批评之后的态度,一种不老老实实认错、为自己辩解"顽抗"的态度。从否认自己有错,到不得不承认自己有"认识问题",但不是"存心攻击"……古代知识分子的那种"士可杀不可辱"的想法已经大打折扣了,可即便是这样退了又退的表态,也早已无济于事。在那样一种不容辩解和不容置疑的语境中,这一切最终被打上了危险的政治标签。

那样的死是令人畏惧的,不仅仅是那闪亮的砍刀令人胆寒,而且还因为那样的死几乎注定了永世的骂名——他永远不会像许多同样的冤死者那样,得到一个身后的英名,享受鲜花的哀荣和眷顾。他的身后没有一个多了不起的词语和概念作为支撑,相反还同一些暧昧和可怕的是非纠缠在一起——他曾因此被定为"托派",并由此获得了一个"反革命奸细"的罪名,这样的概念即使是在它的"源出地"苏联也早已不复存在,即使是在历史已经翻覆的今天也难有人给出一个最终的说法——一个从未真正有机会攀结到那异国"亲戚"的穷小子,就这样成了代为受过的屈死鬼。王实味,绝不是一个无争议的英雄,他的名字上几乎可以说还是落满了尘埃⋯⋯

很显然,许多人、许多知识分子是因为迷恋"理念"而走上革命道路的,包括像王实味这样的知识分子。因为革命在他们看来就是要绝对的"平均"和"自由"。这是理想,也是当然的误解,是把革命的理念、景象与结果"诗化"了。知识分子有这个毛病,对革命和政治有着与生俱来的狂热。即便是像玛格丽特·杜拉斯那样的人也说,"一个人,如果他不是一个政治家,那他就不是一个知识分子"。但知识分子中的许多,正是为过于简单的理念所害，因为革命作为实践和作为理念是完全不能对证的——革命本身对一切所谓"好人"和"坏人"的区别，有时必须是非常简单和粗暴的，这种简单和粗暴不但"合理"，而且还无法改变。无论是法国大革命，还是在俄国、在中国和世界任何一个地方的革命，都不会脱出这样的逻辑。在那样的情境中，王实味如何为自己洗刷？他曾经天真地进行争辩，并且十足书生地坚持自己的观点，结果只能把自己推向深渊。王实味，可能他至死也没有悟出这样一些本来简单得很的道理，他至死也没有明白：自己何以会被打成一个反革命的"奸细"？一个原本只是因为迫于生计翻译过托洛茨基的一本书的，也许事实上并不怎么了解托洛茨基在俄国革命中的地位的"土书生"，怎么会有机会变成了"托派分子"？

有相似悲剧的还有胡风和路翎等组成的"七月派"作家们，他们也天真地以为他们会是真正的"现实主义者"，鲁迅精神的传人，可正是这些幻想断送了他们，至于路翎在长期监禁的精神折磨中疯掉，则更具有象征的意义了。

从王实味到胡风，的确都是一些固执地拒绝规训、愚昧得近乎愚蠢的人，才华对他们这样的人来说是灾难；淳朴和认真则是致命伤。而更多的人，包括那些我们曾非常尊重的知识分子，甚至同样的诗人、作家——比如艾青、丁玲等等，却早已经变得聪明和富有政治敏感，在这些悲剧的演出过程中，他们都是很自然的参与推动者。这应该是一个更大的悲剧。不管他们是出于个人的成见或私下的恩怨，还是对政治的屈从，他们将自己阵营中的一些一步步推向深渊，就已经表明了现代知识分子的集体死亡。这其实是一个更大的事件，只是结果一时还隐而未显。他们后来的落难，实际也是前者悲剧的延伸，是出于同样的逻辑。

但这样的悲剧某种意义上正体现了必然：无论是那些先蹈向悲剧还是后蹈向悲剧的，无论是那些意识到了自己的意义还是至死也未弄明白怎么回事的，无论是以理想的殉道者载入史册的还是犯下了种种不可原谅的过失的……所有这些悲剧，都是这个群体所必然要付出的代价，而那些高尚者则可以称得上是基督式的牺牲。俄罗斯的思想家别尔嘉耶夫说过：19世纪俄罗斯的知识分子之所以令人尊敬，不是因为他们有着令人喜悦的过剩的才华，而是因为他们"无原则地爱着他们的祖国和人民"，愿意为他们去下地狱。这是多么伟大的情愫——无条件和无原则的爱。俄国的民粹主义思想和东正教牺牲精神的教养，使他们具备这样了不起的禀赋，而20世纪中国的知识分子，虽然在总体上没有达到这样的高度，但他们也用了自己的努力，包括他们的不同形式的代价和牺牲，部分地实践了为改良社会和人生去奋斗的理想意志。

四

> 这是死火。有炎炎的形,但毫不摇动,全体冰结,像珊瑚枝;尖端还有凝固的黑烟……映在冰的四壁,而且互相反映,化为无量数影,使这冰谷,成红珊瑚色。
>
> ——鲁迅《野草·死火》

相形之下,当代的知识分子形象就更惨淡,在长期的原罪加改造之后,他们成了一群变态的孱弱而小气的精神障碍者。

在生存的艰难和荒谬方面,张贤亮所塑造的一个叫作章永璘的人物,可谓最有代表性。他在最屈辱的情形下,被迫畸形地孕生出一种求生本能——为了多打到一点点稀粥而煞费心思,为了能够混一点面食而设法偷吃糨糊。这种考验在古今中外的知识分子中可以说还从未遭遇过,皮之不存,毛将焉附?生存的基本条件已经丧失,知识分子的自尊心,他的赖以显示优雅和教养的基础,他的身份特征本身就已荡然无存。然而这位章永璘就是在这样的条件下,也保持了他作为书生的幻想、癖好、本性和本能——一旦填饱肚子,又开始生出他的"政治与性"的两种幻想与欲望,其表现就是在读《资本论》的同时,也饥渴地寻找荒原上的美女。他很快又找到了"书中自有颜如玉"的证明。作者张贤亮也让其实现了这种意愿,让两位仿佛仙界降临的女性,宛若

《聊斋》中的鬼狐之女一样的马缨花和黄香久，无条件地爱上他，并为他奉献身体。一个让他找回了书生的自尊——作为"美国饭店"的马缨花，从别的男人那里弄来食物以满足他的需要，全身心地奉献给他无须谈婚论嫁和承担任何后果的性和爱情；另一个，则让他找回了男人的身体，在他失去了男人的能力的时候，黄香久以她的动物性的魅惑力唤起了他的性欲，而当他嫌弃她的不纯洁时又挥之即去。即便是在这样落魄的时候，他的男权意识也不比古代的书生少哪怕一点。

他也是一个"多余人"——但和方鸿渐不一样，章永璘似乎连颓废的权利也没有了，他必须在艰难的环境条件下显示他的生存意志，以及比一般老百姓看起来要高得多的生存智慧。这里作者不经意间竟流露出了可笑而自鸣得意的优越感，虽然这种优越已实在不能和现代知识分子的那种人格独立意义上的优越感相提并论。

食和色、吃和性都成了问题——知识分子要保证其起码的身份，必须是在保证了基本的生存条件之下，当代文学中的知识分子形象之所以更加孱弱和人格低下，与这点有密切的关系。

找回了这一"权利"的人物，是贾平凹《废都》中的主人公，"西京的名作家"庄之蝶。但找回了物质条件，却进而丢失了灵魂。和以往任何一个知识分子人物相比，他都不再是一个怀揣高傲和孤僻的唯美加颓废的"多余人"，而是一个真正心如死灰的欲望主义者，一个怀揣欲望"死火"的现代的西门庆。他的喜好是空虚中的声色犬马，但又缺少享乐这一切的勇气，不具备真正的野性与生命力。在一个精神坍塌、物质上升为统治力量的时代里，他试图用肉体的狂欢和对世俗价值的完全认同，来缓解自己内心的虚空与苦闷，但结果却仍是毁灭。

就精神世界的纯洁性而言，庄之蝶远没有方鸿渐们的境界，驴倒了架还在，基本的原则和尊严还能守得住。可庄之蝶则真正是"用废墟荒坟来衬托华屋，用时光来冲淡苦痛和血痕"了，他像西门庆那样找寻着简单的刺激和快乐，他最让人震惊的一句话，是当他与那个唐宛儿苟且之时，突然找到了久违的雄健，于是很得意地问她，自己与老婆怎么不行？他原来以为自己真的已经不行了，结果唐宛儿说出的竟是这样一句让人惊心的话："男人家没有不行的，要不行，那都是女人家的事……"多么颓圮的灵魂的写照啊！

写得最深刻和悲壮的一个"多余人"形象，应该是一个被忽略了的人物——这就是莫言的《丰乳肥臀》中的上官金童。这个中西两种血缘和文化共同孕育出的"杂种"，在我看来也许是20世纪中国知识分子的一个寓言式的化身。他的血缘、性格与弱点表明，他是一个文化冲突与杂交的产物，而他的命运，则更逼近地表明了知识分子在这个世纪里的坎坷与磨难。他身上的一切都是矛盾着的：秉承了"高贵的血统"，但却始终是政治和战争环境中难以长大的有"恋母癖"的"精神的幼儿";敏感而聪慧,却又在暴力的语境中变成了"弱智症"和"失语症"患者;一直试图有所作为,但却始终像一个"多余人"一样被抛弃;一个典型的"哈姆莱特式"和"堂吉诃德式"的佯疯者,但却被误解和指认为"精神分裂症者"。作家在这一个人物身上寄寓了太多的寓意:他的父亲是流着西方(瑞典)人血液的马洛亚牧师,同时又拥有一个中国(本土)的母亲,这正是20世纪中国知识分子的"文化血统"的象征,显然,它具有"非法"和"高贵"两种矛盾的性质,它的非法性是源于中国近代以来遭受西方侵害和掠夺的历史记忆,西方对中国人来说是意味着帝国主义、侵略者、野蛮之地等符号;但同时,西方又是现代社会与文明的发源地,是现代思想的诞生地,是中国知识分子向往的地方。这样,当现代中国的社会气候一旦发生微妙变化的时候,他的祸福转化,就仅在一夜之间。

因为莫言使用了一个"人类学障眼法",这个人物身上的一些"生物性"被夸大和曲解了,实际上小说所要努力体现的是他身上文化的二元性,这是20世纪中国知识分子普遍的先天弱点的象征:"杂种"与怪物的嫌疑,已经先天地注定了他的悲剧,来自西方的文化血缘,在赋予了他非凡的气质与外形、基督的精神遗传的同时,也注定了他的按照中国文化伦理来讲的"身份的可疑"。这一点正是揭示了20世纪中国知识分子共同的不幸困境——二元分裂的出身使他们备受磨难。西方现代的文化与思想资源造就了他们,但他们又寄生在自己的土地上,对本土的民族文化有一种近乎畸形的依恋和弱势心理支配下的自尊。他们要启蒙和拯救自己的人民,但却遭受着普遍的误解,这样的处境和身份,犹如"狂人"所隐喻的那样,他本身就已经将自己置于精神深渊,因而也必然表现出软弱和病态的一面——他们没有像俄罗斯知识分子那样的下地狱的决心,但却有着相似的深渊般的命运。其实从"狂人"到"零余者",到方鸿渐、章永璘,再到庄之蝶和上官金童,这是一个连续的谱系。他们有着与俄罗斯文学中的"多余人"相似的性格与命运,但却更软弱和平庸。

容易被误读的是上官金童的"恋乳癖"和性变态,理解这一点,我认为除了"人类学"和寓言性的视角以外,还应该另有一个角度,即对政治与暴力的厌倦、恐惧与拒绝。因为某种意义上,男权与政治是同构的,而上官金童对女性世界的认同和拒绝长大的"幼儿倾向",实际也可以看作是对政治的逃避,这和他的哈姆莱特式的"佯疯"也是一致的。同时,也可以认为他与中国传统知识分子中的一种"另类"性格有继承关系——比如他也可以看作是一个当代的"贾宝玉式"的人物,他对女性世界的亲和,是表达他对仕途经济和男权世界的厌倦的一个隐喻和象征。

上官金童注定要成为一个悲剧人物,他的诞生本身似乎就是一个错误,这是文化的宿命。他所经历的一切屈辱、误解、贬损和摧残，非常形象地阐释着过去的这个世纪里中国知识分子的惨痛历史。但他在小说中还有另一个作用，即形成了另一条叙事线索和另一个历史的空间——如果说母亲是大地，他则是大地上的行走者；如果说母亲是恒星，他则是围绕着这恒星转动的行星；如果说母亲是圣母，他则是下地狱的受难者……如果说母亲是第一结构的核心，他则是另一个相衬映相对照的结构的核心。小说悲剧性的诗意在很大程度得益于这一人物的塑造，他使《丰乳肥臀》变成了一个"民间叙事"与"知识分子"叙事相交合、"历史叙事"与"当代叙事"相交合的双线结构的立体叙事，两条线互相注解交织，从而极大地丰富了作品的历史与美学内涵。从这个意义上说，虽然这个人物的性格是足够病态和懦弱的，但他的丰富内涵却深化和丰富了20世纪中国知识分子的形象谱系。

张清华
2001年至2008年，济南至北京断续修改而成

目 录

辑一

时间的美学
——论时间修辞与当代文学的美学演变
003

在世界性与本土经验之间
——关于中国当代文学的走向及评价纷争问题
042

辑二

叙述的极限
——论莫言
071

文学的减法
——论余华
112

春梦，革命，永恒的失败与虚无
——从精神分析的方向论格非
135

天堂的哀歌
——论苏童
186

在命运的万壑千沟之间
——论东西，以《篡改的命》为切入点
209

III 辑三

价值分裂与美学对峙
——世纪之交以来诗歌流向的几个问题
247

个体的命运与时代的眼泪
——由"底层生存写作"谈我们时代的写作伦理
269

当代诗歌中的地方美学与地域意识形态
——从文化地理观察中国当代诗歌的一个视角
284

从精神分裂的方向看
——论食指
313

"在幻象和流放中创造了伟大的诗歌"
——论海子
342

IV 辑四

民间理念的流变与当代文学中的三种民间美学形态
369

先锋的终结与幻化
——关于近三十年文学演变的一个视角
404

论《蝴蝶》的思想超越与语言内省
——一个历史的和解构主义的细读
433

辑一

I

时间的美学

——论时间修辞与当代文学的美学演变

本文试图从根部来探讨一下当代文学五十多年来所发生的美学变化。关于这种变化，学界业已有人从政治、文化、意识形态和叙事结构、艺术形式等等方面做了很多研究，但从哲学美学、叙事诗学和历史诗学的角度做出的深层解释，显然还十分少见。回顾这个五十多年的历史，文学的形态、艺术的面貌，其主题、美感、价值立场等等方面所发生的变化岂止霄壤之别。当代文学已经从一个集体叙述青春、胜利、成长和幸福的时代，步入了一个以个人为单位的讲述个体生命体验、存在的个体处境、对历史的悲剧性和荒谬性体验的时代。简单地说，文学的主调业已从热烈和昂扬的青春"壮剧"，变成了深邃而黯淡的命运悲剧和荒谬滑稽的生存喜剧。是什么东西在决定着这样的变化？是一只什么样的手在冥冥中操纵着当代文学美学属性的延迁？归根结底是作品叙事中时间修辞方式的变化，导致了这种巨变。

　　这看起来似乎是一个"技术性问题"，但实际上却是根本性的问题。因为时间不但作为一个哲学、政治和叙事学问题由来已久，而且作为一个叙事学问题也具有决定性的意义：时间修辞不但决定了一部作品的叙事长度、结构，也决定了作品的结局和美学性质，会影响和规定一部作品是喜剧、壮剧还是悲剧。这正是本文试图要提出的一个命题。在这个前提下，本文还要通过时间修辞方式的变化，来考察中国传统叙事、西方现代叙事、中国新文学叙事的一个变化关系，考察当代革命叙事的内部构造和由此所产生的壮剧式的美学，以及20世纪90年代以来由于中国传统的时间修辞方式的修复所导致的文学叙事的深刻变化和传统美学神韵的恢复。

一　革命/现代性叙事的时间基础

　　当代中国文学叙事的主导观念，当然是由"革命"和"现代性"两个主导性价值维度所规定和指引的，革命是它的外在特征，现代性则是它的内在属性，这是我们即使在今天也无法对它做出否定判断的一个原因。在早期中国当代文学叙事中，由于意识形态的规定性，革命的外部特征被强化了；随后在20世纪 70 年代末 80 年代初，这种意识形态色彩逐渐淡化，但支持叙事合法基础、价值根基，甚至美学基质的，却仍然是现代性的进步时间观——"文明与愚昧的冲突"曾被这个年代的批评家概括为最基本的时代主题。这是一个复杂的问题，革命和现代性之间当然不是一个可以画等号的关系，但却无疑是现代性观念的极端性产物，是由于人们对时间的"现代性理解"所导致的"主动"行为。没有黑格尔"把历史当作是一种在时间中发展的逻辑过程"①的观念，没有达尔文《物种起源》出版之前（1859 年）已在科学界萌芽的物种进化论思想——"将物种看作是在时间的过程中产生的"物种进化理论与上述理论的结合，当然就不会出现马克思主义的革命理论。因为在历史领域和自然科学领域里出现了这样两种"由时间主导价值判断"的理论，新的革命理论获得了产生的基础，柯林武德说，"进化论这时就可以用来作为包括历史的进步和自然的进步两者都在内的一个普遍的术语了"。②马克思对人类社会由低级到高级阶段的划分，正是基于这样一个时间尺度而产生的，而革命的合法依据，正是在于它是对这样一个必然进程的推动。

显然，"革命"和"现代性"是一对纠结在一起的概念与范畴，其根源又在于它们两者近似甚至相同的时间观。在一本新近翻译过来的著作《时间的政治》中，论者指出了当代西方人用一种将"历史总体化"的时间修辞方式，派生出了所谓"现代性""后现代性""现代主义""后现代主义"以及"先锋"等"历史意识的范畴"的奥秘。他们通过这种"将历史时间化"的方式，造就了一系列关于历史的价值尺度，使上述概念"与保守主义、传统主义和反动一样"，"侵入了时间的政治领域"。[③]时间可以说构成了当代理论家一切叙述的基础、动力和准则，成为了他们构造"合法性"与优越权的依据。渗透在政治领域，所有论述的分歧或者命名，也差不多都反映在对时间概念的使用上，"光明"——"黑暗"，"进步"——"倒退"，"革命"——"反动"，都是一种时间政治的修辞法。

然而中国人原发的"循环论"和"个体生命本体论"的时间概念中，却没有"现代性"的因素。"人生代代无穷已，江月年年只相似""前不见古人，后不见来者。念天地之悠悠，独怆然而涕下""滚滚长江东逝水，浪花淘尽英雄。是非成败转头空。青山依旧在，几度夕阳红"……时间从未呈现过"进步"和"方向"，除了由个体的衰老和消亡所带来的感伤主义情绪之外，时间从未赋予人们一种对历史的价值判断，"天下大势，分久必合，合久必分"[④]，"霎时新月下长川，沧海变桑田古路"[⑤]。因此可以理解，当中国近代的那些被西学唤醒的思想者接受"现代"观念，终于明白何谓"以天演之学，言生物之道"之时，是一种怎样的"扼腕奋胗"的激动，在被蒸汽机和强权所构造出来的同一个时间叙事中，同一个轨道上，"万国蒸蒸，大势相迫，变亦变，不变亦变"⑥，他们不得不接受这样一种强势观念。因此可以说，现代以来的新文学叙事和当代的革命文学叙事，在其"现代"和"革命"的意义上，都是现代西方这种"时间政治"催生的产物。

因此，有必要对当代中国的革命或者红色叙事进行追根和探源。首先一个来源，应当是西方18世纪后由历史的"演化论"主导的小说叙事，典型的像巴尔扎克等19世纪的批判现实主义作家。与时代的社会文化思潮有密切关系，他们这些作家都注意到了社会发展所带来的深刻影响，但有意思的是他们并未与革命家和社会学家们采取同一价值尺度，人文主义思想传统的作用，使他们历史观表现为一种与进化论背道而驰的"后视论"视角——历史不只表现为"进步"，更表现为道德与精神的失落或退化。雨果、司汤达、巴尔扎克、哈代、狄更斯、托尔斯泰、屠格涅夫等经典作家所表现出的批判精神，大都基于这种立场。恩格斯所赞扬巴尔扎克的理由也是他"为法国的贵族阶级唱了一曲挽歌"。但这些都还不是最重要的，最重要的是恩格斯通过激赏巴尔扎克的"时间感"，而对他的立场所做的合法化阐释："他用编年史的方式几乎逐年地把上升的资产阶级在1816年至1848年这一时期对贵族社会日甚一日的冲击描写出来"，因而"他汇集了法国社会的全部历史"，使读者从中得到的东西"比从当时所有职业的历史学家、经济学家和统计学家那里学到的全部东西还要多"。⑦之后在列宁对托尔斯泰的论述里,"表现时代"的概念就不再仅仅是肯定一个作家意义的依据,而且还更强调了"历史的发展"会改变一个作家原有的意义。虽然以往"托尔斯泰学说的批判成分有时实际上还能给某些居民阶层带来好处,然而在最近的十年中,就不可能有这种事情了"⑧。作家必须与"时间的进步"达成同步,否则其意义将无法得以保持。由于这样的观念的作用,在苏联作家那里,不但传统现实主义作家的"后视"视角被改造成了"社会主义现实主义"的"前视"与"未来"视角,革命的"凯歌"观念取代了资产阶级的"挽歌"立场,革命进化论的时间观彻底改造了原有的叙事方式,而且其小说构思的方式也逐渐演变成了"阶段论"的模型。

在这样的背景下再来看中国当代的小说。抛开题材内容和主题差异不论,从叙事方式与结构模式看,中国当代的小说与传统小说的叙事方式相比可谓发生了巨变。这种变化在很大程度上是源于"时间模型"的改变:古典叙事中永恒与循环的理念、人本主义与生命感伤主义的时间尺度,均被革命进化论、政治历史阶段论的"时间政治"理念所替代。被俄苏作家强化的"划时代""分水岭"以及"多部曲"的时间概念,还有革命政治叙事本身"创造历史"的时间观,成为作家所必须依照的历史概念。作为对革命的政治合法性阐释最重要的理论逻辑,时间必然被按照新与旧、黑暗与光明、过去与现在、反动与革命等伦理化的对立模态分割成若干份，时间的纵向维度被前所未有地彰显出来，并被赋予了鲜明的政治色调、方向感与目的性。而且比之前者，这种叙事的规定与裹挟力量更加强大而不可违拗。在这两个观念的影响下，中国当代小说的结构与美学形态便显示其独有的特质。

首先是时间的区段化。正如巴尔扎克在谈到英国作家司各特小说的意义及局限时所说的，一个作家应该将自己的作品"联系起来，编写成一部完整的历史，其中每一章都是一部小说，每一部小说都描写一个时代"[⑨]。司各特没有做到，而现在巴尔扎克自己要力图这样做。这种"时代观"，大大强化了政治学或社会学意义上的区段时间在小说叙事中的作用。列宁对托尔斯泰作品的最高评价"俄国革命的一面镜子"的"镜子说"，其核心意思也在于肯定其小说的时代感。由于这样的理念，苏联的作家纷纷效仿《战争与和平》式的多卷本模式，并竭力营造成对一个时代的"史诗"性的修辞效果。这种结构形式深刻地影响了当代中国作家的艺术观念，像梁斌的《红旗谱》《播火记》《战寇图》三部曲，柳青的《创业史》，欧阳山的《一代风流》五部曲（《三家巷》《苦斗》《柳暗花明》《圣地》《万年春》），周而复的《上海的早晨》（四卷本）、李云德的《沸腾的群山》（四卷本）等，都完全是按照政治化的时间区段来结构的。

这一理念的另一依据是政治历史叙事对文学叙事的规定性作

用。这方面的最高的典范应来源于一篇经典性的革命叙事——毛泽东的《新民主主义论》。在这篇文章中，毛泽东不仅以"中国革命是世界革命的一部分"的名义，将现代中国的历史叙述汇入了以西方时间观为主导的整体性宏伟叙述中，还以巨笔将现代中国的历史划分成了断裂又联系的几个区段：1919年五四运动以前，是资产阶级领导的旧民主主义革命，而在这之后，便是由无产阶级领导的新民主主义革命时期了。由中国的现实所决定，"中国革命必须分为两个步骤。第一步，改变这个殖民地、半殖民地、半封建的社会形态，使之变成一个独立的民主主义的社会。第二步，使革命向前发展，建立一个社会主义的社会。中国现时的革命，是走在第一步"。之后，文章又依据其政治内涵划分了更细的四个阶段。这些概念泾渭分明地区分了现代中国历史的阶段性内涵，也成为此后所有当代中国政治、历史与文学叙事的权威性的划分界限（当然，他的这些观念也是来源于他在此文中征引的斯大林的纪念十月革命和论民族问题的文章）。这种规定性十分典型地体现在《红旗谱》一类"史诗性"结构的小说中，它的三部曲式结构分别对应着中国共产党诞生以前农民的自发斗争，第一次国内革命战争，共产党独立领导的土地革命战争，以及日本入侵中国、民族危机爆发这样几个时期。由此使小说叙事变成了政治叙事的别样表现形式和其中的一部分。正如作者自己所言，因为他"亲身经历"和"亲眼看到""党自从诞生以来……领导我们在各个历史时期贯彻了阶级斗争，领导我们从一个胜利走向另一个胜利"，他要将这样一个过程"深刻地反映"出来⑩，必然要遵照上述时间区段的划分，并使之成为自己的结构、修辞与美学的权威参照尺度。

第二个重要的时间模型是"断裂式"。同上述"区段性"观念相联系，断裂式时间观更强调了各个时间区段的差异性，它找出了许多标志式和分水岭式的事件，诸如共产党的成立、新中国的建立等，这样的事件成为历史和人的观念分界点，就像胡风献给新中国的颂诗是《时间开始了》一样，一个重大事件的意义，总是首先体现在它对一个"新纪元"的开辟上，所有的叙事都被纳入这一框架，新旧时间区段表现出截然对立的美学性质，正像周扬代表党所指示的，"作家必须站在人民的先进的行列，和人民一道为拥护新事物和反对旧事物而斗争。他不能置身于这个斗争之外，对于这个斗争采取中立和旁观的态度。他必须抱有争取新事物必胜的决心，对新事物具有敏锐的感觉和高度的热爱，而对于旧的落后的事物则绝不调和妥协……"⑪在这里，以一个时间临界点为分野的"新"与"旧"，被赋予了水与火一样不能相容的关系，成为提醒和警示一个作家确立其写作原则的标志性符号。1950年的丁玲也有这样一段话："由于时代的不同，战斗的时代，新生的时代，由于文艺工作者思想的进步，与广大群众有了联系，因此新的人物，新的生活，新的矛盾，新的胜利，也就是新的主题不断地涌现于新的作品中……这正是新的作品的特点，这正是高于过去作品的地方。"⑫在这里，时间的"新"与"旧"显然已经变成了修辞的中心，之前与之后的叙事被赋予了完全不同的美学与政治内涵。它控制了小说的叙事节奏和发展进程，也规定了小说的艺术氛围的风格基调。非但《红旗谱》这样的革命历史题材小说，像《创业史》《山乡巨变》这样的合作化题材的作品，为了突出其"创造历史"的史诗气质，也都突出了不同时代人物的截然对立的命运。

不过，上述革命的断裂式修辞并非横空出世的无本之木，对照当年黑格尔对其所处的"新的时代"的理解和预期，丝毫也不亚于革命文艺家的表述，他同样"把时间当作了一种压力"。哈贝马斯描述说，"时代精神（Zeitgeist）这个新词曾令黑格尔心醉神迷，它把现在（Gegenwart）说成是过渡时代，在此期间，我们既希望现在早些过去，又盼望未来快点降临……"⑬在黑格尔的笔下，甚至还会看到与当代革命叙事酷似的修辞——

> 我们的这个时代是一个新时期的降临和过渡的时代。人的精神已经跟他旧日的生活与观念世界决裂，正使旧日的一切葬入于过去而着手进行他的自我改造。事实上，精神从来没有停止不动，它永远是在前进和运动着……只有通过个别的征象才预示着旧世界行将倒塌。现存的世界里充满了那种

粗率和无聊……可是这种逐渐的、并未改变整个面貌的颓毁败坏，突然为日出所中断，升起的太阳就如闪电般一下子建立起了新世界的形象……⑭

这种断裂性的时间处理方式还带来一种"历史终结"的修辞效果。哈贝马斯引述黑格尔的话说，"'随着这突然升起的太阳'，我们到了'历史的最后阶段，进入了我们的世界和我们的时代'"⑮。这正像《国际歌》中所唱的，"这是最后的斗争，团结起来到明天，英特纳雄耐尔就一定要实现……"这个"最后的当下"在"与过去的分裂"中，产生出一个"最终胜利"的戏剧性的现实：所有的革命叙事在其结束之时，必然呈现为革命的阶段性胜利，主人公成长的完成，光明与美好未来的最终定局。"未来"显然还在继续，但从叙事的修辞效果来讲，未来的故事却完全可以省略，因为即使叙述从现在终结，阅读所产生的联想仍然是"从胜利走向胜利"的继续和重复。

二 革命叙事的喜剧/壮剧美学及其传统资源

尽管上述时间修辞法与西方的诸多现代性叙事出于同源，但其作为文学叙事所产生的美学效果却是至为独特的——它构造出人类历史上一种前所未有的"壮剧美学",这是过去的研究者所未曾深究的。它也带出了本文的另一个重要问题:特定的时间修辞决定着作品叙事所产生的美学特征和属性。

现代性的时间意识并不必然地诞生喜剧叙事。相反它更催生了悲剧美学的繁荣,19世纪欧洲文学的繁荣和悲剧叙事的发达,与此有密切的关系。就像恩格斯对悲剧的定义一样,"历史的必然要求和这个要求的实际上不可能实现之间的冲突"⑯造就了这个时代最大的主题。"历史的必然要求"当然是符合甚至代表了现代性价值维度的,但现代性价值并不能单一地理解为历史现代性或者启蒙现代性的维度,还有与道德、与历史的二律悖反纠结在一起的审美现代性维度。所谓"实际上的不可能实现",就包含了另一种对历史的理解——历史并不仅仅是一维向前的,它又是"螺旋式"上升的,因此悲剧在某些情形下也具有必然性。这里,恩格斯对时间的解释显然是在"历史总体性"的背景下进行的,但和黑格尔的历史逻辑相比也显然更加辩证。然而当代中国的革命叙事,却是运用了时间的"片段化"和"断裂式"的修辞方式,既然时间已经进入了崭新的阶段,那么悲剧和悲剧发生的环境与条件就应该整体地结束,"在社会主义条件下怎么可能会发生悲剧呢"?根据这样一个逻辑,其叙事中当然就只剩下了喜剧与壮剧。

巴赫金在研究古希腊的一种小说的叙事时,曾注意到了其中刻意含糊其词的时间处理方式:"主人公们是在适于婚嫁的年岁在小说开头邂逅的;他们又同样是在这个适于婚嫁的年岁,依然是那么年轻漂亮,在小说结尾结成了夫妻。他们经过难以计数的奇遇的这一段时间,在小说里是没有计算的。"[17]他把这种时间的修辞法叫作"传奇时间"。巴赫金无疑揭示了小说叙事中的一个重大奥秘,但他并没有进而指出,正是这种时间修辞,决定了小说的美学属性——传奇性和喜剧性。设想如果不是采取这种时间处理方式,而是严格遵循"时间的客观性"而让主人公老去,或者最终生离死别,那么小说岂不变成了悲剧?类似《奥德修纪》最后那样的结局和其美学风格也都要被修改(奥德修斯参加长达十年的特洛伊战争之后,又在海上漂流了十年,这时他和他妻子的年龄显然成了问题——他们的年龄最少也要在四十岁以上了,然而史诗却故意模糊了这个问题,当奥德修斯回到家里的时候,他的妻子佩涅洛佩却依然"年轻漂亮",家里住满了前来求婚的人)。所以归根结底,史诗和小说的美学属性不是基于别的,就是写作者所采取的时间处理方式——它是"完整的长度"(指个体生命意义上的完整长度,而不是"物理时间")呢,还是一个"片段"?

所以革命叙事的美学也来源于它的时间的片段性处理方式,或者也可以简单地说,是一种"青春之歌"式的叙事。它不会等到小说的主人公年老体衰或者悲凉死去的时候再结束故事——那样叙事便成了"长恨歌"[18]。即便是有牺牲，代之成为叙事载体或者叫作"叙事主人公"的人物也会继之成长起来，在"依然年轻"之时成为主角，这才使得作品呈现强烈的喜剧化、壮剧化的风格。这种叙述结构与美学倾向其实早在现代左翼作家那里就已见出端倪，蒋光慈的《冲出云围的月亮》《咆哮了的土地》，胡也频的《光明在我们的前面》、阳翰笙的《地泉三部曲》、周立波的《暴风骤雨》等等，都是写到主人公完成了一个蜕变或成长过程，"开始了新的生活"而告结。以《暴风骤雨》为例，该作品第一部写的是土改的"初步胜利"，第二部写的是农会权力被坏人篡夺，土改成果几乎丧失之后，经过广泛发动群众取得了"最后胜利"。结尾是在农民真正分到了土地并且踊跃参军、在全国解放的"革命高潮"马上就要到来的时刻结束。在当代作家那里，这样的结局已经成为规定性的模型。即便是另一类出现了主人公"死亡"结局的小说——如《红岩》，也同样实现了"对悲剧的壮剧化改造，尽管其描写的内容是革命者在狱中与即将崩溃的国民党政权的斗争，情节是惨烈的，但由于作者是按照"黎明前的黑暗"这样一个逻辑来叙述的，是以全国解放这样一个喜剧化的时间背景作为叙事环境的，所以它的美学风格非但不是悲伤的，而且还显得壮观和激情高扬——"在烈火中永生"，这不但是小说的报告文学蓝本的名称，而且也是其"壮美"艺术风格的定位。

因此可以说，在当代文学最初的二十多年里，其叙事的理念虽然与西方现代以来的现代性时间价值尺度一脉相承，但却摒弃了道德批判与"审美现代性"的立场——像西方批判现实主义作家的"后视性"历史视角，沈从文式的"以道德批判历史"的主题，在当代作家那里都变成了单一的"未来"和前瞻性的视角，其现代性被不可遏止地狭义化了。本来，现代性理所当然地也催生着悲剧性叙事与悲剧性的美学，但在当代作家这里，却只剩下了喜剧与壮剧，这其中的原因虽然十分复杂，但在文本和叙事实践的意义上，根本的却在于时间的前视性。是这种潜在的叙述与结构改变了新文学的启蒙现代性的走向。

为了阐明上述问题，有必要进行一番纵深的对照分析。在中国传统叙事中，当然也有着类似巴赫金所论述过的这种"传奇时间模型"。如明代以《玉娇李》《玉娇梨》(或名《双美奇缘》)、《平山冷燕》《好逑传》等为代表的"才子佳人小说"，即是"以文雅风流缀其间，功名遇合为之主，始或乖违，终多如意，故当时或亦称为'佳话'。察其意旨，每有与唐人传奇近似者，而又不相关……"[19]所谓"始或乖违，终多如意"，同古希腊的史诗与小说叙事的结构安排方式是颇为相似的。这其中最重要的，就是让男女主人公在最后获得一个"终成眷属"的结局，并且要使他们"依然年轻貌美"。不过在鲁迅的视野里，这种安排却不符合他的启蒙现代性的批判立场，因此他又对此颇多诙谐和嘲讽，"有时因为严亲，或者因为薄命"，"受尽千辛万苦之后，终于成了佳偶，或者是都成了神仙"。[20]本来，这种叙事在新文学中已经备受批判，但在"上海的革命文艺家"那里，它却又成功地被商业化了——变成了"革命加恋爱"的消费性叙事。因此这是一种很难予以简单归类和判断的叙事模型，一方面，它的商业化潜质和特性败坏了其名声，另一方面它却又包含了最接近和最易于改造为"革命叙事"的可能性。事实证明，只需要把"才子佳人"模型置换成为"英雄美人"，叙事就会轻易地获得改装并获取合法性，《林海雪原》就是一个成功的例证。在这部小说的革命战争故事中的内部，最引人关注和令人神往的不是别的，正是其中不寻常的英雄人物的传奇生活，特别是主人公年轻英俊的指挥员少剑波和美丽少女军医白茹之间的爱情故事。显然，这其中隐含了旧小说中的老套路：少剑波既是智勇双全的英雄，同时又是会作诗的变形了的"才子"——白茹最初对他产生崇拜爱慕之情，就是源于他在成功地指挥了"奇袭奶头山"一仗之后写了一首诗。小说中不时地在"压抑"爱情叙事的同时，又突出少剑波与其他类型化英雄相比所具有的优点，杨子荣有时略有粗鲁和"匪气"，刘勋苍有时笨拙急躁……除了这种"衬托"笔法外，战争的严峻形势不得不使男女主人公暂时压抑他们的感情，在这里，充当使他们的爱情遭受磨难和延宕的角色变得抽象了——成了正在进行的战争本身。最后，在剿匪胜利之时，男女主人公成功地获得了公开其爱情的权利,并通过上级首长的"主持"而获得了合法性,结局皆大欢喜。这是一个典型的被改造过的"传奇",其内部叙事机理与传统才子佳人小说如出一辙。这样的叙述模型使它成为一部典型的现代喜剧。

或许还可以举出一个更生动的例子——《青春之歌》。其中更直接地描写了"英雄美人"击败"才子佳人"的全过程。本来,林道静和余永泽因为患难之交已经"私订终身",最初在北戴河相遇时,前者正处于访亲不遇、流离失所并且面临坏人暗算的危险,险些投海自尽,这时在北京大学中文系读书的余永泽救助了她,并且在这特殊的环境下,爱上了这个美丽而身世不明的、勇敢而又浪漫多情的女孩。两人定情的过程是非常俗的:先是余永泽用朗诵海涅的爱情诗俘获了少女的芳心,然后在车站分别时又描写了彼此之间的印象,余对林的评价似乎是矛盾的,是才子的私心活动——"含羞草一样的美妙少女,得到她该是多么幸福呵!……""好一匹难驯驭的小马!"林对余的看法也显见得是佳人对才子的评价——"多情的骑士,有才学的青年"。[21]如果小说写到这里就结束了,那么这无疑就是一个老式的"鸳鸯蝴蝶派"故事;但小说接下来却成功地构造了一个新式的"英雄美人"的爱情故事——林道静马上就爱上了另一个同样出身北大中文系的青年卢嘉川。与余永泽的"黑瘦"和"小眼睛"相比,他显然更帅,而且更重要的是,他是一个敢于冒险的、革命的和讲着宏伟的"启蒙与救亡"话语的青年,这是与余永泽操着才子文人的小叙事、酸腐的个人话语最不一样的。在随后与他的交往中,林道静渐渐发现了他身上的诸多优点,在比较中渐渐坚定了她舍余而取卢的决心,只是因为卢的意外被捕,才中断了他们这严格说来并"不合法"的一场"婚外恋"。然而革命伦理却赋予了这对男女主人公以更高意义上的合法性,使他们有权利和资格打败前者的旧伦理,使这场婚外恋看起来更具有"革命性",令人神往。但不论怎样,这些看起来新鲜的爱情描写的背后所支撑着的,还是中国传统的喜剧性叙事中"英雄美人"的老套路。

与上述喜剧美学相比,"壮剧"也许是一个全新的概念,因为在经典的美学范畴中一直没有关于这一类型的认真论述。古希腊的英雄悲剧显得具有"壮美"的气质,如《被缚的普罗米修斯》一类,但这种悲剧的主体,都是神和具有非凡血统的人神混血的人物,他们本身具有"不死"的能力,与其说他们是引起人们的"怜悯和恐惧",不如说更多地唤起人们对不死的生命意志的崇拜。因此诗人雪莱才会在《解放了的普罗米修斯》中写下了这样的诗句:"生命的生命!你的嘴唇诉说着爱,/你的呼吸像火一般往外冒;/……谁看你一看,就会魂飞魄散,/光明的孩儿!你的四肢在发放火光……无论你照到什么地方,什么地方就有仙气飘扬。"革命叙事中也不可避免地要写到挫折,甚至写到主要人物的牺牲,比如《暴风骤雨》中农会主席赵玉林的死,比如

《红岩》中江姐、许云峰等众多革命者的牺牲,《青春之歌》中共产党人卢嘉川的就义,还有《红旗谱》中保定二师学潮的失败,等等,但所有这些却不会给叙事带来悲剧性的气氛,相反牺牲和失败只能成为革命的更大高潮、更多后来者的成长、革命意志的更加高涨昂扬的起点。因为不只这些人物都同样具有"灵魂不死"的气质,更重要的是,时间并没有因为他们的死和短暂的挫折而停止,这与一般的悲剧叙事以主人公的死亡而告终是不一样的,甚至也不同于现代以来的一般叙事所共同的"在不同的生存压力之下,构思出不同的世界末日"[22]的模式,作为叙事载体的另一个主要人物,立刻将叙事中的时间继续推向了前进,并使之终结在一个高潮或者开始的关节点上——

  无穷尽的人流,鲜明夺目的旗帜,嘶哑而又悲壮的口号,继续沸腾在古老的故都街头和上空,雄健的步伐也继续在不停地前进——不停地前进……

  这时,朱老忠弯腰走上土岗,倒背着手儿,仰起头看着空中。辽阔的天空上,涌起一大团一大团的浓云,风云变幻,心里在憧憬着一个伟大的理想,笑着说:"天爷!像是放虎归山啊!"
  这句话预示:在冀中平原上,将要掀起波澜壮阔的风暴啊!

这分别是《青春之歌》和《红旗谱》的结尾，这不是个别的例子，而是革命叙事结尾的通例，只是不能一一列举。很显然，它们所构成的修辞效果是，在"过去"和"未来"的持续较量中，未来已经当然地成为过去的"终结者"，相应地，代表未来的革命力量也注定要成为反动力量的终结者。在这里，牺牲和暂时的挫折只是增加了其革命壮剧的分量、壮美的程度，而不会导致人们对历史和人生的悲剧性认识。

三 传统时间修辞的修复与悲剧美学的复活

但上述喜剧性叙事在中国文学中又是一个并不主流的传统，另一个真正具有主导性的传统，是以其"奇书"叙事为代表的具有"完整时间长度"的悲剧性叙事。这个问题同样复杂，需从源头上探析。对照当代中国文学在80年代以后发生的根本性变化，我们有理由认为，未来性、片段性和断裂性时间修辞，正在被人本主义的、生命本体论的、完整时间长度和永恒循环逻辑的时间理念所代替。因而也不难理解，中国传统叙事中的悲剧美学也正得以修复，这是中国当代文学在其"现代"意义得以持续展现的同时，也焕发出真正的民族气质、传统神韵的一个深层原因。

中国传统的时间意识曾深刻地影响了中国古代的叙事，并创造出民族特有的悲剧美学。从汉魏时代开始，个体生命意识的彰显导致了中国人关于时间的焦虑，也形成了诗歌中感伤主义的主题，这一点可以从《古诗十九首》和建安文学中得到证明。"生年不满百，常怀千岁忧""对酒当歌，人生几何"，自这个时代开始，诗歌的最高主题开始显形为关于生命与存在的哲学追问。而先秦时代人们的生命意识曾经至为朴素，"有限"（人生）是顺从而不是对抗"无限"（宇宙）的，一如老子所言："天长地久。天地所以能长且久者，以其不自生，故能长生。所以圣人后其身而身先，外其身而身存。"[23] 庄子也说，"朝菌不知晦朔，蟪蛄不知春秋"，而"楚之南有冥灵者，以五百岁为春，五百岁为秋；上古有大椿者，以八千岁为春，八千岁为秋"，"众人匹之，不亦悲乎"？[24] 这些都告诫人们：不要以个体生命的尺度丈量"无限"以自寻烦恼，而以认同自然的态度取得宽解才是明智之举。然而汉末以下，上述观念却陡然转为一种生命本体论的感伤主义，不论是登临怀古，吟咏山水，还是感叹季候变换，时序轮回，无不是表达有限生命对无限宇宙的追慕和感叹。

也许用"生命本体论"的时间观、哲学观和价值观，来概括中古以后中国文学的认识论方法是准确的。某种意义上这也是导致产生"奇书"一类有"完整长度"的悲剧叙事的一个原因。亚里士多德说，"悲剧是对于一个严肃的、完整的、有一定长度的行动的摹仿"[25]，这不是随便说说，悲剧当然地会呈现出一个包括"死亡"在内的完整过程，特别是死亡的结尾。直接呈现这样一个结尾，在修辞的意义上会导致"时间终结"的叙事效果，从美学上则会导致悲剧的体验。"奥古斯丁就用可怕的世界末日比喻个人的死亡"[26]，反之亦然，个人的死亡也同样可以拟喻一个世界的毁灭或一个时代的终结，这才是悲剧唤起人的怜悯和恐惧的真谛。生命本体论的世界观和个体生命本位的时间观，催生了中古以后中国文学叙事中的"完整的悲剧"结构理念，其刻意彰显死亡的结局和"时间终结"的完整长度。这理所当然地使叙事的悲剧性得到了凸显。个体生命的短暂，个体时间的"寄蜉蝣于天地"一般的迅疾的"生—死"对立模型，在叙述过程中便演绎为一个"盛极而衰"的修辞与结构模式。当然，它可以是"大江东去，浪淘尽，千古风流人物"的悲壮，也可以是"人面不知何处去，桃花依旧笑春风"的感伤，还可以是"好一片白茫茫大地真干净"的悲呼的绝望，但很明显，个体生命的经验角度，是他们解释历史和完成叙事的基本视角，如同一个人的生命从被给予（从"无"到"有"），到经过少年的蓬勃和盛年的极顶，最终又归于衰老死亡（又回到"无"）一样，时间不是一条没有尽头的线，而是无数独立又连环在一起的圆。一如老子所说，"天下之物生于有，有生于无"[27]。"无—有—无"便成了宇宙大道的基本规律。这样的理念构成了"奇书"内部的时间框架与结构模式:《金瓶梅》《三国演义》《水浒传》,其在整体上分别构成了"色—空""分—合(一分)""聚—散(一聚)"的模式,这根本上也都是《红楼梦》式的"无—有—无"的结构,一个"梦"的经验过程,一支"曲终人散""天上人间"的悲歌旋律。可以说,"梦"是中国传统小说最形象和最具美学意义的一个命名,《红楼梦》这样的作品注定会成为中国小说的最高典范,它是人生经验的一个形象比喻,"人生如梦"典型地表现着中国文人的生命感知方式,而历史作为"人化的生命经验的对应物",当然也折射和隐含了人生。

这就是"完整的时间长度",它使中国人的历史观显形为一种悲剧性的生命体验:历史的悲剧——它的完成、终结、闭合和循环往复,同世代的交替、人必然面临的死亡是同一个逻辑,因此离开了人的生命经验的投射,将不会真正读出历史的奥妙。这才是《三国演义》开篇词中所传达的思想,"滚滚长江东逝水,浪花淘尽英雄"。历史通过人生的悲剧体验而生出了磅礴悲凉的诗意,从而也生成了中国人特有的悲剧历史诗学。言其"特有",是因为它是在"循环论"的"时间总体性"逻辑下诞生的,与现代性时间观完全不同,历史在我们这里从未呈现为"进步"形态,而总是一种重复。时间本身就像历史中的个体存在一样,只是按照一定的节奏,生死代谢,往复循环而已。这也决定了中国传统小说"历史美学"的特点:它不指向"未来"一极,也不以所谓"新"为价值指归,在时间的纵向坐标上,不存在一个伦理化的二元尺度,没有过去与未来、"进步"与"反动"的二元对立,所有的是非成败,都将随着时间的推移、人世的代谢化为乌有——"古今多少事,都付笑谈中"。这样,这个悲剧的历史美学又在一定程度上被"中性化"了,并且源此深化了其哲学意蕴。这是在其他民族的文学叙事中所不曾见到的。

在这样的背景下,我们再来看20世纪80年代以后当代文学叙事所发生的变化,就会从根部找到依据和答案。这个过程相当漫长。在80年代初期的"伤痕""反思"等表现创伤记忆的叙事中,虽然写作者也试图在其中注入历史的思考,但因为其早已习惯并根深蒂固的"片段式时间修辞法"作祟而常适得其反。不管是《伤痕》《天云山传奇》《大墙下的红玉兰》《蝴蝶》等这些中短篇作品,还是《芙蓉镇》《许茂和他的女儿们》等长篇作品,虽然也表现了对一小段历史的悲剧思考和体验,但人为将历史予以断裂式的处理,却把这些悲剧和苦难喜剧化了。因为这一切已经"永远地结束了",个人的"蹉跎岁月"和出现了弯曲的历史,并未改变时间"向着未来"开放的总方向。人物经历了一番磨难之后,命运重现光明,就像古希腊的那种传奇叙事一样,人物命运的转机是完全外力的"春雷一声震天响"的不期然的结果,"主动权不属于他们,就连爱情也是万能的爱神突然赋予他们的"。[28]这个"爱神"就是政治,时间的政治在历史的尽头等待,"乌云遮不住太阳","正义的审判"终将出现,虽然小说的某个主人公可能会死去,但"叙事人"却会幸运地留下来,并且看到作恶者的下场。这样,最终的叙事效果就变成了"青山在,人未老"的喜剧,历史和所谓的"创伤记忆"在被唤起的同时,也被予以集体的删改和忘却。

真正有完整长度的叙事的出现,大约是在 80 年代的中期。寻根作家们试图为当代文学寻找这种长度,但却因为更注重"文化"和"民俗"等平面性的东西,而使作品的历史感受到了限制。《红高粱家族》通过展示种族生命力的"降幂排列"式的历史衰败,而呈现了一种"壮美的悲剧",但它仍然留有寻根文学的观念——年轻叙事人"我"一直试图寻求与"爷爷""奶奶"和"父亲"所代表的历史的"对话",所以"时间的终点"——死亡在事实上仍未得到凸现。80 年代后期和 90 年代前期出现的先锋小说中的"新历史主义小说思潮",在时间修辞方面则有了新变:它刻意消除了寻根小说中生硬的"现代意识",同时去除了进化论和伦理化的历史主义,它突出的是"时间的延续"而不是"时代的断裂"。而这正是先锋文学的叙事经验受到广泛接受和赞赏的一个原因。当代小说的修辞与美学立场因此发生了重大变化,重新回溯了历史的永恒维度。以苏童的《米》为例,它所写的进城农民五龙的传奇一生,可以说是延续了一个底层生存者永恒的命运与性格逻辑。没有"成长",他是从一个被欺压者争取到与欺压者同样的地位，然后又对他人施以欺压，最后陷于败落并众叛亲离地死去的悲剧，他保守了一个农民骨子里的信念——对男权、财富、性和暴力的嗜好，而这一切又归根结底到对"米"的崇拜和迷信，他死时随身所带的宝箱中装满了米而不是别的东西。格非的《敌人》也是写了一个中国传统社会的悲剧，财富的轮回与风水的轮转，"关于敌人的恐惧和想象才是真正的敌人"这样一个密谶。巨富的赵家被一场无名大火烧去了大半家财，其后人一直生活在"谁是纵火者"这样的恐怖和疑问里，三代之后，其实谁是敌人已没有什么意义，但是家长赵少忠却被这阴影压垮。他在无意识中产生了强烈的毁灭倾向，先后杀死了自己的两个儿子，使家族血缘的链条被彻底中断，这样关于"敌人"的历史记忆也就最终中断了。它揭示了一个古老而又有现代意味的道理：在中国传统社会内部，有着一个支配着其自我毁灭的东西，其死敌不是别的，就是它自我"轮回"的意志。

但真要形象地展现时间修辞的变化，还要借助一部最典型的小说，即王安忆的《长恨歌》。因为它与前面的革命时代例证《青春之歌》构成了极有意思的对比。这两部作品，无论在作者的观念，在小说主人公的处境、身份、人生选择与命运之间，还是在作品的题材、叙事结构、修辞与美学风格之间，均构成了奇妙的比照关系：首先，两部小说的最大不同，无疑表现在主人公的价值趋向上，林道静和王琦瑶这两个生活在差不多同一时代的女性，却选择了两种完全不同的人生。一个竭尽全力要踏入"时代"的主流式的人生轨道，另一个则是要重复前人已重复了无数次的古老人生之路；一个用全力试图改变女人被规定的古老命运，另一个则顽固地逆来顺受地接受这样一种命运。然而这仅仅是个外在的解释——是谁决定了她们如此不同的命运？是作者吗？表面看是杨沫和王安忆这两个置身于不同时代的作家，分别"支配"了她们的命运，然而，直接在小说叙事层面发生作用并使两部作品产生巨大精神鸿沟的原因，却是两种不同的时间修辞。《青春之歌》的"小说时间"是结束于主人公革命生涯的成熟与革命高潮的到来之际，这个终结点让人相信，在此之前的一切挫折和失败，都是为了最后的"胜利"；而《长恨歌》则是对这一"时间将来"的持续面对，它用"延伸的叙事"推翻了前者的叙事结构。在这里，时间一意孤行地向前流动，越过了青春的欢乐而直抵暮色的悲凉。小说中的主要人物之一蒋丽莉的命运，恰好反证了林道静被省略的"未来"，她在革命胜利后的岁月，并没有始终占据精神的高点，相反却体会了人生的另一种失败。胜利的节日和欢庆总是短暂的，当她回身面对日常生活，进入上海像空气一样无处不在的市民生活氛围时，她感到自己变成了另一个"灰姑娘"和"局外人"——就像王琦瑶面对她的主流与红色生活时是个"局外人"一样。蒋丽莉在潜意识中始终把自己当成了一个真正的失败者，自卑占据了她的心。最后她在抑郁中不幸患肝癌而死。时间的延伸改变了"青春"的一切——天下还有不散的筵席吗？也许这样一种改变应归于历史本身无情的延伸或循环，杨沫在写《青春之歌》时还不能看到这样一个结尾，而王安忆则必须面对它。从《青春之歌》到《长恨歌》，如此不可同日而语的叙事，其实原本不过源于这样一点不同：前者是按照革命的"集体时间"来完成她的"青春美学"的；而后者是按照单个人的"个体生命时间"来完成她的"暮年（死亡）叙事"的。

构成生动的戏剧性对照的还有王琦瑶与林道静这两个人物。她们之间有着如此多的相似与不同，王琦瑶重复了无数中国古代女性的命运：美丽的容颜，曾经的花期，不可理喻的阴错阳差，始料不及的蹉跎磨难，让人扼腕的悲剧，令人长叹的结局，正所谓"千红一窟，万艳同杯"。世有白居易长歌当哭的《长恨歌》，曹雪芹哀情浩荡的《红楼梦》，俱是缘于四个字："红颜薄命"。王安忆之作《长恨歌》，显然也是仿照了白居易的诗意，然而王琦瑶命运之惨痛卑微，却更具有某种"末世"的意味——昔日的海上繁华梦只让她沾上了一点末世的边，就永远破灭了，在几乎是用蛰居的方式度过了一生之后，又荒唐地赶上了一抹血色的"夕阳红"——时间的延伸在这里更充满它在现代历史中独有的戏剧性。除了与程先生那段纯情的精神之恋，几度无聊的肉体之爱只徒然增添了她一生的苟且与卑贱。一代昔时的佳丽，末了竟死于她那几根得来于"外室"生涯的、大半生未曾出世的金条和一个小偷加骗子之手，谈不上半点高贵和浪漫。她的寿命虽远远超过了杨玉环和林黛玉，但其悲歌长恨却再也没有了古典时代那种纯粹和感人。王安忆写出了一个旧式的女人与急速前行的"时间"——现代历史之间的抗争与冲突，时间使她人生中的古老的"薄命"逻辑更陷于错乱和荒谬，也使她的死没有留下半点令人珍惜的遗产。她的死是衰朽和丑陋的，王安忆与时间的残酷可谓并驾齐驱，她一定要写到这个"末日"才肯罢休。我想这是一个标志，一个古老的中国传统的叙事逻辑的归复，这一方面是由它在题材内容上与中国传统叙事之间酷似的关系决定的，同时更重要的是取决于一种文化情境及其逻辑的循环——精神的沦落和世纪的终了，产生了强烈的历史闭合感，一维的进化论时间理念在这样的情境中当然会变得幼稚短浅。

显然，主人公的死亡和"完整的历史长度"的归复，成为当代小说悲剧性特征得以呈现的基础。这方面最好的例子还有莫言的《丰乳肥臀》。它通过一位被侮辱与被损害的伟大母亲的一生，书写了一个世纪的血色历史。她的一生所具有的历史影射力，正好对应着20世纪中国的一个完整长度：风雨如晦，沧桑变迁，各种政治力量走马灯般地争相表演，但最终又迅速湮没在历史之夜和时间的黑洞里；所有的政治力量都不请自来，侵犯着原生和苦难的民间，而最后只有民间和底层人民对苦难的默默承受；同时这承受也使她们获得了永恒与自在的力量，使她们在一切外来的短命的"文明"与政治的侵犯面前，显出了本然的高贵和不朽。某种意义上这是一个伟大的悲剧，它呈现了历史的"完整的逻辑"而不是阶段性的胜利或者失败，"时间走到了尽头"，悲剧的本质和命运感、历史的闭合与永恒轮回的意志顽固地呈现，这无疑是属于中国人自己的东西。当然，这也是一部有着强烈现代感和非常"西化"的悲剧——它的主人公最后甚至皈依了基督教。但在此至关重要的不是别的，而是时间修辞所产生的中国式的悲剧结构。

相应地，与传统时间观念的恢复同时出现的，是对政治化和社会化时间概念的淡化。这种刻意的消除，使得叙事的"编年史"的性质被代之以永恒的存在性质，由此所谓"生活"也被"生存"和"存在"所取代。在先锋小说中，时间被处理成抽象的东西，它或者从叙事的具体功能中消失，或者被故意颠倒，成为"固体"的事物而不是"流动"的维度。在余华的《往事与刑罚》中，一封内容为"速回"的电报，让主人公回到的不是某个地方，而是过去的某个时间，但接下来某个时间又变成了刑罚之一种。这样，历史具体性的消失，换来了历史的哲学内涵的彰显。这也是使先锋小说和新历史主义小说能够越出通常的社会主题与具体的历史内容，而接近于哲学、人性与存在的深度的一个原因。

余华曾明确阐述过他的时间观："在那里，时间固有的意义被取消。十年前的往事可以排列在五年前的往事之后,然后再引出六年前的往事。同样这三件往事,在另一种环境时间里再度回想时,它们又将重新组合,从而展示出新的含义。时间的顺序在一片宁静里随意变化。"㉙ 这就是说,作为经验和某种生活的启示录,在关于记忆的某种叙事中,时间恰好不应用突出自己的刻度来夸大其作用,当它刻意显示自己的具体性时,恰恰缩小了自己的作用,当它回到时间的本来意义(即永续)时,也就变成了存在与启示。在这方面,《许三观卖血记》是个例子,在一些论者看来,它也许是个"现实主义"的作品,但时间常态的社会性标志的淡化,却使它"溢出"现实主义的设限。因为余华并没有把当代社会历史坐标中的时间要素推向前台,而是出奇制胜地用"卖血"的频率代替了时间的现实刻度,使之成为生存的刻度。这样叙事节奏也便成了生命与生存的节奏。它由慢到快,由疏到密,再戛然而止,这种节奏本身即揭示了作品的主题,也揭示了个体人生的速率,即人生犹如卖血,是"用透支生命来维持生存"的,同时,时间在人生中是"加速度"的,死亡也是如此。《许三观卖血记》由此成为一部哲学求问录,而不只是一部小说。

与此同时,余华又说:"当我越来越接近三十岁的时候……在我规范的日常生活里,每日都有多次的事与物触发我回首过去,而我过去的经验为这样的回想提供了足够事例,我开始意识到那些即将到来的事物,其实是为了打开我的过去之门。因此现实时间里的从过去走向将来便丧失了其内在说服力。似乎可以这样认为，时间将来只是时间过去的表象。如果我此刻反过来认为时间过去只是时间将来的表象时，确立的可能也同样存在。"㉚时间在这里显然又具有了其内在逻辑，它的过去和未来在冥冥中是统一的，这就像博尔赫斯所说的，过去和未来，两个博尔赫斯在互相寻找，中间的必然的和迷宫般的距离就构成了他的命运。这也和海德格尔在他的《存在与时间》中所阐释的时间的三度性——即以"将来"为本位，未来、现在（已到来的未来）、过去（经由过的未来）——构成了某种一致性，但更符合中国人的"变通"性的思维传统。海德格尔认为人的时间概念产生于对死亡（未来）的"畏"，所以时间的总的方向是未来，而余华认为时间过去了也同样构成了本位性的维度。这和孔子所说的"未知生，焉知死"也有一致性，也许是因为对未来的某种"畏"与"烦"，才使中国人更喜欢面对过去，把过去看作是命运的起点。

　　《活着》可以作为这一观念的例证，时间在这部作品中呈现了复杂的情形。主人公福贵可以说是一个生活在"时间过去"里的人，从他开始赌输那一天起，实际上他的一切的"将来"都已注定要汇入这一"过去"之中。当他所有亲人连同他的财产一起化为乌有时，他的"活着"便成了两种时间——生者（还在延续的时间）和死者（已终止的时间）之间的一种比照和对话。天上与人间，生死两茫茫。这和《红楼梦》和白居易的《长恨歌》中那种时间模式相似，因此它非常感人，具有某种"煽惑性"。这种格局既能显示出人生的短暂与无常，又可以在叙事上显出"未亡人"余生的漫长与凄凉——"迟迟钟鼓初长夜，耿耿星河欲曙天"。它所昭示的是，人生就是被剥夺的过程，一点点开始，其实死亡从年轻时代就早已开始了。人生如同赌徒，赌得干净彻底时，他的生命才会终结。

《活着》的意义当然不排除它真实而严峻的历史批判内涵，但它更是对于生存的哲学追思。它的"简单"使它成为一部复杂的作品，正是得益于其时间意念。余华在看似不经意间，巧妙地运用了他的时间修辞，构造出一个近似中国传统哲学与美学情境的命题——历史并未呈现为"进步"与"光明"，相反在哲学的意义上，除了个体和普遍的共同悲剧与终结（死亡）体验之外，一无所有，小说感人的诗意正来源于此。

四　余论：关于时间修辞与叙事美学的思考

整体上看，当代作家在时间意识方面呈现了多维度的变化。在许多有着自觉文化意识与艺术追求的作家那里，对一维进化论时间观的颠覆和反思，对中国传统时间意识的重新认同——不管是自觉抑或是出于"集体无意识"——都是其作品的艺术品质和历史、生命、命运感得以呈现的最内在和最主要的原因。当然，处理的方式会有种种的不同：比如扎西达娃和马原，由于他们对藏族文化的亲和与理解，他们小说中的时间出现了复杂的交错感，远古时间与现代时间的错位交叠，现代文明所理解的时间与藏族人神秘主义思维所理解的时间之间的交错，还有时间的不断轮回——在扎西达娃的《西藏，隐秘岁月》中，一位叫作"次仁吉姆"的女性至少出现了四度化身。在"新写实小说"中，作家也常常采用了"时间流水账"的方式来进行叙述，比如池莉的《烦恼人生》就是用了一天的故事来影射主人公的一生，用了表面的喜剧叙述来传达一个悲剧的寓言；在一些"新生代作家"那里，对"时间现在"的强调，又重新成为他们歌赞现世与当下生存之合法性的秘诀，通过对时间整体性的刻意取消来消除叙事中的历史维度，并夸张地叙述他们新式的放浪形骸、沉湎感官享乐的"青春之歌"，以及他们的新世界观与美学……作家的时间意识呈现了多向的分裂趋向，叙事的发展变化也没有显示出一种已然固化的向度与态势。可以说，当代文学依然处在美学的分化与多元变动中。而且本文也不想通过在时间线索的梳理中，将这个过程"线性化"，或者以另一种"进步说"来简单化和庸俗化地评价这个过程——这也是一个很容易陷入的窠臼。本文的目的是通过一个内部要素的分析探源，来看出当代文学叙事及其美学变演的一些奥秘。在这个前提下，值得强调的大概还有这样几个方面的问题：

首先，一个民族的文学叙事固然是丰富的，但其中所能够提供的独特经验模型却总是有限的。"奇书"叙事中所展示的完整的时间长度，其生命本体论的历史观、悲剧论和感伤主义的人生观，及其由此形成的宏伟结构、悲剧的历史诗学与历史美学，都可以说是我们民族最宝贵的东西，是种族的美学、生命记忆和审美感受方面的"集体无意识"。所谓"中国作风"和"中国气派"，所谓艺术中的"民族传统"与"东方精神"等一切要素，其根本都在于此。小说必须恢复这些要素，并在"现代"的意义与语境下得以创造性发扬，才会使之真正成为"现代民族文学"和"世界文学"的一部分。而关于中国传统时间修辞的恢复导致的"悲剧的复活"这一点，可以说是 20 世纪 90 年代最重要的文学成就，可惜一直无人给予认真的阐释。这是一个世纪以来中国新文学产生和成长的必然结果，也是其初步成熟的标志，必须予以充分的重视。

但我们还不能简单化地理解和看待中国传统叙事中的这种时间意识，因为即使是在《红楼梦》这样典型的悲剧叙事中，其时间修辞法也绝不仅仅是一个"完整长度"，其中也有着特有的"青春之歌"式的修辞方式。设想一切如果不是停止在主人公尚且年轻的时代——如宝黛爱情是终结在"黛玉之死"这一时间点上——如果不是让林黛玉青春夭亡，如何能使得他们的爱情成为永恒的憾恨，让人哀伤痛惜？假定林黛玉不是英华早逝，假定她与宝玉结了婚，而且还一直勉强地活到了老年，那时读者看到的，当然也不再是一场冰清玉洁的千古绝唱的爱情。那么《红楼梦》还是《红楼梦》吗？在这部作品里，作者所使用的时间修辞方式与白居易的长诗《长恨歌》一样，是两个时间概念，其中一个"时间"结束了，另一个"被抛弃的时间"仍然孤独地延伸前行，这样就造成了"上穷碧落下黄泉，两处茫茫皆不见"的感人悲剧。这是传统叙事时间修辞的丰富和多样性的典范。

其次，当代革命叙事是现代性时间观念推动下的叙事变革的产物，是其持续推进和极端化的结果。这决定了我们应该历史地看待它，并且要合理地评价其积极的意义，而不是仅仅看到它单一的未来时间维度所带来的虚假性。正像弗兰克·克默德所揭示的，"一切结尾都具有虚构性"，事实上由启蒙现代性观念推动下的文学叙事也有同样的问题。比如，中国是一个传统的农业社会，但却一直没有自己的"乡土文学"，而是只有"田园诗"。如果没有现代性启蒙观念的烛照，鲁迅和文学研究会的作家们何以会看到乡土中国的愚昧和破败？如果没有西方人的现代性时间叙述的强行介入，何以会有《檀香刑》中对孙丙的那种可笑的描写？鲁迅他们会和无数的先人一样，眼里是古老的山水和永恒的田园，而不是苦难和"落后"、麻木和自闭的危机，"从来如此"又有什么不好？莫言也不会写到原来的一个出色的民间戏子、一个猫腔艺术家和英俊的美髯公，居然变成了一个号称鬼神附体、用符咒巫术来对付洋枪洋炮的愚民。一句话，如果没有西方强势文化与现代性价值的强行介入，中国的古老文明不会呈现出"丑陋"的一面。是现代性时间观和价值观搭载在蒸汽时代的巨大机械和火器上，强行驾临于这古老的土地之上。这是一个由被动接受到主动选择的过程，如果说新文化运动与此前中国的文化变革之间有什么不同的话，那就是，它是一个从思想意识中完全变被动选择为主动接受的标志。至于当代的革命叙事，不过是西化的时间修辞方式同现代民族主体意识之间的矛盾产物罢了，一方面，新中国采用了西化的"公元纪年"，这表明她决心要将自己的历史编纂方式纳入到一个世界性叙事当中，这在中国历史上是第一次（中华民国仍然是采取了自己独立的纪年）；但同时，中国近代百年的屈辱历史记忆的反向作用又使她强化了自己的民族主义意识。她是在矛盾和犹疑中构建自己的文学叙事的，叙述胜利和夸张历史的断裂，正是她的这种矛盾与犹疑的产物。事实上，虽然中国也有自己的喜剧叙事传统，有着才子佳人的种种传奇模型，但当代革命叙事的主要资源与依照蓝本，却更多地来自西方；而90年代以来在形式上更加"先锋"的文学探索，其借重的影响资源反而真正包含了我们民族自己的东西，其悲剧叙事中更透见民族独有的美感神韵。这是一个有趣和值得研究的矛盾。

再次，通过研究不同叙事的时间修辞方式，来观察其结构与美学特征，比较不同民族文化背景下文学叙事的美学特点，分析其自身复杂的美学观念与叙事要素，是一个极具历史启示与哲学深度的本体论命题。在这方面，本文只是非常初步地提出了问题。

注释：

① 柯林武德：《历史的观念》，何兆武、张文杰译，北京：商务印书馆，1997年版，第177页。

② 柯林武德：《历史的观念》，何兆武、张文杰译，北京：商务印书馆，1997年版，第192页。

③ 彼得·奥斯本：《时间的政治——现代性与先锋》，王志宏译，北京：商务印书馆，2004年版，第3—4页。

④ 罗贯中：《毛宗岗批评三国演义》，齐烟校点，济南：齐鲁书社，1991年版，第2页。

⑤ 施耐庵：《金圣叹批评水浒传》，刘一舟校点，金圣叹评，济南：齐鲁书社，1991年版，第29页。

⑥ 严复：《原强》修订稿。

⑦ 恩格斯：《致玛·哈克奈斯》，《马克思、恩格斯、列宁、斯大林文艺论著选读》增订本，南昌：江西人民出版社，1981年版，第267—268页。

⑧ 列宁：《列·尼·托尔斯泰和他的时代》，南昌：江西人民出版社，1981年版，第390页。

⑨ 巴尔扎克：《〈人间喜剧〉前言》，《西方文论选》下卷，伍蠡甫主编，上海：上海译文出版社，1979年版，第167页。

⑩ 梁斌：《漫谈"红旗谱"的创作》，《人民文学》，1959年第6期。

⑪ 周扬：《1953年9月24日在中国文学艺术工作者第二次代表大会上的报告》，引自《文艺报》，1953年第19期。

⑫ 丁玲：《跨到新的时代来——谈知识分子的旧兴趣与工农兵文艺》，《文艺报》，1950年第2卷第11期。

⑬ 哈贝马斯:《现代性的哲学话语》,曹卫东等译,南京:译林出版社,2004年版,第7页。

⑭ 黑格尔:《序言:论科学认识》,《精神现象学》上卷,贺麟、王久兴译,北京:商务印书馆,1979年版,第7页。

⑮ 哈贝马斯:《现代性的哲学话语》,曹卫东等译,南京:译林出版社,2004年版,第8页。

⑯ 恩格斯:《致斐迪南·拉萨尔》,《马克思、恩格斯、列宁、斯大林文艺论著选读》,南昌:江西人民出版社,1981年版,第193页。

⑰ 巴赫金:《小说理论》,石家庄:河北教育出版社,1998年版,第280页。

⑱ 张清华:《从"青春之歌"到"长恨歌"——中国当代文学叙事演变的一个视角》,《当代作家评论》,2003年第2期。

⑲ 鲁迅:《中国小说史略·明之人情小说(下)》,《鲁迅全集》第9卷,北京:人民文学出版社,1996年版,第189页。

⑳ 鲁迅:《上海文学之一瞥》,《鲁迅全集》第4卷,北京:人民文学出版社,1996年版,第292页。

㉑ 杨沫:《青春之歌》,北京:人民文学出版社,1962年新1版,第49—50页。

㉒ 弗兰克·克默德:《结尾的意义——虚构理论研究》,沈阳:辽宁教育出版社,牛津大学出版社,2000年版,第4页。

㉓ 《老子·七章》。

㉔ 《庄子·逍遥游》。

㉕ 亚里士多德:《诗学》,第六章,伍蠡甫主编《西方文论选》上卷,上海:上海译文出版社,1979年版,第57页。

㉖ 弗兰克·克默德:《结尾的意义——虚构理论研究》,刘建华译,沈阳:辽宁教育出版社,牛津大学出版社,2000年版,第24页。

㉗ 《老子·四十章》。

㉘ 巴赫金:《巴赫金全集》第3卷,白春仁译,石家庄:河北教育出版社,1998年版,第286页。

㉙ 余华:《虚伪的作品》,《上海文论》,1989年第5期。

㉚ 同㉙。

原文发表于《文艺研究》,2006年第7期

在世界性与本土经验之间

——关于中国当代文学的走向及评价纷争问题

进入21世纪以来，关于中国当代文学的成就到底怎样，应该如何评价，发生了持续的争论。这些争论的基本分歧，可以看作是一个价值立场的矛盾。否定论者所坚持的是一个普遍的"世界性标准"，是从西方文学、"诺贝尔文学奖"的水准抽象出来的绝对性尺度；而肯定者则是以对中国"本土经验"的处理和表达，来阐述其历史和现实的变化及合理性。尽管双方都并未声称自己是在一个"特殊视角"或特定意义上来谈论中国当代文学，但透过其论述可以看出，这仍是一个"世界视野"与"本土经验"、"现代性"与"民族性"之间的基本对立。

这并非无意义的争论。虽然从普遍原理上说，世界性与本土性未必是对立的，民族性与人类性不但相通，而且还有着互相包容的关系，但是两者之间在特定条件下也会发生错位，两种立场本身会分别形成不同的价值本位。因此，必须要予以认真的关注和思考。从最低限度上说，目前的这场论争，可以说重新展开了关于中国当代文学的两个基本的评价尺度，打开了关于如何认识中国当代文学的问题空间；从长远看，则有可能会深刻地影响到中国文学的未来。因此，我以为有必要对其分歧的历史渊源和内涵做一番深入的分析，对于中国当下的文学究竟应该如何看待做一番辨析探讨。

一 一个命定的矛盾："走向世界"与"弱国心态"

20世纪80年代，在相对封闭将近三十年之后，中国的知识界和作家们不约而同地提出了"走向世界"的口号。1985年，北京大学的三位青年学者黄子平、陈平原、钱理群在《论"二十世纪中国文学"》一文中，明确提出了在"世界文学的总体格局"中构造"二十世纪中国文学"概念的想法，指出，"20世纪中国文学是在一种充满了屈辱和痛苦的情势下走向世界的"，"20世纪中国文学的每一个创造，都必须置于这样的坐标系中加以考察"。[①] 1986年7月，由曾逸主编，由王富仁等二十余位学者参与的《走向世界文学》一书由湖南文艺出版社出版，该书导言部分由曾逸撰写，其中明确提出了"处于世界性文学交流时代的任何作家，唯有在与他民族文学的交流之中，才可能成为独创性的民族作家，才可能成为世界性的文学天才"的说法。②但几乎与之同时，中国的作家们却发动了文学的"寻根运动"，强调"文学有根，文学之根应该深植于民族传统文化的土壤里"，而不是"模仿翻译作品来建立一个中国的'外国文学流派'"，五四以来要么学习外国，要么闭关锁国，"结果带来民族文化的毁灭，还有民族自信心的低落"。③上述例证强烈地表明，中国当代文学在"走向世界"这个神话式的过程中，历经着欢愉和痛苦，犹豫和摇摆。他们在兴奋的同时也心有余悸地为"现代主义"的变革寻找着合法保护。很显然，"朦胧诗"在七八十年代之交所遭受的批判给了作家们以教训，提醒他们必须在"现代"与"民族"平衡中、在"世界"与"本土"的二元命题中表述其探索冲动，方能取得合法性。因此我们看到，在早期的意识流小说和"现代派"（以王蒙、高行健等为代表）之后，便有了文化民族主义倾向明显的"寻根文学"；在有了20世纪80年代后期西化倾向明显的"先锋小说"的形式主义与哲学探求之后，又有了90年代初具有浓厚本土意味的回归现实主义的"新写实"；在历经了二十余年的西向学步之后，又在21世纪之初大谈"本土经验"。这一悖论似乎宿命性地纠缠着中国的作家，纠缠着20世纪以来的中国文学。

不过，这些纠结与矛盾，大抵并未越出"五四"以来中国文学的基本格局,没有越出近百年来"现代性"与"民族化"之间的持久错位与矛盾,说到底,与"启蒙与救亡的双重变奏"这一传统表述也仍然有着深刻关联,是它的持续延伸。虽然早在鲁迅那里即有了"有地方色彩的,倒容易成为世界的"认知,但多数情况下,地方性或本土性还是会与世界性、人类性之间产生龃龉。其中除了政治因素的干扰,最深层的东西则是源于中国人现代化进程的悲剧性开端——是被强加其身的,这个过程中充满了痛苦与屈辱的记忆,否则就不会有 1949 年以后将近三十年封闭的历史走势。而民族主义情绪的持续高涨,与近代历史的这种记忆的驱动有着基本的内在关系。对此,借用台湾诗人和学者余光中的解释或许是更能说明问题的,他说,"机器对于西方人的威胁,似乎只是时代的",是"因为机器声压倒了教堂的钟声",但"对中国人而言,还是民族的,因为它意味着西方文化对中国文化的挑战"。④显然,80 年代关于现代主义的恐惧情绪,所有关于西方思潮的论争,包括关于朦胧诗的论争、关于现代主义的讨论,都与这个大的历史逻辑的主导有关。所谓"文化寻根"某种程度上也是民族主义情绪的一种外化,它表明,现代主义或者西化意义上的"走向世界",很难单独获得合法性,它需要在本土与西化、民族与现代的二元命题中才能获得意义。因此,它一方面是在获得了"世界性眼光"之后对自身历史的重新打量,同时也是为了使"世界性"获得意义而做出的一种解释,甚至是一种"装饰"——面对20世纪80年代始终比较强大的政治保守主义情绪,要想使"世界性眼光"变成可行的现实,必须要借助"本土性"的表述,来规避政治与文化上的风险。

上述矛盾在90年代出现了延续中的转机。一方面,90年代初期中国经历的政治与文化紧张,使80年代激进的西化思潮遭到了抑制,这个年代蓬勃发展起来的现代主义与先锋派文学也遭受了批判;但很快,随着中国经济上的持续开放,在"全球化"和加入"WTO"的合法名义下,文化紧张迅速得以消除。到90年代后期,文学来自外部的压力已经日渐消退,市场这只看不见的巨手已经将原来的一切命题都"中性化"了。关于中国文学向何处去——是西向学步还是立足本土的争论,被彻底悬置了,失效了。不过,就文学本身而言,90年代倒是经历了一个真正的"黄金时代",如果说80年代中国作家更多的还是流于激进和西化的形式探索的话,那么90年代则是以日益成熟的形式深入地书写和凸显了现实中的"中国经验"。《废都》《长恨歌》《活着》《许三观卖血记》《丰乳肥臀》等长篇小说都是例子。可以说,中国作家经历了90年代政治与文化气候的变化,到"21世纪"之初已实现了一个文学观念的超越,那就是:他们逐渐放弃了类似苏联作家通过使"身份的政治化"——将自己变成"流亡者""异见人士"而"走向世界"的道路。这样的道路虽然在中国作家中也有高行健式的先例(他在2000年获诺贝尔文学奖),但随后中国现实与历史的奇妙转折，却使得这条道路变得不再现实和可能。中国作家越来越相信依靠真正的文学品质、依靠对本土经验的生动书写，而不是身份政治的优势。虽然这个转化中也隐含着问题，但就文学本身来说则是一个进步。某种程度上说它标志着中国文学"自信力"的获得也不为过。

然而到2006年，随着一位名叫顾彬的德国汉学家的介入，关于世界性与本土性的争论再度浮现出来，并演化成了一场旷日持久的争论。而且，由于争论主体的身份戏剧性地加入了西方人的角色，还使问题被空前地"国际化"和变得敏感起来。2006年末，一张地方报纸刊登了《德国汉学家称中国当代文学是垃圾》⑤的报道，结果引得舆论一片哗然。2007年春，在中国人民大学召开的"世界汉学大会"上，当顾彬教授同样以比较简单的方式，批评中国当代文学和作家"很差""非常差"的时候，作为主持人的北京大学教授陈平原当场批评他是"用了一个全称判断"来概括中国当代文学的总体状况，是"比较不严肃"的；但马上就有另一位支持顾彬观点的来自清华大学的肖鹰教授，批评陈平原的观点是"弱国心态"。⑥由此引发了一场报告会上的激烈争论，以及随后余波不断的书面讨论⑦。有关这些讨论，这里不拟展开评述，而我从中所体察到的一个最敏感的问题，是有关于"弱国心态"的话题。或许肖鹰对陈平原的批评是有道理的，但如果我们反过来质疑肖鹰的观点是否就一定是"强国心态"？

恐怕也很难说。这暴露了一个对于中国作家和中国文学而言的命定处境：无论你对一个西方学者的批评是持了怎样的态度，都逃脱不了"弱国心态"的宿命。因为很显然，在既定的东西方文化关系的理解和认知中，中国作家无论怎么写，都很难获得西方学者的承认——如果得不到承认，我们会陷入一种"他者"的尴尬与焦虑；如果受到了批评，我们便会为自己选择什么样的态度——是拒绝还是接受——而感到纠结；即便得到了承认，我们也会怀疑自己是否有效地传达了属于我们自身的独特经验，是否获得了文学的本土内涵……这一切麻烦就像赛义德所揭示的"东方主义"的秘密一样，"东方主义作为欧洲—大西洋统治东方的权力符号，比它作为有关东方的一种真实的话语更具有特殊的价值"。[8]显然它是一个"被赋予"的悲剧宿命的文化符号与角色，无论是应和还是抵制西方学者的看法，都同样体现了"他者"和"弱者"的处境与性质，无论我们是按照"世界性"的标准，还是持守"本土经验"的书写，都很难真正被这个由西方人建构起来的"世界文学"所接受。我们唯一能做的，便是对这种悖谬与期待焦虑的挣脱和反抗。

二　如何看待"顾彬式的批评"

或许这种挣脱和反抗,就是从对待顾彬的批评开始的。这是一个戏剧性的开始,当然也是一个不会有结局的开始。但至少这一次,为我们重新思考一种文化关系提供了机会。

任何批评当然都是一种权利,任何合理的批评都应该受到重视。顾彬教授作为一个汉学家,一个著述甚丰、为推介中国文学做出了贡献的学者,当然更有理由批评他"深爱的"中国文学,也理应受到我们的尊重。但尊重并不是"客气",唯有平等讨论问题才是尊重,仅仅因为他是一个外国人就不同意或不允许反对他的批评,那就不是尊重了。

从上述大的文化关系与文化逻辑角度看,我以为顾彬教授的一些具体的批评观点还是可以也应该细加辨析的,但更重要的是通过他的观点,来思考这些批评背后的文化关系、批评标准等更大的问题。虽然后来顾彬对他的说法做了一些补充和限定,指出了他"垃圾说"的特定对象,是指姜戎的《狼图腾》,还有卫慧、棉棉、虹影等一类市场化作家,但他关于余华、莫言、王安忆等作家的基本评价,也是"非常差"的。据笔者在场所见,他在2007年"世界汉学大会"上的发言确乎是整体性的判断——"如果说中国现代文学是'五粮液'的话,中国当代文学就是'二锅头'"。他的基本理由是,中国当代之所以没有好的文学,主要原因是中国当代的作家不懂外语,而德国的作家都懂几门外语,中国现代的作家也是懂得外语的,所以中国当代的作家对外国的文学不了解,对语言没有敏感性,视野狭窄……所以不会写出好的文学。后来在 2009 年,当作家李洱在德国杜塞尔多夫当面问及顾彬时,所得到的信息也是他基本不读这些人的小说。李洱问,"你说莫言的小说和王安忆的小说写得很差,……你能不能告诉我,莫言、王安忆的小说,哪一部写得很差,哪一部写得不太差,哪一部写得不差,我只有了解了这些,才能够知道你的评判标准。顾彬先生的回答是:都很差。……我问顾彬先生都看了王安忆的哪些小说,顾彬先生明白无误地说,他已经不读中国小说了"。⑨

假如从顾彬教授的具体观点看,他的多数说法基本是站不住脚的。他批评"中国作家胆子特别小"是有道理的,"基本上没有(代表中国的声音)。鲁迅原来很有代表性。现在你给我看看有这么一个中国作家吗?没有"。⑩这点似乎是说到了痛处,中国当代作家确乎缺少如鲁迅一样冲锋陷阵的人物,但是据此整体性地否定中国当代文学则是武断的。事实是,当代文学中并不缺乏鲁迅式的批判主题,一批代表性作家恰恰是自觉地传承了鲁迅作品中的批判主题——"人血馒头"的主题,围观与杀戮、权力与暴政的主题,精神胜利的主题。如果认真读过《许三观卖血记》《丰乳肥臀》《花腔》《檀香刑》《生死疲劳》《兄弟》《受活》

等小说，就不难看出其中尖锐的并不亚于鲁迅式的批判性意图。像《檀香刑》一类小说中所传达的，正是对鲁迅式伟大主题的再度展开：小说中被施于刑罚的人、行刑者和围观的人民，可以说是共同合谋演出了一场"檀香刑大戏"，它对中国文化的病根可以说有更具象和更尖锐的揭示。不知顾彬先生是否认真地读过，假如读过的话，是否还会坚持他的说法？他不会幼稚到一定要让作家成为政治上的流亡者，才会认为他有代表性吧。说到底，文学还是要靠独立的思想与艺术力量立足，作家不一定要在任何时候都跑到前台，来直接地表述他的立场。

"印象式"的判断与顾彬教授的某些个人好恶与私下经验联系在一起，这似乎情有可原。但他接下来的逻辑推论便很可疑。他说，"德国的作家都至少要懂得好几门外语，而中国作家不懂外语，所以对语言不敏感，所以不是好的作家"⑪。这个判断是失之简单的，一个作家懂得外语固然是好事，但这些须由历史条件所决定，中国当代的作家很少懂得外语，是因为他们小时候没有机会学习外语。但这并不能直接和完全地决定他们作为作家的优劣。因为说到底，掌握多门外语和成为好的作家，完全是"两种不同的才华"，中国有许多人外语很好，有的也涉猎文学写作，但他们并没有成为好的作家。中国作家虽然大都不懂外语，但并不妨碍他们通过翻译文本大量阅读外国作家的作品，不妨碍他们对世界文学特别是欧洲文学有深刻的认识和感悟。曹雪芹并不懂

051

得外语，但他仍然是汉语文学的大师，顾彬所提到的"代表德国说话"、会好几门外语的德国作家（包括他自己在内——他强调自己也是一位诗人）却不见得能够与曹雪芹相比。用欧洲文学的经验来判断中国文学的优劣，并不灵验。尤其是以一种不经意的"欧洲中心主义"的眼光来看待的时候，就更可能会出现偏差。

所以蔡翔的批评是有道理的，"历史并未终结，我们仍然活在我们自己的历史之中"，"我并不反对'世界文学'这一说法，这一世界文学应该是'全世界'的文学，而不仅仅是'西方'的文学"。[12]确实，假如从黑格尔的历史哲学的眼光看，今天的世界不过是生命世界与宇宙漫长时间中的一个阶段，他关于世界历史的整体观告诉我们，欧洲既不是世界历史的起点，更不是它的中心和全部。"'精神的光明'从亚细亚升起，所以'世界历史'也就从亚细亚开始。"[13]仅仅从最近几百年的历史看待世界历史，这个中心主义及其价值判断也是短视的。所以我以为，在"尊重"顾彬教授的同时，也要对他判断的出发点和思考问题的方式予以追问——追问的目的不是要建立另一个"中心"，而是要保持对于某种文化权力的警惕性。难怪同处在顾彬先生演讲现场的另一位汉学家，来自荷兰莱顿大学的柯雷教授，就毫不客气地拒绝了顾彬的认同诉求，"得了老顾，不要跟我说'我们西方'，不存在你说的那个'我们西方'，我和你不是一回事"[14]。

从具体的文学观与判断标准来看，顾彬的看法也有值得商榷处。以"语言本位"的视角来评价文学,对于跨文化的审视者来说尤不可取。当他批评中国当代作家"语言粗糙"的时候,他正面的例证竟然是阿城的小说,是"王蒙和王安忆前期的作品"⑮,在另一个电视谈话节目中,他又说"王蒙《组织部来的年轻人》不错,莫言是个落后的小说家"⑯,这些南辕北辙的谈论,明显暴露了他对于当代汉语文学语言状况的不了解和不内行。事实是,他所称赞的这些作品虽然对于 20 世纪 80 年代的文学富有意义,但其语言水准根本不能代表二十多年后今天中国文学的状况,假如说王蒙和王安忆前期的小说代表了中国当代小说的语言水准,他们自己也是肯定不能同意的,一般读者也不会赞成这样的看法。这表明,至少顾彬对中国当代文学的阅读经验是停滞在 80 年代的。他以"过时"的经验来判断当下中国小说和文学的优劣,态度显然是比较随意的。

还可以举出他在凤凰卫视谈话节目中的例子,顾彬批评金庸小说的理由,居然是因为他"用的是已经过时的方法来讲故事",他认为,"1945 年以后,基本上一个真正的小说家,不能够再讲什么故事,这个故事时代过去了"。且不说他谈问题并未说到点子上,单是他的判断逻辑就显得过于粗陋和简单。为什么把"1945 年"作为"故事时代"和"非故事时代"的分水岭?何以见得这一年后作家就不能再讲故事?他还说,"每天一个小说家应该写一页,然后第二天应该开始修改,第三天也可能继续修

053

在世界性与本土经验之间

改，这样可以提高水平"⑰。固然精雕细琢可以提高小说的语言品质，但"一天写几页"是可以规定的吗？这样的节奏对他自己可能是经验之谈，却未必适合别的作家。他用类似的逻辑来推论中国作家写作水准的低劣，不免令人有忍俊不禁之感：

什么叫小说，什么叫现代性格，如果你从德国来看，你会发现一个非常认真的比较好的德语小说家，他的小说不会超越100页、200页。可能小说里头才有一个主人公，一个德国小说家会集中在一个人的灵魂之上，比方说有一个瑞士女作家，她用德文写作，她写她的妈妈，一个苹果，写200页，没有写别的。……一个妈妈和一个苹果的关系写100页，语言美得不得了。有一个奥地利作家，他刚刚得了德国最高的文学奖，他写了120页，专门写一个世纪末的维也纳诗人，写他度假，度了两个星期的假，语言非常美，基本上没有什么故事，但是他完全集中在他的思想上。

但莫言跟一个19世纪的小说家一样，会讲好多好多故事，会介绍好多好多主人公，有的时候你觉得他小说里面的人，一共可能100个、200个，另外会有三代，有祖母，有爸爸，有年轻人。……这是以19世纪的方法来讲故事，现在在德国基本上没有什么小说家还会讲什么真正的故事。⑱

这些观点和评论方式，不禁会令人认同陈平原教授"不必太在意他"的说法。但透过观点，我们还是隐约可以看出一种不经意的"傲慢与偏见"。用德国作家"写一个苹果写 200 页"的写法，来验证一个中国作家写法的"落后"，不但会与他规定的写作速度相矛盾，同他要求中国作家成为"民众的代言者"也有南辕北辙之感。假如中国的小说家真成了这样的写手，那也就验证了歌德所说的"民族文学在今天已经算不得一回事了"的预言了。只不过，这个"世界文学的时代"预言却不是福音，因为它既不能挽救中国当代文学的"落后"，也无法医治我们作为"他者"的"弱小心态"。倒是歌德接下来的话可以给西方中心主义的偏见一些警示，他说："如果我们德国人不把眼光转出环视我们的狭小圈子之外，我们就太容易沦为冒充博学而又自高自大的人了……"[19] 这段话也许并不适合顾彬先生，但却可以对我们在"世界性"或"世界文学"这一庞然大物面前多一个观察问题的角度而有所启示。

三 "本土经验"的合法性与中国当代文学的评价角度

顾彬的角色和角度并非是没有意义的，在了解和认知其他民族文化方面，西方人仍然是我们的榜样。至少是歌德——而不是中国人提出了"世界文学"的概念,是他们才显示了超越民族的文化情怀。还有,至少在现场顾彬教授是使用汉语演讲的——没有哪位中国学者和作家可以用英语或德语与他对话,这确是值得我们汗颜和反思的。

不过反思我们的语言能力和学术能力,同认识中国当代文学的价值,仍是两个完全不能混淆的问题。顾彬的具体观点虽然并不妥当,但他却给我们带来了一个必须认真思考的"文学性"的问题,他强调自己是从一个翻译家、一个作家的专业身份批评中国当代文学,其中所包含的一个最主要的命题便是,从"国际化"或"世界性眼光"看,中国当代文学的"文学性"还不够强,质量还不够高。因为他同时称赞了中国当代的诗歌,认为它们是好的,并且已成为"国际文学"的一部分了[20]。言下之意,自然是说中国当代的小说还远不是国际化的文学。

他的评价方式让我们思考这样几个问题:第一,在现今世界,是唯有"国际化的文学"才有价值吗?第二,什么样的文学才符合"国际化"的标准?第三,文学靠什么来建立其国际性价值?第四,中国当代文学在这方面做得怎么样?

第一个问题无疑是常识,在文化全球化的当今世界,当然是具有"国际化"特点或者具有"国际化可能"的文学更有价值。但国际化靠什么来实现?是靠作家使用"双语"或者"多语"写作的能力吗?在欧美可能会有这种情况,但在世界其他地方则基本不可能。对于大多数从事写作的人来说，一生只使用母语写作是常态，至于阅读其他民族的文学，能够使用外语阅读"原著"当然是好的，但如果不能，像歌德那样读翻译作品也未尝不可。第二，"国际化"本身事实上也是一个悖反性命题——否则"越是民族的就越是世界的"该怎么解释？从中国当代文学的发展历史来看，正是中国作家逐渐获得"国际性视野"的时候，他们的本土意识才逐渐增强起来，在表达本土经验方面才有了一些起色和成功；反过来，也正是他们渐渐学会了表达"本土经验"的时候，他们才获得了一些国际性的关注和承认。人们都清楚，中国当代小说的真正变革，是从1985年前后的"寻根/新潮小说运动"开始的，这场运动的影响源不是别处，正是拉美文学的成功启示，马尔克斯、米斯特拉尔、胡安·鲁尔弗、博尔赫斯等人使用西班牙语或葡萄牙语书写拉美本土文化所获得的成功，启示和刺激了中国的作家们，使他们意识到，自己无法使用第一世界的语言写作，但却可以使用西方世界通用的"某些方法技巧"来写作，于是就有了用现代派方法书写探求本土文化的"寻根文学运动"。这实际上正是当代文学深层变革的契机。

很显然，无论在任何时代，文学和写作的"国际化"特质与世界性意义的获得，是靠了两种不同的途径，一是其作品中所包含的超越种族和地域限制的"人类性"共同价值的含量；二是其所包含的民族文化与本土经验的含量。对于中国当代的作家来说，两种例子都存在，我本人就曾询问过包括德国人在内的很多西方学者，问他们最喜欢的中国作家是谁，回答最多的是余华和莫言。问他们为什么喜欢这两位，回答是，因为余华小说所表达的与他们西方人的经验"最接近"；而莫言的小说则最富有"中国文化"的属性和含量。我相信这个说法有一定程度上的代表性，不管是余华对"人类性"和"普遍人性"的深刻书写，还是莫言对本土文化的传神表达，他们的作品都因此而具有了较大的"世界意义"，并因此获得了广泛的国际承认。

最后一个问题值得展开谈一谈，因为这个问题不只关乎当代文学整体成就的评价，还可以升华为一个关于"中国经验"的问题。我认为，和顾彬的判断恰恰相反，中国当代的小说在国际领域中所获得的承认不是比诗歌少，而是要多得多，小说家的作品翻译成外国文字的量，也远比诗歌要多。所以，顾彬先生对中国当代诗歌的肯定，如果不是因为对诗歌文体的偏好，就是由于他对中国当代小说的不了解。事实上，如果按照他对中国当代诗歌的肯定的理由去看，恰恰不是对它的褒扬，而是贬低——难道中国的读者真的需要中国的诗人们去"用汉语书写外国文学"吗？这或许恰恰从一个侧面暴露了中国当代诗歌存在的问题——对本土经验或多或少的忽视。

但我并不想贬低中国当代的诗歌而抬高小说，它们两者之间也有某种不可比性，我想说的是，中国当代的小说在实现"本土经验"的表达方面,确已获得了长足的进步,这是其成熟的表现。历经了 20 世纪 80 年代激进的西化思潮和技法借鉴,当代的小说家们已经基本完成了"技术的接轨",由"先锋小说"(莫言、苏童、余华等)开始才逐步获得国际承认这一点已充分证明,尽管他们并不懂西方的语言,但对西方的文学本身的理解、在理解西方伟大作家的思想精髓方面,并不逊色于西方作家对东方文化的理解。事实上,完全"准确"的跨文化理解是没有的,强调这种理解也是没有意义的,任何理解都不可避免地带有"误读"成分,而任何文化的误读都可能是创造的一部分——是创造的规律所在。歌德对中国小说的理解不见得是完全"准确"的,但他从一部三流的中国小说中看出了"世界文学时代来临"的讯息,并没有损害他的光辉,相反倒是见出了不同民族文化之间的有趣的错位与隐秘的内在联系。

因此在我看来,假如要寻求中国当代文学自身的价值和意义,要紧的是要看它们在表现民族文化、书写本土经验方面做得怎么样。说到底,中国人不需要用汉语书写的"外国文学",西方人也不需要用"外语"写成他们的"本国文学"。还是鲁迅那句话,"越是地方的,倒越有可能成为世界的",这个问题,我们自己必须清楚。

看看近十几年来的小说实践,我们也许有理由感到乐观,中国当代的作家们渐次学会了用更朴素的笔法来表现本土经验的写作路径：从90年代的《长恨歌》《丰乳肥臀》《活着》《许三观卖血记》，到进入21世纪之后的《檀香刑》《人面桃花》《生死疲劳》《山河入梦》，甚至《秦腔》《受活》《你在高原》等，都是明显具有"传统性"甚至"地方性"色彩的小说。如今不但已很少有人用"洋腔洋调"的语言来写作，而且在叙述的方法和美感神韵方面也呈现出对传统和本土经验的复归与认同。关于深层的问题——传统叙事美学和诗学方面的复活与复归问题，需要另外撰文探讨，这里我只说一点，那就是，如果我们不带浮躁和偏见地去看取90年代以来的小说特别是长篇写作的时候，应该有这样一个基本估价——它正在"前所未有"地走向成长和成熟。有人用现代作家的正面例证来反衬当代作家的低下和失败，但如果真正将巴金、茅盾、老舍、沈从文、张爱玲等现代作家的文本拿来与上述作品进行细读式的对比，会发现它们在语言、结构、美感、深度、在思想和艺术的复杂性等各方面不同程度的进步，一个内行和客观的读者一定能够看出其中的生长关系，而不会只从中看出蜕化和堕落。

我不认同对90年代以来文学的否定性判断，某种程度上我甚至认为这是一个世纪以来文学最好的时期，一个丰收的时期，一个艺术水准最高的时期，一个诞生了经典的文学作品的时期。事实将证明，90年代以来诞生的一批小说作品是会经得起时间检验的，很多年之后的人们将会怀念和艳羡这个时代——就像余华在《兄弟》的后记中所说的,一个当代的中国人活了四十年,相当于一个西方人活了四百年,这对于一个写作者来说是"可遇而不可求"的。这样一个急速变化的时代,一个叫人可以百感交集的时代,一个渐渐意识到自己民族的叙事奥秘和美感方式的时代,并不是每个时代的写作者都会遇到的。

归根结底,"本土经验"这一命题包含了这样几个维度:一是传统性,即作品所表现的文化经验是具有民族传统意味的,《长恨歌》和《人面桃花》无疑是这样的作品;二是本土性的具体化——即地方性或地域性色彩,包括小说家使用的地方性语言,所表现的富有地方性特征的内容,《受活》《秦腔》等都是典型的此类作品;三是本土的美学神韵,这一点比较复杂,什么是"本土美学",说清楚很难,但大致上我认为是具有传统色调的结构理念、具有传统性或者民间性的叙事内核、本土化的语言方式,还有民族特有的叙事结构与美感的作品。就像在《废都》《长恨歌》和《人面桃花》《山河入梦》中我们已感受和体察到的那种传统意境与神韵;在《活着》《檀香刑》和《生死疲劳》中我们所获得的那种难以拒绝的泥土气息,那种完全来自本土的叙述活力与滋味……就这些特点来说,它们绝不是孤独的个例。这些可谓是汉语新文学经过了将近一百年的探求和变革的结果,20世纪40年代到70年代中国文学也曾经强调"中国作风和中国气派",但那仅仅是在语言和风格学的意义上的,对于中国传统叙事的精髓和神韵的东西的学习，恰恰不得要领。而90年代以来中国当代小说对传统经验的恢复，则是深层和根本的。

四　中国当代文学的世界视野

多年来，对中国当代文学的诟病一直是个热门话题。中国当代文学究竟怎样？我们时常面对这样的追问。问题固然会很多，但是如果历史和现实地看待，回答就不会是一种粗暴和简单的否定。"垃圾说"很容易会得到呼应，因为我们这个时代基本的文化环境有泡沫化的趋势，文学自然也难于幸免。然而历史上"伟大的文学时代"其实也是由无数的泡沫所烘托出来的，没有哪一个时代的文学没有流弊和垃圾，伟大的盛唐也有"轻薄为文哂未休"的群丑，否则就不会有杜甫"尔曹身与名俱灭，不废江河万古流"的愤然诅咒；不朽的莎士比亚也不是光辉独照，而是身处所谓"大学才子"派的攻讦嘲讽之中；曹雪芹写出了《红楼梦》，却在其活着的时候几无知音，穷困潦倒，充斥文坛的倒多是他所抨击的才子佳人的俗套。我们对"文学史"的认知，其实是一个被披沙炼金和叙述浓缩之后的美丽幻觉。历史的本体其实就是现状中的嘈杂与纷乱的并生物。我们阅读鲁迅的全部过程，就是感受他所经验的垃圾充斥乱象丛生的文学现实的过程。"平安旧战场,寂寞新文苑;两间余一卒,荷戟独彷徨"的孤绝影像,是他对自己与时代关系的体验与描述,而这竟是五四新文学时代那"波澜壮阔"的历史景象吗?

所以,文学环境和时代流弊不是评价"一个时代文学究竟成就几何"的决定性前提,如果是的话,那倒是伟大文学必然的"伴生物"了。基于泡沫伴生物来否定一个时代的文学是毫无意义的。归根结底,这个时代文学的成就几何,还是要看它的精英作家所代表的艺术水准和所达到的精神高度。从这个意义上,我以为我们有理由来正面评价中国当代文学的成就,它在百年来汉语新文学历史上所实现的生长。

人文主义与世界视野,我以为是评价中国当代文学成就的一个基本立场。固然处理中国的现实与本土的基本经验是它的使命,但处理方式和依据则必须是普世性的价值原则。简言之,好的作家必须要依据人文主义标尺,对现代中国的历史和现实进行批判性的叙述,在这方面,当代作家并不比现代作家逊色。类似《活着》和《许三观卖血记》中对于当代中国底层民众命运的描写,其"卖血"隐喻对于中国当代历史的深入触及;类似《丰乳肥臀》中对于20世纪中国民间社会遭受侵犯并最终解体的血与火的描写,对于承受一切外力压迫、收容一切苦难与耻辱的人民的饱蘸血泪的同情;类似《檀香刑》那样对于专制集权制度下"刑罚历史"的概括,对于鲁迅式的"围观"与"人血馒头"主题的再度展现,以及对国民劣根与民族悲剧命运的尖锐揭示……都可以说是延续和光大了中国现代作家最核心的文学理念,深化了他们最重要的批判性命题。即便是《废都》这样带有争议的作品,在今天看,也可以说生动地揭示了当代中国社会的道德坍塌与知识界的精神溃败——假如说在将近20年前它问世之初,还显得在道德上有惊世骇俗之险的话,那么在今天,它所寓言的一切都早已有过之而无不及地变成了现实。固然在小说的表层叙述中确弥漫着污秽之气,但隐含在文字背后的悲剧力量与批判意味,却也随着时间的流逝和历史的验证而得以彰显。

值得提到的还有《长恨歌》这样的小说。从表层看,它也许不像前几部作品那样尖锐,但它所叙述的20世纪上海的历史,也在烟雨苍茫的巨大弯曲中显现出了充满荒谬感的悲剧逻辑。"革命的上海"最终还原为了日常生活的上海,欲望与小市民的上海,灯红酒绿和红尘滚滚的上海,这一切与它最初作为殖民地和冒险家乐园的底色实现了反讽性的重合,历史的逻辑最终消除了革命和政治,并因为一个女人红颜薄命阴错阳差的一生,而生出令人扼腕叹息的诗意。这部小说以它强烈的传统色调的叙事,实现了一个用人文主义处理中国现代历史的范例,因而也就获得了其本土性与世界性兼具的品质。

总有人对中国当代作家的思想状况与能力表示担忧,认为他们除了"语言问题""思想问题"之外,还有"世界观问题",[21]

但这些担忧其实并不出自对作品的阅读,而是出自偏见和印象。我只消举出李洱的《花腔》和艾伟的《爱人同志》,就足以说明他们作品中强烈的人文性与"普世价值"。《花腔》所叙述的是在20世纪中国革命历史中的"个人之死",主人公"葛任"即是"个人",小说中无论哪种政治力量都并不真正需要他,都想在某个时刻置其于死地,但又都不想落一个杀害他的恶名,而恰好可以让他"殉难"于抗战之中,变成"民族英雄"。我想任何一个有头脑的读者和批评家,都会从这部作品中看到一个巨大的历史寓言,都会为自己的时代产生了这样的作品而感到欣慰。还有《爱人同志》,它讲的是七八十年代之交中越边境战争所引出的故事,一位战场上失去双腿的荣军隐瞒了他负伤的秘密,他不是一位真正的英雄,而是因为在战场违纪而被意外炸伤,但意识形态的需要虚构了他的事迹,他"被叙述成为"了一个英雄,在20世纪80年代的社会环境中获得了很多好处,并且渐渐依赖于这样一种身份;可是在90年代的市场时代,他渐渐被淡忘和抛弃了,他的价值与光环的丧失,甚至使他那位崇拜英雄的妻子也失去了最后一点尊严,他最终不但沦落成了杀人的罪犯,而且失去了最基本的生存条件。就在他满腔悲愤地自焚而死之后,当地的官员又将他叙述成了"体谅国家、从不伸手"的道德典范。这个作品的批判性我想也不需要多加解释,作家虽然巧妙处置,也仍然可以看出他尖锐的思考和对当代中国社会与价值问题毫不回避的批评。这样的作品所表现的，就是被纳入了人文主义与世界视野中的本土经验或经验的本土性。我想它们足以回答"当代文学究竟状况怎样"的质问。

世界视野不只表现在价值的批判性与反思性上，同时还表现在文化与思想的对话性上。与巴赫金的对话理论相似，许多中国作家都在自己的作品中隐含了与西方文化、与世界其他文明进行对话的主题，这表明他们有充分的自觉意识来强化自己作品的世界性。莫言的每一部长篇小说中，几乎都有一个对话性的人物或事件，如《丰乳肥臀》中所嵌入的一个基督教文明的符号马洛亚牧师，《檀香刑》中经常对中国文化评头论足的德国总督克罗德，《蛙》中的日本作家杉谷义人，都暗含了一个与西方文化、与西方的读者进行对话的意图，希望他们从中看出中国的历史，看出一个中国作家对世界和自己民族的认识与反思，类似的对话性人物在其他作家的作品中也十分常见，《兄弟》中带有自我反讽意味的周游世界的人物"余拔牙"，《一句顶一万句》中的詹牧师，还有《受活》中"购买列宁遗体"的"后革命神话"的嵌入，等等，这些作品都十分敏感地传达了中国作家对于中西方文化关系的思考，显示了他们希望以敞开的方式叙述"中国经验"、展现中国近代以来逐渐接近和"走向世界"的道路，以及在这一过程中的心路历程，和这一切在当下中国所形成的"壮观的时间流动"（萨特语）。正是这种世界性的视野，使"中国经验"被激活和深化，生发出更强烈的本土意味与创造力量。

我并不想说中国当代文学是完美的，还是那句话，泡沫和流弊定然是存在的，精神的颓败和创作生产的粗鄙化趋势也是明显的，浮躁之气正销蚀着写作者的职业操守……但就文本而言，我仍然坚信大浪淘沙中有黄金，水落石出中有足以传世的好作品在。批评是每个读者的权利，但是这权利的获得和有效还需要建立在真正的阅读之上，偏见和断言虽然会吸引眼球，却不能服人。

注释：

① 黄子平、陈平原、钱理群：《论"二十世纪中国文学"》，《文学评论》，1985年第5期。

② 曾逸主编，王富仁等著：《走向世界文学》，长沙：湖南文艺出版社，1986年版，第53页。

③ 韩少功：《文学的"根"》，《作家》，1985年第4期。

④ 余光中：《中国现代文学大系·总序》，台湾巨人出版社，1972年版。

⑤⑩ 见《重庆晨报》，2006年12月11日。

⑥ 因为笔者是参与会议的在场者，故可以对以上叙述负责。顾彬谈话的大意是：他没有说过"中国当代文学都是垃圾"，但意思是差不多的，他认为中国的作家素质低下，不能代表中国的声音，而且大都"不懂外语"，"德国的作家至少会懂得几门外语"，因此中国当代文学不可能是好的文学。"如果中国现代文学是'五粮液'的话，那么中国当代文学就是'二锅头'。"但他环顾了坐在旁边的几位中国诗人王家新、唐晓渡等，则又补充说，"中国当代诗歌是好的，但那已是'外国文学'了——不，是'国际文学'的一部分了"。

⑦ 肖鹰、陈晓明、王彬彬、蔡翔、张柠、赵勇,甚至作家李洱等都有文章参与了论争。参见肖鹰:《顾彬不值得认真对待吗?》,《文汇读书周报》,2007年4月15日;《王蒙、陈晓明为何乐做"唱盛党"》,《羊城晚报》,2009年11月21日。陈晓明:《再论"当代文学评价"问题——回应肖鹰王彬彬的批评》,见"左岸文化网"http://www.eduww.com;《中国文学达到了前所未有的高度》,《羊城晚报》,2009年11月7日;《世界性、浪漫主义与中国小说的道路》,《文艺争鸣》,2010年第23期。蔡翔:《谁的"世界",谁的"世界文学"——与德国汉学家顾彬先生商榷》,《文汇报》,2007年4月22日。张柠:《"垃圾"与"黄金":中国当代文学评价的两个极端》,《羊城晚报》,2009年11月14日。

⑧ 爱德华·赛义德:《赛义德自选集》,谢少波、韩刚等译,北京:中国社会科学出版社,1999年版,第6页。

⑨ 李洱:《关于赵勇教授〈顾彬不读中国当代小说吗?〉一文的回应与说明》,《作家》,2010年第7期。

⑪ ⑭ 顾彬和柯雷两位在2007年"世界汉学大会"做上述发言时,笔者是在场者。

⑫ 蔡翔:《谁的"世界",谁的"世界文学"——与德国汉学家顾彬先生商榷》,《文汇读书周报》,2007年4月15日。

⑬ 黑格尔:《历史哲学》,王造时译,上海:上海世纪出版集团,2001年版,第102页。

⑮ 肖鹰:《顾彬不值得认真对待吗?》,《文汇读书周报》,2007年4月15日。

⑯ ⑰ ⑱ ㉑ 顾彬:《我没说过"中国当代文学是垃圾"》,2010年3月22日11:02凤凰卫视《锵锵三人行》。

⑲ 歌德:《歌德谈话录》,引自伍蠡甫主编《西方文论选·上卷》,上海:上海译文出版社,1979年版,第469页。

⑳ 据笔者所见,顾彬当时的原话大体是:中国当代诗歌是好的,不过它们已经不是"中国的文学",而是"外国文学"——不,是"国际文学"的一部分了。

原文发表于《文艺研究》,2011年第10期

辑

二

II

叙述的极限

——论莫言

> 长篇小说是一个多语体、杂语类与多声部的现象……小说艺术家把这一杂语提高铸成了完整的形象,这形象身上透露着全部对话的余音,充满对这一杂语中一切主要声音语调上的艺术上有意为之的反响……
>
> ——巴赫金《长篇小说的话语》

> 在这双农鞋粗陋不堪、窒息生命的沉重里,凝结着那遗落在阴风猖獗、广袤无垠、单调永恒的旷野田垄上的步履的坚韧与滞缓……这双鞋啊!它浸透了农人渴求温饱、无怨无艾的惆怅。这样的器具属于大地,它在农妇的世界里得到保护。
>
> ——海德格尔《艺术作品的本源与物性》

我感到徒劳的危险。

用什么样的词语和概念可以概括他的写作？任何一种企图都会因为这个作品世界的过于宽阔、巨大和生气勃勃而陷于虚飘、苍白和支离破碎。我甚至找不到一个差强人意的题目，因为他太综合了，他的江河横溢和泥沙俱下，他的密密麻麻与生机盎然，他的粗粝奔放又精细入微，他的庞大理念与泛滥感性，他的来自泥土大地的根根须须原汁原味，他的横移于欧风美雨的形形色色洋腔洋调，他的民间的丰饶野性与芜杂欲望，他的人文的大雅情趣与磅礴诗意，他的杂花生树、繁缛富丽、肢体横陈、汪洋恣肆……使任何题目都失去了譬喻的意义。尤其是在《丰乳肥臀》和《檀香刑》之后，莫言已不再是一个仅用某些文化或者美学的新词概念就能概括和描述的作家了，而成了一个异常多面和丰厚的，包含了复杂的人文、历史、道德和艺术的广大领域中几乎所有命题的作家。

因此我用了"极限"这样一个字眼，试图为这篇蛇吞象式的文字找到一个起点。什么是"叙述的极限"？上面的描述很言不及义，但包含的意思很明显，即莫言在其小说的思想与美学的容量、在由所有二元要素所构成的空间张力上，已达到了最大的程度。他由此书写了当代小说的一系列"记录"，创造了一系列极限式的景观——自然，文学的写作不是"跳高"，一切尺度都必定是建立在艺术之上的,莫言是在艺术的范畴里做出了最惊险、最具有观赏性和"难度系数"的动作,这使他成了最富含艺术的"元命题"的、最值得谈论的作家。

极限有不止一种的表现。我在一篇题为《文学的减法》的文章中,曾谈论过余华将"减法"运用到了极致的特点,他成功地把"历史"和"现实"删减成了"哲学",通过对事件与背景的简化和剥离、对具体性的抽象化,实现了对叙事内容的"经验与形式"的提取,由此达到了"形而上学"的高度,并获得了朴素和更高意义上的真实,《活着》和《许三观卖血记》正是这样的成功例子。[①]如果这样的概括是有道理的话,那么,莫言恰好和余华是一对相反的例子——他不是运用"减法",而是运用了"加法"甚至"乘法",他是成功和最大限度地裹挟起了一切相关的事物和经验、潜意识活动,以狂欢和喧闹到极致的复调手法,使叙事达到了更感性、细节、繁复和戏剧化的"在场"与真实。

"叙述的极限"有表层和内里的两种表现:《欢乐》中长达八万字不分段的极尽拥挤和憋闷,堪称是形式上的极限;《酒国》中通篇的漫不经心地将写真与假托混为一谈的叙述,堪称是荒诞和谐谑的极限;《檀香刑》中刽子手赵甲以五百刀对钱雄飞施以凌迟酷刑的场面描写,堪称是极限,这样叫人惊心动魄的行刑场面,在古今中外的文学里堪称闻所未闻,可它同最后行刑孙丙时的檀香刑大戏相比,却还仅仅是一个"铺垫";在《红高粱家族》中,奶奶中弹倒地时插上的何止万字的"临终抒情"与回忆场景的壮丽笔法,堪称是抒情的极限,但和二奶奶恋儿之"奇死"——"诈尸"之后大骂不止的奇闻相比,又不免有小巫见大巫之嫌;《丰乳肥臀》中"配种站长"马瑞莲用马配牛、驴配猪、绵羊配家兔的骇人听闻的方式,进行她的所谓"无产阶级科学实验"的描写,堪称是荒谬的极限,但这和整个作品中母亲上官鲁氏一生的复杂和苦难的传奇比起来,却又显得那样平易和简单……这样的极限在莫言的小说中绝不是少量的例子。但这也还只是叙事的"表层",在深层的意义上,莫言还创造了另一种极限,比如结构上的宏伟与磅礴——《丰乳肥臀》不是当代小说中"部头"最大的,但却是结构最宏伟和壮丽、最具历史辐射力的小说;《檀香刑》在表现中西文化冲突、传承新文学"吃人"主题传统方面是不是最深刻的一部小说可以讨论,但在叙事上却称得上是最富狂欢气质、最接近"戏剧"的小说;还有莫言在最近的一次演讲中所提出的"不是代表老百姓",而是"作为老百姓写作"[②]的观念,也堪称是确立了当代作家"写作伦理"的"底线",这看起来是最低的,但也许又是最高的。至少在我看来,在当代的语境中,他的这种反省式的表述其实是最睿智和精确的——不仅是一种说话的"艺术",更是彻底令人感动的良知。

大地的感官：阿都尼斯的复活

从"人类学"的角度来看莫言，也许是一个"捷径"。从这个角度，复杂的问题会变得简单和清晰起来。艺术的复杂与综合，其实是一切生命样态本身的复杂所导致的映象，在当代中国，哪一个作家能像莫言这样，对人类学的丰富要素有如此的敏感和贴近的理解？他的小说中洋溢着的生命意识、酒神精神，他的活跃在细节与"神经末梢"上的本能与潜意识，他的狂放的反正统伦理的思想、崇高与悲剧的气质，他的源自大地的根性与诗意的境界，他的小说经验的民族与世界的双重性，还有他的充满魔幻色调的叙述、狂欢化的叙事美学……其实都与人类学有着最直接和密切的关系。如果说这一切构成了一棵生机勃勃枝繁叶茂的大树，那么人类学就是它的深扎于大地之中的根。是人类学丰富的思想滋养"点化"了莫言，使他原有的丰厚和朴素的民间文化经验被提升，成了可以具有跨文化的沟通可能的"人类经验"。

这颇近似一个点石成金的过程，"越是民族的就越是世界的"，人们已公认了这样的道理，但什么是"民族的"和"世界的"之间的桥梁？这正是人类学的方法和视野。这样的方法使他的描写超出了一般的"民俗"或"乡土风情"的范畴，而变成了"人性"范畴中的生命内容。从早期受到孙犁这样的性灵与风格作家的影响，写出了《售棉大道》《黑沙滩》《民间音乐》《三匹马》……到在北京军艺受到新文化思潮与方法的影响，写出了历史与人类学相激荡的《红高粱家族》，他的经验方式完成了一次蜕变，他由此成了一个真正意义上的"大地的感官"，也由一个民间的歌手，变成了一个"现代"的作家。

当然，在这一过程中"知识"远远不是最重要的，甚至对一个优秀的作家来说，"方法"也不是。即使是对他最有影响的福克纳，莫言也声称读他的东西"顶多十万字"[3]。最重要的是思想所带来的视野的拓展。1985年是一个文化人类学的风暴席卷庸俗社会学和政治伦理学的年份，也正是在这一年当代文学发生了突变。在这个突变中，新的"形式"和"方法"固然是影响的因素，但最根本的动力，还是人类学对伦理学的"革命"。在这个年份之前，很多作家已经接近于对诸如"人的生物本能"和某些"地域风俗""板块文化"的探讨，比如张贤亮的《绿化树》和《男人的一半是女人》之类，对人的自然人性的描写已不可谓不大胆，但是探求的视野，却仍明显地受到社会学与政治伦理学的框定。与"寻根"思潮有着瓜葛的一些作家，他们的作品中都流露出了某些人类学的思想，可是这些作品中"观念"的痕迹却往往大过了"内容"，方法裸露，所描写的具有人类学意味的场景内容却不多。而在莫言这里，"方法论"却轻易地就变成了"感官的本能"，他不知不觉地就绕过了对别人来说是难以逾越的屏障,把道德视域内那些看起来非常"危险"的东西,轻易地就变成了"合法"甚至崇高的东西。这其中奥妙何在?正是人类学的"生命诗学"发酵了他的那些乡村生活经验,使他越出了当代作家一直难以胀破的乡村叙述中的风俗趣味、伦理情调、道德冲突,而构建出了一个全然在道德世界之外的"生命的大地",一部由人性和欲望而不是道德和伦理书写的民间生存的历史。

这是非常奇妙的,犹如一座神殿的建立和一扇魔窗的打开,世界的绽放、存在的敞开和生命的起舞,都是自动涌现的,莫言看到了这个更深邃和生机勃勃的世界,也更无遮障地深入到人的内心世界之中。就像他在《透明的红萝卜》中所写到的那个深秋大地上的爱情故事,以及那个少年的"牛犊恋情结"一样,它们在地瓜和萝卜被烧烤出了芬芳的气味之时,达到了幻想中生命的高潮——"透明的红萝卜"是什么?是少年"黑孩"潜意识中突然膨胀起来的性能力的隐喻,这能力后来由于两个成年男性——"小石匠"和"小铁匠"的两种不同的优势(压抑和去势)而消失,留下了难言的抑郁和怅惘。人类学的思想使这篇小说成为了足以触及人性最隐秘之地的诗,但这是一首人人都感到美妙却很少有人曾经真正读懂的诗。莫言在这里完成了一次"人类学场景"中关于"儿童性经验的合法书写",他没有简单和庸俗化地理解弗洛伊德,就像人类学家没有庸俗地理解弗洛伊德一样。我相信这是天赋,是对人性最富敏感和深邃的理解能力所导致的,是丰富的民间文化、乡村生活经验、原始思维在土地神话和乡村传说中的广泛遗存所影响和铸就的。从这个意义上，莫言可以说是一个东方式的"阿多尼斯"，是他首先复活了当代小说中的"大地"，使它显现出繁茂的生机。"高密东北乡"的"红高粱世界"，即是这大地的显形和载体。它对莫言的小说写作来说，具有决定性的意义。

英国人 J.G. 弗雷泽在他的人类学名著《金枝》中，曾用流传于古代西亚和中东一带的阿多尼斯神话，来研究早期人类的生命崇拜与艺术创造之间的关系，"大地外表上所经历的一年一度的巨大变化"使他们相信，大自然中一定有一位男神主宰着这一切，他定期地死去，然后又再次复生。"他的死亡带来了人们一年一度的悲悼活动"，而大自然生机的再现，也使人们相信他又一次从死神的怀抱中归来。西亚和希腊的悲剧与诗歌，同对这位神的祭悼仪式有着密切的关系。[④] 阿多尼斯唤醒了人们对大地的理解，他使人们通过自然外表的变化和自身的生命周期，读出了宇宙的节律，激发了他们对生命的热爱和崇拜之情，并由此创造了艺术。这使我相信，艺术在它诞生之初就具有了大地的属性，是生命和自然所孕育的结果，只是随着社会的发展，伦理学意义上的道德价值与判断渐渐拘泥了它的这种自然的伟大属性，艺术的观念渐渐被意识形态化了的道德逼挤得越来越偏狭化了。

我当然没有简单地反对伦理学的意思。但莫言的意义，正在于他依据人类学的博大与原始的精神对伦理学的冲破。他由此张大了叙事世界的空间，几乎终结了以往文学叙事中"善—恶""道德—历史"冲突的历史诗学模式，也改造了人性中"道德"的边界和范畴，构建了他的"生命本体论"的历史诗学。《红高粱家族》中的"土匪"，正是在这个意义上变成了真正的"英雄"。伦理学把人群简单地分为"善"与"恶"的两类，而人类学却把人类还原为活的生命体，它是"从生物学的角度来看待人类本身"，这样它就把为伦理学所遮蔽的壮丽的生存之诗鲜活地呈现出来。红高粱世界中的民间道德的核心，是自然世界的法则，生命的强力是这里唯一的领舞者。面对生命世界的大法则，那些世俗世界的小伦理显得那样虚弱不堪；面对酒神那英雄的迷狂和汹涌的诗意，日神统治下的理性、道德、一切功利化的价值判断则显得那样渺小卑俗。这也是面对"既杀人放火又精忠报国"的爷爷奶奶的壮丽人生，"我"却"深切地感到种的退化"的原因。

伦理学的肢解带来了"身体的解放"——作家毕飞宇的说法给了我启示，他说，莫言的小说是真正发挥到极致的"身体写作"，中国当代小说叙事中"身体的解放"是从莫言开始的——"不仅是写身体，而且是用身体去写"。这话是很有道理的，莫言小说中充满了身体的要素，这也是我将他比喻为阿多尼斯的一个理由。身体是感性和本能的载体，身体即是生命本身，所以在莫言的笔下,身体同时为他和他小说中的主人公带来了不可遏止的活力。从莫言自己来说,他得以在人物的"神经末梢"上展开他的写作,甚至他小说中活跃的无处不在的潜意识,都不是在"大脑",而是在身体和"器官"中展开的。某种意义上,"身体的道德"比形而上学的道德更具有真实感,更诚实可爱,这是莫言小说阅读快感的源泉,也是他笔下的人物之所以鲜活丰满的缘由。何以饱满丰盈,如飞行,如滑翔,如亲历,如毛孔张开,气味、颜色、形体、硬度和质感,一切都是原生的和毛茸茸地活在纸上,如河流一泻千里,如土地饱涨雨水……这都是"全身心"投入的结果。从这样的角度看,莫言小说中的那些"性"的本能和冲动,就不再受到那些没来由的误读,那些上官金童式的奇怪欲望,就不再被理解为匪夷所思的败坏。

还有动物的描写。在当代,没有哪一个作家能像莫言这样多地写到动物,这是莫言"推己及物"的结果,人类学的生物学视角使他对动物的理解是如此丰富,并成为隐喻人类自己身上的生物性的一个角度。读他的中篇小说《牛》的时候,我感到澎湃着的生命创痛,我甚至感到了这里面冲激着的人文主义情怀:被阉割的滴血的生命,只有驯顺地劳动的生命,被压迫和被虐待的生命,源于人之恶的苦难同时又折射了人之命运的命运,令人震惊又被人漠视了的生存活剧……这一切通过一个放牛孩子的眼睛、心灵和潜意识活动折射出来,这和早期莫言只是从神奇和灵性的角度看动物,似乎有了本质的变化,说明他对人类学的理解是一直在深化的。他写了马,写了驴、狐狸、蛇、猪、鸟、狗、狼……在《檀香刑》中,他甚至把每一个人物都与一种动物对应起来。

其实还有更多的问题,民间世界也只有在人类学思想的烛照下,才能成为和大地、酒神、历史、生命本体论的美学相连通的东西,而不只是习俗和风情;才能具有形而上学的诗意,而不是一般意义上的田园诗。《红高粱家族》和《丰乳肥臀》可以说达到了这样的境界,某种程度上《檀香刑》也达到了,但它对中西文明冲突中历史悲剧的强化,有意识地削弱了民间生存的自足。民间在这部小说中,不再具有先验的诗意优势,这也许可以看作是莫言"历史与人类学的二元叙事"中前者的强化和后者的衰退。

至于与人类学思想有更密切联系的"狂欢节叙述"或"狂欢化叙事",因为涉及复杂的美学与技术问题,我想另单独做一部分论述。

小说的伦理:"作为老百姓的写作"

刚刚在上面谈了反对伦理学的意义,马上就又来讨论"小说的伦理",但其实这是两个不同的范畴,用"生命"来反对"道德",本身也是小说伦理的一种体现,特别是当它演化成了用"民间伦理"来反对"主流习惯"的时候,它甚至还是一种高尚的追求。其实触动我写此文的直接因素,是莫言在去年早些时候的那篇演讲中所提出的一个看似平淡却或许会有深远影响的"作为人民的写作"的概念,"不是代表老百姓写作,而是作为老百姓写作"。我相信这种表述不是"作秀",因为我记起了那些眼泪——即便是他的一篇在我看来最不像小说的小说《天堂蒜薹之歌》,也深深地印着这样的痕迹:他是为最底层的老百姓写作的,是充满着血泪的文学,这似乎是最简单甚至看起来腐朽的道理,但它的感人之处正在这里,其中的悲愤和哀告,就是发自最弱小者的心灵,它没有丝毫的居于那些弱者之上的优越。一个作家的良知在这样的时候才可能真正接受考验,他会反对一切正统的道德,但却体现着这样的道德追求,人民的苦难就是他的苦难,人民的泪水就是他要在笔下化作的滚烫文字。他不会躲开他们,用了"艺术""生命"和"美"这样冠冕堂皇的理由。

我相信莫言对最朴素的写作立场的寻求:作家首先要放弃的,就是他对老百姓的蔑视,这样的蔑视很容易会和"爱"混同在一起。五四以来的作家们在写到这样的"人民"的时候,无不是充满了矛盾,"哀其不幸,怒其不争"——鲁迅是一个典型,他试图用文字来拯救他的人民,但事实却是他从未相信过他们是可以拯救的,阿Q、祥林嫂、孔乙己、华老栓、闰土……他们哪一个是可以拯救的?甚至他自己也不能被拯救——"狂人"就是他自己的一个隐喻,深深的孤独毁了他的自信。这就是启蒙主义者和他们的叙事自身难以解决的矛盾,某种意义上鲁迅后来不再写小说,也与这样一个矛盾有着深层的关系。在他之后,知识分子的从"为人生"到"为人民"的写作,无疑体现着他们对高尚的写作伦理的不懈追求,但其中不可否认的,也暗含了他们的优越感和权力思想。

有没有真正的"作为老百姓的写作"?我表示怀疑,因为真正的老百姓是不会也没有必要"写作"的;但我又相信莫言的真诚,这种将自己视同老百姓的"平民意识",是对一个世纪以来中国作家的写作心态的反省。这种反省固然跟20世纪90年代以来的文化情境——知识分子的价值追求遭到了来自商业暴力与意识形态的双重挤兑不无关系,包含了某种"表述的智慧",但也是基于对前人写作的认真思考。莫言之所以认同"民间"的价值立场,而对"知识分子"的写作姿态和趣味发生怀疑,在我看来既是对一个固执的自我幻觉的扬弃,同时也是对写作的价值和伦理的一个重新定位。其实也许可以这样说,以"知识分子"的心态去写作反而是无法真正"代表人民"去写作的,而只有"用老百姓的思维来思维",才会实现"真正的民间写作"——在事实上书写出人民自己的意愿,这应该是这句话的真正潜台词。正是在这个意义上，我认为这一概念是真正知识分子化的一种理解，不仅是身份的降解，也是一种醒悟，一种精神的自省与自律。我认为，莫言也许因此解决了一个问题，一个令20世纪中国的作家长时间地陷入迷途的问题。因为在多数情况下，"为人民"或"代表人民"的写作，虽曾以其崇高的人文和启蒙含义激励过无数的作家，但"被代表"之下的"人民"却往往变成了空壳——他们生活的真实状况和他们的所感所想，从未真正得到过揭示，正如德里达所欲图解构的"关于存在的形而上学"一样，"人民"无形当中的"所指"会变得隐晦不明。

这一文学的"民间伦理原则"，事实上在《红高粱家族》等早期的作品中就已经显形了。与以往类似题材的作品不同，《红高粱家族》的历史叙事的核心结构正是"民间"，是民间社会和民间的生活，由原来的边缘位置上升到了中心地位，过去一直处于"被改造"的边缘地位的人物变成了真正的英雄，"历史的主体"在不经意中实现了位置的互换，"江小脚"率领的抗日正规部队"胶高大队"被挤出了历史的中心，而红高粱地里一半是土匪、一半是英雄的酒徒余占鳌却成了真正的主角。以往关于"抗战题材"的主题就这样被瓦解了，宏伟的"国家历史"和"民族神话"被民间化的历史场景、"野史化"的家族叙事所取代，现代中国历史的原有的权威叙事规则就这样被"颠覆"了。

这也可以看作是对"真实"这一历史伦理的一种追求，是谁写下了历史？在被权威叙事淹没了的边缘地带，在红高粱大地中，莫言找到了另一部被遮蔽的民间历史，也告别了"寻根"作家相当主流和正统的叙事目的。有的评论家曾说，寻根文学是当代中国作家"最后一次"试图集体影响并"进入中心"的尝试，而莫言所选择的民间美学精神，却终结了这一企图。对于整个当代文学的历史来说，这一终结的意义是不言自明的。联系起来看，在莫言早期的《秋水》《白狗秋千架》《球状闪电》，乃至后来的《红蝗》、更晚些的《牛》等大量的中短篇小说中所描写的那些看起来并没有什么"立场"和"倾向"的民间生活，同他在《天堂蒜薹之歌》中所表现的强烈的民间道德精神，其实是从两个方面——民间自身的生机和被施暴的屈辱——确立了他的基本的民间写作伦理。在《天堂蒜薹之歌》里莫言所设置的民间艺人张扣，应该不是一个叙事的装饰，他的底层的社会地位，纯粹"民间"的话语方式，无处不在的本能式的反应，还有与百姓完全一致的立场与命运，都表明他是莫言所追求的民间写作伦理的一个化身。

但仅仅是"张扣式"的表达未免是过于直白了些，莫言热爱并为之感动，但却比他更"高"，他要把这民间的哀告和大地的忧伤连接起来，还要用"母亲"这样的人伦化身来激荡起它那高尚和神圣的内涵。《丰乳肥臀》才是最典型地体现着莫言对民间伦理的执着追寻的作品，他对被侵犯的民间生活的描写，同母亲

085

的苦难与屈辱、和大地的悲怆与哀伤一起，合成了一曲感人的悲剧与哀歌。

《檀香刑》可以看作是另一种例子，它所体现出来的民间伦理，因为两种文化的冲突而变得复杂起来。用时髦的话说，其中的"现代性"的思考，对"民间"的某些文化因素构成了烛照，也在一定程度上改变了《红高粱家族》和《丰乳肥臀》等作品中那种民间大地的诗意，民间在这里变得分裂和矛盾起来。比如民间生活化身是孙眉娘，作者对她的态度与对《红高粱家族》中的奶奶、《丰乳肥臀》中的母亲显然都是一致的，是对民间生命形态的由衷赞美；民间生活的"变体"是孙丙，他的生命形态就显示了一种可怕的分裂，他身上的英雄气质和装神弄鬼的愚昧，显示了民间价值在现代文化背景中的悲剧命运。某种意义上，民间文化本身是没有"落后"和"愚昧"之征象的，只是当它被另一种强势文化所侵犯，并呈现出某种必然的"反应症"的时候，才会显示出它"丑"的一面。孙丙的命运某种意义上既是民间文化在现代历史进程中的命运，也是莫言对中西文化冲突中的中国现代历史的思考。它使我相信，"知识分子"的东西在莫言的叙事中仍是足够多的，莫言所说的"作为老百姓写作"在本质上并不会放弃"知识分子"的人文价值追求，相反，还会得到更逼近人民和民间的体现，将二者更好地统一起来。

《丰乳肥臀》：通向伟大的汉语小说

　　这部作品的重要使我不得不专门来谈论它。"伟大的汉语小说"，我意识到这将是一个备受争议的概念，然而也将是一个必要和重要的小说概念。因为《丰乳肥臀》和几部诞生于90年代的长篇小说，这个词变得不再是一个虚构。《丰乳肥臀》是莫言迄今最好和最重要的一部小说，但现在关于这一点还远没有形成"共识"，甚至它还是莫言迄今受到最严重的误读的一部小说。即便在专业的批评家和研究者中，也存在着广泛的粗暴而简单化的误读。我不知道是什么原因造成了这种局面，是低能还是浮躁？这样一部真正具备了"诗"和"史"的品质、一部富有思想和美学含量的磅礴和宏伟的作品，为什么没有得到人们耐心的阅读和公正的承认？八年来我认真地将它读了三遍，每读一次都有新的认识，现在我更坚定地认为，它是新文学诞生以来出现的最伟大的汉语小说之一——至少它已经具备了某些这样的品质。就思想的深度和艺术的容量而言，不管是在当代，还是在整个20世纪的新文学中，能够和它媲美的作品可以说寥寥无几。

　　伟大的汉语小说应该具备哪些品质？我似乎应该首先回答这样的问题。我所以认同莫言所说的"作为人民在写作"的观点，首要的一个原因，也是莫言在这部小说中成功地实践了这一观点。因为他是"作为老百姓在写作"的，所以这部作品可以说是实践了"伟大小说的历史伦理"。这个问题要弄清楚非常不容易，但是也可以简单地说，一部书写历史的小说，是不是在体现作者的"历史良知"的时候体现出了最大的勇气，在接近民间的真实和人民的意志、"老百姓"的意识方面，达到了"最大的限度"，这是判断其品质高下的首要标准。《丰乳肥臀》对20世纪中国历史充满血泪和诗意的波澜壮阔的书写是无人可比的；它对人民和知识分子命运的深切关注和感人描写，它的秉笔直书的勇毅与遍及毛孔的锐利，在所有当代文学叙事中堪称是首屈一指的；它在把历史的主体交还人民、把历史的价值还原于民间、在书写人民对苦难的承受与消化的历史悲剧方面，体现出了最大的智慧。

请注意，我这里首先是把《丰乳肥臀》作为一部历史叙事的作品来谈论的。在中国文学的传统中，"历史"不但是一种书写的题材空间，同时也是一种品格与价值尺度，人们把杜诗称作"诗史"，把《史记》称作"无韵之离骚"，可以看出"诗"与"史"两者价值的互换，互为阐释和评价标准的特殊关系。能够写出"诗史"的诗人，也就变成了在"伦理"上最受尊敬的诗人——杜甫因之成为独一无二的"诗圣"。"史"是什么？在最古老的文字中，"史"的本义是"中"，《说文解字》说："史，记事者也，从又持中。中，正也。"可见，史的品质在于其"中正"和"真"。因此，秉笔直书即是史家之德，所谓"良史之笔"。

文学也一样，其实把历史交还于人民和民间就是最大的"真"，这需要勇气和胆识。从某种意义上，书写历史也是解释现实，反过来说，书写历史不能中正真实，往往也是因为现实的种种框定限制。反过来说，坚持历史的真，也就是对现实的正直的回答。从这个意义上说，以老百姓的立场——也即是"人民"和"民间"的立场来书写历史，体现了小说的根本伦理。

  伟大的小说当然要遵循这样一个伦理。我们曾充分地肯定当代先锋作家的"新历史主义"小说实验，肯定余华、格非、苏童、叶兆言等人的作品中丰富而新异的历史理念与叙事方式的探求，但同样也不要忘记，更具有"历史的建构"意义的，不仅是强调"怎么写"，而且更注重"写什么"的，可能还要数几位出生于50年代的作家。我看重《丰乳肥臀》中的历史含量，如果说先锋新历史小说是在努力逃避历史的正面，而试图去历史的角落里找寻"碎片"的话，莫言却是在毫不退缩地面对，并试图还原历史的核心部分。从这个意义上说，莫言的历史主义是更加认真和秉持了历史良知的。虽然"人民"这样的字眼如今已遭受到了"德里达式的"质疑，但我依然坚信，当我们在面对一段历史——尤其是一段具有一个完整的"历史段落"意义的历史的时候，"人民"，作为历史主体的意义，仍然是历史正义性的集中体现。这是伟大小说应该秉持的历史伦理学。

  然而崇高的伦理并不能单独构成"伟大小说"的要素，在

《丰乳肥臀》中，上述完整的历史段落是通过一位伟大"母亲"的塑造——即上官鲁氏走过了一个世纪的生命历程，来建立和体现的。这一点非常重要，某种意义上是这位母亲造就了这部小说的伟大品质。在已有了百年历史的新文学中，说这样的形象是第一次出现绝不是夸张。莫言用这一人物，完整地寓言和见证了20世纪中国的血色历史，而她无疑是这一历史的主体——"人民"的集合和化身。这一人物因此具有了结构和本体的双重意义。莫言十分匠心地将她塑造成了大地、人民和民间理念的化身。作为人民，她是这个世纪苦难中国的真正的见证人和收藏者，她不但自身经历了多灾多难的童年和少女时代，经历了被欺压和凌辱的青春岁月，还以她生养的众多的儿女构成的庞大家族，与20世纪中国的各种政治势力发生了众多的联系，因而也就无法抗拒地被裹卷进了20世纪中国的政治舞台。所有政治势力的争夺和搏杀，最终的结果只有一个——那就是由她来承受和容纳一切的苦难：饥饿、病痛、颠沛流离、痛失自己的儿女，或是自己身遭侮辱和摧残。在她的九个儿女中，除了三女儿"鸟仙"是死于幻想症，是因为看了美国飞行员巴比特的跳伞飞行表演（这好像和"现代文明"有关）而试图效仿坠崖而死之外，其余七个女儿都是死于政治的外力，死于各种政治势力的杀伐争斗，最后只剩下了一个"残废"的儿子上官金童。显然，"母亲"在这里是一个关于"历史主体"的集合性的符号，她所承受的深渊般的苦难处境，寓言了作家对这个世纪里人民命运的概括和深深的悲悯。

同时，这还是一个"伦理学"和"人类学"双重意义上的母亲：一方面她是生命与爱、付出与牺牲、创造与收藏的象征，作为伟大的母性化身，她是一切自然与生命力量的源泉，是和平、人伦、正义和勇气的化身，她永远本能地反对战争和政治，因此她代表了民族历史最本源的部分；另一方面她也是人类学意义上的"大地母亲"，她是一切的死亡和复生、欢乐与痛苦的象征，她所持守的是宽容和人性，反对的则是道德和正统。她个人的历史也是一部"反伦理"的历史，充满了在宗法社会看来是无法容忍的乱伦、野合、通奸、杀公婆、被强暴，甚至与瑞典籍的牧师马洛亚生了一双"杂种"……但这一切不仅没有使她的形象受到损伤，反而更显示出她伟大和不朽的原始母性的创造力，使她变成了"生殖女神"的化身。正是这一形象，使得莫言能够在这部作品里继续极致地强化他在《红高粱家族》时期就已经建立的"历史与人类学"的双重主题，使母亲变成这一主题的叙事核心与贯穿始终的线索。

这还是一个作为"民间"化身的母亲。她固守着民间的生命与道德理念，拒绝并宽容着政治是她的品格，所以她最终又包容了政治，当然也被政治所玷污。所有的军队和政治势力都是不请自来，赶也赶不走地住进她的家。在她身上，莫言形象地阐释出了20世纪中国主流政治与民间生存之间的侵犯与被侵犯的关系，这是另一种历史的记忆。她无法选择自己的生活,只能用民间的伦理和生存观念来解释和容纳这一切,这是她作为"民间母亲"的证明。如果说母亲在她年轻的时代亲和基督教,是因为她经历了太多"夫权"的虐待的话,那么在她的晚年,则是因为她经历了太多的苦难与沧桑。她认同了"乡土化了的"基督教文化,基督的思想并非她的本意,但她需要用爱和宽恕来化解她的太多的创伤,而这正是"人民"唯一的和最后的权利。莫言诗意地哀吟和赞美着这一切,饱含了血与泪的心痛和怜悯。这是伟大的民间,被剥夺和凌辱的民间,也是因为含垢忍辱而充满了博大母性的永恒民间。从这个意义上,母亲也可以说就是玛利亚,但她是东方大地上的圣母。

显然,母亲这一形象是使《丰乳肥臀》能够成为一部伟大的小说、一部感人的诗篇、一首壮美的悲歌和交响乐章的最重要的因素,她贯穿了一个世纪的人生,统合起了这部作品"宏伟历史叙述"的复杂放射性的线索,不仅以民间的角度见证和修复了历史的本源,同时也确立起了历史的真正主体——处在最底层的苦难的人民。

但《丰乳肥臀》的意义还不止于此,它的另一个重要的人物也同样具有强大的象征与辐射的意义,这就是遭受了更多误读的上官金童。这个中西两种血缘和文化共同孕育出的"杂种",在我看来实际是20世纪中国知识分子的化身。他的血缘、性格与弱点表明，他是一个文化冲突与杂交的产物，而他的命运，则更逼近地表明了知识分子在这个世纪里的坎坷与磨难。他身上的一切都是矛盾着的：秉承了"高贵的血统"，但却始终是政治和战争环境中难以长大的有"恋母癖"的"精神的幼儿"；敏感而聪慧，却又在暴力的语境中变成了"弱智症"和"失语症"患者；一直试图有所作为，但却始终像一个"多余人"一样被抛弃；一个典型的"哈姆莱特式"和"堂吉诃德式"的佯疯者，但却被误解和指认为"精神分裂症者"……

理解上官金童这个人物，需要更加开阔的视界。在我看来，由于作家所施的一个"人类学障眼法"的缘故，这个人物身上的一些"生物性"被夸大和曲解了，实际上作家所要努力体现的是他身上文化的二元性，这是20世纪中国知识分子普遍的"先天"弱点的象征。仅仅是他的出身、他的文化血缘就有问题，有"杂种"与怪物的嫌疑，这已经先天地注定了他们的悲剧。来自西方的"非法"的文化之父，在赋予了他非凡的气质（外貌长相上的混血特征）、基督的精神遗传（父亲马洛亚是个瑞典籍的牧师）的同时，也注定了他的按照中国的文化伦理来讲的"身份的可疑"。20世纪中国知识分子的不幸困境，正是源于这种二元分裂的出身：是西方现代的文化与思想资源造就了他们，但他们又寄生在自己的土地上，对本土的民族文化有一种近乎畸形的依恋和弱势心理支配下的自尊。他们还要启蒙和拯救自己的人民，但却遭受着普遍的误解,这样的处境和身份,犹如鲁迅笔下的"狂人"所隐喻的那样,他本身就已经将自己置于精神深渊,因而也必然表现出软弱和病态的一面——他们没有像俄罗斯知识分子那样的下地狱的决心,但却有着相似的深渊般的命运。其实从"狂人"到"零余者",从方鸿渐、章永璘再到上官金童,这是一个连续的谱系。他们和俄罗斯文学中的"多余人"有相似之处,但却更为软弱和平庸。

容易被误读的还有上官金童的"恋乳癖",理解这一点,我认为除了"人类学"和寓言性的视角以外,还应该另有一个角度,即对政治与暴力的厌倦、恐惧与拒绝。因为某种意义上,男权与政治是同构的,而上官金童对女性世界的认同和拒绝长大的"幼儿倾向",实际上也可以看作是对政治的逃避,这和他的哈姆莱特式的"佯疯"也是一致的。同时,也可以认为他与中国传统知识分子中的一种"另类"性格有继承关系——比如可以把他看作是一个当代的"贾宝玉式"的人物,他对女性世界的亲和,是表达他对仕途经济和男权世界厌倦的一个隐喻和象征。

上官金童注定要成为一个悲剧人物,他的诞生本身似乎就是一个错误,这是文化的宿命。他所经历的一切屈辱、误解、贬损和摧残,非常形象地阐释着过去的这个世纪里中国知识分子的惨痛历史。但他在小说中还有另一个作用,即形成了另一条叙事线索和另一个历史的空间——如果说母亲是大地,他则是大地上的行走者；如果说母亲是恒星，他则是围绕着这恒星转动的行星；如果说母亲是圣母，他则是下地狱的受难者……如果说母亲是第一结构的核心，他则是另一个相衬映相对照的结构核心。小说悲剧性的诗意在很大程度得益于这一人物的塑造，他使《丰乳肥臀》变成了一个"民间叙事"与"知识分子"叙事相交合、"历史叙事"与"当代叙事"相交合的双线结构的立体叙事，两条线互相注解交织，从而极大地丰富了作品的历史与美学内涵。从这个意义上说，虽然这个人物的性格是足够病态和懦弱的，但这个形象的丰富内涵却深化和丰富了20世纪中国知识分子的形象谱系。

《丰乳肥臀》的非同寻常之处在于，它的人物形象的塑造同时也担负起了它庞大宏伟的结构，这也是使它能够跻身于"伟大汉语小说"的极重要的因素。它的主题、人物和叙事结构完整地融合在了一起，这是一个朴素的奇迹。就这一点来讲，很少有哪一部作品能够与它相比。一个世纪的风云际会和历史巨变，是怎样自如舒放地贯穿在母亲的一生之中，她和她的众多的儿女们，宛如一个庞大的星座，搭建起了一个丰富的民间和政治相交织的历史空间，历史导演着她们的命运，也推进着头绪繁多又清晰可见的叙事线索。每一个人物其实都可以构成一部书，但莫言却把它们浓缩进一部书中。特别是，由母亲为结构核心所构成的一部民间之书，和由上官金童为结构核心所构成的一部知识分子之书，这两部分能够完全地融合到一起，并互为辉映相得益彰，更是一个令人难以置信的手笔。它不但使结构空间呈现出伟大的气象，而且最大限度地深化和延展了作品的主题。

　　我不能说《丰乳肥臀》是20世纪汉语小说史上的一个不可逾越的高峰，但我坚信，时间将证明这部作品的价值，在它所体现的历史理念上，在它所体现出的美学意义上。也许今后将不会再出现具有这样气魄和品质的作品，因为就艺术的规律而言，它是可遇而不可求的。

复调与交响：狂欢的历史诗学

　　这仍然可以视为上一个问题的延伸或一部分。我所以如此推崇《丰乳肥臀》，其极致化了的"狂欢节式"的叙述和"复调的交响"也是一个原因。另外，最具有"诗学范例"意义的还有《檀香刑》，它们共同体现了莫言在长篇小说文体和叙事美学方面的成功探索与创造。

　　在长篇小说叙事美学的研究方面，迄今最具建树的是巴赫金。而巴赫金最为核心的两个小说诗学的命题即是"复调"与"狂欢"，这两个问题都与人类学的研究密切相关。从小说美学的角度说清这两个概念非常难，也不是我在这里的宗旨，但简单地说，它们都属于一个"人类学的历史诗学"的范畴。巴赫金把长篇小说这种具有一定的"时间长度"的叙事当作一种非常特殊的文体，他把它们看作是一种以"诗学"的方式叙述的"历史"，因此，关于长篇小说文体的研究，实际上就变成了一种"历史诗学"。⑤在我看来，"复调"和"狂欢"虽是两个单独的概念，但其实它们也非常紧密地联系在一起。比如他以陀思妥耶夫斯基的小说为例，说他的人物描写打破了以往小说中"人物服从或统一于作者意志"的局面，人物的声音不再是"作者独白"的变相传达，而显示了与作者平起平坐的不同的"视野和声音"，也就是类似于音乐中的不同声部所形成的"复调"效果。这样来表述这个问题容易带上玄虚的色彩，因为说到底小说中的人物都是作者"叙述"出来的，人物不代表作者的声音代表谁的声音呢？显然，这是由小说"文体"本身的特殊性所决定的。但是在"戏剧"中就不一样了，小说中的人物被逼挤到一个平面化的文字的表述过程中，而戏剧则赋予了人物以一个舞台——一个"共存的时空"，在这个时空中，他们各自"必须"说着自己的声音，表达着自己独立的意志，即使是"作者"也很难左右他们，让他们违背自己的性格而按照作者的意志去说话和行事……因此，小说中"复调"效果的产生，实际上取决于其"戏剧性"叙事因素的含量。

这样问题就变得简单了，"戏剧性"差不多正是"狂欢节化"的同义语,戏剧性因素的含量,决定了小说是否具有复调的性质,也决定了其对历史的叙述是否达到了应有的深度与活力。"小说的诗学"就这样变成了"历史的诗学"。以往包括革命小说在内的"伦理化"叙事所表现出的问题,正在于它戏剧性的匮乏,及其单一视野与腔调的表达。莫言小说中丰富的戏剧性因素,不但实现了对历史丰富性的生动模拟和复原,也体现了对长篇小说的文体的创造性改造。从《红高粱家族》到《丰乳肥臀》和《檀香刑》,其生命意志对"伦理意志的弱化"在叙事中所起的作用,正如巴赫金论述的"狂欢节"体验在叙事中所产生的效应一样:原始的语境出现了,诙谐具有了更广博的含义,人物的本能得以释放,民间世界的永恒意志代替了一切短暂的东西,权力、统治、主宰绝对价值的所谓"真理",都处在了被反讽的地位,历史的本源的多样性、歧路与迷宫般的性质开始自动呈现……与此同时,人类学视野中的民间、大地、酒神和自然,同"复调"与"狂欢"这两个概念也紧密相连,它们共同构成了小说叙事中的伟大气质与美感力量。

  我用了这么大的篇幅来说明这两个小说概念,其实可以直接地用来解释《丰乳肥臀》中的叙事特点——尽管我可以肯定地说《丰乳肥臀》不可能是莫言读了巴赫金小说理论的结果,但人类学的思想构成了他们共同的资源。对莫言来说,他的创造性在于,他在对历史的叙述中最大限度地开启了存在与生命的空间,并形成了他自己特有的"历史诗学",这也是他在当代小说叙事艺术的发展中所做出的一个重要贡献。

从广义上说,"人类学"和"历史"本身,在莫言的小说中构成了一个大的复调结构,前者的横向弥漫性和后者的时间链条感,前者所显示的超越伦理的生命诗学和后者所体现的求解历史的道德良知,达成了互为丰富和混响的效果。如果具体地来看,在莫言的几个重要的长篇小说中,通常都有两个以上的"叙事人",实际也就是有了两个"视野"和两个不同的"经验处理器"。这并不是最近的事情,在最早的《红高粱家族》中,两个叙述者"父亲"和"我",即构成了巴赫金所说的复调叙事结构。"父亲"不但是小说中的人物,而且也是作为"目击者"的"第一叙事人";"我"则是历史之河这一边的隔岸观火者,用今天的观察角度来追述和评论"父亲"的经历;同时,在大部分时间里作为"儿童"的父亲,同"爷爷奶奶"的生活经验之间也构成了很大的距离感,这样他对历史空间里的叙述,就拥有了两个甚至三个"声部",这样,不同的叙事因素就都被调动起来了。在"混响"式的关系中,童话的、传奇的、鬼怪的、神秘和浪漫的民间事物,就以狂欢节式的方式出现在作品中。"爷爷奶奶"的传奇经历,构成了高密东北乡的神话世界;"父亲"的非理性的儿童式的感受方式,则构成了英雄崇拜的浪漫记忆;而"我"的"当代性"角色与身份,则构成了对这神话世界与浪漫记忆的追慕、想象、评述与抒情，并对当代文化进行愤激的反思。这是构成这部小说激情与诗意的"狂欢"气质的根本原因。

在《丰乳肥臀》中，母亲和上官金童这两个主要人物也构成了类似的复调叙事关系。母亲是生活在她自己的历史逻辑里，民间的生活形态几乎是永恒不变的，她所感受的世界既动荡又重复，她以不变的意志与方式承受和消化着一切灾难和变故，她所生发出的是悲壮和崇高的诗意；而金童则无法抗拒地进入了现代中国的"激流"之中，他站在"过去"和"现在"的断裂处，看见的是万丈深渊，所显示的是怯懦、逃避和低能，他所生发出的是荒谬和滑稽。这样中国现代历史的价值双重性与审美的分裂性，就以美学的形式体现出来。它实现了这样一个悖论：书写了一幕"狂欢着的悲剧"，或者以悲剧的本质，透视了历史的狂欢。只有在这两个完全不同的眼光中，中国现代历史进程中"传统"和"现代"的二元命题才能真正得以展现。如果只是由其中一个构成单一的叙事结构，那就不是莫言了，那样的叙事我们在以往和在别处都看得太多了。

其实"历史"与"人类学"相遇，无法不产生"狂欢"的效果。《丰乳肥臀》在一开头就显示了令人惊心动魄的狂欢笔法，历史是以戏剧性的"共存关系"彼此呼应地存在着的：上官家的黑驴和上官鲁氏同时临产，而且都是难产；而这时日本鬼子就要打进村庄，司马库正在大喊大叫让村民撤退，沙月亮正在蛟龙河堤上设伏阻击；而后就是上官家七个女儿在河边目击的惊心动魄的战争场面……莫言堪称是一个诗意地描写人类大戏的高手，战争和生殖、新生的喜悦和死亡的灾难同时降临到上官家中。"历史"在这里显示出它和"叙事"之间永远无法对等的丰富性和现场感。

然而历史本身也有"狂欢"的属性，《丰乳肥臀》对这一点有最精妙的模拟。它用拼贴法和"交叉文化蒙太奇"的修辞，模拟了20世纪中国政治舞台上走马灯般的政治狂欢：一会儿是司马库赶走了鲁立人，一会儿鲁立人又俘虏了司马库，一会儿司马库又带着还乡团杀了回来，一会儿鲁立人又代表人民政权枪毙了司马库，而且他死了之后还不断地被各种传言和宣传改编着，变成豺狼动物……在第五章中，上官家一会儿是"六喜临门"，一会儿则是惨剧不断；第六章中上官金童一会儿从囚犯变成老金的宠物，一会儿被作为废物踢出家门，一会儿成了鹦鹉韩夫妇的座上宾，一会儿又一文不名流落街头，一会儿因为外甥司马粮的巨富而扬眉吐气，一会儿又因为破产而无立锥之地……历史像一只巨手翻云覆雨。有一个堪称最妙的例子，是关于司马库"还乡团"的一前一后"官方"和"民间"的两种被拼贴并置在一起的叙事：公社"阶级教育展览室"的解说员纪琼枝刚刚对着宣传画，对司马库做了妖魔化的解释，把他描述为一个杀人不眨眼的魔鬼；接着又让贫农大娘郭马氏现身说法，而她所讲述的故事恰恰瓦解了前面的说法——司马库不仅不是一个魔鬼，反而表现出了通常的人性，正是他的及时出现，才从滥杀无辜的"小狮子"手中解救了她的生命，这可以说是富有"解构主义"意味的一节。另一种是横向的并置法：莫言常常用共时性的交错叙述来隐喻历史的多面性，如巴比特的飞行表演与"鸟仙"兴奋地坠崖而死，司马库与来弟的偷情同巴比特电影里外国人的恋爱镜头，哑巴的"无腿的跃进"和鸟儿韩与来弟的通奸，还有在农场中对右派知识分子的改造与对牲畜进行的杂交配种……都是刻意地采用了并置式的叙述，这样两种修辞手法所达到的"狂欢"效果，都极为生动地隐喻出历史本身的多元矛盾与沧桑变迁。

还有一个奇特的现象与"狂欢化"的叙事有关，这即是叙事载体的"弱智化"倾向。这是一个非常复杂的叙事问题、修辞问题和美学问题，也与人类学的背景有关。表现在作品中，《红高粱家族》中的"父亲"的"儿童式"叙述视角，《丰乳肥臀》中的上官金童"恋乳症"式的幼稚病以及后来的"精神失常"，还有《檀香刑》中的傻子赵小甲白痴式的观察眼光，他们都不只是一个性格化的人物形象，而是与整个作品的叙述格调密切相关，他们的"弱智"为小说营造了非常必要的"返回原始"的、充满"反讽"意味的、喜剧化和狂欢化的犹如"假面舞会"式的叙述氛围。某种意义上，这种人物的弱智化不但没有"降低"作品的思想含量，反而使之大大增加了。这个问题在当代小说叙事中还有相当的普遍性，需要做深入的研究，这里限于篇幅就不予展开了。

复调与狂欢在《檀香刑》中更有着近乎极致的表现，这一点，下文会顺便谈及。

《檀香刑》：奇书的限度和逼近历史的可能

《檀香刑》可能是莫言小说中迄今"艺术含量"最大的一部小说，也是他的风格大变的一部小说——说它含量最大，是因为它最"用心良苦"，但与《丰乳肥臀》比，它就只是一部"奇书"或者"类书"了，比《丰乳肥臀》这样具有天籁品质的作品还是"人为"地稍逊一筹。这样说或许不尽公平，但在美学的品质上，它们显然是经过了一个从崇高到荒谬的"滑落"。同样是悲剧，但一位伟大的母亲和一位风尘式的"妇人"，却使它们分别列入了两个"品级"。甚至前者的粗粝和庞杂也成了它作为天籁之响的一部分，这真是没有办法的事情。而且莫言最近的谈论也表明，在他心目中前者的分量也超过了后者："我坚信将来的读者会发现《丰乳肥臀》的艺术价值……我更加明确地意识到，《丰乳肥臀》是我最为沉重的作品。""你可以不看我所有的作品，但你如果要了解我，应该看我的《丰乳肥臀》。"

但是《檀香刑》所显示的作家叙事才华也是无可争议的。尤其是在美学精神上，它非常中国化了，和以往的结构方式与语言风格都不相同。也许是"种族记忆"的东西终于起了作用，它与中国传统小说美学中的"奇书"理念之间似乎发生了内在的关系。

"奇书"是中国传统小说最典型的理念，但关于"奇书"的美学内涵，古代的文人们却总是语焉不详的，其中"体验"的东西，"幻"是第一重要的，幻是其艺术上追求的极境；其次"警世"是思想的灵魂，作者的良苦用心，不外教化讽喻，于奇幻和"淫艳"的外表之下，传达出伤怀人生的主旨。归根到底，奇书的生命在于其"省世"的"教人生怜悯畏惧心"[6]的力量，而当代中国小说中出现的一些具有奇书倾向和趣味的作品，却大抵徒具其形。我不能说《檀香刑》标志着莫言已然认同了中国传统小说的美学旨趣，但在"比喻"的意义上，它却无疑可以称得上是一部奇书式的作品。这不仅是因为它在小说的形式上采取了诸如"凤头""猪肚"和"豹尾"式的结构，用了非常"土味"的地方戏曲中的语言，还有对非常典型的民间生活情态和"幻异淫艳"的传奇式的人物事件的细描，更因为其对中国传统的文化——把刑罚变成了大戏、变成艺术和狂欢的文化的精妙概括，是这样一个极具警世意味的理念，造就了它奇书的品格。

刑罚是怎样变成了戏剧——对一些人是灾难，对另一些人则是节日的?《檀香刑》极尽繁文缛节地书写了作为"戏剧"和"节日狂欢"的刑罚,它用反照甚至残酷的掩饰的方式,让我们目睹和欣赏了由种族的"集体遗忘"带来的欢乐,这是奇书的气魄和方法。但它却也戏剧性地强化了《狂人日记》和《药》一类作品曾经展现的主题。还是在这篇新近的演讲中莫言说:"酷刑的设立,是统治者为了震慑老百姓,但事实上,老百姓却把这当成了自己的狂欢节……执刑者和受刑者都是这个独特舞台上的演员。"这分明是"吃人"和"人血馒头"的叙事重现。不过,如果我们再把目光放远一点,就会发现这其实也是中国古老的"刑罚历史"的一个延伸,早在《尚书·皋陶谟》中,就有了关于古代中国的经典刑罚——"五刑"的记载,曰"天讨有罪,五刑五用哉,政事懋哉懋哉!"此五刑曰:墨、劓、剕、宫、大辟(处死)。这一纪年时间,要上溯到夏禹的时代。可见"刑罚文明"创立之早、花样之丰富、功用之齐全,恐令全世界的统治者欲望其项背而不能!这还不包括在后代的统治者那里又发扬光大了的无数种变换花样的刑罚,像车裂、腰斩、凌迟、活埋……还有此小说中堪称旷世奇闻的"檀香刑"。正像小说中德国总督克罗德所说的,"中国什么都落后,但是刑罚是最先进的,中国人在这方面有特别的天才。让人忍受了最大的痛苦才死去,这是中国的艺术,是中国政治的精髓"。为什么会将刑罚变成了艺术,是什么东西使刑罚变成了中国人特有的"艺术"?

莫言的叙事才华不但表现在他最擅长戏剧性结构的设置,更在于他能够将结构这样的形式要素,变成内容和思想本身。《檀香刑》的故事,用最通俗的话来说可以概括为"一个女人和她的三个'爹'的故事",这样的结构本身就会产生出强大的叙述动力。但在这里作家的意图却不仅限于叙述的戏剧性构造,而是要生动地实现一个"历史的纠结与缠绕"的主题。在这个关系中,杀人者与被杀者、统治者与其工具、权力与民间、帮凶和知识分子,这些不同的社会势力纠结到了一起,成为盘根错节甚至血肉相连的因素,它们共同构成了"将刑罚变成狂欢"的力量。通过这些关系,中国文化和西方文化、现代文明与民族情结、权力阶层的利益与知识者的良知等等观念性的东西,也产生了尖锐多向的冲突与矛盾纠结。犯案的是孙眉娘的亲爹孙丙,而行刑的是孙眉娘的公爹赵甲,断案监斩的又是孙眉娘的"干爹"兼情人县令钱丁,这样一个关系,把孙眉娘这样一个乡村女性推上了血与火、恩与仇的情感焦点之上,也把一场集杀人的悲剧与看客的狂欢于一体的喜剧,处理得更加集中。"甲""丙""丁",这些名字都是中国芸芸众生的"代称",他们就是整个狂欢与"吃人"群体的化身,包括孙丙,他自己既是这场荒唐悲剧的受难者,同时也是导演者,什么样的文化自然会导致出现什么样的结局。正是这样的杀人者和被杀者之间千丝万缕的血缘亲情的联系,这场悲剧才有了看头,有了令人激动和狂欢的乐趣,有了发人深省的深意。

不过,比之鲁迅的"吃人"主题,莫言的小说中又增加了"当代性"的思考——他试图揭示东方的民族主义是以怎样的坚忍和蒙昧,来上演这幕民族的现代悲剧的;他要见证,乡土与民间的"猫腔"同强大的钢铁的"火车"鸣笛混响在20世纪中国的土地上,上演了怎样的滑稽喜剧;他要揭示在民族文化和民族根性的内部,是什么力量把酷刑演变成了节日和艺术……即使在《檀香刑》强烈的喜剧叙事的氛围中,也掩饰不住这样一些庄严的命题。在孙丙这个人物身上,我们可以看出一种"结构性的文化力量",他的猫腔戏的生涯,杂烩了民间艺术、农民意识、传统的侠义思想、半带宗教神话半带巫术迷信的中国式的思维方式,将他杂糅成了一个文化的怪胎。这样的一个怪胎,在没有民族文化冲突的情况下,便表现为一种民间自由文化的力量,它既反对正统的专制,同时又与之构成沉瀣一气的游戏;但在具有了民族文化冲突的背景下,它就成了一种集崇高与愚昧于一身的可怕的"民族主义"。统治者在需要的时候,会利用这种力量,但在真正面临外来的强力压迫的时候,又非常轻巧地牺牲了他们。这正是"义和团"运动的悲剧所包含的深层的文化因由,它揭示出中国传统文明在面对西方现代文明的强大侵犯力量时,所必然显现出的虚弱、悲哀与丑陋。一部中国的近代历史,走不出这样一个基本的逻辑,到头来受难和因这受难而狂欢的,不过都是底层的百姓们自己——请注意，在这一点上，莫言的文化态度发生了微妙的变化，在《红高粱家族》中他所勾画的传统文化的壮丽图景与民族生命精神的神话，在这里化为了更为清醒的思考，他试图告诉我们，孙丙所"扮演"的猫腔戏和他所真正"上演"的身受酷刑的大戏，是基于同一个原因，这是一个民族所无法逃避的宿命。莫言最逼近地表现了面临现代文明挑战的传统文化与民间文化的命运，这与"五四"作家单向度地批判中国传统文化的态度相比，显然是更为复杂和深刻的。

任何艺术都源于"看客"的期待，杀人的艺术也不例外，这不但是袁世凯这样的统治者的需要，也是克罗德所代表的"西方文化权力"的需要，同时更是中国的底层民众自己的需要，应该说是他们共同创造了"檀香刑"这登峰造极的艺术。莫言非常精彩地描写了赵甲这样的"职业刽子手"的形象，在古今中外可以说是绝无仅有，他们令人惊异的"发明"能力和出神入化的精湛"技艺"，可以令一切杀人者汗颜，令一切看客叹为观止，这也是中国文化的特殊产物。可以这么说，《檀香刑》所揭示的是这样一个"结论"：在面对西方强势文化的时候，中国文化的悲剧在于，它是用它自己内部的完美的统治来维持它的"文明"地位的，形象一点说就是，它是靠了"刑罚的艺术"来遮饰它的腐朽、延续并证明它的"文明"之存在的。

《檀香刑》令我联想到了现代知识分子的相当"正统"的启

蒙历史观，但它的写法却又非常"民间"，他用谐谑的笔调，勾画出了末日狂欢中的各色人物，同时演绎出两台戏剧——"一场真正的戏"（行刑的过程）和"一出虚拟的戏"（小说的叙事方式），将它们近乎完美地熔铸在一起，实现了无可争议的"复调"结构。很显然，在叙事中，历史的"自在"和历史的"声音"，是两个不同的东西，但通常作家很难在同一个叙述中把它们分开处理，如不分开，历史便可能成了某种"沉默的东西"，作家只能在无声的模拟中演示它。而莫言不但将它们分开，还大大地强化了"声音"的部分，其"凤头"和"豹尾"两部，均是以人物的独语或道白的形式来展开的，它象征着"身在历史中的人"对历史的感受。对一个写作者来说，这可能是最难的，它是戏剧的写法，但又比戏剧语言更驳杂，比戏剧对话更多变。但因为"戏剧"的形式在某种意义上更接近"历史"本身，所以莫言这样做实际上是力求对历史的更逼真、更具"现场感"的模拟。这需要才华、力量和勇气，但莫言成功了。"猪肚"部分，可以看作是一个关于背景和历史的"自在"的交代，它放在中间，有效地勾连出事件的前前后后与人物关系。这一部分可能作家认为是一个可以把一些比较驳杂的内容"装"进来的，所以它似有点游离和漫不经心，但其中对赵甲行刑、钱雄飞以及"戊戌六君子"两节的描写，足以称得上是惊心动魄的，它将"传奇的历史"和真实的历史事件并置于一起，以民间的眼光和刽子手亲历的角度来写，使这历史格外有一种触手可及的具体和直感。

用戏剧的场景与氛围来写历史，这也算是一种"文本中的文本"，仿佛不是莫言在写小说，而是在阐释一部已经"存在"了的戏剧文本，在为这部猫腔戏作注。这样，历史在两个文本中呈现了一种被激活的状态。戏文中作为"民间记忆"的历史，同叙事者所仿造的"正史"之间形成了一种"应和"或"嬉戏"的状态。在以往莫言的小说中，总是作家自己憋不住出来表演一番，而在《檀香刑》中，他有了众多可用以操纵的"玩偶"来代替他的"现场道白"。这在很大程度上"使历史戏剧化"了，这种历史的戏剧化修辞方式，在以往的小说中似乎还很难找到第二个例子。

语言的问题也是非常值得讨论的，我想莫言可能是下了决心要用"土语"——纯粹的民族话语来写一部近代中国的历史，要"土到底"。在过去他一直是在用一套比较"西化"的话语方式来写作，现在随着阅历和年龄的增长，他可能更希望尝试用"真正的母语"写作的滋味。不过这样做并非易事，因为这种土语需要一种再处理，所以莫言最终又选择了高密东北乡的"猫腔戏"的语言，它可以说是文雅的文人文化与粗鄙的民间文化相杂糅的产物，它代表了一个感性而古老的庞大的"过去"与"民间"，既是民族的历史的本体，同时又是他们赖以记忆历史的文本方式。但是这样一个话语系统正在日渐强大的钢铁的声音——火车的轰鸣所代表的现代文明的压迫下，渐渐销声匿迹。一个书写历史的作家用什么来唤起人们对历史的记忆？我想，他最需要的首先是语言，用一套现代人的话语系统、一种在"西方的话语霸权"所攫持下的叙述中，大约是很难找回自己的历史的。而莫言用两种声音来比喻这种对抗，既是对被淹没的历史本源的寻找，同时也是对习惯的历史方法的反思。从这个意义上说，莫言获得了最大的历史深度。

"极限"不是止境，也不意味着抛物线式的下降。极限是一种自我的挑战，一种不存在禁区的探求。从这样的意义上说，叙述又是没有极限的，莫言还会一直向前。

注释：

① 见《南方文坛》，2002年第4期。
② 莫言：《文学创作的民间资源——在苏州大学"小说家讲坛"上的讲演》，《当代作家评论》，2001年第1期。
③ 莫言：《与莫言一席谈》，《文艺报》，1987年1月10日、17日。
④ 弗雷泽：《阿多尼斯的神话》，《金枝：巫术与宗教之研究》，北京：中国民间文艺出版社，1987年版。
⑤ 巴赫金：《小说的时间形式和时空体形式——历史诗学概述》，载《小说理论》，石家庄：河北教育出版社，1998年版。
⑥ 谢颐：《第一奇书序》，见《张竹坡批评第一奇书金瓶梅》，济南：齐鲁书社，1987年版。

原文发表于《当代作家评论》，2003年第2期

文学的减法

——论余华

> 笛福的虚构世界中的痛苦，有如它的欢乐，像真实世界的痛苦欢乐一样实实在在，而这正是他的虚构世界的本质。
>
> ——伊恩·P. 瓦特《小说的兴起》

> 艺术品产生于智力放弃谈论具体事物。……真正的艺术品总是与人相称的，它本质上是那种说得"少"的作品。
>
> ——加缪《西西弗斯的神话》

文学历史的存在是按照"加法"的规则来运行的，而文学史的构成——即文学的选择则是按照"减法"的规则来实现的。从这个角度看，历史上的作家便分成了两类：一类只代表着他们自己，他们慢慢地被历史忽略和遗忘了；而另一类则"代表"了全部文学的成就,他们被文学史记忆下来,并解释着关于什么是文学的一般规律的问题。也就是说,这样的作家不但构成了他们自己,还构成了"规则和标准"。余华现在似乎已被人们发现是这样一个作家了,这是他越来越多地被谈论的一个原因。因为单就作品的数量而言,1995年以后的余华和此前的余华几乎没有什么区别,但在被理解的程度和被评价的高度上却差异巨大。在最近的几年里,余华不但越来越受到不同层次的读者欢迎,而且还产生了相当的世界影响,就是在日常的谈论中,关于余华的话题也比以往多得多。这其中原因固多,但我想最重要的一点,是因为这是一个长时间"选择"的结果,它包含了一种历史的"水落石出",以及"现象"与历史之间复杂的互为映现的关系,它负载了我们时代关于文学的诸多"元问题"。事实上人们谈论余华已不仅仅是在谈论他本身,而更是在谈论他在思想上给人带来的启示和意义。

由此我就想,余华的这种不断地重新被"发现"是否是一个标志,一个信息——表明当代中国文学在文本、规则和标准上出现了某种意义上的成型和成熟?也即是说,人们在"发现"余华的同时,是否还试图据此确立一些关于当代艺术的理念,一些评价文学的标准?如果真的是这样的话,那应该是读者和余华一起创造了他的那些作品,也创造了以他为范本的成熟的小说范例和艺术规则。对于已经有了一百年历史的新文学、对于有了二十余年探索实验的当代小说而言,我期待并宁愿在这样的层次上来理解余华。

经验和形式:通向形而上学之路

2000年秋末,笔者有机会比较频繁和直接地接触到一些西方学者时,曾经留心做过一些调查。当我在海德堡大学汉学系客座讲授题为"中国当代文学中的历史叙事及历史意识"的研究课程时,我常询问德国及其他欧洲国家的学者——问他们最喜欢的中国作家是谁,回答中所喜欢最多的是余华和莫言。我问他们,中国当代的作家很多,为什么偏喜欢余华和莫言,回答是:"感觉他们两个与我们的经验最接近。"问他们最喜欢的作品是哪部,几乎所有的回答都是《许三观卖血记》。这个回答使我哑然失笑,因为与我的预料十分吻合。"经验的最接近"当然是不同文化背景下文学能够沟通的一个最重要的条件,但外国人认为《许三观卖血记》这样"非常中国"的作品同他们的经验最接近,却是很有意思的事情。

显然,这不仅是一个"原因",而且还应该是一个"标准"了,它表明了一个作家身上所包含的"人类性的量"。而余华的作品中这种含量无疑是多的。这或许不足以表明余华和莫言就是现今中国最优秀的作家，但他们两个却是比较多地产生了"世界影响"的作家。这种影响的实现确实需要很多因素，现在还不能盖棺定论，但像《许三观卖血记》这样的作品，我相信已具备了成为"世界文学"的可能。这表明余华在他的小说写作中，一定有一种特殊的东西——即一个特别"简便"的、容易逾越民族与文化屏障的通路。

　　这里牵扯到问题的另一面：像莫言这样的作家，最鲜明的还不是他的"人类性"，而恰恰是其"民族性"，可为什么他也同样被西方人所喜欢？这说明"人类性"并不排斥民族经验，某种程度上还基于后者的含量。莫言正是因为其丰厚的民族经验与东方文化的含量，才成为一个具有很高人类性的作家，从《红高粱家族》到《丰乳肥臀》，再到《檀香刑》都是例子。这其中当然有所谓"东方主义"或"后殖民主义"一类问题的背景与原因，但他的确是中国作家中最善于也最成功地将民族经验最大限度地折射给西方人看的一个。这其中的"诀窍"，我认为是他对"人类学"和"精神分析"的方法特别擅长，是这样的视角或方法使他对人性的发掘具备了"可沟通"的性质。余华在其早期也是热衷于用"人类学"或者"精神分析"的手段，但他却不像莫言那样执着于感性而繁复的20世纪中国苦难而荒谬的历史，而是通过对历史的"简化"使"中国人民的经验"世界化了——他把这些本来很"民族化"的经验抽去了其具体的时间和历史背景，并由于背景的抽离而具有了接近于"永恒的形式"的意味,从而将其有效地形式化和"哲学化"了。

这在某种程度上暗合了诗歌中"纯诗"的原理:具体性的消失反而带来内涵的扩展和纯化。结构主义者对神话和小说叙事的研究也证明了这一点,小说在内容和故事上可以千变万化,在叙事的结构与形式上却总是有限的那么几种原型。如有的叙事学理论家在论民间故事的叙事功能时所说的,"与大量的人物相比,功能的数量少得惊人"。事实上神话和小说也是如此,它们常常"既是多样态的,丰富多彩的,又是统一样态的,重复发生的"。[①] 余华正是把小说所负载的经验,和小说所依赖的叙述形式都做了"提纯的简化"。这种内与外的双重提纯,成功地把文本简化到了极致。我相信这也是西方人喜欢并容易"进入"他的作品的一个原因。因为这种简化并不导向"简单"和浅薄,而是使小说在内容和形式方面都更接近于抽象的哲学——像卡夫卡一样。这样他就穿越了"道德""历史""社会""现实"等等易于使叙述产生潴留的层面,以及对"意义"的虚拟流连。以《活着》为例,这部小说在其问世伊始并没有立即获得后来这样巨大的声誉,原因是人们只能"逐渐地看到"它在简单的外表下所潜藏着的巨大丰富的潜文本。为什么没有一下子发现?是因为它已然简化到了一个近乎单纯的程度,达到了超越意义——几近于"无意义"的地步。

从"减法"的角度讲,《活着》可以概括为"一个赌徒的故事",即关于一个人"输得有多惨"的故事。这样,它就还原到了一个最古老和最朴素的经验原型,它的叙述对人所产生的不可抵抗的诱惑力就这样出现了。作为普遍的生命经验,和人类自古以来的一个无法消除的心理症结,"赌"在这里已经超越了道德,而产生出更深刻的经验内容,因为以生命作赌注与命运赌博,可以说是人生普遍的处境。福贵的一生就这样具有了普遍性,他由开始的一个富家子弟、一个家财万贯的恶少,到输得一无所有,再到承受失去一切亲人的地狱般的经历,其实就是一切生存者的寓言——从天堂到地面,再到地狱般的深渊,这是在"空间"意义上的一个位移。在"时间"的意义上,它和每一个个体的生命经验又是完全重合的:一个人从小到大,再到老死,实际上就是一个从富有到贫穷、再到被完全剥夺的过程;如果按照西方人的方式来理解,这又是一个由"原罪"到"赎罪"的过程。《活着》在人们的心灵中所唤起的是这样一种简单又复杂的经验,它的主人公承受了太多,他饱经沧桑,他所拥有的乃是人生全部的欢乐和苦难的戏剧性的极致。

这就不仅是形式,还是哲学了。很显然,对苦难的承受会"改良"一个人——不是改良了这个人本身,而是改良了人们对他的态度,使人对他从憎恨到怜悯,发生截然相反的逆转。在这样的阅读反馈中,人物历经了从极恶到向善的过程,并历经了从地狱到天堂、从天堂到地狱的双重逆转,这是戏剧性的诗一样的逆转。人们就这样接受了福贵,并为他叹息、伤心和流泪。《活着》也因此成了一部让人感动的寓言,它所揭示的绝望与地狱式的人生,便成了一部真正的哲学启示录。

迄今为止,《活着》是当代小说中超越道德母题的一个典范,它不但高于那些以"解构"现存道德为能事的作品,而且也高于那些一般的在伦理范畴中张大道德的作品。它使小说中的道德问题越出了伦理层面,而成为一个哲学的甚至神学的问题。这是余华受欢迎的另一个原因。

但要讲形式感,《许三观卖血记》更胜过《活着》。《许三观卖血记》在其叙述的故事寓意、结构类型上,都实现了对人生大戏的喜剧式模仿:许三观的一生是卖血的一生,这本身就是"以透支生命来维持生存"的生存本质的一个归纳;而卖血的速率——一次比一次的间歇更短,一次快似一次,一次比一次更接近死亡,最后是长长的结尾的回声——同生命的速率之间,是一种令人痛彻骨髓的、不寒而栗的同步合拍。它验证了每个人都大致相似的生命经验,这种经验遍布人生的各个时期、各个角落,它甚至如同性交的速率,让人感受到死亡与创造的痛苦与快感,也尤似一乐、二乐、三乐的出生那样充满着深在的复杂和直感的简单……它是这样富有形式感地简化也深化了一个底层人物的一生。某种意义上,"三"是一个含糊的复数,它所暗含的"道生

一、一生二、二生三、三生万物"的物理,揭示了一个简单与复杂的相依相生的辩证法。一切都进入了这样一种节奏,甚至小说在语感上的有意"重复",以及叙述过程中对简单数字的刻意凸显与夸张(比如许三观对许玉兰许多次的"清算")都进入了这样一种节奏。某种意义上,《许三观卖血记》是一首诗、一段音乐,像余华自己说的,是"对长度的迷恋,一条道路、一条河流、一条雨后的彩虹、一个绵延不绝的回忆、一首有始无终的民歌、一个人的一生"[②]。

事实上,经验唤起的人的感受比思想更多,而且来得更直接和更鲜活,也更容易沟通。余华深谙此道,这是他能够获得普遍意义的诀窍。我想起了萨特对弗朗索瓦·莫里亚克的小说《黑夜的终止》的批评,他的"生硬而冷酷的作品",因为缺乏把思想化开的能力,和杂乱而笨拙的实在无法与"时间壮观的流动"融为一体的叙述,故而难以成为真正"勾住人的心魂"的小说。"为什么这位严肃认真的作家没有达到目的呢?莫里亚克先生采取了上帝全知全能的做法,但小说是一个人写出来给东西方人看的,上帝的目光可以穿透事物的表面而不稽留在表面上,在上帝看来,小说和艺术都是不存在的,因为艺术是靠表面而生存的。"[③]但这样一个道理并不是人人都懂得的。在余华这里,"内容的形式化"和"形式的表面化",正是使他成为一个因简约和"表面"而出色的作家的原因。这实际上在他的早期作品中也很明显。人们热衷于谈他早期小说中"实验"和神秘的一面，却忽略了他其实早就追求的简化的一面，《鲜血梅花》就是一个例子。它不但是一个对汗牛充栋的传统武侠小说的形式化的奇妙归纳，是一个"技术含量"很高的"元小说"实验，同时也连接着幽深而敏感的无意识经验——比如阮海阔对"为父复仇"这一使命的源自无意识的逃避，实际上还可以和《哈姆莱特》那样的作品中所蕴含着的、为弗洛伊德所阐释过的深层无意识内容勾连起来；他的逃避复仇却又无意中使别人代为完成了复仇使命的意外结果，也更连接着中国人传统的"不期而遇""因果轮回""无为而无不为"的丰富经验。对这样的小说的阅读绝不是强制性地塞给读者一个意念、一个主题，或者煽惑其情感与情绪，而是完成对读者的经验的唤起，以及其对人类普遍的共同经验的探究与感受的兴趣。

在结构上，《鲜血梅花》也是一个高度"形式化"的作品，它的"结构主义叙事学"式的小说情节和上述所说的经验达到了完全的统一。经验的敏感性不只表现在上述的深度人性内容，同时也表现在形式上，读这样一个短篇，所唤起的阅读经验几乎可以涵盖所有的武侠小说，也就是说，它不仅在内容上，而且在叙述上也同样敏感地沟通着人的经验世界。这种情况即使在《一九八六年》《现实一种》《往事与刑罚》《古典爱情》等等比较繁难的小说中同样是典型的。我想这是余华之所以被日益广泛地发现和承认，被读者在感受的过程中逐渐认识和接受的一个根本性的原因。

叙述的辩证法

坦率地说，在读到许三观一家在饥饿中"用嘴炒菜"这一节戏剧性的对话场景之前，我对《许三观卖血记》这部作品、对余华的整体理解和认识，是将他和一些同时期的先锋作家等量齐观的。但这一小节叙述改变了我的看法，也使我对余华的阅读与理解上升到一个新视界。我知道这样的描写是一种标志，在此之前，不止关于一个年代的饥饿记忆的描写已经多得可以车载斗量，而且它们给人的感觉也是如此相似，但是这个让人发笑的故事震撼了我：同样的经验原来可以用如此不同的"经验方式"来表达。这就是"文学的减法"，一个再朴素不过的道理，但却一定要经过许多年才能被认识、被实践。在我的阅读经验中，还没有哪一个细节能够像这段描写这样使我感受到叙述的戏剧魅力，感受到辩证法的力量。我相信许多年后人们书写文学史的时候，将不会忽略这个段落。这也是促使我说了开头那些话并下决心写这篇论余华的文章的一个主要的驱动力。

有一个例子可供参照，这就是鲁迅。我们在对鲁迅的研究中始终存在着一个很大的偏离，因为我们总是过多地把鲁迅看作了思想的化身，以此来谈论他的文学作品。然而如果我们没有把"新文学"等同于"新文化"的话，应该好好地研究一下鲁迅的小说文本和小说艺术。我想，时至今日还没有哪一个新文学作家敢于说他在文体方面、在小说艺术的成就方面已经"超过了"鲁迅，而就是这样一个作为新文学和现代白话小说典范的鲁迅，支撑其地位的作品不过了了三十来个短篇小说，区区十几万字的规模。这其中奥妙何在？固然是因为鲁迅占了"第一个"的先机，可是根本上还是因为他所创造的文体和表达方式所具有的难以超越的经典意义。在这个经典的构成里，我以为有两个因素不能忽视，一是他的简约而富有戏剧活力的形式，二是他的经验的深度、经验的概括力以及翻新古老的小说经验方式的能力。这使他的表与里两个方面都臻及了"最高的范本"的境地。当然，这个话题我无法在这里展开，只是作为我们来看待余华的一个参照角度而已。某种程度上，他是当代作家中深知鲁迅的小说三昧，并且有所承继和光大的一个。

在1989年的一篇有名的随笔《虚伪的作品》中，余华表达了他对"陈旧的文学经验"的厌恶，对"缺乏想象力"和被"日常生活所围困的经验"的超越欲望。但他却说，"我的所有努力都是为了更加接近真实"。他追求真实，但以往的陈旧僵死的经验方式却使人远离真实的经验。因此他在寻找一种看起来更"虚伪"的形式,当他写下了看起来似乎不可能的发生在"现实"之中的《现实一种》——这幕"现代主义悲剧"的时候,他又得出了"生活是不真实的,只有人的精神才真实"④的结论。显然,余华是最谙熟"虚伪"和"真实"之间的辩证法的,由于这样的理解使他的作品无论是在早期还是在后期,都是一种"真实的谎言"或"用谎言来表述的真实"——一如加缪所推崇的笛福的话,"用虚构的故事来陈述真事"⑤。只不过在前期是"由虚伪抵达真实",后期则是"从虚拟的真实抵达了更像真实的真实"。特殊的抽象能力使他在真实和虚拟之间,找到了自己的经验世界。

因此在这一部分里,我要谈一谈余华的"叙述的辩证法"的几个侧面。他的多与少、简与繁、轻与重、悲与喜甚至智与愚。不过,在这一系列的"二元关系"中,低调的"减法"仍然是他的轴心。

先看简与繁。前文说简约成了余华小说的诀窍,然而在他这里简约从来不是产生自简单,而是产生自复杂。对余华来说,人们惊讶的是他的前期和后期作品之间如此巨大的反差,前期他是如此执迷于复杂的叙述实验,给读者制造繁复的障碍;而后期他看上去却是如此简单和直白,以至于连孩子和粗通文墨的人都可以成为他的读者。于是就有了一个现成的说法,认为以《活着》为标志,出现了一个从先锋到回归、从实验到返璞归真的"现实主义的转型"。但这样一个"转型说"是十分表面的,只要稍细心些我们就会发现，早期余华的小说中"简化"的意图也同样是强烈的，只不过那时人们面对他的"复杂"的表象似乎还很难从容地解读其所追求的简单。我感到，余华的卓尔不群正在于，他从介入文学的开始就没有一味地追求复杂，而是同时将两只脚伸向了复杂和简单的两极。从《十八岁出门远行》开始，这种意向就十分明显。它简化了这样一些要素：事件的背景，特别是简化了"时间"坐标；简化了过程中的逻辑，事件与事件之间没有了所谓的因果必然性，没有了虚构出来的"人物性格的发展"；它甚至简化了细节，把人们通常以为非常关键的"描述"变成了"叙述"……但正是因为这一系列的简化，使作品具有了通常所不可能具有的丰富与复杂。它变成了一个寓言，一个种族的神话：书中人物在受骗的经历中完成了他的十八岁"成人仪式"，他的纯洁童年破产之时便是他成熟的成年到来之际。血的教训完成了他的蜕变，由一个有良知和正义感的少年，在成年人的恶、是非的颠倒和生活的教训面前，终将变得见怪不怪，对人性之恶视若无睹。其实，这样的小说已经可以达到与《狂人日记》和《药》，以及与鲁迅的很多小说并驾齐驱的高度了，只是由于余华在这时所追求的并非叙事表层的经验化和活跃的戏剧性场景，所以在阅读上很难同时给所有层次的读者带来《许三观卖血记》那样直觉的快乐。

余华早期的作品其实都包含了他简约的意图，他甚至还写了《两个人的历史》这样极其简约的作品。这就可以来反证他在20世纪90年代，在《活着》以后的作品中的"简单中的复杂"。其实没有哪一个作家会轻易地就完成一种"转型"，余华直到现在也并没有成为一个"现实主义"作家，《活着》和《许三观卖血记》这样的作品也绝不是现实主义的小说。余华前后两个阶段的作品，其差异不过是在于前期追求的是"形式的简单"，后期追求的则是"叙事的简单"，而就其经验的简化和还原于生活的程度来讲，其差别仅仅在于，前期可能更注重于使经验接近于人性与哲学，而后期则更注重使之接近于历史和生存。其实余华迄今为止所有的作品都可以看作标准的"寓言"，不唯前期那些以繁难著称的中篇小说，后期的《活着》和《许三观卖血记》也一样。寓言式的写法不但成就了他的精致、质朴和令人惊奇的简单，同时也造就了他的复杂、深邃和叙述上最大的恍惚感。

　　余华的叙述的辩证法表现在很多方面。像伊恩·瓦特对笛福的赞扬一样，他的成功在于他能够将痛苦与欢乐、真实和虚构完美地结合在一起。"减法"在某些时候会变成各种形式的"节制"甚至"反讽"，比如人们会震惊他对于惨剧和苦难的漫不经心的描写，在《现实一种》里哥哥山岗对弟弟山峰的报复，竟是让他死于一个令他大笑不止的游戏；在《活着》中，劫后余生的苦根竟是夭折于"撑死"——他用喜剧的形式来表达悲剧的内容，用平和的承受、近乎逆来顺受的态度来体味地狱的苦难，这在《活着》中可谓达到了炉火纯青的地步。这种最生动的例子还有《许三观卖血记》里的把许玉兰无中生有地打成了妓女，之后又在许三观家里举行的"家庭批斗会"，等等。余华能够把奇闻讲述得如此朴素和"真切"，源于他非近乎残酷的控制力。

　　刻意单调的"重复"是另一种形式的"简化"，这大约是一种最能掩人耳目的辩证法了——它戏剧性地将重复和简化混于一谈。这其中有两个方面，一是小说中的人物行为与说话；二是叙述者自己的语言方式。许三观一次次卖血时的"例行程序"——不停地喝水，然后行贿"血头"，继续卖血，再到河上的饭店里要上一盘炒猪肝、二两黄酒……和孔乙己三次重复又有微妙不同的在咸亨酒店里出现的情景可谓神似；许玉兰对着大街一遍遍地喊"我前世造了什么孽啊"的场面，同祥林嫂对行人一次次诉说阿毛之死的絮叨也是如出一辙。这就是"重复"的意义，鲁迅是最懂得减法的，余华也懂得。这种重复的"加"里实则是包含了真正的"减"和"简"，反之亦然。某种意义上，戏剧性、形式感、经验化和节奏意味都与这种"重复"有很大关系。余华抓住了人们经验与记忆的奥秘，他的叙述给人留下了不绝于耳的余音，而且其中人物的声音和作者叙述的声音还彼此呼应，混响着，延伸在"虚构"的"风中"。余华不无得意地说，"他觉得自己应该是一个读者，事实也是如此，当这本书完成之后，他发现自己知道的并不比别人多"[6]。这效果有些始料不及，但也是真实的,并非矫情。

　　智与愚的反照是余华另一叙述智慧的体现。无疑,他的文本的智性含量是最大的,但他的叙述人却常常"装傻",他基本上"摘除"了小说中人物的"思"的能力,让他们"简化"为生命本能所驱使的符号,不只早期小说中的大量人物(他们有许多是没有名字的)都被余华"删减"为叙事的符码,人物的智能和判断力都随着其社会标识的消失而被剔除;就连福贵、许三观、许玉兰这些活动在"真实"语境中的人物,也都是一些典型的"弱智者",他们因此而无法把握自己的命运而只能听任命运的驱遣安排。余华也正是借助这一点得以更多地在"人类学"上来把握人物,并构建他的人性探求与哲学主题的。

　　其实还有一点可能是构成了事实却又被忽略了的,这就是余华早期所刻意追求的繁,和近期所极尽追求的简之间所形成的对比反照。可以做这样一个发问:如果没有早期那些刻意的繁,人们是否还会如此情愿地承认他的简?反之亦然。换句话说,如果不是余华,而是另外一个没有先锋实验小说履历和背景的作家写出了《活着》和《许三观卖血记》,是否还会得到读者(特别是国内读者)如此的"高看"呢?反过来,如果余华没有写出《活着》和《许三观卖血记》,人们会不会已经像对待马原、洪峰那样,把他早期那些绞尽脑汁的叙事实验置之脑后而不再给以认真的关注了呢?这当然都纯属假设而无法得到证实。但可以肯定,它们自己所形成的反差，从繁至简或从繁中的简到简中的繁本身，也构成了余华自己的张力。从这一点看，我们无论是按照古典批评家的"整体"理念，还是按照结构主义者的"文本"理念来理解余华，事实上都有了一个先在的背景和暗示，我们已经充分地知道了余华的能力，并将这种了解作为解读余华的前提。也就是说，某种意义上余华具有自己证明自己的能力，他脚踩在两个相距遥远的端点上，从容地玩他的游戏，徒然地令人艳羡和妒忌——他是聪明的。

自私与高尚，虚伪和真诚

1992年，余华在他的《活着》前言里面由衷地写下了一句赞美自己的话："我感到自己写下了高尚的作品。"我理解这是一个提醒和辩解，余华非常担心人们会在两个极点的某一方面来理解他——不是担心误解他的能力，而是担心误读他的立场。他所要证明的是，自己不仅是一个高明的作家，更是一个高尚的作家。因为人们通常会过分看重他的叙述实验，而忽略了他的作品中的现实态度和情感含量。同时，在更深一个层次上，人们也通常会把余华看成是一个有"哲学倾向"的作家，而不太倾向于将他看作一个具有"历史倾向"的作家。我想，"高尚的作品"在其精髓上当然更亲和于历史而不是哲学。

所以在这里，我要把他当作一个书写历史的作家来分析。的确，像加缪、卡夫卡、陀思妥耶夫斯基一样，余华有哲人作家的一面，但在我看来，余华之所以不同寻常，是因为他具有罕见的多面性。他的叙述虽然由于时间因素的剔除，而导致了"对历史的抽象化"，消除了当代一般小说叙事中易见的"历史—社会模式"，而凸显出另一个更带有普遍和抽象色彩的"生存—人性模式"，但在他的小说中，所谓现实和历史是没有界限的，他对永恒的讲述中同时就充满了历史感，甚至真切的历史情境。在这方面，不仅《一九八六年》和《往事与刑罚》等早期作品是例证，连《活着》和《许三观卖血记》也都是非常好的例证。他的早期的作品可以看作是"对历史—现实的哲学分析"，在这里，他刻意混淆了历史与现实之间的界限，或者说，他是"把历史当作现实"来写的。比如《十八岁出门远行》，实际上是以一个少年的角度对当代历史的一种追忆，即良知被出卖、"强盗"畅行无阻的历史，受骗即意味着人生的开始，他将因此而成熟，开始地狱之旅。这简直就是北岛的"卑鄙是卑鄙者的通行证，高尚是高尚者的墓志铭"的翻版了。不要忘记，在 1986—1987 年前后余华登场文坛之时，正是当代小说文化—历史主义思潮处于峰巅和走向深化的年代，也是新历史主义小说正欲萌发的时期，余华不可能没有受到这种趋向的感染，像苏童最初的《罂粟之家》《1934

129

年的逃亡》一样,余华实际上是处在一个文化历史小说的转型时期的路口上。

如果这样地看,很多作品就找到了答案。《一九八六年》所讲述的,实际是"历史是如何被遗忘的"这样一个命题。多年前的"历史教师"被抓走,意味着对历史的解释将成为一个谜。他被误认为已经死了,但他实际上却变成了另一个人们眼中的"疯子",而他所讲述的各种酷刑,正是历史的核心结构。他的"妻子和女儿"是现实的化身,她们和历史之间无论是怎样的遗忘和断裂,仍然有着扯不断的血脉关系。她们是在"废品收购站"发现了记忆中的"死者",但"死者"——当年的历史教师,也似乎永远生存于被遗弃的历史之中而无法"返回"到今天的所谓现实之中了……在这个作品里,余华良苦的历史用心和对历史情境的敏感体察,应该引起我们的注意。1986 年,这个年份距 1966 年这个特定的符号整整 20 年的时间,余华标定这个时间的点,是意在唤起人们对一个"历史单元"的关注。

《往事与刑罚》是另一个例子,它使我相信,余华说自己写下了高尚的作品绝不是虚夸。它的出现,确立了余华小说中"历史—刑罚"的基本模型,这篇小说几乎是不可思议地预见了不久之后的重大事件。它可以说是一篇讲述当代知识分子精神史的作品,在呈现为不断重复的刑罚的历史面前,知识分子显现了他们的二重性,即其注定下地狱、注定受误解的悲壮,以及永远无法摆脱的软弱。他只能在无数次的惩罚经历中完成自己对历史的记忆,并以包含了怯懦的死(自缢)来完成自己的自我拯救——从精神、人格和道义上的自救,勉强地续写下中国自古以来的光荣的"士人"——知识分子的传统。这大约也是余华对当代知识分子之所以"不喜欢"的一个理由吧,他们总是找不到起点,而总是免不了重复历史——"因为他们不知道自己要什么"[⑦]。

　　余华探讨历史的兴趣是十分广泛的,他在《鲜血梅花》《古典爱情》这样的作品中,甚至以超验的文化理念与姿态进行历史的虚拟探讨;在《现实一种》里,他用一个近乎神话的残杀故事来隐喻中国人自残的本性与历史。但我要强调,余华对历史的叙述也同样是运用了"减法"。这减法的核心就是对历史的复杂枝叶与"广阔生活"背景的剪除,通过对历史的叙事简化,使其"由历史抽象至哲学"。包括他自己个人童年的历史记忆也是这样,在《在细雨中呼喊》这部小说里,历史作为个人经验,与宏伟的政治历史几乎已看不出有任何关系,但看不出并不意味着没有关系,主人公对众多惨痛死亡的记忆和对"被抛掷"(海德格尔语)的处境的绝望感受,还有对历史与记忆的恍惚感,仍然有效地透视出一段历史的本质。

　　当然,"历史的减法"运用最好的仍然是后期的两部作品——《活着》和《许三观卖血记》。其实《活着》也可以看作是一部"红色历史小说的翻版",它是真正的"历史背面"的写作。红色小说写的是"穷人的翻身",而它写的则是"富人的败落"。只是余华简化了它的意识形态色调,将之还原为一个纯粹的生存着的个体。这样,它就不再是一部单纯的历史叙事——尽管它依然包含了历史。要是让我来概括,它所揭示是这样三个层面:作为哲学,人的一生就是"输"的过程;作为历史,它是当代中国农人生存的苦难史;作为美学,它是中国人永恒的诗篇,就像《红楼梦》《水浒传》的续篇,是"没有不散的筵席"。实际上《活着》所揭示的这一切不但可以构成"历史的文本",而且更构成了中国人特有的"历史诗学",是中国人在历史方面的经验之精髓。《许三观卖血记》也一样,他完全可以看作是一个当代底层中国人的个人历史档案。作为哲学,"卖血"即生存的基本形式,是"用透支生命来维持生存";作为政治,血是当代历史和政治的基本形象和隐喻方式;作为美学,卖血的重复叙述构成了生命和时间的音乐。它同样是映现着中国人历史诗学的一个生动文本。

除了这些,它在许多细节上也是富有历史的启示性的,像许玉兰被强行充作"妓女"然后又痛遭家人的"批斗"一节,可以说是对历史的虚构性与暴力性本质的生动揭示。毫无疑问,余华对历史的简化所导致的结果,是历史内涵的更趋丰富和多面。我们当然可以说余华回避了当代历史的某些敏感的部分,但他同样用"虚伪"的担承方式,实现了"高尚"的主题理念。他的值得推崇之处在于,他不是着眼于历史的"社会性"构成,而是力图将之还原于"个体"的处境、还原到"人"本身。这样他的作品可能削弱了一般意义上的"道德力量",但却获得了更久远的"人性力量"。在这方面,我相信余华是真诚的,虽然他"不喜欢中国的知识分子",但他的作品中无疑也饱含了历史的良知和理想的情怀。他秉笔直书,把锋芒直插到现实、历史和生存的最疼处。与此同时,他又不是一个简单地从道德意义上面对历史与血泪的作家,而是一个从存在的悲剧与绝望的意义上来理解人性与历史的作家。这是他的高度所在和真诚品质的另一体现。

  作为一个作家,余华的问题在于他已经"熟透"了,这当然也是"减法"的结果,"过早"地返璞归真使他没有给自己留下太多回旋的余地,这或许是他目前他的困境所在。很多人都已注意到,从1995年《许三观卖血记》问世至今已经将近七年了,在这么长的时间里余华的小说写作几近是一个空白。或许我们可以把这理解为一个必要的"蓄势"过程,但这个时间在当代作家通常都相当"密"的"写作周期"中,也确实显得长了一点。的确,没有人会怀疑余华继续写作的能力,但对这样一个"熟透"(注意,不是早熟)的作家来说,如果无法拿出全新的作品又不肯"重复"原来的写作的话,那么即便封笔也未尝不可。也许会有一个新的余华,但即使以《许三观卖血记》为结尾,也未尝不是一个好的结尾了。

注释：

① 普罗普语，转引自叶舒宪《结构主义神话学》，叶舒宪编选，西安：陕西师范大学出版社，1988年版，第7页。

② 余华：《许三观卖血记》中文版自序，海口：南海出版公司，1998年版。

③ 萨特：《弗朗索瓦·莫里亚克先生与自由》，《境遇》第1卷；《文艺理论译丛·二》，冯汉津译，北京：中国文联出版公司，1984年版，第318页。

④《余华作品集·2》，北京：中国社会科学出版社，1995年版。

⑤ 加缪：《一座十足的现代城市》题记，《鼠疫》，顾方济、徐志仁译，南京：译林出版社，1997年版。

⑥ 余华：《许三观卖血记》中文版自序，海口：南海出版公司，1998年版。

⑦ 余华：《"我不喜欢中国的知识分子"——答意大利〈团结报〉记者问》，《我能否相信我自己》，北京：人民日报出版社，1998年版。

原文发表于《南方文坛》，2002年第4期

春梦，革命，永恒的失败与虚无

——从精神分析的方向论格非

即使严肃的思想也不能阻止我们对作家想要利用的梦的有用之处产生兴趣。……它可能会使我们从一个侧面获得某些关于创造性的写作本质的细微理解。

——西格蒙德·弗洛伊德[①]

疯癫主题取代死亡主题并不标志着一种断裂，而是标志着忧虑的内在转向。受到质疑的依然是生存的虚无，但是这种虚无不再被认为是一种外在的终点……而是从内心体验到的持续不变的永恒的生存方式。

——米歇尔·福柯[②]

小引：谈论格非的起点

在对格非二十余年的阅读中，我有足够的理由认为，他是一个"精神分析学"的专家。这一方面是后天修习的结果——他肯定精于弗洛伊德，乃至荣格、拉康甚至福柯理论的研读，但更多的，确乎还是出于天赋的敏感。这在我看来也许是他"早生华发"的一个缘由吧。十几年前还堪称意气风发青年才俊的"先锋作家"，如今却更像是一位"德高望重的长者"。这似乎表明他确有过分执着和痴迷的心思，或有更多精神的负累和纠结。而我的解释之一，便是他对于人物、人性、历史和世界更见幽微与精深的孜孜不倦的执迷追索，以及他历久弥坚的知识分子的忧患情怀——曾与友人私下交流，格非是越来越自觉地逼近于一种"真正的知识分子写作"了，不只是他对历史和现实的批判性思考，更重要的是他的写作风格与气质，他渐趋凝重的精神情怀，还有文本中愈见稠密的知识与思想元素，这些使他的小说显露出了日渐庞大的信息载力。而且，来自中国传统小说的某些风骨与质地，在他的叙事中似乎也表现得越来越浓厚了，这使他的小说在文本和修辞层面上也愈加精细和耐读。

这颇有些水落石出或是"时穷节现"的意思了，在别人把小说写得越来越轻松、越来越商业的时候，格非却是愈来愈沉重、愈来愈沉入无意识世界的挖掘，以及醉心于深渊景致的描画，因此也难怪会"累"白了少年头。

自然这也是玩笑话。格非的头发白了,但面色却至为红润,说"鹤发童颜"是夸张了些,但学者气度的自我修行和暗示,可能也不期然地起了作用。不管怎么说,格非是一个出色的精神分析学家,而他的小说是当代作家中最富有无意识内容与精神分析学含量的,这一点应确定无疑。

此刻我不由想起了第一次见到格非的情景。那是 20 世纪末一个初夏的日子,在华东师大校园的招待所里,我和他有将近一个上午的交谈。彼时刚好电闪雷鸣、大雨滂沱,我们的谈话集中在了他的患有精神分裂症的人物之上——关于他的小说《傻瓜的诗篇》我们谈了许多。非常奇怪,那一刻我匪夷所思地产生了现场的迷离和恍惚感。我当然不认为格非是懂得"暗示法"或"催眠术"的,但那一刻我确有担心自己变成了他小说中的人物——那个忧郁的"诗人型"的精神病医生杜预。至少我感觉,这个敏感的人物似乎是穿行在我和对面的格非之间的一个幽灵。我对他说,我好像也对精神分析学产生了病态的喜好,会不会也像那个医生一样,最后变成一个精神分裂症患者?格非说,不会的,你对于这个关系是自觉和敏感的——而自我意识强的人都不会得这种病的。

我们都笑了,我意识到我经历了一个潜意识活动非常活跃的时刻。当然,从那至今我也一直没有变成另一个杜预。其实我也是好奇，对格非本人也有隐隐的担心，但很好，他在我眼里一直如他小说中的那位有着"钢铁般坚强的神经"的"葛大夫"一样，只会对别人进行深不可测的洞察和分析，而不会身陷其中。只是因为思虑过多，当年英俊的诗人已生出了一头令人敬畏的华发。

此刻雷声隆隆，仿佛昔日重来，我的思绪无法不搁浅在对往事的回忆中……

这番经历使我坚定了用精神分析理论来对格非作品进行剖析的冲动。我知道，这会有陷入"解构主义阅读"的危险——就像保罗·德曼运用精神分析对于卢梭的解释，结果"破坏"了卢梭在人们心中作为一位伟大启蒙主义思想者和"道德模范"的形象。不过我要强调的是，精神分析对于作家而言，绝非是一个简单粗暴的道德颠覆，而是对人类精神世界之复杂性的专注探究。这就像弗洛伊德对于《俄狄浦斯王》和《哈姆莱特》的讨论一样，那些阴暗的甚至亵渎性的分析，也许会让两位伟大剧作家的膜拜者感到难堪和愤怒，假如老莎士比亚可以活过来，也许会有一场官司，那样的话弗洛伊德先生可就输定了。我说这话，只是为了申明一下此类话题的"危险性"。但如同弗洛伊德一样，这些文字并非对作家本人道德状况的指摘，而只是试图探查他作品中所包含的可能的无意识内容，是对于人物心理的一种推测而已。尽管我们都清楚，"人物其实就是作者的一部分"，但对于人物的态度未必就是指向作者的态度，因为作家是有修养和道德的，人物则不必。因此某种程度上，对于人物精神状况的分析，虽然有对作家精神世界进行"窥探"的嫌疑，但终究不是一种道德侵犯。这一点，我要在一开始就予以说明。

从精神分析学的角度看格非，还出于一个长久以来的想法：一方面，中国当代的作家们受益于精神分析学，但其中真正自觉地接受其精神资源和理论方法的作家还显稀少，格非自然是其中最自觉和含量最大的一个；另一方面，格非小说中人物的精神世界具有至为复杂的一面，其小说因而也相应地具有了最为敏感的意蕴；其三，格非还总喜欢在作品中直接对人物的心理行为进行精神分析，这使他的作品经常有接近于"精神分析的元小说"意味。然而对这些，还从未有批评家给予认真的关注和分析。在我看来，这也是迄今为止关于格非的研究还显得浅尝辄止，他作为一个重要作家却"被小众化"了的一个原因，这自然与批评家们的眼光和趣味都有关系。因此，某种程度上此文也算是一个试图有所补正的尝试吧。

一　人物的"泛哈姆莱特性格"

问题从这里开始，是一个比较容易进入的角度。迄今为止，格非小说中最主要的人物几乎都有一个"哈姆莱特式的性格"——这个说法是我专门为格非小说"发明"的。从早期的短篇《追忆乌攸先生》中的乌攸、《迷舟》中的萧、《傻瓜的诗篇》中的杜预、《褐色鸟群》中的"我"、长篇《敌人》中的赵少忠、《欲望的旗帜》中的贾兰坡，一直到晚近的长篇小说《人面桃花》中的陆秀米、《山河入梦》中的谭功达、《春尽江南》中的谭端午……这些人物不论男女，无不有一种骨子里的犹豫和忧郁，一种深渊和自毁的性格倾向，有"局外人"或"走错了房间"式的错位感，有一种"狂人"或"幻想症式"的精神气质。总之，都有一种类似哈姆莱特式的诗意而分裂、智慧又错乱的"悲剧性格"。

这一点似乎要深入追问：为什么格非热衷此类人物的勾画和描写？从20世纪80年代"先锋小说"时期到现在，他几乎一以贯之地延续了这种习惯和趣味。这当然要从精神分析学开始谈起。但奇怪的是，迄今并无可靠的证据表明，格非的阅读中是一直醉心于专业式的弗洛伊德理论的。不过也存在另一个常识，即作家通常并不愿意暴露自己的阅读背景和知识基础，这正是布鲁姆所揭示的关于"影响的焦虑"之普遍存在的表现。我相信，毕业于华东师大并且在这所学校任教多年的履历，应该同他的喜好有关，因为20世纪30年代曾活跃的"新感觉派"的代表人物施蛰存先生，就一直"蛰存"在这所校园里，这对格非来说也许会存在着某种"隐秘的暗示"。他早在 20 世纪 30 年代的那些关于神经症人物的描写，那些"历史人物＋无意识活动"的写作思路与灵感来源，可能会通过各种暗道或者精神传承，给格非以潜移默化的影响。至于其他方面的原因，就无从猜测了。但有一点可以肯定，格非与他的人物之间并非可以做"影子"或"替身"式理解的，这些人物充其量是体现了他在无意识层面上的某些探险性冲动，而不必看作是"自传式"的书写。他身上的智性魅力和深厚学养，某种理性的和果决的气质，以及尤为"正面"的性情，都使人没有理由将他与人物妄加比附。但奇怪的是，我从《春尽江南》的主人公谭端午身上，还是隐约读出了格非的一点"影子"——至少是感觉他印证了格非身上作为"诗人"的那一部分。所以，在前不久一次私下交流中，我借了酒意斗胆脱口称他为"端午兄"，且半开玩笑地对他说，"能不能说谭端午是你的三分之一，或者，你身上有三分之一是与谭端午重合的？"格非暧昧地笑答："也许吧，差不多。"

以上亦属笑谈，但愿不要误导读者。但这个玩笑也表明了我的一种探问的冲动，因为自先锋小说运动以来，关于人物无意识世界的探讨，关于人性复杂性的描写已经是一个标志性的特质，而要想深入理解格非，必须是要从这一点入手。如果稍加对照的话，显然在苏童那里，他更多的是传达了对于人物原始的或先天的"人性之恶"的关注；在余华那里更多的则是专注于暴力与黑暗的无意识的描写，他们在哲学性和观念性的方面，可以说表现了大体一致的向度与深度，但在格非这里，他对于人物的描写的重心，却有更多"向内"的趋向和踪迹，始终围绕着人物精神世界中的"犹疑"与"自毁"的倾向。从这点上说，仅就人物刻画而言，他显然更看重精神的敏感性与复杂性，以及人物的"内心化"特点，而不只是"符号化"的属性。自《人面桃花》以来，格非的作品还更表现出了"性格化"的倾向。

这一特点在早期的小说中，曾有使人感到"过分裸露"的表现。比如《迷舟》，它本是一部侧重探寻"历史偶然性"的小说，与彼时流行的"新历史小说运动"有一致性，而且就主要人物"萧"而言，其身份不过是军阀孙传芳治下的一个年轻军官。但格非却奇怪地赋予了他一种强烈的"哈姆莱特式的犹疑"。何以他会给此种人物也打上这般性格印记？好在人物的性格弱点与无意识活动，恰好与历史本身的偶然性、与叙述中梦境般的"失忆"状态发生了契合，否则，我们会对这种"哈姆莱特式军阀"的存在是否合理，而感到疑虑。

仿佛是一部戏剧的情境，格非为他的主人公安排了一个敏感而不幸的处境：在战场上遭遇了作为"敌人"的同胞哥哥——北伐军先头部队的指挥官。作为"被讨伐"的军阀孙传芳的部下，年轻的旅长萧产生了强烈的逃避冲动。他趁父亲从房上意外坠亡的机会，从前线的"棋山要塞"急切回到附近的家中料理丧事，但不料，在此过程中遇见了自己少年时代的恋人杏姑娘，两人不禁旧情复萌。在这番梦境般的描写中，萧似乎忘记了大战在即的严峻形势，在处理完父亲丧事后，仍与杏一起缠绵多日。其间小说还插入了算命先生"当心你的酒盅"的预言，以及马三大婶的流言。直到数日后，萧才忽然记起自己应该尽快返回前线。但返回前他又连夜冒险去了一趟榆关，看望据说被丈夫三顺残害的杏。可是，此时榆关已经被北伐军占领，萧深夜前往，难免有通敌嫌疑，而巧合的是，萧居然还"故意忘记"了带枪。当他被三顺一伙抓住并加以羞辱的时候，正是因为只身一人且没有带枪而束手无策。萧看望了被阉割的杏，心情压抑地回到小河家中，准备要返回军营，但他发现自己的警卫员此时正拿枪抵着他，说上峰指示以通敌罪处决他。萧有口难辩，无奈之下只好逃跑。可就在此时，全然不知情的母亲正在关门捉鸡，准备犒赏一下自己多日奔波辛劳的儿子，萧无路可逃，被其警卫员一枪击毙。

　　如果刨去小说中的一层"历史叙事"的油彩，我们可以看到，这是一部典型的莎士比亚式的悲剧，而萧正是一位典型的哈姆莱特式的人物。他的一切行为都受到其恐惧与错乱的无意识的控制，他在危机时刻玩感情游戏，沉醉于流言和算命先生的蛊惑，变成了一个逃避现实不能自拔的梦游者，最终陷于悲剧与毁灭，这一性格逻辑与哈姆莱特可谓如出一辙。

　　但还有另一个可能的解释：假如我们刨去历史叙事的外

壳，它同时也可以看作是一个类似"梦境（春梦？）改装"的小说——类似的情形还有《褐色鸟群》，其中的某些意象和细节，如"她的两个暖暖的袋子（乳房）就耷拉在我的手背上"等可为证明——整个叙事中所营造的氛围都具有悬浮和错乱的征象，甚至还有"梦中梦"的套叠式构造，到河边钓鱼和深夜潜入榆关，都可以看作是父亲去世、与杏幽会这两个串联在一起的"爱与死"的梦境主题中的"第二层梦境"。这些无意识的复杂活动，解析起来恐怕是要费些笔墨的。

显然，萧可以看作是格非小说中的一个"原型"式的人物。在他早期的长篇小说《敌人》中，类似的忧郁和犹豫给人物带来了更多黑暗而且确定的性格内涵。财主赵少忠从祖先手里传承了一份被一场无名大火烧毁了的"家业"，还有一份关于纵火者的怀疑名单。但经过祖父两代，到赵少忠六十岁的时候，这份名单其实已经意义不大了，因为所谓的"敌人"要么已经老死，要么也已风烛残年，恩怨似乎早已淡漠。但这场关于"敌人"的旷日持久的寻找，却已彻底压垮了赵少忠，将他变成了一个每日只知饮酒独坐的忧郁症患者。他的一个习惯性动作，是不断地用一把剪刀对园中植物进行"剪枝"——这与他对"敌人"名单的"排除式推断"，在下意识里应该是一致的。也正是这样一个无意识，将他逐步带入到一个可怕的悲剧与自毁逻辑中——他充当了"敌人"未完成的角色：先是溺毙了唯一的孙子，随后又对身陷危境的女儿梅梅不闻不问,再后来是秘密杀死了以冒险为业的二儿子赵虎(为了减轻自己的负罪感,他构造了一个潜意识中的假象:儿子是被别人杀死后将尸体送回了家,自己则是不愿意被人看到悲剧发生在自己头上,才趁夜色将他偷偷掩埋)。再之后,小女儿柳柳被莫名其妙地暴尸荒野,赵少忠也同样麻木不仁,在算命瞎子说出了赵家就像院子里的古树,内部早已枯朽的秘密之后,赵少忠终于急不可待地锯倒了它,并且随后像算命者预言的,在腊月二十八日这天深夜,将唯一所剩的儿子赵龙杀死。他终于完成了"剪枝"的工作,也完成了"敌人"未完成的使命。

这一故事中显然有特殊的历史隐喻意味,有某个时期的敏感的历史氛围的影响,其揭示的历史逻辑也富含哲理——"可怕的不是敌人本身,而是对于敌人的想象和怀疑;真正的敌人不是来自外部,而是来自内部和自己"。但它的独特性和最令人震撼的部分,却不在于这种逻辑的解释,而是在于对人物的"无意识逻辑"的揭示。在赵少忠身上,被黑暗信息与死亡压力控制后产生的一种"获得性强迫症"——其自我毁灭的冲动,是最令人惊异和震动的。

关于早期小说中的人物,上述是两个代表。格非对他们无意识活动的描写可谓是敏感而幽深的,但是细加推敲,他们性格的基础却稍嫌生硬了些。显然,他们的身份和性格之间存在着某种"不匹配性",对于"军阀"或"地主"来说,"忧郁"和"犹豫"的性格都过于奢侈了些。因为中外文学的常识告诉我们，只有那些"知识分子"或具有类似背景的人物，才更适合有这样的心理性格。哈姆莱特之所以沉湎于忧郁和佯疯，是因为他是一位诗人和哲人型的"王子"，他身上的人文主义背景与黑暗的丹麦社会之间，充满了错位与冲突的可能。因此，与其说萧和赵少忠是"性格逻辑"使然，还不如说是作为先锋小说家的格非的"叙事逻辑"和小说趣味使然。

然而，在《人面桃花》三部曲中，上述痕迹已全然消失了，人物的性格内蕴与无意识活动，由于其"知识分子式的革命者"的身份，而变得丰富和合理起来，具有了更为确定的历史内涵和更为广阔的表现空间。这一点，是尤为值得注意的。

早在 20 世纪 90 年代初，钱理群就曾敏锐地指出了一个广为存在的现象，即"堂吉诃德与哈姆莱特的东移"，认为这两个富有原型意味的人物形象，随着时间的推移，在空间上出现了一个向着东方文学蔓延的现象[3]。毫无疑问，这是一个敏感的发现，在 18—19 世纪歌德等人的作品中，在 19 世纪东欧与俄罗斯的文学中，类似"多余人"的知识分子形象频繁出现，而这些人物大都具有感情丰富又软弱迟疑、渴望社会变革又沉迷于个人幻想、善于思考又无所作为的矛盾性格，因而始终被屏蔽于社会主流之外。从拜伦笔下的恰尔德·哈洛尔德、罗曼·罗兰笔下的约翰·克里斯多夫，到普希金笔下的叶甫盖尼·奥涅金，莱蒙托夫笔下的毕巧林，还有托尔斯泰笔下的列文、聂赫留朵夫，冈察洛夫笔下的奥勃洛莫夫……在中国新文学中，他们又化身为鲁迅笔下的"狂人"，郁达夫笔下的"零余者"，钱锺书笔下的方鸿渐和赵辛楣，张贤亮笔下的章永璘……从社会学的意义上来解释这些人物，自然是相对简单的，但从"精神现象学"的角度来解析他们，则是一个非常复杂的问题。它表明，在文学的"精神核心"或"核心精神"中，存在着这样一种敏感、脆弱、犹疑、错乱、非理性和毁灭性的冲动与倾向，这是人性中固有的黑暗部分，也是文学中必须呈现的深渊景象。

在《人面桃花》三部曲中，格非书写了一个与20世纪中国的革命和历史紧密联系的家族，一个奇怪的人物世系：生活于20世纪初的早期革命党人陆秀米，她在监狱中产下的没有父亲的儿子，后来成了20世纪50年代梅城县长的谭功达，还有谭功达与张寡妇生下的儿子，后来在20世纪80年代成了诗人的谭端午。这个家族所经历的曲折和动荡，差不多可以涵盖20世纪中国全部的历史延迁，其命运的变迁可以说是跌宕和离奇的，但无论世事如何变迁，他们家族血缘遗传中的"哈姆莱特式的性格"——渴望社会变革、富有理想主义冲动、内心敏感、性格复杂、耽于幻想，血性与软弱同在，果决与犹疑并存，总能无意中靠近社会变革或时代风云的中心，又最终作为"局外人"被抛离遗弃——却始终一脉相传。这一家族人物的命运似乎表明，历史并非像人们期望的那样,只要通过"革命"的推动就一定能够"进步";而反过来,那些积极献身于历史进步的人们,也并非一定会在这变革中获得自身的解放和价值的实现。事情或许还会相反,在投身社会的过程中,他们反而会感到无力掌控历史、无法抗拒人性缺陷、无法把握自身命运的无限犹疑与困惑。

显然,格非在这个大的构架中,赋予了人物的精神活动以更为确切和深厚的历史与人性内涵,他们的命运不只是彰显了无意识世界的幽深,而且还与社会历史之间发生了千丝万缕的联系,并传达出了格非对于历史从何处来、向何处去,对于个体的生命、心灵与尊严应该如何安放的无边的追问。

二 梦境叙事,或精神史范畴中的现代史

当代作家中并不乏对20世纪历史包括革命史的书写者,但格非堪称是独步的一位,因为他在其中同时设置了"精神史的深度构造"。借用昆德拉的说法,是他创造了"梦与现实的交融",而这一交融导致了"一种意想不到的开放"[4]。这是昆德拉在赞美卡夫卡时的一个概括,意在称赏他笔下的梦境与现实彼此因为对方的打开,而获得了出其不意的扩展和增生,并互相赋予了对方以意义。格非当然不是一个"变形记"式的专家,但他却是

一个打开人物的梦境世界与记忆库存的高手。因此，他笔下的人物可以说是自"新感觉派"而下最富"梦境活力"的一脉。构筑"梦境叙事"的作家当然不止格非一人，在残雪和许多当代女性作家的作品里，都曾热衷于书写"潜意识场景"，然而格非却能够将这梦境与社会历史捏合起来，赋予其更久远深阔的意义。这也像罗兰·巴特说的，好的作家是"把生命变成了一种命运，把记忆变成了一种有用的行为，把延续变成了一种有方向和有意义的时间。但是这种转变只有在社会的注视下才能完成"。⑤按照此说，格非正是自觉地将个体的精神世界与无意识活动，放置到了社会历史的大视野下来"注视"、观察和书写的；另一方面，他也是把现代中国的历史当成了一个"精神现象学"的命题来予以揭示的，他因此而获得了鲜有譬比的深度。

在社会学的视野里，革命者的形象不但是政治化，而且还是被道德化的。他之所以革命是因为要铲除不平等的旧制度，为了建立光明、正义、公平、自由的新制度；但在精神分析学家的笔下，问题就不再这么简单，革命变成了非常细小和狭隘的个体原因与隐秘动机，变成了某种"幼儿情结"的变形和延伸，变成了无意识的伪装和力比多的能量转换……在美国人威廉·布兰察德所著的名为《革命道德——关于革命者的精神分析》一书中，曾这样分析卢梭的心理世界，认为他之所以狂热地鼓吹革命，是因为他有严重的受虐包括"性受虐"的记忆与倾向，有因此造成的害羞症、间歇性的妄想症,而这造成了他的若干非常态的心理特征,如"反叛者的生活方式""在痛苦中获得童趣""苦行的生活方式""对被压迫者的认同"……他说:

> 卢梭有着一种受苦的需要,一种甚至要在公开场合展示他的痛苦和屈辱的需要,这一需要可能一直贯穿着他的一生——无论他是否卷入到政治之中。但他独一无二的技巧在于,他能将个人的这种需要塑造成德行,而不是将它当作一种要为之感到羞惭、受到贬抑的神秘渴望。他还公然将它付诸实践,并发展了一批在正义和真理的事业中将他奉为英雄的拥护者……⑥

与布兰察德所揭示的秘密一样,格非改变了当代中国作家写作的习惯——即单纯从历史来解说政治,或者相反,单纯从政治来解说历史,而人物则是附着在这政治或者历史之上的做法。在这点上,他似乎明白了莎士比亚为什么会在他的历史剧中大肆讨论人性的弱点与困境,而不是把精力放在外部历史环节的构造和描摹上。他是把笔力完全放置于书写一个"身陷历史之中的人",而不是作为宏大历史修辞的个别符号,他所用力表现的是人物如何同他自己内心世界中的犹疑与矛盾做斗争,并且如何毁于这样一种犹疑所导致的"错乱"的心路历程。哲学家将这叫作

"深渊性格",雅斯贝斯说,伟大作家的性格中都充满着类似深渊的暗示。正是基于这样一种理解和暗示,莎士比亚才得以将他的悲剧复仇故事写得那么幽深,把他的戏剧写得那么充满精神性与心灵性。以至于连伟大的歌德也感慨说,"他是太丰富,太有力了。一个多产的作家阅读他的剧本,一年里不应超过一种,这样,这位作家才可以不至于被完全毁掉","因为莎士比亚对人性已经从一切方向上,在一切高度和深度上都发挥尽致了"⑦。

事实上,书写革命者的小说仅仅在 20 世纪就已经达到了汗牛充栋的程度,但从上述意义上说,真正的书写也许才刚刚开始。在莎士比亚、歌德和拜伦之前,关于丹麦王子的复仇故事,关于浮士德博士的传奇,关于坏男孩唐·璜的故事已经有多少?可是自从他们的作品问世,过去的书写统统失效了,在读者的"失忆"中消失了。为什么呢?因为只有他们才把那个真正完全和彻底地揭示人性状况的"终结性文本"呈现给了我们。我当然不能说格非的《人面桃花》三部曲已然是终结性文本,但至少在表现 20 世纪中国的历史与革命的书写中,它开始了一个崭新的模式,一个真正还原历史中的人、还原人的内心的模式。

某种意义上这也是回到了"五四文学"的起点。鲁迅在他的第一篇白话小说《狂人日记》中就写了一个"觉醒者"内心的深渊。狂人意识到自己的思想充满了异端的危险性,他内心的恐惧和外部世界对他的讥刺与怀疑恰好合拍,构成了一种对他自己的"病象解释",这使他可以在被命名为一个"革命者"的同时,也完全可以被认为是一个"精神分裂症患者"的角色。鲁迅式的深度也正是因此而生成。或者我们也可以再换一个认知角度——"狂人"是一个拒绝规训的"成长"者,因为他的纯洁和拒绝规训,成人世界对他充满了警惕和不满。而这时,"五千年历史"和"成人世界"对于他来说,便具有了一种合谋式的强制性,也即"吃人"的属性。"吃人"当然是刻意惊世骇俗的夸张说法,但也是"狂人"真实的错乱感受。不过最后,规训者与被规训者还是达成了妥协,少年狂人也终于完成了其"成长"过程而"赴某地候补了"。所谓革命者或者先觉者,终于变成了与公众一样的庸碌之辈。鲁迅和中外一切伟大作家一样,不但把有关革命的叙事引向了人性的最隐秘处,而且先知式地意识到了它必然的失败——不是源自外部条件的制约,而是源自人性自身的失败。

由此格非开始了他关于"个体精神范畴中的历史"的探寻,这场探寻首先是从《人面桃花》中陆秀米的身上展开的。这一人物之走上革命道路,完全是出于偶然,是"个人与历史的巧合或遭遇"。当她出场之际,格非即精心描写了她处于身体发育中的少女的"个体处境"——她青春期来临的恍惚羞怯,以及隐秘的心理躁动。假如没有那个与张季元发生私密接触的难以启齿的"春梦",她不会对这个奇怪而且有些轻佻的人物产生好感,也就不会对他所从事的秘密勾当产生任何兴趣。而正是这个没来由的恼人的春梦，使秀米的人生道路发生了偏转，一头扎向了中国近代史的惊涛骇浪。

我们就来看一下这个"春梦"发生的场景和情境：也许是乡间暗娼孙姑娘的送葬仪式惊醒了这懵懂少女的心思——她是那么近距离地单独面对着一口棺材，并且孤零零地跑进了寺庙躲雨，而"妓女""寺庙""死亡"这几个意象，正好暗示和强化着她心中懵懂的幻灭和忧伤，青春短暂，世事无常，这种魂魄深处的触动，也许恰好唤醒了她内心沉睡的生命欲望，促使她萌发了"怀春"的幻想，也使她急剧发育中的身体溢出了被爱抚的渴望。而张季元不过是一个恰好出现也正可以借用的替身和符号而已。这使她之前对于张季元身体的一种奇怪的厌恶与好奇获得了意义，这个奇怪的梦境、始料未及的"身体期待"让她羞惭不已。然而"打起黄莺儿，莫教枝上啼；啼时惊妾梦，不得到辽西"，正是这无厘头的怀春一梦，让她一生萦怀，付出了难以计算的代价。这一切用她自己临终怀想和追忆时光的诗句来说，就是"未谙梦里风吹灯，可忍醒时雨打窗"，或是"有时醉眼偷相顾，错认陶潜作阮郎"。这个最初的梦，如同一汪同心的涟漪，一圈圈荡开，将秀米的一生，将全书化为了一个广义的持续无尽的春梦，一场春秋大梦，一个中国现代历史的幻影与隐喻。而小说最后那个祖传的"瓦釜"所结出的冰花中显出了父亲"捻须微笑"的影像，则与秀米一生的幻灭，构成了"前世今生"互为幻影的诗意

II
春梦，革命，永恒的失败与虚无

传递。

这便是个体无意识与历史之间的最终耦合了。中国人在这方面是最富有神妙体验的，一部《红楼梦》所传达的，就是这样一种永续重复和轮回经验："天外书传天外事，两番人作一番人。"这是《红楼梦》结尾处的一句诗，与《人面桃花》的结尾在意境上是何其相似！一个梦与一场人生、与一段历史，都不过是大同小异。格非可以说已然参透了这种经验，因此他也"写出了一部《红楼梦》式的小说"——几年前在他的《山河入梦》的研讨会上莫言曾如是说。我那时恍然若悟，深信他也是深谙此理，才给出了这般评价。对比两部小说的结局，我愈加深信《人面桃花》确属自觉"向《红楼梦》致敬"的作品。

但如此说也容易把话题引向难言的玄虚之境。还是回到业已打开的问题中间："精神史范畴中的现代史"。我以为，格非是在用力打开中国现代历史的诸般奥秘，用他越来越接近于"新左"式的社会学思维视角——尤其是在《春尽江南》中，一些观点通过种种借口可以说是大加发挥。不过，这一点在本文中暂不拟讨论，因为精神分析学的陷阱已将笔者折磨得精疲力竭，我犯不着再让令人生厌的文化研究来插一杠子。我们还是回到之前的话题，格非笔下的个体无意识活动——如同罗兰·巴特所说，正是因为社会历史与文化的"注视"，而被打开且获得了意义。在陆秀米身上，来自家族血缘的"精神遗传"与某种传统文化的召唤不期而遇,她的出身扬州府学、因盐课罢官的父亲陆侃,虽隐居乡间,晚年仍沉浸于某种传统的士人文化中不能自拔,对于"桃花源"的痴想,使他不但平添了书生的疯癫,最终也使他充满蹊跷地从家中出走。这个血缘遗传对于秀米的一生来说,是一个文化意义上的"命运设定",是她走向革命的"性格基础"和"文化基因"。它表明,在传统文化与革命之间并非鸿沟式的隔绝与对立关系,恰恰相反,两者之间的深层纠缠是隐秘而且关键的,这一点是其他作家从未揭示的。其次,遭遇张季元是秀米走上革命之路的第二个因素。作为早期的秘密革命党人,张季元的"革命动机"可以说相当含混,但有一点是清楚的,那就是他在陆家藏身期间所表现出的强烈的性欲冲动,以及对性的随意态度。他不但与秀米的母亲偷情,还多次引诱未成年的秀米,对翠莲等人大讲他荒唐的"大同"式性恋与婚姻观,并在日记中露骨地记录下对秀米的"性想象"。而秀米出于少女本能的道德感,开始十分厌恶这位来历不明的"表哥"对她的性暗示与性挑逗,但这终无济于事,处于青春期发育与幻想冲动中的她,不由自主地关注起张季元的行踪来,并且在那个"春梦"中与他不期而遇。这才使得她对张季元的感情变得十分复杂。当张季元被秘密杀害之后,他的那本日记便成了陆秀米的启蒙读物——可以说,她的"性启蒙"和"革命启蒙"是同时完成的,这使得她的革命倾向一开始就与来自生命与血液之中的原始记忆与"本能冲动"挂上了钩。

但上述"遗传"与"青春"两个原因只是一个基础,注定还需要一个具体的诱因,这便是秀米在远嫁途中与劫匪的遭遇。在格非看来,所谓的"匪盗"也并非只是道义的敌人,他们或许还是具有"创造性社会构想"与现实变革的真正动力,因此他们与"革命"也有千丝万缕的联系。花家舍的土匪实际上是集传统士大夫理想、乡村革命者和绿林匪盗三者于一身的一群人物,尤其老大王观澄更是一个"心心念念要以天地为屋,星辰为衣""大庇天下寒士"的"农民式的空想社会主义者",包括他们使用的语言都是文人雅士式的。在秀米看来,"王观澄、表哥张季元,还有那个不知下落的父亲似乎是同一个人"。在这里的奇遇与充满刀光剑影的一段生活,不但结束了陆秀米的"处女"时代,而且真正给了她以见识和胆略,她渐渐适应了这种生活方式,并在土匪火并之后,得以与革命党人挂上了钩,随后又闯荡东洋,学习了现代社会知识与革命理念,成为近代意义上的"秋瑾式"的革命者。

这个过程中有难以言喻的深意和极其敏感的偶然。格非的叙事在这里几乎达到了妙笔生花的境地,宛若《红楼梦》中的某个章节,人物的心理活动与反应,出现了妙不可言又全在情理之中的变化;也如同布兰察德所揭示的心理秘密,由于在张季元的"日记"中"被虚构"了那些性的经历,并且因为经历了花家舍中被劫持的"土匪生涯",秀米有了一种"受苦的需要","一种在公众场合展示其痛苦和屈辱的需要"。假如不是因为这些遭际,她也许会和无数传统社会中的女性一样,经历"红颜薄命"的或是相夫教子、妇德圆满的一生,可她不幸却与这"几千年历史未有之大变局"撞到了一起,成为现代中国历史与文化的一个奇异的交叉点:传统、民间、人文、匪盗、外来(现代)文化、本能(无意识)等等因素,偶然而又贴合地盘根错节在她的身上,结成了纠缠一起的不解之缘。自然,也正是这些复杂而又离心的力量最终导致了她的悲剧,使她所尝试进行的富有人文主义社会理想意味的革命,试图一揽子解决教育、医疗、公正(法律)、道德、民生等等社会问题的努力,同一切传统变革诉求的逻辑一样,走向了解体与失败。她本人则由于坚持了血缘中天生的固执,最终惜败于无援的境地。在她的中年之后,革命虽然在别人身上继续延续且变形异帜,但在她身上,革命则终因理念与现实的无法结合而永远错过。作为个体的香消玉殒,与作为历史的烟消云散,在这部小说中实现了诗意而悲怆的合一与互为映照的关系。

在陆秀米的命运中,格非坚持了"从个体心灵介入历史"的途径,他绕开了外部政治,试图揭示中国现代革命之所以发生的心理与文化动源,同时也触及了革命历史中个体的悲剧处境与命运。所谓"人面桃花",既是传统文人经验中最富有无意识内涵和美学敏感性的一个隐喻，同时也是对革命和现代历史中基本的个体经验的一个象征。毫无疑问，这是一个前所未有的体味与书写角度，也是它让人读后良久无语，却感到意绪苍茫、言尽意远的真正原因。

三 局外人或革命者的精神现象学

显然，《人面桃花》可以认为是讲述了一个"现代中国革命发生学"的故事，如果此说成立，那么《山河入梦》便可以认为是讲述了一个"革命者的精神现象学"的故事。出于这样的考虑，格非使他的主人公不可避免地带上了哈姆莱特式的灵魂与敏感——尽管他身上并无典范的现代知识分子背景。在这个意义上，它不仅与前一部小说在结构上建立了接续关系，而且在题旨上也实现了统一的逻辑。"革命主体如何被甩出了中心"？陆秀米从一个先驱者到被抛弃、在囚禁式的独居中余生苦度，大概已经昭示了一个悲剧性的定律；而她同样有着"他者""异类"或"局外人"气质的儿子谭功达的故事则更加清晰地表明，那些最富有改变世界的襟怀、怀抱给更多人带来福祉的理想之人，总是最容易遭到误解和最容易受伤的。

这部小说中格非似乎糅进了多个叙事的意图——首先是"知

识分子式"的精神人格与社会抱负,这一点似乎只是由"精神遗传"而获得的;其次是意识形态背景下的社会历史与当代生活,这正是格非要努力触及的,两者互为交杂纠结,构成了"革命者与革命之间奇怪的错位关系",也就构成了主人公悲剧的基本缘由。同时,格非似乎还试图深入到人的个体本能与无意识世界之中,来完成一个完全"内化"的观照与叙述,并在叙事的底部设置一个"存在与虚无"的哲学根基,以为之涂抹上荒诞的美学基调,这当然是格非一贯的做法。不过与早期的小说相比,纯粹哲学的探求已不再是他的兴趣所在,而关怀现代历史与当代社会,对理想与制度、权力与道路等等现实问题的求解意识,成为他思考的中心。这一点我以为是值得称道的,因为它体现了格非要亮出一个"知识分子"的历史观念与精神立场的决心。

谭功达作为陆秀米在狱中产下的"没有父亲的儿子",在参加革命之后,起初似乎一切照常,新中国成立以后他顺利地坐上了梅城县长的职位——这个过程中确乎有"从旧民主主义革命到新民主主义革命"的派生逻辑在,但随后,他性格中的某种"异样的成分"就开始暴露并放大开来。似乎这是一个定数,连他自己都感受到了这种"隐隐的恐惧,自己不管如何挣扎,终将回到母亲的老路上去,她所看到并理解的命运将在自己身上重演……"来自家族的精神遗传与自我暗示,使他渐渐变成了一个官场和生活中的异类:怀抱改造山河的梦想却总是显得好高骛远不切实际,似乎富有官场革命经验却又并不擅长交际和控制局面,虽有"花痴"之名却又不真正擅长交际异性,致使年届四十却还单身一人,单是"成家"之事就延宕多时。当别人日日精心于人际与官场关系的经营算计时,他却在出神地幻想普济水库建成之日发电时灯火辉煌的胜景。这一切,注定了他将在这样的一个环境中失败,一切只是时间问题而已。

但格非并未单面或理想化地处理这一人物,而是赋予了他以分裂又融合的两面性:一面是他作为"革命者与官场人物"的素质,另一面则是他作为"精神异类"的本色,格非还富于匠心地赋予了他一个中国传统的精神原型——一个"贾宝玉式"的性格,这使他既相似又有别于格非早年小说中的"哈姆莱特式"的人物,具有了地道的"本土"性格。在小说一开始,他与副县长白庭禹、秘书姚佩佩一同乘车经过普济水库大坝之时,遭遇闹事的群众,事情一前一后,格非表现了他截然不同的双重性格:之前是他沉湎于白日梦式的妄想世界,仿佛宝玉再世——"佩佩见县长目光痴呆,与那《红楼梦》中着了魔的贾宝玉一个模样,知道他又在犯傻做美梦了……"在拥挤而充满危险的闹事人群中,谭功达居然"走神"做起了这样的荒唐之念,他"感到佩佩的一头秀发已经拂到了他的脸。佩佩,佩佩,我可不是故意的。她脖子里的汗味竟然也是香的。……她的身体竟然这么柔软!浓浓的糖果的芳香似乎不是来自糖块本身,而是直接来源于她的唇齿,她的发丛,她的身体……"这分明也是一个"乌攸""萧"或者"赵少忠"式的人物的再现了。但别忙,与此同时还是他,急中生智断然命令一个持枪的民兵开枪震慑闹事者,结果非常奏效,干脆而漂亮地制止了一场危机。这一幕又充分展现了他粗蛮而"富有革命斗争经验"的一面。

或许这开头的一节可以视作理解谭功达这个人物的入口。显然,政治身份的认同对他来说并不存在犹疑,他所做的一切也都是这个年代当权者典型的作为。但他又是一个有着敏感的无意识世界的人物,正是在这点上,他秉承了母亲的遗传,在他所属的人群中带上了鲜明的"另类"气质。他沉湎于自我世界,刻意地冷淡身边的同僚,包括对他有提携之恩的上司聂竹风也不懂得曲意逢迎,这表明他根本就不曾用心于官场政治。当他处于权力核心的时候,所有问题当然不会暴露,可一旦有风吹草动,他必会众叛亲离成为孤家寡人。当水灾来临,水库大坝发生险情时,所有干部无一例外地都"表演性"地出现在"第一线",而他却带着秘书姚佩佩跑到偏僻的乡村,督促沼气池的建设,给人造成了不懂政治、不明大局、逃脱责任、缺乏能力的印象,结果被解职。这时他才明白,权力其实是那么脆弱,对于一个不善政治的人来说,失去权力只是早晚的事,而一旦权力丧失,他就完全变成了一个无助的个体,一个这世界的多余人。在这里,格非睿智地抹去了意识形态的装饰与遮蔽,还原了官场或政治的本质,将权力斗争的结构从历史的烟云中赤裸裸地拎了出来，放到了他精神透视的"X光机"之下。

当谭功达被所有人遗弃的时候，他的身边就只剩下了一个姚佩佩。也只有到这时，他才恢复了作为一个个体的基本人性与情感常态，但一切都来得太晚了，命运已经给他安排了太多的曲折与磨难，他和姚佩佩的爱情无果而终，且姚佩佩在被迫杀死侮辱她的大人物金玉并不得不亡命天涯之后，他们也就只有把希望寄托于来世了。姚佩佩与谭功达是格非所理解和同情的一类最具有心灵性与诗意的人物，或者说是真正代表了"人性真实"的一类人，他们与这世界的搏斗，某种程度上也可以看作是良善与邪恶、美德与阴谋、理想主义与庸俗政治之间的斗争——但事情又没有这么简单，他们并非道德的完人，而是具有某种先天性格弱点的不可自救的人物。格非通过他们的悲剧，除了揭示"当代历史"的某种深层结构，也是对人间永恒的悲剧与牺牲的人性根源的寻找，而这如同《红楼梦》和《哈姆莱特》一样，恰好构成了文学最古老的美感与诗意的根基。

"山河入梦"这一意象，当然首先包含了20世纪"革命"的理想本身，同时也是传统知识分子自古就有的基本抱负。在关乎社会变革的理想方面，无论传统根基还是现代观念，在汇聚到实践性与伦理性这点上时，无疑都是以"山河"或"天下"为说辞的，这就是格非为什么把"山河"作为他的三部曲的第二部之关键词的原因。这恰好对应了20世纪五六十年代"改天换地"的复杂历史,正面看,它是自古以来建设"大同世界"的宏伟意愿的当代新篇;负面看,它则是隐喻了另一种山河易帜、文化覆灭与道德崩毁的悲戚。格非用了浪漫主义的古老笔法,对应性地描写出主人公的悲怆命运与爱情故事背后所隐含的历史悲剧与文明溃败,而从美学上则恢复了《红楼梦》式的经典意境与传统神韵。显然,这是格非在文化与审美上双重的传统自觉所表现出来的一个选择——说得简单一点,它是一部传统意义上的"红楼春梦"加上一部当代革命者的"春秋大梦"的复合体。基于这个看法,我认为格非确在有意识地整合中国文化与美学的传统资源,整合20世纪中国的历史,并且试图通过对于历史中人的精神现象与命运构成的多向探查,来跨越社会学意义上的分析与叙述,从而达成对中国现代历史的哲学和文化的超越性解释。

从上述逻辑出发,我们会看到,《春尽江南》业已实现和完成了这一"整体性的历史修辞"。呼应着《人面桃花》和《山河入梦》中历经磨难而劫后余存的自然世界,它呈现给我们的是,那个古老的、自然与精神家园意义上的"江南",以"普济""梅城""花家舍"等为载体的"传统文化的江南",在历经了最近二十年的疯狂开发与经济繁荣之后,正遭到另一场灭顶式的破坏,变成了以"唐宁湾"(高档社区)、"荼靡花事"(私人会所)、"鹤浦精神病治疗中心"(精神病院)、"渔火幻象"(江边的露天垃圾场)等等为载体的现代世界。一切已经面目全非。而这一切，也正是构成"人面桃花"的整体意象与隐喻的含义所在，是格非试图通过个体生命的经历，书写出历史的悲剧大势的诗意寄托。历经数千年的、泽被自然也受惠于中国特有的文化积淀的、负载着东方之美与传统之梦的"江南"，烟雨杏花、阡陌纵横的美丽江南，终于在这一代人的手中，在所谓的现代化的摧枯拉朽荡涤一切的野蛮进程中化为了乌有。皮之不存，毛将焉附？充满传统神韵的、数千年来藏于士人墨客心中、氤氲于诗情画意辞章歌赋中的"江南"，也呼应着陆秀米、姚佩佩的香消玉殒，随着女主人公庞家玉之死，走到了尽头……

处理最近三十年的历史变迁与人物命运，当然是最难的。不过格非仍采用了他擅长的手法，即以"精神现象学"和"历史无意识"交接互动的方式，来呈现这段历史的复杂性与暧昧性。他设置了一个更加具有"哈姆莱特式"性格的"诗人"身份的人物，一个迷醉沉湎于精神世界的、凌虚高蹈又注定一事无成的人物，一个当代中国的"多余人"，来作为叙事的焦点。从性格上，他同样有执迷而恍惚、软弱而颓废的异类气质，经历了20世纪80年代风云激荡又戛然而止的社会风潮，忍受了20世纪90年代物质主义的观念扫荡，来到了"通过过剩来表现贫瘠"（绿珠语）的新世纪，他走到了人生的中年，也因为妻子家玉的经营而拥有了中产以上的物质生活，然而犹如但丁找到了"神圣喜剧"

的起点一样,他也走到了迷茫而疑虑、勘破又执迷的中年。而这恰好适合格非要表达的一种"当代性"的错位而荒诞的体验,五味交杂又沧海桑田式的历史与生命感喟。当年毕业于华东师大、颇有些风流倜傥意气风发的诗人,如今成了鹤浦市属下"地方史志办"的闲杂之人,既不能升官发财,也不堪朋党营私,洞见一切却不曾有所作为,喜欢交往异性又不擅拈花惹草,似乎有贾宝玉式的温柔敦厚艳遇不断,却又总阴错阳差地"不在状态",名为诗人却并不专事写作,爱妻儿老幼又常没心没肺,有不俗的传统素养艺术格调,却又总是游手好闲百无一用……甚至连本属自己被人强占的房子也无力讨还。总之,这是一个地地道道的边缘人,时代和生活的局外人。他身上这种心怀正义却又无力肩负责任、有敏锐犀利的思想却缺少混迹日常生活能力的属性,正是我们这时代的一种典型的"精神阉割症",或者"获得性自我压抑症""自我废弃强迫症"的病状,他和这个时代涌流的信息、财富、肉欲、机遇,与一切成功与发迹甚至清谈与奢谈都几乎是擦肩而过,如迎面穿越无物之阵。

　　从谱系学的角度看,谭端午不但可以与他的父亲、祖母一脉相系,与更早先鲁迅笔下的"狂人"、郁达夫笔下的"零余者"划为同类,甚至还可以与贾平凹笔下的庄之蝶、莫言笔下的上官金童等构成一个系列,成为现代至当代中国知识分子精神蜕变的一个范例,一个负载和反映着中国当代历史——即"精神范畴中的历史"的活化石。从他身上，我们可以读出"春尽江南"不只是自然与文化意义上的悲剧寓言，也是精神与主体意义上的、人的意义上的悲剧寓言。同时，这个人物还完成了格非整体的"革命"主题的书写，这个理想主义者的家族，由"中式的桃花源"与"西式的乌托邦"共同哺育和催生的精神谱系，终于在谭端午身上，在红尘万丈又万马齐喑的当下，显现了终结与覆灭的迹象。

四 疾病观疗，以及日常生活的精神病理学

格非早期的作品中即有关于精神分裂症"发病机理与治疗原理"的精妙例子，《傻瓜的诗篇》就是这样的小说。如今二十多年过去了，它仍是近乎完美和几乎难以穷尽深意的一个范本。我甚至相信，假如当代作家的中短篇小说中有十篇可以传世的话，其中一定会有《傻瓜的诗篇》。它对于"精神病理学意义上的个体无意识"的勘察，以及"作为精神现象学的诗歌写作"的命题探讨，可以说达到了前无古人的深度。其中精神病医生杜预和女精神病人莉莉的一个戏剧性的"角色互换"，不但传神地解释了弗洛伊德关于"精神病的发病机理与治疗原理"的理论，而且深刻地寓意了"诗歌话语"与"精神病话语"之间暧昧又重合的

关系。

不过，早期格非的兴趣大约还不在于文化探求方面，而主要是致力于一种"纯粹无意识活动"的挖掘，以及哲学意义上的"纯粹精神现象学"的探询。小说中突出了两个疾病个体的经验与境遇，但并未就这些境遇的背后究竟隐藏了什么而深思熟虑。当然，或许在这里进行过多的深度设置反而是无趣的，只有进行纯粹精神病学意义的描写，才符合那一时期先锋小说的旨趣。因此，我们姑且单纯以"形式主义"的眼光来解析它的结构要素，分析人物的无意识活动与病症表现。两个人物的经历大致如下：

杜预：**遗传影响**（母亲为精神病患者，父亲曾是一个"诗人"）——**后天精神刺激**（母亲之死的记忆）——**弑父的罪感**（对父亲的"出卖"致使父亲后来惨死）——**自我暗示**（进行关于精神病"传染"问题的研究）——**环境影响**（置身并工作于精神病院）——**性焦虑**（特别是看到莉莉的胴体之后）——**性犯罪**（诱惑并玩弄莉莉）——**被窥视**（被葛大夫发现）——**暂时缓解**（占有莉莉，初尝禁果）——**加倍焦虑**（莉莉开始好转，不再接受他的诱惑）——**强刺激**（雨夜惊魂，犹如《红楼梦》中"王熙凤毒设相思局"一幕）——**发疯**——**被施以电疗**。

莉莉：**童年创伤**（母亲早亡，父亲变态，造成其"乱伦恐惧症")——**弑父记忆**（无法证实，但一直是最大的精神创痛，这种记忆与其良知发生强烈冲突）——**记忆关闭**（自首被警察制止，而且遭受其趁机性侵犯）——**诗歌思维方式的诱发**（上大学中文系之后爱上写诗，诗人的佯狂导致了真疯）——**失恋刺激**（直接原因，情况不详）——**发疯**（"酒神状态"，或可以视为"诗神附体"的"假性疯癫"）——**记忆唤醒**（与杜预发生亲密接触，交谈中回忆起过去"被遗忘"的情景）——**完成倾诉**（将记忆深处的隐秘对杜预讲出）——**释放完毕**（对同杜预亲密接触的遗忘）——**痊愈**。

多年前笔者曾对于这篇小说做过细读分析，所以这里不再做铺叙。[8]需要交代的是，完全可以引述弗洛伊德早年治疗精神病与各种强迫症的例子，来证明这篇小说在"精神病理学"的意义上是多么"专业"。只消引述弗洛伊德的一段话，就足以证明这个"致病"和"治疗"的过程的精当和靠谱。弗洛伊德说：

……压制的基础只能是一种不愉快的感觉，也就是说，受到压抑的单独观念，和构成自我的占支配地位的大量观念之间存在着不可调和性。然而，被压抑的观念却采取了自己的报复措施，它引发疾病。而这个单独的念头一旦被无意识释放，被带到意识的强光里，观念性的东西便会像损害肌体、血液的病毒和感染一样,立刻被有效地消除。⑨

女大学生莉莉正是由于她和医生杜预之间的"亲密接触",被唤醒了记忆中一直压抑的往事与自我——她"弑父记忆"的罪感、"乱伦恐惧症"以及人格破损的创伤(中年警察对她作案的开脱和趁机对她身体的占有),所有这些被长期封存和压抑的记忆,在诗歌的"佯疯式话语"的诱发下导致了发病,却又在对杜预并无预设的讲述中得以"释放","被带到了意识的强光里",从而得以痊愈;而反观杜预,却是由于早年在意识中积存了太多压抑的记忆,其"间接弑父"的罪感,来自父母共同的"遗传性"敏感与焦虑,以及后来他作为一名精神病医生对于病人的性侵犯,这些都使其自我人格陷入了激烈的矛盾。在持续的性苦闷与被洞察的焦虑中,在同样浸淫于"诗歌思维与佯狂话语"的诱发下,他潜意识中的"病毒"迅速地将其"感染",最终使之坠入深渊。

小说中大量的分析性叙事,几乎使这篇作品成了一篇"形象的学术论文",使之成为一篇"在小说中讨论精神病学"的另一意义上的"元小说"。但奇怪的是,它并不显得枯燥乏味,相反在强烈的陌生感中还充满玄机与暗示性,因此使人百读不厌。

关于其中的哲学性命题——"作为精神现象学的诗歌",具体地说是诗性话语与精神病话语之间的关系问题,诗歌思维与精神病人之间的关系问题,还有诗歌阅读作为"日常生活的精神病理学"的问题,等等,都是颇富深意的。在格非看来,诗歌的思维与语言方式同精神分裂症、与精神病话语之间,可能是彼此交叉包含、互为表里或者隐喻关系的。不仅杜预父亲的悲剧与诗歌有关,莉莉之所以发病也与诗歌的诱导因素有关,而杜预本人实际上也是诗歌的爱好者,甚至莉莉在精神分裂之后所写的"诗歌作品",也为另一位女性精神病医生董主任"爱不释手",并时常读得"老泪滚滚而出"——这无疑是"日常生活的精神病理学"了。弗洛伊德曾经专门讨论过"被一种消极幻觉支配着"的"误读"现象,他列举了一位有病态的"读报癖"的人,指出,"他对读报的病态的渴望,实际上可以解释为他对在报上看到自己、读到自己的命运的病态渴望的反应"。[10]更有意思的是,弗洛伊德接下来还举出了一个患有"战争创伤性神经症"的空军上尉的例子,他在朗读一位名叫沃尔特·海曼(Waiter Heymann)的诗人的作品之后,居然身体"剧烈地颤抖""眼泪汪汪","让人感觉触目惊心"。[11]这两个例子都表明,重要的也许不是文本对象的内容,而是阅读者从中所发现的"自我镜像"。董主任从莉莉那些杂乱而并无确切意义的"爱情诗"中所发现的,是她自己的"三次离婚"的创伤,她在日常生活中积存下的压抑与痛苦。因此,她居然成了这些由"精神分裂性话语"堆砌而成的"假性诗歌"的忠实读者,"医生"和"病人"之间的关系,再次出现了戏剧性的颠倒。

所有这些都隐喻着诗歌对人的精神世界的象征与暗示作用。这也不难理解,尼采曾经张扬的"酒神精神"同诗性精神之间,实际就是一种东西。无论是从哲学、从诗歌的崇高内涵与美学精神的角度,还是从对诗歌的误解与揶揄的角度,诗歌都与精神分裂结下了不解之缘。诗歌史与艺术史上的许多伟大的人物,都同时是精神分裂症患者。存在主义哲学家雅斯贝斯甚至为他们辩护说,"寻常人只看见世界的表象,而只有伟大的精神病患者才能看见世界的本源","优秀的艺术家认真地按独自的意志做出的表现,就是类似分裂症的作品"[12]。由此莉莉也确乎在成为一个精神分裂症患者的同时,变成了一个真正的"诗人"。

上述命题也使小说某种意义上由心理层面上升到了哲学境地。在另一部长篇小说《敌人》中,格非似乎更多显示了对于"文化结构意义上的无意识"的探寻自觉,摧毁赵家的最终力量不是来源于外部,而是来自传统社会结构本身,是它的封闭与父权专制的力量,最终使之从内部腐朽和丧失了抗御能力,完成了"无须外部力量而可以自行毁灭"的使命。

在《春尽江南》中,"诗人"身份的谭端午,可以说扩展和延续了《傻瓜的诗篇》中的主题。在经历了一场政治的暴风雨之后,他寄居乡下躲避风头,这和当初革命者张季元来到陆秀米家几乎做同样的理解。这时寻求情感刺激甚至不负责任的性行为,便成为"精神疗伤"的最佳方式。他几乎是以流氓式的不由分说与未谙世事的女大学生秀蓉发生了性关系,并在事后将发烧酣睡的她遗弃于郊外的招隐寺里(又是寺庙!当初秀米的"春梦"也是发生在寺庙里)。一年半后,是因为在商场巧遇无法逃脱,才不得不与她匆匆结婚,从此结束了自己玩世不恭的青年时代。这时的他,某种程度上与聂赫留多夫,与俄罗斯文学中众多的"多余人"已没有什么不同,他已彻底完成了精神的去势和灵魂的阉割,变成了一个精神的废人。在接下来迅速完成了价值转换的市场年代,他更渐渐流落到了社会生活的边缘,在地方政府最无趣的部门"史志办"谋了个闲职,变成了依靠做律师的妻子"吃软饭"的人。性格中玩世不恭的成分,也渐渐被浑浑噩噩的游手好闲所替代。尽管没有像他同母异父的哥哥王元庆那样,成为一个财富被人谋夺、被关进自己创建的"精神卫生中心"的精神病人,但某种程度上,他并不比自己的这位兄长更有尊严和地位,相反与哥哥相比他还显得更落魄和更软弱些。换一种说法,这一对精神和骨肉的难兄难弟,不过是将祖母和父亲那里遗传来的禀赋做了比例不同的传承而已。诗歌写作或诗人的身份,即使他们蒙受了时代的贬损和羞辱,也因此而保有了一点未被尽行剥夺的奇怪的体面和尊严。

如果拉开一点看,"文化结构意义上的疾病观疗",在《人面桃花》三部曲中还有了更为广泛的表现。在格非看来,精神状况的常态与非常态之间的纠结错位几乎无处不在，它在中国的传统文化中有着根深蒂固的存在。而且从个体的精神处境与构造看，普遍的"病态"或"非常态"，正是其真正意义上的"常态"。所有"不切实际"的人，丁树则、陆侃、张季元、王观澄，当然还有谭功达和诗人端午，还有那些永远"魂不守舍"的异类女性——陆秀米、姚佩佩、庞家玉，他们的精神结构与性格无不有着执迷顽固的特点。然而正是这些人支撑起了文化意义上的传统、民间、民族和国家诸般不同层面的价值，并且构成了与世俗、平庸和实利价值的对抗。而那些怀有不同于实利与俗物的情怀的人，那些投身社会进步与公共利益的人，那些"脱离了低级趣味的人"，类似谭功达和谭端午父子这样的人，在强大世俗力量的压制之下，无一例外地会被挤出权力和利益的中心，这大约不是哪个时代、何种文化的特殊产物，而是这个民族永恒的乃至是人类有史以来最普遍的共同规则与悲剧宿命。

然而"时代的精神分裂"是具有特殊的主题意义的。在《春尽江南》中，我们可以看到格非对于当代社会之文化病状的深入思考和揭示。借助小说中的人物活动，他将各种流行的时代讯息与文化符号，开发区、高档楼盘、私人会所、夜总会、养生馆、露天垃圾场、收治精神病人的"心理危机干预中心"，还有近乎疯狂的经营者、毫无信义的开发商、自焚的被拆迁者、无望的上访人，从小学就开始的无理性无意义的学业竞争，以及由诸般压力与混乱而导致的心理疾病与浮躁抓狂……这些再加上叙事中掺入的来自网络文化的各种流行符号，来自端午个人精神世界中的"专业得有些偏僻"的历史、国学、音乐和诗歌符号，来自他身边的徐吉士、陈守仁、冯延鹤、绿珠等各色人物的语言信息，这一切将传统的、时尚的、商业的、流行的、闺密的、公共的或私己的各种文化符号与话语类型堆砌到一起，植入到以谭端午这样一个敏感而充满着犹疑气质的人物的感官世界中，构成了一个杂语混响、五光十色、声色犬马、喧闹扰攘的世界，生成了一个巨大的寓意丰富辐射广远的"时代性的精神分裂的主题"。正如小说中借史志办的老田之口说出的一段话：

你看哦，资本家在读马克思，黑社会老大感慨中国没有法律，吉士呢，恨不得天下的美女供我片刻赏乐。被酒色掏空的一个人，却在呼吁重建社会道德，滑稽不滑稽？[13]

这便是关于我们"时代的日常生活的精神病理学"了。个体的人格分裂与时代的精神疾患是互为背景、互为质核与包容关系的。小说在后半部分甚至还借助一场所谓新世纪的"诗歌研讨会"，将各种人物与不同话语纳入同一时空来予以集中展示，搭建了一台话语狂欢的生动戏剧，其中互不搭界又互为颠覆反讽的诗歌问题、文化命题、社会政治议题，以及会上会下优游穿插着的性娱乐的话题，自由主义的、新左派的、骑墙的和莫名其妙的、西化的或中国传统的说话立场，所有这些不同空间与属性的话语，被他强行而又巧妙地拼接于一起，生成了杂语混响的复调效果。正如端午在最后作为一个无足轻重的"乡下人"发言时所说出的："所有的人，都在一刻不停地说话，却并不在乎别人怎么说。结论是早就预备好了的。每个人都从自身的处境说话。悲剧恰恰在于，这些废话并非全无道理。正因为声音到处泛滥，所以，你的话还没有出口，就已经成了令人作呕的故作姿态和陈词滥调……"很显然，在这个民族的精神塔尖之上，也早已显现出并无出路和救赎可能的精神病状。从文化寓言的角度来说，一种类似"群体性精神分裂"的文化病症，正在侵蚀着我们时代的每一个角落和毛孔，变成一种无所不在的情境和氛围。

假如再将问题细化，还可以举出《山河入梦》中的例子。在这部小说中，个体的精神暗示活动和恍惚错乱的倾向，可谓有更加精细和耐心的展现。小说一开始就写到，正在调研视察途中构想着水电站宏伟蓝图的谭功达，竟在无意识的支配下，在地图边缘的空白处写下了一组神秘的数字："44-19=25；44-23=21；21-19=2"。或许谭功达是在不由自主地计算着自己的婚恋之事？这组数字在此后反复出现了多次，他是在姚佩佩和白小娴之间进行犹疑的选择吗？从两个人的年龄上推敲似乎又很难确认，天知道这位爱做梦的谭功达是出于什么意图才列出了这些等式，直到最后小说也没有解开这个谜团。也许它只是一个纯粹的魂不守舍的无意识行为，只是表明这是一个经常生活于无人之境的梦游者而已？

这也是"日常生活的精神病理学"的一种，弗洛伊德在《决定论，偶然与迷信之信仰》一文中，曾专门提出和讨论了人的无意识中"对于数字的痴迷"。他甚至举出了自己的例子，他在一次书信中偶然写下了一个"2476"的无特指含义的数字，但随后，他对于写下这个数字背后的含义进行了复杂的心理推敲，最后证明，"即便是这样随笔写出的数字"，"也有着来自无意识的决定因素"。"我可以用一个固定的时间点来证明……我在禁闭中度过了我的24岁生日，所以那应该是在19年前的1880年。2476里的24，就是这样来的。然后你如果用24再加上我现在的年纪43，你便得到67了。"[14] 或许这个例子可以有助于我们理解这位"革命者中的异类"的心理活动，也有助于我们理解格非在表现人物的心理和命运的时候，会经常遵循的神秘主义倾向。而这种笔法在此前的《迷舟》《敌人》《大年》《风琴》，以及《人面桃花》等小说中都曾有过很多诸如"算命先生""不祥之兆"等等表现。它们在给格非的小说带来了某种"神秘气息"，打上了他的个人标签的同时，也给他带来了某种独异的"超叙述"的效果，使之经常会获得不经意的"逸出"或"飞升"的效应。

五　悲剧宿命论与个体无意识支配的历史：格非的叙事诗学

按照上述逻辑，格非也建立了他自己的历史观和相应的叙事诗学：偶然、宿命、悲剧、错乱，历史中充满了歧路和不确定性。但在悲剧与终结论这一点上，又总是显现出固有的确定性——这刚好可以将托尔斯泰的经典说法反过来——所有本质的"不幸都是相似的"，而世俗的表象却是"各有各的幸福"；历史的歧路是无尽的，但总会在关键处出现"不幸的拐点"。

从"新历史主义"的历史哲学角度解释格非，当然是一个比较便捷的途径，比如他小说中经常着力呈现的"记忆与历史的虚拟论""历史的偶然论与不可知论"的思想，我个人曾经从这样的视点对格非小说中的历史哲学、其相应的叙事诗学进行过分析，并讨论过其西方的理论来源[15]。所谓"由个体无意识支配的历史"，也可以解释为一种杰姆逊所说的"存在主义的历史主义"[16]，这是新历史主义哲学的一种。在早期的《迷舟》中，格非十分形象地诠释了这一偶然论或"反必然论"的历史观，历史本身无数的隐秘歧路，其实就隐含在"个体无意识的无数可能"之中；在另一个代表性的小说《褐色鸟群》中，格非甚至还表达了一种"无意识支配叙述"的观点，一个叙事的生成也和历史本身一样有着无数的可能性，它被言不由衷的虚构和虚与委蛇的装饰所左右，无论这样说还是那样说，不过都是出于叙事人的一念之差。"你的记忆已经被你的小说毁了"——小说中的虚构人物"棋"这样对叙事人"我"说。这无疑可以看作是一句借人物之口说出却表达了格非自己的叙事观念的格言。

　　由历史积淀下来的个体无意识，会反过来成为历史持续生成的支配力。《敌人》就是表达了这样的哲学，赵少忠被祖辈"遗传"下来的"关于敌人的恐惧"压垮了精神与人格，而这恐惧成了他的家族彻底灭亡的内在动力，这也是"历史与个体无意识之间的力量循环"。在《人面桃花》三部曲中，我们可以看到这种循环的持续浮现：由陆侃遗传给陆秀米的精神气质，使她在一个普通少女的生命轨迹中斜出到革命的惊涛骇浪之中，并且最终又被这惊涛骇浪卷到了命运的角落。对桃源的迷狂导致了疯癫，青春的烦忧与春梦则引发了革命；这种精神质素遗传给谭功达，使他成了一个官场政治中的另类，一个始终深陷错乱逻辑的梦游者，最终被逐出了权力和利益的中心，死于被关禁的梅城监狱。革命诞生了权力，但个体幻想最终却偏离了权力；这血脉再遗传到谭端午身上，使他变成了一个不合时宜的"诗人"，一个满腹经纶又百无一用的书生，一个忧心人类却无法护佑家人的"废人"（既不能与冯延鹤所定义的"新人"相比，也不能与绿珠所命名的"非人"比肩），他只能是一个"死于历史之中"和"梦游于现实之上"的幽魂，如同诗人欧阳江河所说，已成为"词语造成的亡灵",或者只是"以亡灵的声音发言"⑰。"诗人"或许就是疯癫的另一角色,这与哈姆莱特因为"装疯"而变成了诗人和哲人角色有一致之处。在谭端午的时代,他耽于幻想的血脉使他持续创造了诗歌,而诗歌却终结了他可预见的一切,将历史和家族的一切记忆定格在悲伤和虚无的文字中间。他们家族的精神与历史,显见得也是互为支配和创造的。小说在最后是以一首"假托"为端午所作的《睡莲》作为结尾的,由灿烂和悲伤的"桃花"开始,用安详和静谧的"睡莲"结尾,首尾相接,互为幻象,格非完成了他关于20世纪中国历史和知识分子命运的整体性的理解和想象。

我想说,这也许就是我在文前所引的福柯的那段话——"疯癫主题取代死亡主题并不标志着一种断裂,而是标志着忧虑的内在转向"的一种形象诠释。端午的祖先早已在前两部小说的结尾处死去,唯有端午在《春尽江南》的末尾处幸存,但这也不能改变历史本身的传承逻辑,"受到质疑的依然是生存的虚无",只是"这种虚无不再被认为是一种外在的终点……而是从内心体验到的持续不变的永恒的生存方式"。三代人所解释的历史也构成了一种命运的接续与循环,这种"历史的重复"折射出它本身的荒诞之美,用西方的话语说是"存在的荒谬",用中国的话语说就是"人面桃花"的色空幻象。我们只能赞美和感叹哲学家的不朽预言,福柯仿佛早就在历史的拐角处等候着来者,给他们指明着前进的路向,以及哲学升华的顶点。

这也与老弗洛伊德在同一篇《日常生活的精神病理学》中所解释的相似,所有"以前曾经历此事的感觉",都并非"记忆的错觉","在产生感觉的那一刻,我们的确是触碰到了以前一次体验的记忆"[18]。所谓"人面桃花"的幻觉经验,作为中国人的最敏感的一种"白日梦",在这点上并非独有之物。它印证了人类精神世界中共同的错乱,作为美感源泉的个体无意识的创造性的错乱。

不过,即便如此我也不能将格非的小说完全置于西方哲学的背景之上,我有更多的理由相信莫言的判断——他写出了"非常像《红楼梦》的小说",或者是"向中国传统小说致敬"的小说。不仅像三部曲各自的名字所导引和暗示的那样充满着东方色调和神秘启示,而且他的叙事中夹杂的大量"互文"式的诗词、掌故、章句,这些也增加了他小说的传统色调与中国属性;我想说的是,他的小说在总体的结构上,在整体的修辞与笔法上,更加自觉地对应了中国传统叙事的结构与修辞,我们可以从中清晰地读出在《三国演义》《水浒传》和《金瓶梅》中都可以看到的"分—合""聚—散""色—空"的结构模式,虽是形式各不相同,但它们的核心却是一致的,这便是在《红楼梦》中达于极致和典范的"梦的模式",是"盛极而衰"的、"好便是了,了便是好"的历史终结论与命运循环论的模式。

信仰当然也是美学,循环论的历史观念和中国人古老的生命意识，与他们的美感与诗意的生成是一致的。《红楼梦》这样的"长恨歌"式的故事之所以感人，就是因为它贯穿了宿命论、末世论和"非进步论"的历史与人生理解，也贯穿了这样的美学意境，"林花谢了春红，太匆匆""春风桃李花开日，秋雨梧桐叶落时""一朝春尽红颜老，花落人亡两不知"……某种程度上，《红楼梦》中第五回贾宝玉"梦游太虚幻境"所做的那个"春梦"，同全书所要呈现的一部"陋室空堂，当年笏满床；衰草枯杨，曾为歌舞场"的"红楼之梦"是完全同构和互为阐释的。这表明，个体经验在本质上就是历史经验，反过来，历史经验如果不流于空泛世相的话，也必然重合着人的个体经验。对我们的先人来说，他们从来就是把生命体验当作历史认知的起点和终点的，生命的短暂与必死的悲情，既生发出了陈子昂那样"念天地之悠悠，独怆然而涕下"的关于存在与生命的悲呼浩叹，也启悟出罗贯中那样的"白发渔樵江渚上，惯看秋月春风，一壶浊酒喜相逢，古今多少事，都付笑谈中"的历史智慧与达观体验。由生命经验来看取和理解历史，又将历史体验最终归结升华为生命与诗的体验，这是中国人特有的历史诗学与历史美学的精髓。文史一家，这是必然的一种互渗。

  从这个角度来看格非的《人面桃花》三部曲，我以为就不是一般和个案的叙事学问题，而是事关中国小说的叙事特性与美学属性的大问题。

很显然，格非的小说出现了在当代小说中罕见的"诗意"——不只是从形式上，从悲剧性的历史主题中"被解释出来"的，同时也是从小说的内部，从神韵上自行散发出来的。这种诗意不是一般的修辞学和风格学意义上的，而是在结构、文体、哲学和精神信仰的意义上的诗意，是在中国传统小说中特别是《红楼梦》中无处不在的那种诗意。格非为我们标立了一种隽永的、发散着典范的中国神韵与传统魅力的长篇文体——说得直接些，它是从骨子和血脉里都流淌着东方诗意的小说。这种小说在新文学诞生以来，确乎已经久违了。

这肯定不是一件无足轻重的事。我不敢说格非写出了不朽的小说，但却坚信他找到了中国小说的叙事道路。这当然不是一个简单的模拟的归附，而是一种融合了现代的信息与物质属性的归附，是一种新的创造，这一点必将在未来得到印证。他所精心展现的这种"非进步论"的历史构造与美学范本，使得他的小说不但脱开了当代文学的主流方向，走上了严肃而深远的美学之境，而且将会对我们重新思考中国文学的未来提供一个样本。我不能说格非已经写出了无可挑剔的小说，他的叙事中或许还有可以斟酌和商榷的问题，但如果因为这样的问题就忽略他在小说文体上的精心创造，忽略他在历史诗学上的思考，以及叙事美学上的启示意义，对于今天中国的批评界来说，那就是一种无可原谅的粗陋和短视。我毫不讳言格非小说在设置人物的性格逻辑和安排他们的生命轨迹时有可能出现的"出轨",甚至为了抒情和刻画人物的超现实性,而使某段故事"飞升"于整个小说之外——如同姚佩佩亡命天涯、庞家玉因病出走的情节一样,有过于"人为"驱遣的痕迹;但我也毫不讳言在阅读这几部小说时隐秘的过瘾和喜悦之情,不讳言当我读到《春尽江南》的后半部与结尾时澎湃激荡和百感交集的心情。

让我用《春尽江南》的结尾,对照《红楼梦》的结尾,用两种如此不同却又惊人相似的诗句,来作为我的文章的结尾:

……它照亮过终南山巅的积雪
也曾照亮德彪西的贝加莫斯卡
前世的梦中,我无限接近这星辰
今夜依旧遥不可及
…………
我说,亲爱的,你在吗?
在或者不在
都像月光一样确凿无疑
这就足够了。仿佛
这天地仍如史前一般清新
事物尚未命名,横暴尚未染指
化石般的寂静

开放在秘密的水塘

呼吸的重量

与这世界相等，不多也不少

我所居兮，青埂之峰；我所游兮，鸿蒙太空。谁与我逝兮，吾谁与从？渺渺茫茫兮，归彼大荒。

在"知识"的意义上，我确信它们属于两种不同的诗歌，但在意义的意义上，我坚信它们是同一种东西，读之也如同一场"人面桃花"的旅行，这里有相似的"大悲凉"或"万古愁"，有记忆的恍惚与诗意的悲伤，刻骨铭心，没齿难忘。只是我不知道老弗洛伊德该怎么解释这惊人的相似，也属于他的"日常生活的精神病理学"的范畴吗？

注释：

① 弗洛伊德:《詹森〈格拉迪瓦〉中的幻觉与梦》,《论文学与艺术》, 北京: 国际文化出版公司, 2001年版, 第3页。

② 福柯:《疯癫与文明》, 刘北成、杨远婴译, 北京: 生活·读书·新知三联书店, 1999年版, 第13页。

③ 参见钱理群:《丰富的痛苦:"堂吉诃德"与"哈姆雷特"的东移》, 长春: 时代文艺出版社, 1993年版。

④ 米兰·昆德拉:《小说的艺术》, 董强译, 上海: 上海译文出版社, 2004年版, 第21页。

⑤ 罗兰·巴特:《写作的零度》,李幼燕译,北京:中国人民大学出版社,2008年版,第33页。

⑥ 威廉·H.布兰察德:《革命道德:关于革命者的精神分析》,戴长征译,北京:中央编译出版社,2004年版,第29页。

⑦ 歌德:《歌德谈话录》,见《西方文论选·上》,伍蠡甫编,上海:上海译文出版社,1979年版,第467页、第464页。

⑧ 参见张清华:《精神分析:三个实验细读的案例》,载《天堂的哀歌》一书,济南:山东文艺出版社,2005年版。

⑨ 转引自欧文·斯通:《弗洛伊德传》,北京:北京十月文艺出版社,1999年版,第478—480页。

⑩ 弗洛伊德:《日常生活的精神病理学》,彭丽新等译,北京:国际文化出版公司,2000年版,第110页。

⑪ 弗洛伊德:《日常生活的精神病理学》,彭丽新等译,北京:国际文化出版公司,2000年版,第117—118页。

⑫ 雅斯贝斯:《斯特林堡和凡·高》,引自《存在主义美学》,崔相录、王生平译,沈阳:辽宁人民出版社,1987年版,第155页。

⑬ 格非:《春尽江南》,上海:上海译文出版社,2012年版,第236页。

⑭ 弗洛伊德:《日常生活的精神病理学》,彭丽新等译,北京:国际文化出版公司,2000年版,第250页。

⑮ 参见张清华:《叙事·文本·记忆·历史——论格非小说中的历史哲学与历史诗学》,见《天堂的哀歌》,济南:山东文艺出版社,2005年版。

⑯ 参见杰姆逊:《马克思主义与历史主义》,《新历史主义与文学批评》,张京媛主编,北京:北京大学出版社,1993年版,第28页、第30页。

⑰ 欧阳江河:《89'后国内诗歌写作》,见《谁去谁留》,长沙:湖南文艺出版社,1997年版,第260—261页。

⑱ 弗洛伊德:《日常生活的精神病理学》,彭丽新等译,北京:国际文化出版公司,2000年版,第273页。

2011年12月31日,北京清河居

原文发表于《当代作家评论》,2012年第2期

天堂的哀歌

——论苏童

我一直固执地认为,一个作家取什么名字会和这个人的写作有某种至关重要的关系,这种关系在某种意义上是先验的。这正像米歇尔·福柯所说的,所谓"作家"只是一种文体或话语的功能的标识,他们和文本之间实际上是在冥冥中互相期待的;又如同博尔赫斯在他的《迷宫》一诗中所描述的,现在和未来,两个"博尔赫斯"在互相寻找,而命运就构成了这人生"迷宫"的通道,一个作家的名字同他的那些作品,似乎也是在先验的存在里互相追寻的。在这方面,苏童应该是一个例子。很少有人知道苏童原来叫童中贵,很少有人会相信堂堂的作家"苏童"曾有一个凡俗的名字叫"童中贵"。他们会想,如果这个人一直叫童中贵,那他可能什么也写不出来,即便写出来也不会是什么上品;但他一叫苏童就不一样了,便成了如有神助的妙手。苏童——这个名字将两个通灵的字符连在了一起,便大大地成就了他。苏,当然是姑苏的苏,上有天堂,下有苏杭;童,自然是和童心、童年连在一起,这样苏童的小说先就占了天堂的典雅与优美、富丽与哀伤,也占了童心的通灵和纯净,童年的自由与追想,具备了他特有的既古典浪漫又高贵感伤的气质。

"60年代人"的记忆

有谁会忘记那样一个年代,可有谁会写出那样一个年代?当他们渐渐长成的时候,那个年代扑面而来:破败、荒凉、寥廓、沉寂,充满了死亡一般的静寂与狂欢一样的喧嚣。它是一个多么的"主流"然而又是多么"民间"的时代,一个铁箍一样严密沉重,然而又像真空一样虚无和自由的时代,一个最缺少生机却又最充满着浪漫故事的年代,一个密布着意识形态的神话,然而又最亲和着大自然的时代——那是孩子们的天堂。他们借着政治的神话拓展着他们的想象力,以红色的名义进行着他们孩童的游戏,时代的巨型舞台上演着最原始最民间和最孩童的戏剧。而且重要的是,这个年代的大自然几乎还是完整和洁净的,我们的城镇和村庄基本上还保持了它原始的风貌,这一切对孩子们来说正是真正的天堂……然而这个时代的一切却渐渐地被遗忘了,我不知道是什么样的政治和文化铸就了这一代人的历史遗忘症，使他们变成了易于自我消磨和消解的、没有自己标记和特征的一代。

然而还有一个苏童。还有一条浮动于梦幻中的香椿树街。

每一代人实际上都需要他们自己的作家，他用这一代人共同喜欢的方式，代替他们记录下共同经验过的生活，成为一种留刻在历史中的特有的"公共叙事"。苏童用他自己近乎痴迷和愚执的想法，复活了整整一代人特有的童年记忆。我在苏童的小说里读到了那业已消失的一切，它们曾经活在我的生命之中，却又消失在岁月的尘埃里。这使我对他，这个与我同龄的作家心怀特殊的亲和与敬意，我用"天堂的哀歌"来为这篇文章作题，首先是从这个意义上来说的，读他的作品，仿佛是对我自己童年岁月与生命记忆的追悼和祭奠。一个时代已经消逝，成为如烟的旧梦，那是曾经的孩童，20世纪60年代人的天堂——某种意义上说，也只有孩童才会有那所谓的天堂；也只有在十年、二十年以后，他才会理解这天堂，并把它如此生动地变成生命的哀歌和岁月的华章。

文界一直有"70年代人"的说法，然"60年代人"却从未被广为阐释。这其中奥妙何在？固然60年代出生的作家作为先锋小说和"新生代"作家的主体久矣，早有更具体和恰切的称谓，但我以为也与他们多写文化、哲学以及玄想的乌托邦中的事情有关。他们写个人经验领域要远少于"70年代人",或者说,他们相比之下不是只关心周身事物的一代,而是关怀抽象的巨型事物与母题的一代,这与他们所受的充满巨型红色幻象的、浪漫暴力的和夹掺了愚忠和狂妄的自由主义倾向的童年教育有关系。在这一批作家中,只有余华的《在细雨中呼喊》和包括苏童的《城北地带》在内的"香椿树街系列"是比较典型的"个人经验"的写作。如果单从作品的数量比例上看,苏童甚至可以被视为60年代人"个人写作"的代表。

然而苏童的个人写作在无意中成了60年代人的代言者的写作。"香椿树街"上的故事再现了那些典型的景致和印象,这个破败的、黯淡的、穷困的、松散的、混乱的、自在的"香街野史"的年代,从60年代到70年代中期,文化的废墟和权力的真空却造就了一代人的欢乐童年,并且给他们铸就了特殊的想象力,不无唯美色彩的如烟如梦般的记忆方式。苏童之所以会成为一个作家,我以为迄今为止最大的驱动力是来源于他的童年,来源于他那相当于"香椿树街"的充满欢乐和感伤的童年生活阅历,在这个年代特有的政治与伦理的表层的主流文化覆盖底下,孕育和潜藏了格外丰富的民间性的文化内容与人生游戏,而对于这个年代的一种新的"解释欲"和再现欲,则是苏童乐此不疲地写小说的原因。因为很显然,对这个年代的历史已经有了一种政治的解释——先是纯粹红色的幸福预言,后是"动乱浩劫"的悲剧结论——但就是没有一个真正符合孩子们的真实记忆的"中性"的解释，而这一代人最终还要选择他们自己的记忆与解释方式，因此苏童便应运而生。

"香椿树街"是一个庞大的家族和世界，尽管它实际上可能只是一条南方城镇上普通的小街，但它的确已经像沈从文的"湘西"、莫言的"高密东北乡"一样成了一个寓言的世界，一个空间和年代的标记。从数量上看，它们总计要有六七十万字的样子，在苏童的全部小说中至少要占到三分之一。从1984年的《桑园留念》开始，到20世纪90年代的《刺青时代》，和后期的《南方的堕落》《城北地带》，苏童以这个名字为对象的写作差不多持续了十多年。苏童自称这是他的"自珍自爱之作"，因为它们引起了他"美好的怀旧之感"，"如此创作使我津津有味并且心满意足"。[①] 它们像是一些连续的断片，一个主题音乐的不断变奏和展开，许多人物在不同的作品中重复出现，像小拐、红旗、王德基、天平、朵红等等；它们集合了香椿树街的各色人物，小市民、儿童帮会、市井街痞、风流女孩，串联了那些日常而又稀奇古怪的事件和景致，"一群处于青春发育期的南方少年，不安定的情感因素，突然降临于黑暗街头的血腥气味，一些在潮湿的空气中发芽溃烂的年轻生命，一些徘徊在青石板路上的扭曲的灵魂……"[②] 它那泥泞的街道，常常阴郁的天气，邻里间的争吵，化工厂的烟雾，不断爆出的奇闻，成人间的偷鸡摸狗，少男少女之间演绎出的悲欢离合，间里街巷的流言蜚语，护城河上常常漂起的浮尸……所有这些构成了一个城市边缘地带的特有景观。可以说，在当代的作家中还没有哪一个能够像苏童这样如此丰富地书写出一个城镇生活的风俗图画，当代的图画。我相信在将来的时间里人们还会因此而记起苏童，他走出了此前两代作家（汪曾祺和陆文夫、邓友梅等风俗文化小说作家与韩少功、贾平凹、郑义、阿城等寻根作家）都曾热衷的过去年代风俗的想象与描写，他们虽然对乡村风情、板块文化、久远年代中的古老风习都有过精彩描绘，但对当代的城镇生活的细部却总是予以回避，当代的其他作家也予以回避。这究竟是何原因呢？我想除了对政治的某种不得已的回避之外，恐怕主要还是生活与可转化的写作资源的缺少，因为这个年代给人留下来的印象主要是20世纪50年代以前出生的人们所"给定"的，他们"生逢其时"地投身主流政治运动之中，当然就忽视了这个年代的边缘性文化与生活景观，而20世纪60年代出生的人则注定要被这个时代的主流文化所忽略，因此他们就命定地成了这个时代"民间"和"边缘"的主体，这个年代对他们来说只不过是一场特殊名义之下的游戏而已。

  苏童因此有效地简化了这个时代，同时也有效地丰富了它，剥去了它的政治色调，而还原以灰色的小市民的生活场景。同时，少年的感受与经验方式，使他将意识形态的东西简化成了儿童的游戏和狂欢。从这个意义上，苏童应当说是20世纪60年代人的一个"感官",一个出色的代言者。同时,这也注定了他不无悲凉与沧桑的同时也是"苍老"和诗意的笔法与风格,因为当他真正将当代中国的城镇社会还原到一种日常和民间的生活与叙事形态时,他的叙事便生发出特别悠远和真切的意蕴,他的所有追想和梦幻也都变得那么纯粹、感伤、凄美和苍凉。

时间逝水上的游子

作为先锋新潮小说作家,苏童基本的艺术营养似乎并不倾向于西方,相反他可能更受惠于中国文化和中国古典的小说传统,这同样使他构成了鲜明的个例。似乎越是进入了渺远的时空,他才越能够轻巧自如地展开他的想象,越是能够像切身经历那样写得传神逼真、淋漓尽致。他是一个逝水上的游子,一个漫游在历史与想象之水上的精灵,他那悠远而透着暗淡、迷离、忧愁和古旧气息的叙事风格,他的弥漫和绵延式的想象的动力,似乎都来源于这一点,即使是书写并不很遥远的童年记忆的"香椿树街"系列也是如此。当然,或许是为了"证明"自己写作风格的多样,他也曾极尽"写实"的能事,写过《离婚指南》《已婚男人杨泊》等很有现实感、很具当下情境的小说,但他的绝大多数作品却都离不开一个追忆的视角和历史的氛围,因此他成了"新历史小说"的干将。

　　对任何作家而言,历史无非有经验的和超验的两种,但对苏童来说,即使是他超验式的历史叙事也带着浓重的"经验"色彩,他的久远时空中的历史故事也写得"像历史上常见的那样"(《妻妾成群》中语)逼真细腻,这是他的历史小说之所以写得好的一个原因。

　　谈论苏童不能不提到"新历史主义",我在一篇论"新历史主义文学思潮"的文章中曾经专门论及苏童[③]。他的历史小说所体现出的新历史主义倾向主要是对"历史元素"的提取后的"虚构"。这是一种受到人类学观念和结构/后结构主义观念影响的历史观,简言之也就是"寓言化"的写作,不是刻意追求历史的客在真实性,而是表现文化、人性与生存范畴中的历史,用西方学者的话来说就是"用一种文化系统的共时性文本来代替一种独立存在的历时性文本"[④]的写法,按苏童自己的话来解释就是一种"历史的勾兑法",他说,"我随意搭建的宫廷,是我按自己的方式勾兑的历史故事,年代总是处于不详状态,人物似真似幻……我常常为人生无常历史无情所惊慑……人与历史的距离亦近亦远,我看历史是墙外笙歌雨夜惊梦,历史看我或许就是井底之蛙了。什么是真的,什么是假的呢?"[⑤]可见历史的终极真实性在苏童这里是被质疑的,正像新历史主义理论家海登·怀特所认为的那样,所有的历史不过都是"关于历史的文本",而所有的历史文本不过都是一种"修辞想象"。历史不过是主体的认知过程，是现在与过去的对话。他把历史的客观现象提炼为文化、人性和生存的历史"要素"，然后再将它们勾兑还原为历史的叙事，这样在具体的讲述中他既获得了想象和虚构的自由，同时又在实际上更接近了历史的本源。

因而寓言性成了苏童新历史小说的主要特点。他上承莫言的《红高粱家族》一类寓言性作品，同时又更加虚化了地域的特征——所谓"枫杨树故乡"是比"高密东北乡"更加虚远的概念。早在20世纪80年代中期的《1934年的逃亡》《罂粟之家》等小说中，他叙事的纯粹虚构的特征就已很明显，就像《罂粟之家》中他给地主刘老侠的儿子所起的名字"演义"一样，他的小说是按照对原来的"阶级对立"的历史观的一个纠偏的理念来"演绎"的。在这个小说中，所谓地主和农民之间的关系非但不是截然分立、善恶分明，而且是盘根错节甚至同构和颠倒的，地主刘老侠的儿子沉草实际上是他的小老婆与长工陈茂通奸所生，沉草失手杀了自己的哥哥、地主的亲生儿子——白痴"演义"，而刘老侠却不得不让沉草接管他的家业，这里实际上已经意味着"地主"和"长工"之间的角色发生了潜在的互换。可就在这时，解放军的土改工作队来了，队长正是刘沉草的同学庐方。陈茂成了农会主席，革了命，来抢刘家的米，但刘家的人依然蔑视他。陈茂强奸了刘老侠的女儿刘素子，庐方枪毙了他。接着刘老侠逼追沉草去找火牛山土匪姜龙报仇,根本就未见姜龙影子的沉草被庐方追回,也处以死刑。一个充满了乱伦、抢劫和杀伐的过程就这样在"阶级斗争"的名义下结束了。这个小说还原了农业历史中人的生存本相,对原有的"红色虚构"的历史叙事重新进行了中性和民间的解读与重构。

最具寓言性的新历史主义小说是苏童的两部长篇《米》和《我的帝王生涯》。在我看来,《米》是将历史分解为生存、文化和人性内容的一部杰作,我曾经在阐释这部作品的意蕴时说,它"是对种族历史中全部生存内涵的追根刨底的思索和表现,在这个农业民族所有的情感、观念和欲望中,'米'(食)乃是根之所在,五龙的苟活、发迹、情欲、败落和死亡,无一不与米联在一起,米是五龙也是整个种族永恒的情结,米构成了种族生存的全部背景、原因、内涵和价值,米,永恒的生存之梦和生存之谜"。[⑥]它异常细腻和感性地解释了种族文化心理与生存方式的互为因果的关系,并把北方和南方、农人和城镇、市面与黑道、男人和女人种种生存景象连接在一起,复活了一幅幅生动的历史画面。弱肉强食,冤冤相报,悲欢离合,盛极必衰,它的叙事中氤氲着一个古老的文化模型,一种久远又熟悉的色调,一种种族历史所特有的情境和氛围,还有与中国传统的世情小说特别类似的那种怅惘、荒谬、愁绪和诗意。

《我的帝王生涯》是比《米》更好的一个神思妙想式的题材,

而且它所采取的"暴露虚构"的叙事方式也非常巧妙贴切，可以说是新历史主义小说手法的典范。但非常可惜的是苏童几乎浪费了这个本来可能会使之成为一部传世之作的创意——我不能隐瞒我对这部小说的失望，坦率地说，这是一部书写潦草随意的、未经深思熟虑就出手的作品。它的前半部分还好，后面就愈发显得粗枝大叶和气力不加，整个叙事处于漂浮状态，深在的意蕴显得飘忽不定。或许苏童是出于某种不得已，一种刻意的回避和闪烁其词，但作为成熟的作家，他本应写得更好，更具有历史的真实感和批判力，但现在看起来还是出手过于仓促，殊为可惜。顺便要提到还有另一部历史小说《武则天》(又名《紫檀木球》)，但它已从新历史主义的写作上"退"了回去，除了在人物心理刻画和情节的绵延上很见功夫以外，它也不能代表苏童作为一个先锋作家应有的水平。

　　新历史小说中在艺术上特别精致和具有魅力的，无疑要推他在20世纪80年代末所写的几篇作品，亦如他自己所说，"从1989年开始，我尝试了以老式方法叙述一些老式的故事，《妻妾成群》和《红粉》最为典型，也是相对比较满意的篇什。我抛弃了一些语言习惯和形式圈套，拾起传统的旧衣裳，将其披盖在人物身上，或者说是试图让一个传统的故事一个似曾相识的人物获得再生。我喜欢这样的工作并从中得到了一份快乐……"[⑦]在构思、寓意和叙述方面，《妻妾成群》和《红粉》这样的作品可以说达到了近乎天籁般的完美程度，人物与矛盾一旦设置完毕，它们就几乎达到了"自动写作"的状态。"一个男人与两个女人的悲欢离合"或者"两个风尘女子与一个嫖客的恩恩怨怨"，这样的结构让我们看到了那些在古典小说中似曾相识的人物与场景，仿佛看到《金瓶梅》《红楼梦》《今古奇观》中的那些古老故事的复活和再现。但这种相似并不是刻意的模仿，而是文化和历史中固有的"元素"在起作用，在一夫多妻制的封建婚姻结构中，在寄人篱下的生活境况中，相似的人物关系、心理活动、矛盾冲突、历史景观就会自然而自动地显现出来，古老的文化与心理原型造成了它们的神似。

现代意识、文化人类学的观念、结构主义方法的启示当然是苏童新历史小说叙事方式的主要思想来源，但我们在另一面又必须看到传统小说理念对苏童的影响，他的"新历史意识"实际上也是最"旧"的，是对中国传统小说的历史观的修复。实际上，关于历史的消费、野史和演义性，关于历史文本的仿写习惯和解构性倾向，都早已经出现在历史上；所谓民间历史叙事、对主流历史文本的拆解，在《三国演义》《水浒传》等大量的中国历史小说及其"续作"和仿作中，甚至像《金瓶梅》这样其叙事只缘起于《水浒传》的一点情节而"嫁接"出的长篇巨著中，都是极其常见的。

而且从作品的美感风格的角度而言，苏童的历史小说所表现的明显接近于一个"旧式文人"的情调：怀旧的，唯美的，颓废的和感伤主义的，春花秋月，红颜离愁，人面桃花，豪门落英，它们在神韵上同南朝作家以及江南文人常有的纤巧、精致、抒情和华美气质有着一脉相承的关系，宛如杜牧的诗、李煜的词，充满着哀歌一样的感人魅力。

女性的知音和洞察者

"我喜欢以女性形象结构小说，比如《妻妾成群》中的颂莲，比如《红粉》中的小萼，也许这是因为女性更令人关注，也许我觉得女性身上凝聚着更多小说的因素……"[8]

在我的印象中还没有哪一个当代作家能够像苏童这样多和这样精细地写女性，这样得心应手地在最深层的潜意识处对女性进行描写。我甚至震惊，他是否比女人自身还要了解女人？他究竟依据什么，为什么如此熟知她们的内心？以比较"阴暗"的心理来推测，也许可以猜想苏童的童年时代大概是比较多地受到女性的接纳和关怀，因为他长了一张温和而受看的脸，一张圆圆的甚至可以说是英俊的易于流露出笑容的、潜藏着细腻又含着诡谲的洞察力和女性般的一丝"羞涩"的脸。这使我相信，他的童年一定是在耳鬓厮磨中发现了女人的太多的秘密，了解了她们太多的言行举止、性格习惯，她们的言谈笑謦、内心活动无一不在他的视野之中了若指掌，他的眼前晃动着太多她们的影子，他无法不把笔墨挥向她们。

这当然都是"推想"而已，苏童也许要生气了。不过我可以肯定另一点，那就是集中写女性的作品是苏童小说的精华，这一点想必他不会反对。《妻妾成群》《红粉》《妇女生活》《桥边茶馆》《南方的堕落》《樱桃》《水鬼》……甚至《米》《武则天》等，这些作品的主人公几乎都是女性，或者女性占到了非常重要的地位，它们多数都是苏童小说中的上品，有一些则堪称是妙作。另一些作品中的人物虽然不一定是最重要的，但仍然可以看出作者的用力和用心，女性人物同样写得惟妙惟肖，比如《舒家兄弟》《肉联厂的春天》等等。

《妻妾成群》这样的小说称得上是一首诗，如同林黛玉的葬花词，红颜少女，落难无助，遭受命运的摧折。这是苏童的挽歌和哀歌中一个格外鲜亮凄美的旋律，它是古代、江南、天堂和地狱的结合体，一件精致的危如累卵的古物瓷器，让人心中泛起无限的担忧与愁绪、无奈与叹息。在这篇小说里，苏童彻底还原了古老的叙事，破除了文学史上曾有过的那些红色叙事的装饰——主人公颂莲没有走"林道静式"的道路，她虽说已经上过一年大学，按理说也应该受到新思潮的影响并有可能成为一个"时代女性"，但在父亲因茶厂倒闭而自缢身亡之后，她所表现出的却是源于人性之根的弱点，在下学做工还是嫁给有钱人做小两条道路中她很自然地滑向了后者。在陈佐千的充满死亡与腐朽气息的深宅大院里，在后宫般的妻妾争风与暗算的游戏中，她最终被弃。在这里女人的伦理和道德被迫在秩序的掩盖下降到了其生存挣扎的最底线，颂莲在这样的环境中全然不见一个"新女性"的见识和性格，相反却像林黛玉一样地生出了旧小姐的脆弱和自哀自怜以及潘金莲式的狠毒和报复，还有像鬼影一般伴随她的可怕的原罪感——她从开始就仿佛在那口死过"上代女眷"的深井里看见了自己和梅姗的影子，她固执地滑向这罪恶和死亡的深渊，渴望"乱伦"并终于疯狂。苏童像曹雪芹描写林黛玉那样刻画了颂莲的心理与形象，再现了这小说史上罕见的柔情与哀歌般的绝唱，以他天才的敏感走入了历史上一切女性的心中：

……她每次到废井边总是摆脱不了梦魇般的幻觉。她听见井水在很深的地层翻腾，送上来一些亡灵的语言，她真的听见了，而且感觉到井里泛出冰冷的瘴气，湮没了她的灵魂和肌肤。

……颂莲的心里很潮湿，一种陌生的欲望像风一样灌进身体，她觉得喘不过气来，意识中又出现了梅姗和医生的腿在麻将桌下交缠的画面……她听见空气中有一种物质碎裂的声音。

夜里她看见了死者雁儿……她等着雁儿残忍的报复。雁儿无声地走进来了，戴着一种头发套子，绾成有钱太太的圆髻。颂莲说，你上哪儿买的头发套子？雁儿说，在阎王爷那里什么都有。然后颂莲就看见雁儿从髻后抽出一支长簪，朝她胸口刺过来。她感到一阵刺痛，人就飞速往黑暗深处坠落。她肯定自己死了，千真万确地死了，而且死了那么长时间，好像有几十年了……

没有哪一个作家能像苏童这样细腻而敏感地描写女人的心理。在四个，也许是更多的女人中间所发生的一系列的戏剧性的对峙摩擦、钩心斗角，真不知他是怎么设想和揣摩出来的。还有《红粉》中秋仪和小萼，这一对红尘姐妹之间既相依又妒忌的关系也让苏童给写得跃然纸上，那些女人之间的小把戏、小心理，甚至潜意识的活动，苏童竟可以像钻进铁扇公主腹中的孙悟空一样了如指掌，写来浑然如天衣无缝，在有限的篇幅中饱蕴了如此丰富的人性内涵。很显然，《妻妾成群》《红粉》在苏童的小说中差不多已精巧和完美到了传世之作的境地。作为小说艺术，它们在当代最优秀的作品中亦应占有一席之地。事实上在《米》中关于织云和绮云的描写，在《舒家兄弟》中对涵丽和涵贞的描写，在《城北地带》中对美琪、锦红以及金兰等女性人物的描写，也是最见神韵之笔。在苏童那里，一旦女人与女人相遇，精彩的戏剧就开始上演了。

不过从我个人的阅读趣味而言，我还确有几分喜欢《城北地带》《刺青时代》《南方的堕落》《桥边茶馆》那一类写得特别闲散、从容和随意的作品，倒不是个人的喜好多么"低级"，而是因为我在那样的作品里看到了市井之间那些活的人物，她们不是活动在遥远的历史帷幕里，而是活在昨天，就在我们的邻里和身边，梅家茶馆风骚而无耻的老板娘姚碧珍，以及卑贱的逃难女红菱，她们的语言和神态比颂莲小萼们更活灵活现。

但有一点我也要指出，说不上是出于什么样的心理背景，苏童笔下的女性也往往是在一种被虐待和被歧视中写活的，绝大多数女性被苏童写成了十分"贱"的人物，像《米》中的织云，这女孩仅仅十几岁时就被吕六爷玩弄了，从此就自轻自贱，寡廉鲜耻，而五龙"捡"了她之后是当破烂来对待的，五龙特别恶毒而残忍地对待她，后来又强娶了她的妹妹绮云，每次媾和时要莫名其妙地将米塞入绮云的下体，五龙还教唆他的儿子柴生，"女人都是一样的贱货"；《妇女生活》中的娴一时冲动就与拍电影的孟老板私奔了，但很快又被遗弃，回到破败的家中，同样养着"野男人"的母亲却不肯收留她，一气之下母女俩对骂起来，彼此骂对方是"不要脸的贱货"；《红粉》中的小萼因为恶习难改，好吃懒做，最终逼老浦贪污公款而遭枪毙；更不要说在《南方的堕落》中的姚碧珍，苏童都按捺不住他对这一人物的甚至于整个南方的憎恶："要不是在新社会，她肯定挂牌当了妓女。"可以说，苏童小说中的美感和诗意，以及冷酷和荒谬都是源于他对女性的两面的理解和描写。我当然无意从道德的角度对此加以指摘，因为这些描写从文化或人类学的角度看的确都生发出了十分丰富的意蕴，但另一方面看，苏童是否也有某种不正确的偏执？在和女性特别亲昵时是否有点旧文人的影子，有点"男权主义"的嫌疑？

在人性与感觉的末梢上

上文中也可以看出，苏童善写人性的恶与卑贱，一如《米》中的五龙与织云，《我的帝王生涯》中的端白与皇甫夫人，《武则天》中的武后，甚至《妻妾成群》中的颂莲和雁儿，《红粉》中的小萼，当然也包括《城北地带》和"香椿树街系列"中的众多的市民人物。我还清楚地记得许多年前读到《十九间房》那样的作品时曾经受到的震动，土匪头子金豹夜宿在他的喽啰春麦家里，他让春麦的媳妇六娥陪他睡觉，却让春麦给他倒屎尿盆，春麦虽心中感到愤怒，却不敢冲金豹示威。当嫂子水枝指责他窝囊时，春麦终于为激愤鼓起了勇气，但当他持刀冲进屋内砍下去时，却砍向了他自己的女人——自己老婆的一只胳膊。这是源于人性之根深处的软弱和卑怯，苏童在把握这类人物时，可以说把他们每一根神经的末梢都抓得那样准确，表现得那样惟妙惟肖。

人性的无常与善变、人的道德感的脆弱在苏童那里是近乎不可理喻的，他新近的一篇《神女峰》书写了一个叫描月的女孩在江轮上抛弃了自己的男友，与另一个更高大魁梧也更有钱的男人私奔的故事。小说在写这一过程时，完全是在关注和摹写细小的心理活动，每一步都是在潜意识或"下意识"的支配下莫名其妙又不可遏止地发展的，她出于可鄙的虚荣在姓崔的"大哥"面前损自己的男友李咏，并感到了一种满足：

描月这时候扑哧一笑，准确地说，那是发生在她和老崔两个人之间的会心一笑。这种微妙的情景来得很突然。描月的心咚地跳了一下，她猛地转过脸去，心里隐隐地有一种不安的感觉。她甚至不知道这是怎么发生的，她与老崔突然达成了某种默契，他们好像是在合伙捉弄或者欺负李咏。

这种在人性与意识的末梢上的描写，敏感、细腻，令人毛骨悚然，人心就是这样地险恶和叵测。这都源于苏童"性恶论"的理念。

很显然是非和祸端是苏童乐于书写的内容,所有是非与祸端几乎又都源于人性的丑恶和卑贱。这些东西作为生命中原生的要素是无法剔除和无法回避的,一如五龙"女人都是贱货"的口头禅,男人也都注定了"不是什么好东西"。愚昧、僭妄、庸俗、卑鄙、偷鸡摸狗、好勇斗狠、"城北地带"、"瓦匠街"和香椿树街上的男男女女们都使苏童感到深深的绝望和憎恶,苏童对所有人物的描写都充满了无法拯救的悲哀,这是从骨子里对人性的绝望,苏童太知道人心,太知道人性的弱点了。所以,他又固执地显示着他温情的另一面——冷酷。他的冷酷在于无情而生动细腻地揭示着人性本源中近乎"原罪"的丑恶。因此,温情和暴力成了他同时热衷书写的人性的两个侧面,也铸就了他小说的矛盾而丰富的张力,温情使他的作品倾向于颓伤的唯美,而暴力则将他的作品引向人性的深层表现。

我不能不再次提到《米》,这部小说可以说是苏童的"性恶论"理念的一个生动写照,小说中的每一个人物都是人性恶的载体,苏童对他们之间在生存意义上的对立与竞争、需要与排斥的人物关系的描写可以说细腻到了纤毫毕现的程度。带着农人的恶毒和饥饿造就的仇恨,五龙来到瓦匠街米店,用他的阴鸷和执着、顽劣和狠毒书写了自己充满屈辱、劣迹、欲望和报复的一生。但生存作为生命的第一要义在这里超越了一般的道德的层面,谁也不能拯救他们,只有他们自己拯救自己,所以我们并没有理由谴责五龙、鄙视织云，他们的人性恶也显得自然而然，这是颇为奇怪的，苏童就有这样的本事，他为自己的性恶论找到了存在的必要和合法的理由。这同时也注定了苏童的小说从基本的哲学或美学精神上的悲剧与怜悯的特质。

说苏童小说在感觉上的细腻和灵敏，当然还有一个意思，就是他的非同寻常的玄想和艺术的直觉能力，苏童的许多短篇小说在这方面是特别值得称道的。读苏童可以使人联想到许多短篇小说中大师的影子，莫泊桑、欧·亨利、梅里美，甚至沈从文，还有当代的卡夫卡、博尔赫斯等等。他非常善于在细节和微妙的人性冲突中来刻画和表现人物，同时也更擅长对人的意识的多面性、多变性、恍惚迷离的不可靠性进行琢磨和表现。虽然在形式感上他似乎不是那么刻意，结构上也不是那么精雕细琢，但在意识和细节的精微、绵密、自然与敏感的程度上却堪称翘楚。在这方面，苏童走过了一个从追求玄虚到深刻精确再到自然戏谑的过程。早在20世纪80年代的《狂奔》中，儿童式意念的玄妙和幽微莫测就令人惊奇，以一个少年"榆"的视角来看生死、亲情和性爱，他观察和思考的结果几乎是令他陷于无法求解的疯狂；《稻草人》是用颇受红色暴力思维扭曲的少年意识错觉虚构了一个杀人的凶案，那种"莫须有"的理解方式和由此造成的无中生有的悲剧简直令人如置梦中，目瞪口呆。20世纪90年代初，像《樱桃》那样的小说可以说是有代表性的，它像是一个《等待戈多》式的作品，一个邮递员经常遇到一个等待来信的少女，她像飘逸的幽魂一样总是无望地期盼着，后来当邮递员在医院里找到她的时候才发现她实际上早已经是死去的亡魂了。另一篇《爱情是什么》在我看来几乎是一篇杰作，他用20世纪80年代初期的庄严和浪漫的话语模拟了一场"不能原谅一个屁"的爱情游戏——那是诗歌、理想和爱情同行的时代，平原用他的痴情和忍辱负重终于战胜了强劲的情敌、专用矫情的浪漫勾引女孩的"小卢梭"，但最终却因为不慎放了一个屁而被女友抛弃。这是一个时代对另一个时代的无奈的哀悼和怜悯，如此轻巧，却让人笑得想哭。

在将要结束这篇文字的时候，我发现要说的还有很多，而已经说出的却又觉得可能都不是最重要的。我想起了从前我曾经给苏童的一个评价："在所有先锋小说作家中，苏童是最具叙事天赋的一个，他总是从容不迫，把故事讲得温婉凄迷、充满诗意。这样的禀赋使他在建构自己的作品时常常只留意人物和故事本身，其内涵和主题意蕴便不那么裸露。"[9] 这个评价至今我也没有感到过分。但是我同时又感到苏童近些年的写作的活力似乎正在渐渐地减少，显得那么漫不经心，甚至在内容、故事、写法和艺术上都呈现了某种止步和"重复"的迹象。我不知道何以会出现这种情况。我感到有一种深深的悲哀，曾几何时那充满活力的先锋小说运动，何以如此之快地就陷于了停顿和终结？那一种心游万仞、精骛八极的精神寻觅和求索，何以会如此之快地就消失了踪影？难道"60年代人"注定是天才而又早衰的一代？如若果真是这样的话，这是否也可以理解为苏童那"天堂的哀歌"的一部分？

注释：

① ② 苏童：苏童文集《少年血》自序，南京：江苏文艺出版社，1993年版。
③ 参见张清华：《十年新历史主义文学思潮回顾》，《钟山》，1998年第4期。
④ 弗雷德里克·詹姆森语，见布鲁·托马斯《新历史主义与其他过时话题》，《新历史主义与文学批评》，北京：北京大学出版社，1993年版。
⑤ 苏童：苏童文集《后宫》自序，南京：江苏文艺出版社，1994年版。
⑥ 参见《十年新历史主义文学思潮回顾》。
⑦ ⑧ 苏童：《怎么回事》，见《红粉》跋，武汉：长江文艺出版社，1992年版。
⑨ 参见张清华：《中国当代先锋文学思潮论》，南京：江苏文艺出版社，1997年版，第252页。

原文发表于《钟山》，2001年第1期

在命运的万壑千沟之间

——论东西，以《篡改的命》为切入点

> 不管你怎么去想，当末日审判的号角吹响时，我将手拿此书，站在至高无上的审判者面前。
>
> ——奥古斯汀《忏悔录》

> 莫之为而为者，天也；莫之致而至者，命也。
>
> ——《孟子·万章上》

假如说在世界上存在着一种以"忏悔"为模式的思维和叙述的话，那么在没有或较少有基督教文化遗传与影响的东方人的思维中，会存在着另一种对人性与罪的思考，这同样也是一种哲学性的审视，但不会是从主体自身的"原罪"角度的认识，而是对于"命运"——某种来自客体异己力量的痛苦和惧怕的解释。

在我看来，能够将人世的不公和苦难，以哲学的发问和道义的审判合二为一的作家并不多，而东西是一个。眼下，书写底层苦难与社会问题的作品比比皆是，我相信这些描写是出自作家的正义感与责任心，但是有正义感和责任心未必就能成为真正的小说家，在更多的作品中我们所读到的，还只能是某些表层的社会问题，能够将之上升到一种哲学性的思考，将之放置于历史、人性、伦理与法则的多维尺度中来审视与拷问的作家还显得凤毛麟角。而在笔者观之，能够将这样的命题置于上述维度思考的，也未见得就一定是成功的文学作品，真正成功的作品，应该是可以同时使之获得一个"恰当的形式"——用英国批评家克莱夫·贝尔的话说即是"有意味的形式"[1]，用更早的康德的话说是"对象的合目的的形式"[2]——给予其符合美学规制的表达，方能认为是成功之作。

显然，《篡改的命》是这样的作品，它可以证明东西是作家当中的艺术家。这样说并非夸张，因为他的手艺好到可以把别人一般性地予以处置的题材，升华为一种历史的、人性的、哲学的，甚至宗教的寓言，他还将故事的枝蔓修剪到了一个纹丝不乱的程度——从故事的逻辑中抽取出一种与之相匹配的人性逻辑或性格逻辑，合成为叫作"命运"的东西，并使故事与形式、内容与逻辑最终达成了完美的结合。从世纪初的《后悔录》到眼下的《篡改的命》，我认为东西的小说已臻于这样的境界。

与余华等早期的先锋小说家一样，东西是懂得"叙述的减法"的，当然，与其说是"减法"，不如说是"点金术"，或说是"故事的炼金术"。即他可以在"故事的逻辑"、人物的"性格逻辑""命运逻辑"同历史或现实的材料之间，找到一个准确无误的、不可替代的、经典的或与经典对称的形式——比如与《忏悔录》对称的《后悔录》。而这是小说家能够成为艺术家的关键，对许多人来说，流水账式的或者无可救药的任性而自我化的叙述，则是常态。严格地说，那样的作品还不是真正的小说，只是未经冶炼的矿石，或者未经处置的材料而已。

一 寓意与及物，作为先锋叙事的延续与变种

假如从当代文学史的角度看，东西这一代作家在20世纪90年代的崛起，恰好处于先锋文学所向披靡的时期，所以无法不受到其影响。而作为年纪略小、出道稍晚的"新生代"作家代表，他们又有其明显的标记：更具有当下的现实感与世俗性。在他们那里，早期先锋小说的哲学化和纯形式的写法，为更"接地气"的现实意味所取代或中和，或者说先锋写作热衷于哲学与寓意的形而上趣味，更多地为及物性的现实关怀所取代。这当然是一个不可避免的转向。因为在进入20世纪90年代之后，即使是

作为先锋小说"三剑客"的余华、苏童、格非，也表现出了同样的转向，比如《活着》《许三观卖血记》《欲望的旗帜》等作品的问世，便表现出了"对于叙述难度的搁置"，和对于近距离现实中人之命运的痴迷。但据笔者观之，先锋小说留给当代文学的最重要的遗产，即是哲学寓意的熟练生成，以及叙事形式的自觉彰显。没有这些就没有当代文学的进步。假如说以莫言、马原、扎西达娃、残雪、王安忆、韩少功等开创和推动的 1985 年的"新潮小说"开辟了"寓言化"的写作道路，那么稍后于 1988 年鹊起的"先锋小说"的主要贡献，便是"形式感"的真正彰显。限于篇幅，本文不拟在这里展开讨论这一文学史问题，但我愿意强调的是，寓意与形式的自觉正是打开文学通向哲学天地的门径，也是其渡向现代艺术的真正通途。

　　东西显然深受这两份遗产的影响。他早在 20 世纪 90 年代的作品，显示了他对先锋小说写法的迷恋，或者也可以说，20 世纪 90 年代东西的作品，其实即可纳入先锋小说潮流的范畴。他的短篇小说《反义词大楼》，便是用了寓言的手法，隐喻了黑白颠倒和是非不分的现实逻辑。在一座充满了权力的强制、关禁、暴力甚至色情意味的"十八层大楼"——不免让人联想"十八层地狱"之中，一位叫李果的教师，在用了洗脑的方式，训练数十位年轻人如何将"不爱"说成"爱"，将不喜欢和不同意说成喜欢和同意，将痛苦、丑陋、失败分别说成是愉快、英俊和成功……当一位叫作麦艳民的女学员不愿意将"接吻"说成是"握手"的时候,便被强行拖了出去,并遭到了保安的强奸。小说中被强奸的女学员在某一刻与"我"在大楼中的被强迫的境遇与反抗的动作还是重叠的……也就是说,它也隐约意味着作为旁观者的叙事人,同样遭到了强暴。

如果说这样的作品表达的是一种相对确定的寓意,即对历史和现实中一种持久的制度性力量的批判;而类似《溺》一类作品,则表现了先锋小说中另一种常见的寓意,即对历史或存在的某种无解的疑惑,来自偶然与荒诞逻辑的求索。乡村少年关连淹死于村头的水库之中,原因起自与伙伴的较劲,关连之死自然引发了父亲和一家人的悲伤与愤怒,但他父亲要迁怒的对象却是倡导修水库的人陈兴国。就在他磨快斧头显示报仇决心的时候,他又想起了关连降生时的情形,孩子落地时突然撒出了一泡尿,照习俗说法,这样的孩子必命克父母,父亲须用手掌在尿中连切三次,且刚好婴孩尿停,方能避过不祥之兆。但陈兴国的三掌并未止住孩子的尿液,他只好用手捏住婴孩的小东西将其憋了回去,而尿液流在婴孩身上,又意味着将来他会有意外之死。这样看来,杀死关连的人居然又是他的父亲自己了。这篇小说表明,在死亡和突如其来的灾祸面前,任何解释都是荒诞和无妄的。

还有无意识深度的表达。前者中的关连之死引发的官司,也可以看作是一种无意识的作怪,乡村习俗中的集体无意识与个体的无意识活动构成了一种复杂的纠结，它会暗示人的命运，也会解释出无法解释的逻辑。在另一个短篇《你不知道她有多美》中，东西书写了一种类似"牛犊恋"的纯洁而又深入骨髓的情结。作为街坊的念哥娶了公认的美人青葵姐，但作为少年的"我"，也就是春雷，却在陪同婆亲的这天早上，在三轮车中近距离地审视这位美人时也深深地爱上了她。在此后的交往中，少年的"我"都在无意识中坚信她与自己有某种特殊的关联，常常涌起爱、依恋和保护她的冲动。但不幸的是，她居然死于那场人所共知的大地震。在余震中满身伤痕的"我"，因为对她的爱的激励，才随着人群艰难地走出了废墟。这篇小说显然是对自己童年某个记忆的祭奠。

　　细心的读者完全可以从中读出余华、苏童甚至莫言小说的影子，余华小说中对于暴力与规训、阉割与欺瞒的历史的锋利揭露，苏童小说中对于人性弱点与命运无常的温婉悲悯，格非小说中对于个体无意识和存在之虚无的敏感而微妙的书写，都隐约可以在东西的作品中看到影子。尤其《你不知道她有多美》中，我们甚至还可以看出它与莫言的《透明的红萝卜》之间的异曲同工，其中对"未成年人的爱情悲剧"的描写，简直可以说写到了骨子里，读之令人难以释怀。当然，在更深远的意义上说，我们也还可以从中看出更多外国作家的影子，如卡夫卡、萨特、加缪、福克纳……但很显然，从作家的趣味与写法上看，这些无疑都是属于先锋小说这一脉系,可以看出他与稍早前出道的作家之间的呼应与联系。这表明,东西的小说从一开始就显示了"纯正的血统"以及很高的起点。

但另一方面,与先锋小说的叙事相比,东西与大部分"新生代"作家一样,其作品在充满寓言意味的同时,也有着强烈的及物性与现实批判的意味。比如发表于1996年的另一个短篇《我们的父亲》,便是非常典型的例子。如同戏曲《墙头记》里被儿女遗弃的父亲一样,这似乎是一个司空见惯的老故事。"我们的父亲"从乡下来到城里,依次到了"我"家、姐姐和哥哥家,但出于各种理由,没有一个儿女是认真对待他的,局促而窘迫的父亲转了一圈,最后一个人流落到街头。过了许久,"我"通过一个乡人得知,失踪已久的父亲可能已死去且被埋葬了。在公安局,"我们"查到了父亲的遗物——一只上个年代的军用挎包,里面装着父亲的烟斗,还有两件买给"我"即将出生的女儿的衣服。当他们互相怀着恼怒一起去寻找父亲的尸骨时,仍然是什么也没有找到。小说以"减法"的形式,几乎将叙事"简化"为了一个典型的哲学寓言,因为意识中是"我们的父亲",所以这个"复数的父亲"便成了事实上无人善待和关心的父亲。但是,它强烈的道德讽喻意味,对人性弱点的鞭辟入里的揭示又十分具有现实感。

寓意是东西基本的写法,这使他从不轻易模拟和抄袭现实,而是都要经过精细的深思熟虑，以寓言方式赋予其构思与题旨以深层的含义。发表于 1997 年的《耳光响亮》是东西长篇小说的处女作，这部作品虽然没有引起批评界太多的关注，但在笔者看来，却是一部不可多得的 20 世纪 60 年代出生者的成长记忆之书。它的起笔即从 1976 年毛泽东的逝世开始，"失父"成为一代人标记性的精神烙印。精神之父的死亡，与牛家父亲牛正国的出走与生死不明，成为其孩子们不得不面对的残酷现实。随后，母亲何碧雪也改嫁他人，在失序与颠倒的混乱，以及贫穷而惨淡的物质生存中，一代人无法不在施暴与伤害、压抑与放纵中经历创伤与成长。所谓"耳光"可以理解为是一记精神的耳光，同时又是成长中现实的耳光，是巨大的时代转换与价值翻覆中最具体而深刻的创伤性记忆。小说的最后，失却"父法"（陈晓明语）与母爱的牛家的孩子们，在姑姑的率领下，历经磨难终于找到了流落到越南（——注意，是有着相似的历史与意识形态的越南！）的父亲，但他已经失去了记忆，变成了别人的父亲。他们只是从父亲的一个笔记本上隐约找到了他"出走"后的履历：偷东西，误伤人命，逃亡，迫于生计的贩毒，嫖，交媾，生养下另一群孩子……最终忘记了来路。

我不能不说这是一个绝妙的寓意！它甚至已经将"后革命时代"的许多荒诞的历史理解悄无声息地彰显出来，并以此作为"革命时代的成长记忆"的一种结果，一种始料未及和啼笑皆非的后果，使历史呈现出一种巨大的消解逻辑，一种湮灭或反转的荒谬的百感交集。它不是引导读者最终去为某一个人或家庭的悲欢离合而感慨，而是会引向对一种集体记忆的隐喻与整合，对个人记忆与宏大历史的一种"诗意的捏合"——这才是写作的正途，将历史与个人成长熔于一炉的成功处理。

很显然，如果从当代文学史演变的角度看，《耳光响亮》的评价还可以再高一点，因为在20世纪90年代大量的成长小说中，像这样自觉而准确地写出"60年代人"的集体记忆的作品，能够在人物的性格与经历中清晰地表明其文化印记的作品，显然不多。这样的小说对于构建当代中国真实的历史记忆，其意义是不可低估的。正如法国人刘易斯·科瑟在对社会学家莫里斯·哈布瓦赫的评论中所说的，"对重要政治和社会事件的记忆是按照年龄，特别是年轻时的年龄而建构起来的"。"因为青春期的记忆和成年早期的记忆比起人们后来的经历中的记忆来说，具有更强烈、更普遍深入的影响。"[③]东西通过一代人的"耳光中成长的记忆"的叙述，通过个体时间（牛家的孩子们的个人成长史）和更大的历史时间（"文革"及"文革"后的社会历史）的双重设置，使得这一叙述在保持了其真实而鲜活的个体性的同时，又得以越出了单纯个人创伤的讲述，而能够以更长远的时间坐标，彰显出其历史的戏剧性与荒诞感，并且能够呈现出"后现代"式的"黑色幽默"的意味，这不能不说是一个了不起的高度。而且，东西的作品从一开始就不只显现了高超的手艺，而且还显现出了鲜明而独立不倚的叙述风格与美学品质，无论如何这都是应该肯定和必须予以重视的。

二 形式与逻辑：通向戏剧性与艺术之途

在讨论语言艺术的内容、材料和形式的关系问题的时候，与克莱夫·贝尔的立场相似，巴赫金也曾提醒我们，"艺术形式是内容的形式"，"也是整个依靠材料实现，仿佛固着于材料的"，但"无论如何不能把形式解释为材料的形式"。[④]一直深入探究小说文体规律的巴赫金之所以这样强调形式与内容不可分割的关系，其实是告诉我们，不要在排除叙事主题的情况下来谈论形式的问题，形式其实即是内容。或者变换一下，某种意义上也可以说，主题即是叙事，这给了我们讨论东西小说的另一个基本依据。或者反过来也可以说，东西创造出了内容与形式紧紧生长于一起的叙事典范——这便是他写于21世纪初的另一部长篇《后悔录》。在笔者看来，即便是置于整个当代文学史中来看，这也称得上是一个杰作。它用了一个细小然而也是巨大的寓言，用了将内容与形式紧紧生长于一体进行叙事，构造了一个"关于命运的故事"，隐喻了当代中国大历史与个人成长之间的脱节与错位的状态。

或许东西在小说的后记中所说的话,对我们理解它是有帮助的,他说,他所试图打开的是一个"记忆的仓库",要表达的是当代中国人"情感生活的变化"。然而,要书写这一切,最关键的是要寻找到一个有意思的形式:

> 这个小说耗去我最多的时间是构思,我越来越舍得花时间在构思上,那是因为我见过或体会过太多的失败,就像某城市的一座高楼,刚刚建成就要拆除,就像我们只用一天的时间来设计人生,却要为此付出一生的代价,这都是没有构思的惨痛。所以我宁可慢,也要对小说进行各项评估,试着更准确、更细腻地表达我的感受。⑤

此言不虚,东西找到或创造了一个充满哲学情境与宗教寓意的故事架构,一个与"忏悔录"叙事相对称的叙事,这是至关重要的。从古罗马时代的圣奥古斯汀到启蒙主义运动时期的卢梭,西方人已创建了一种深入人心的形式——"忏悔录"的叙事。这种叙事在基督教背景下的文化与文学中,早已成为人所共识的经典,即关于个人成长经历的叙述,但同时,它又是按照反省和忏悔的宗教情感与神性价值来处理的个体记忆;而东西所提供给我们的,恰好是一种对应物,一种"反转思维"的叙事——不是检点个人在历史中的罪错与妄念,而是记述个人与历史之间的错过,或是历史对于个人的玩弄,并由此生成了一种类似"命运"的东西,一种荒诞而戏剧性的逻辑。很显然,如果是置于原罪论的基督教文明中,这样的叙事也许是不合时宜的,因为其思维的起点不是个人之罪,而是个体所蒙受的不公,以及对于这种不公的质疑与追问。然而,如果是置于中国当代历史的语境之中,"后悔录"模式却是合理的和合逻辑的,因为它既是对于"命运"的最佳书写模式,同时也是对个人精神世界予以解剖的别样通道。

在笔者观之,艺术逻辑是一个艺术作品的生命,它显然同生活逻辑与现实逻辑之间有一种必然的升华关系。现实中,狼吃小羊时是无须理由的,它想吃便吃了,弱肉强食是动物界的普遍法则,但在《伊索寓言》中,狼吃羊时却要进行一番语言的较量,由此便产生了狼与小羊之间的"对话"。从现实逻辑看,这当然是"不真实"的,但按照艺术逻辑,如果没有这番看起来不真实的对话,便不可能使"狼性"的本质获得真实的彰显。因此,艺术逻辑是文学创作的根本之途。它在具体的情形下可以表现为故事的"戏剧逻辑",人物的"性格逻辑"与"命运逻辑",也可以显现为一种作家必须遵从的"叙述逻辑",总之它具有巴赫金所说的"固着于材料"的客观性。如同哈姆莱特在"装疯"之后陷入了一种混乱的性格逻辑与戏剧逻辑一样,这一逻辑的不断延续也反过来成为哈姆莱特的命运,以及戏剧家不得不遵从的叙事逻辑与戏剧逻辑。哈姆莱特无法规避地先后用言语伤害了他最爱的人奥菲莉亚,用剑误杀了他未来的岳丈波洛涅斯,无可挽回地陷入了与奥菲莉亚的哥哥雷欧提斯决斗的悲剧……他从一开始就错了,尽管是出于不得已,但佯疯导致了他逻辑的错乱,铸就了现实中的一错再错,这就是他的命运。而唯有命运是最感动人的,只有写出了命运的作品才是伟大的艺术。这便是老莎士比亚的哲学,也是一切艺术的通理。深谙这一点的东西,也用了类似的逻辑,写出了一个堪称与之异曲同工的人的命运。

资本家的孙子曾广贤,在无知和压抑中来到了他苦闷而慌乱的16岁的青春期。他的性知识居然是由观赏和虐待一双交配的狗开始的。而这时刚好时值"文革",在一间他们祖上留下来的仓库中,混居着三个拥挤不堪的家庭。处于性苦闷中的父亲因为与邻居赵老实的女儿赵山河偷情,这事被无知的"我"——也就是幼稚的曾广贤无意间说了出去,由此导致了赵山河的匆忙出嫁,也让父亲蒙受了一顿暴打。由此"我"一生的毛病就种下了。继而是母亲遭动物园的何园长猥亵,恰好被我撞见,母亲也因此羞愤而死,妹妹随之失踪,父亲因为"耍流氓"而被到处揪斗。当父亲知道我这个儿子竟是告密者时,痛恨至极而再不相认。离开了家庭呵护的曾广贤,开始了独自的人生之旅。但之前所受的刺激以及所形成的性格逻辑,仍在不可思议地支配着

"我"一错再错的行为,当同学小池示爱,"我"竟然失口喊出了"流氓",当"我"随后无数次写信给受伤害的她试图重归于好时,所有的信却如石沉大海,即便贴了两张邮票也没有用。等到"我"鼓起勇气扒火车去见她时,她却早已是于百家的人了。美好的初恋就这样白白被自己的胆小和愚蠢给葬送了。之后,"我"侥幸以接班的名义做了动物园的饲养员,但孤独中最为依恋的一只小狗也背叛了自己,它引出了一连串爱的错讹与混乱的恩怨纠结,"我"先后被诬为赵敬东之死的祸首,失去了本有意于我的张闹,并鬼使神差地钻进张闹的卧室而被判为强奸犯,并获刑八年。

在监狱中,我给所有亲朋写信,试图洗刷自己的不白之冤,但所有的信都被扣押了。唯有一个在动物园的同事陆小燕,因为一直喜欢"我"而不断来看望和鼓励。但"我"还是干了许多傻事,如试图越狱而获罪被加刑三年。直到监狱生活还剩一年的时候,才明白必须要翻案,这时张闹也表示愿意翻供为"我"洗冤,可她的信竟然被"我"的眼泪打湿而模糊了字迹。直到刑期将满,"我"才突然被宣布无罪释放。这时来接"我"的竟是曾诬陷我强奸的张闹,"我"到河里洗除"我"身上的污垢,却致使"我"在这个过程中丢失了"平反"的文件。鬼使神差,"我"没有与一直一心一意待"我"的陆小燕结合,而是偏偏娶了脚踩两只船的张闹。结婚之日"我"发现张闹还一直与于百家私通,而这时再想离婚可就难了。"我"只好去找早已嫁给于百家的小池,却又致使她发了疯。之后,曾家被没收的房产获得巨额赔偿,可是这消息却又让父亲情绪激动而中风,并使"我"离婚的官司一拖再拖。房产被于百家侵吞,在改装为色情场所之后,"我"终于拿到了二十万元的补偿,在陪给张闹十万元之后方才知道,与她之间的结婚证居然也是假的。最后,于百家被抓,"我"仅剩的一点财产也随之被罚没。

在小说的结尾处,"我"对着将死的父亲,说出了一连串"如果……就……",但一切都已晚矣,父亲已永远无法回答我。这半生之中"我"竟没有一件事情做对,最终也还是碌碌无为一事无成,不要说恋爱,连一次真正的肉体接触也不曾有过,有的只是让家人和朋友一个个倒霉。

某种意义上这已是"命运的万壑千沟"了。假如从现实的逻辑看,一个人再倒霉,一生再"点背",也不至于如此下场凄惨;但从小说看,这样的逻辑却是合理的,合乎大历史的内在逻辑,也合乎小说中人物的性格逻辑。作品中所刻画的这个"我",这个由禁欲、暴力、物质的贫瘠而产生出的畸形儿,形象而戏剧性地寓意了成长于"文革"一代的命运,寓意了他们从精神到肉体充满欠缺、挫折、创伤与磨难的成长历程;寓意了他们在争斗与伤害中人性的分裂与异化,以及那些"诚实者的悲剧",以及祸从口出、冤狱遍地、无处哭告、无法申诉的莫须有的罪错……作家用了错乱与荒诞的叙述逻辑呈现了这个悲剧——因为诚实而获罪，因为"生错了时代"而注定受苦的人的命运。

很显然，"寓意即形式"这一法则在《后悔录》中获得了淋漓尽致的体现。一个注定会与历史冲突、与人生错过的弃儿，百转千回地走过一切人世的苦难，盖因为他的诚实与懦弱。犹如老博尔赫斯笔下的"迷宫"，看似千重遮障，其实是一线相牵，两个博尔赫斯在命运的两端互相等待和寻找，冥冥之中最终会在尽头会合。而这时，戏剧终了，命运彰显。一个"迷宫的图形"也终将显现。这就是形式——或者说叙事的轨迹与逻辑，它与寓意完美地生长和生成于一体。

某种意义上这个主人公也是一个西西弗斯，一个被命运惩罚的劳而无功的推石头者，荒诞是这部作品的主调，也是它的美学。

而美学也是叙事的重要参与者。在《后悔录》中，悲剧的内质被外在的荒诞逻辑喜剧化了，使之成为另一种黑色幽默，这种格调反过来控制了作家的叙事。这是艺术创作中难得的佳境，所谓"上帝之手"或神灵附体，所谓"自动写作"，诸种说法其实都是艺术逻辑与人物的性格与命运逻辑自动显现的结果。"作者知道的并不比别人多"[6]，"叙述控制了我的写作"[7]，余华曾不止一次地表达过类似的说法，便是表明对于这种叙述逻辑的遵从；换成东西的话来说，就是"在写作的时候不要折磨我们的主人公,好作品要'折磨'读者,但要做到这点,必须要考验作家的想象力"[8]。所谓折磨读者当然不是一种故意的延宕,而是按照作品的戏剧逻辑和人物的性格与命运所生成的叙事动力而前进,这需要一种卓越的提炼和发现能力,驾驭与掌控能力。某种意义上它比"内心的召唤"更有值得服从之处——假如召唤不是出于对叙述逻辑的服膺,而是一种主观的自作主张的话。我之所以说东西是作家中的艺术家,理由应是在这里。

三 由现实通向哪里,或如何处理乡村和底层现实?

由"现实"通向哪里?这是我要提给当代作家的问题。当然有人会回答,现实就是现实,现实即是终极。但我所理解的现实绝非是表象意义上的部分,而应包含了之上和之下的部分,包括了文化的、人性的、形而上的和哲学的现实。这点在东西早期的《没有语言的生活》一类作品中早有充分的表现。在这个底层家庭中,苦难既是现实,更是象征与命运。东西在繁复和琐细的人物故事之中所精心搭建和呈现的,是这个由哑巴、聋子和瞎子组成的没有语言的、无法表达一切也无法保护自身的家庭,他们备受欺凌、操弄和永远无法改变的命运。他们唯一能够选择的就是承受。看起来这似乎是一个特殊群体的遭际,但东西喻示给我们的，却是整个底层乡村世界的生活——没有文化就没有语言，没有语言就没有表达，没有表达就没有权利和尊严，也无法有正常的情感与生活。这种悲悯与余华的《活着》非常相似，它不是居高临下的批判，而是匍匐于同样高度的生命体察与悲怆的感同身受；甚至也不只是书写一群人和一类人的生活，而是书写和隐喻一切人共同的遭际和可能的命运。

这使我们无法不钦敬：好的作家不会因为人物身份的低下与卑贱而远离他们，甚至他们的灵魂就附着在了人物身上，变成了人物的一部分。唯其如此，他们才能真切地写出人物的命运，不但写出高于或深于现实的人性与善恶，揭示出其背后的历史与文化因由，而且会使之变得感人。《篡改的命》便是这样的作品，它让我们震撼于习焉不察的城乡两种生存之间的巨大沟壑与冲突，不只是看到物质的差异与表象，更看到物质背后强烈而畸形的情感与心理，看出一种历史性的逼近和严峻。这种近乎无法填平的物质与精神的沟壑，或许可以从路遥的《人生》《平凡的世界》等作品中看到依稀的来路，但在近二十年乡村解体生存塌陷的现实中，故事却变得更加血腥和急骤。物质的倾覆与伦理的断裂压垮了无数个汪长尺，变成他们旷世的惨烈与奇异的命运，在由乡村通向城市的道路中，他们展开了史诗般的"出埃及记"一样的跋涉，以血以泪、以死以命——

这是他想得最多的一天……把林家柏跟他的交集过了无数遍。第一遍：我替他坐过牢。他欠过我工钱。他叫人用刀捅我，我差点失血而死。他谋害黄葵，嫁祸于我，让警察到谷里抓人，害得全村人人自危，集体失眠。我在他的工地摔成阳痿，他竟然不赔我精神损失费，拦车他不赔，打官司他不赔，爬脚手架他也不赔，还跟我玩消失，什么东西？什么货色？毫不夸张地讲，是他毁了我的心情，坏了我的人生……

这是《篡改的命》中汪长尺的控诉，他与林家柏之间恩怨纠结的部分总结。而事实上林家柏直接和间接地、真实和象征地毁掉汪长尺的，远不止这些，还有他的青春、希望、情感和生命。犹如一个血本无归的赌徒，汪长尺在这场命运的赌博中无法不陷于失败，最终只能寄希望于将自己唯一的儿子送与林家柏，并且自尽于浊浪滚滚的河水中，以毁掉证明儿子出身的证据。以这样彻底毁灭的方式，来结束这场旷日持久、在下一代身上还有可能延续的恩怨官司，并将之理解为是"对命运的篡改"——偷换了儿子的出身和血缘，一劳永逸地使之由乡村人变成城里人，由穷人变成有钱人，由底层屌丝的矮穷矬，变成出身高贵的白富美……这两个人物之间所形成的"象征性的关系"，构成了小说的戏剧逻辑，使之生成了一个形式的骨架，并且得以与作品的主旨生长扭结在一起。

这是怎样的一场绝地的抗争与搏杀？从父亲汪槐的跳楼致残，到汪长尺的代人追债与替人坐牢，从媳妇小文被迫出卖身体从事皮肉生意，到汪长尺因工伤而断送了生育能力，到最后不得不将唯一的骨血送与有钱人，这个家庭唯一的希望就是摆脱乡村的苦海，让后代永远改变自己的出身。如果说前一代人还只是付出了辛劳和健康，还可以生于此也死于此，希望于此也幻灭于此的话；那么汪长尺这一代，则付出了贞洁、爱情、生命和身体，输到一无所有，最终还要失去祖宗血脉和生命记忆，失去那个带给他耻辱和命运的身份……这是比死还要惨烈的变更，不只是肉体的死，还是身份与记忆的死，血缘与根脉的死，彻底消失且埋葬祖先历史的死。

话题至此，我有些犹疑了，我反问自己，东西是不是有些过分？这个过于戏剧化的人物命运是否过于巧合？我是认同、肯定呢还是应该有所保留？

这个疑问其实还是一开始的问题——如何处理小说中的现实？如何将乡村与城市这个由来已久的二元对立的现代性命题，在当代展开的悲剧性冲突中再次集中而历史地、艺术而形神兼备地书写出来？或许有人会说，东西的处理有过于巧合和夸诞之嫌，确实，如果从"反映社会问题"的角度看，从眼下千差万别的城乡具体矛盾看，东西的故事可能有虚构之嫌，但从中国正面临的数亿人的城镇化进程,从乡村世界的崩毁,从一场"几千年未有之大变局"的巨大历史变迁,从20世纪80年代以来,中国暴风骤雨般的工业化背后的数亿农民工所付出的代价与牺牲来看,他站在底层人群立场上的这一书写,就不但显得真实,而且还切中要害和恰如其分。

如何书写乡村?这需要我们稍稍回溯一下历史,一个有意思的问题是:作为典范的农业社会,中国传统文学中竟然没有"乡土文学"。繁多的传统文学类型中有"归隐"和"田园诗"的主题,却鲜有"乡土"的观念与形象。这表明,所谓的乡土其实是现代性的产物,当城市、工业和现代文化作为一个异己的"先进的他者"出现之后,"乡土的自在体"才获得了一个镜像:原来它是如此愚昧、贫穷和落后。新文学的确立,某种意义上就是从这种现代性的乡村叙事——鲁迅笔下的鲁镇与故乡——开始的。启蒙主义的立场赋予了这种乡村与"现代"相对立的"传统"含义,赋予了其作为"国民性"之温床或者封建愚昧之所在的意义。现代中国的作家们基本上是传承和秉持了鲁迅的立场来理解和书写的,直到沈从文写出了另一种意义上的乡村——作为精神乡愁之寄托的"湘西",乡村才具备了另一含义,具备了浪漫主义文学视域中原始而单纯的美,成为可与"希腊小庙"相提并论的"世外桃源"的承载地,或者可以与现代文明相对峙的道德优越感与文化的合法性。

上述两种"现代的"和"反现代的"乡村叙事，作为新文学的两种传统，在当代作家笔下演变成了一种混合和暧昧的状态。一方面是类似启蒙主义的对乡土的穷困与落后的叙述占据了主导，另一方面是在某些情况下又将乡村世界描写为原始的精神故乡或者生命乐园。从贾平凹、路遥、莫言、张炜、陈忠实、张承志、阎连科、韩少功、郑义、李锐……到更年轻一代的苏童、格非、毕飞宇，他们的趣味多数是兼而有之，区别仅仅是成分的比重不同而已。但在最近的十余年中，我们不得不说，关于乡村故事的讲述，正面临着另一个合法危机和巨大的变动，那就是它的再度严峻的毁灭，与随之而出现的我们社会的道德破产。对于中国在快速工业化和城市化进程中乡村所承受的创伤，农民的相对贫困化，以及在进入城市之后所承受的压力与苦难而言，严峻而非"诗意"的叙事，已变成了唯一得体合适的模式。

而这就是《篡改的命》出现的背景。在我看来，东西对于现实的处理不但是合适的，而且获得了真实与寓言性的统一。在汪长尺身上，我们可以读出阿Q、骆驼祥子、多多头、高加林、福贵……循着这些农民形象和人物的来迹，又可以看出一个最新的化身：他是千千万万个历经了近二三十年城市化和工业化进程，为之付出了一切的青年农民的代表，他短暂、诚实但并不弱智的一生可能只有三十几岁或者四十岁，但已足以称得上是"命运的万沟千壑"，经过了无数的沟坎与磨难。他的命运其实就是无论怎样努力也赶不上时间赋予他的差距,贫穷使他无法正常地获得任何机会,而一切努力的结果都只是拉大这先天的距离,同时还要付出更多,鲜血、身体、用命挣来的钱,永远难以应付的各种意外伤病与风险,最终还要付出所有的尊严。这个命运一方面是汪长尺个人的,同时也是历史的;是属于一个农民的,但更是整个乡村世界的。城市吸引和召唤着他们,同时也诱惑和改变着他们,最终销蚀和毁灭着他们。在汪长尺的身后和周围,东西也描绘了这个正日益分裂的世界,它的一部分消失于同城市的赌博之中——成功者以各种方式"融入"了城市,失败者则成了他们必然的代价或者分母;它的另一部分则自生自灭于日益荒芜和废弃的乡村,不只土地上产出的一切已经无法养活他们,原有的淳朴乡情也已渐渐皮之不存。小说不断地以"返乡"的方式,描写着这个日益破败的村庄:

> 回到家,堂屋已坐满乡亲。王东的手指断了两根,说是到深圳打工时被机器切的。刘白条又赌输了,要跟汪长尺借钱。张鲜花因为超生,不仅挨了罚款,老公还结扎了。代军说张五惠了一种怪病。二叔说什么狗屁怪病?就是梅毒。汪长尺想张惠靠卖身挣钱,挣到钱后寄给张五,张五又拿钱去嫖,这不就是一个循环吗?……

在这两者之间，汪长尺仿佛是一个奇异的杂糅与混合，他失败了，最终毁灭于城市这个无情的庞然大物；但他又"成功"了，他的儿子终于"变成"了出身高贵、物质优越、有车有房、生活富足的城里人。他历尽磨难终于以自己的死终结了这一苦难的链条，一举"篡改"了世世代代从未改变过的命运。

这个结果当然就是东西的主题：他要为千千万万个汪长尺，为最终融入城市而消失了自己的乡村人，为正在一天天消失的乡村本身，包括生活方式、伦理情感、风物民俗，一切美好的和原始的、穷困的和干净的、愚昧的和坚忍的……为这个世界唱一曲无边的挽歌，为汪长尺们曾经的血肉之躯竖一座纪念碑。汪长尺或许就是"我们时代的最后乡村"的一个化身，一个将乡村扛于自己的肩头、存于自己的血液与内心的人，他的死不只是个体肉身的毁灭，更是他身后整个的历史、传统、身份和文化的毁灭。这是城市和资本的胜利，从"大历史"的宏观逻辑看，这似乎是波澜壮阔的进步和风云际会的前进；可是从"人"和文化乃至文明的角度看，这波澜壮阔与风云际会中又充满了血色的惨淡与命运的荒谬，充满着生的艰难与死的悲怆。这一切最终会消失于历史之中，湮灭于城市的高楼大厦与万家灯火之中，但会长存于东西的悲歌与寓言之中，存在于《篡改的命》的一唱三叹之中。

四 节奏与旋律，或作为艺术的小说叙事

《篡改的命》一直让我想起现代以来最好的一个小说谱系，《骆驼祥子》《活着》《许三观卖血记》，因为它们都属于有节奏和旋律的小说，如前文所谈及的，是有戏剧性的结构和叙述得波澜起伏的小说。《骆驼祥子》中三起三落扣人心弦的买车过程，《许三观卖血记》中主人公十二次卖血让人刻骨铭心的经历，《活着》中福贵一步步下地狱（现实意义上），同时又一步步上天堂（德行意义上）的让人惊心动魄的交叉曲线，《篡改的命》中汪长尺的一步步跌入命运的环套又一步步走上绝境的悲怆历程，都是如此丝丝入扣。就像余华在《许三观卖血记》的中文版序言中自诩的，"这本书其实是一首很长的民歌，它的节奏是回忆的速度，旋律温和地跳跃着，休止符被韵脚隐藏了起来……"[9]的确，叙述的节奏让他的小说变成了音乐，在多数篇幅中是从容的慢板、如歌的行板，在某些地方则变成了激越而悲伤的快板。无独有偶，东西的《后悔录》与《篡改的命》也非常接近于音乐作品的节奏，前者像是一首无边际的变奏曲，常伴随着幽默、跳脱与荒诞的不和谐音，而后者则是一首降调的悲怆而离奇的叙事曲，中间穿插着小号和钹镲的怪异碎响，细部跳荡着偶尔温暖的乐句，但它的整体，则汇合为一曲钢琴与大提琴的交响——钢琴是男主人公命运的足迹，大提琴则是作者隐含的怨愤与悲

伤。总之我感到主人公最后命运的显现是一种必然，这既可以理解为是前文所说的"叙述逻辑"，当然也可以理解为是音乐的旋律本身使然。

其实，无论是叙述逻辑还是音乐旋律，归根结底它们都是命运的派生之物，而命运是唯一能够感动人的因素，这是《篡改的命》能使我们感到震撼和悲伤、"怜悯和恐惧"的真正原因。关于这一点，我们不难在小说的后记中找到答案，东西说："我依然坚持'跟着人物走'的写法，让自己与作品中的人物同呼吸共命运，写到汪长尺我就是汪长尺，写到贺小文我就是贺小文。以前，我只跟着主要人物走，但这一次连过路人我也紧跟，争取让每一个出场的人物都准确，尽量设法让读者能够把他们记住。一路跟下来，跟到最后，我竟失声痛哭……"[⑩]我相信东西这样说绝不是夸张，他找到了笔下每个人物的命运与角色，并且完全进入到了他们身体与情感的内部，顺从于他们的独立意志，因此才能够写出属于他们内心的声音，属于他们角色的语言。在传统的写作理论中，这叫作"塑造人物"，在东西的叙事学中，这就叫"跟着每一个人物走"。我想这就是叙述的佳境了，当他叙述上一代农民父亲汪槐和母亲刘双菊的时候，包括讲述"谷里"的每一个村民，他的表达语气都是如此的贴切，他们的质朴与狡黠、自私与善良，他们"小农经济学"的精打细算和愚昧透顶，他们用一生的代价来换取一个不同命运的决绝，用土里刨食和嘴里省饭的方式来支撑"小农经济的方程式"的意志……都可谓跃然纸上;当他叙述汪长尺、贺晓文、张惠这些年轻一代的农民,他们的困境与诉求、欲望与灵魂的时候,也是这样的传神和生动,汪长尺由一个怀抱志向的读书青年一步步变成一个身体残损自尊全无的打工者,一个"弱爆"的"屌丝"的过程,贺小文由一个淳朴善良的乡下姑娘一步步变成一个为钱奔忙的卖淫女的过程,都是这样的自然而然和环环相扣;甚至,他描写黄葵与林家柏这种坏人,写他们作为坏人的行为逻辑,以及常振振有词地为他们的厚黑和蛮霸辩护的时候,也是这样的立竿见影入木三分。可以说,东西完全"入戏"了,只有完全进入了小说的戏剧逻辑,他才会写得如此充满对称性的角色感——

最让林家柏难以接受的是,汪长尺的眼睛竟然还大还双眼皮,五官竟然端正,眉毛竟然还浓,牙齿竟然还整齐……林家柏想狗日的要不生错地方,那也算个型男。汪长尺想原来骗子杀人犯也长得这么秀气。林家柏想不管他们长得美丑,其诈骗的用心和手段几乎都一样。汪长尺想人不可貌相,海不可斗量,肉食者毒,塘边洗手鱼也死,路过青山草也枯。林家柏想动不动跳楼,动不动撞车,社会都被你们搞乱了。汪长尺想信誉都被你这样的人破坏了。林家柏想是你们拉低了中国人的平均素质。汪长尺想是你们榨干了我们的力气和油水。林家柏想你们随地吐痰，到处大小便。汪长尺想你们行贿受贿，包二奶养小三官商勾结。林家柏想你是人渣。汪长尺想你是蛇蝎。林家柏想真臭呀，你的鞋子。汪长尺想你撒了什么香水，臭得我都想吐……

这是在因工伤索赔的一次对峙中，汪长尺与有钱人林家柏仇人相见时分外眼红的心理活动。东西用了"内心演出的戏剧"的笔法，来饱和式地叙述这个充满角色对峙意味的场景与过程，将人物完全置于其心理的支配中，从而展现了巴赫金所说的"复调的叙述"——两种声音都不是作者能够支配和控制的声音，相反，它让人觉得连作者也被人物的"速度与激情"裹挟了，作者完全听从了人物的召唤与安排。

还有小文的渐变。一个几乎从不为利益和俗物所动的乡村少女，一个本完全死心塌地喜欢着汪长尺的纯情女孩，在城市的逻辑与欲望的熏染下，竟一步步走上了卖身之路。东西将这个过程写得如此平滑自然，在回乡过年的卖淫女张惠的引领与怂恿下，她重复了无数乡村女孩进军城市的相似道路。东西用了近乎寓言的笔致，将这个"渐变"的过程，一笔便勾勒了出来：

为了证明小文真是一朵鲜花，张惠一有空就教小文化妆，还把她的长发剪成短发，还把自己的衣服穿到小文的身上。小文一天一变，开始像个民办教师，慢慢地像个公办教师，像乡里的干部，县文工团的演员，电影里的女特务，最后被打扮得像个城市的白领。……

仿佛一个进化与变异的演示图，这个逻辑使得小文在随着汪长尺进入到省城的那一天起，其命运的方向就已经注定了。某种意义上这也是乐句式的叙事，它将复杂的故事和漫长的时间流程变成了简约的旋律。如同余华在《许三观卖血记》所描写的主人公的十二次卖血经历一样，它可以是展开的变奏，但又是一个原始主题构成的主导旋律。汪长尺一次次考学复读的尝试，一次次打工挣钱的经历，一次次进入城市的努力，一次次受伤破产的遭际，到一次次容忍自己的妻子去洗脚城卖身，一次次在林家柏们的特权和金钱之下败退，到最后的孤注一掷……可以说与许三观卖血的壮举构成了异曲同工的旋律。

在这个过程中，"细节的重复"起到了至关重要的作用。或许与鲁迅、余华小说修辞的影响有关系，至少也可以说受到了某些启示——东西在《篡改的命》中使用了大量类似"重复"的修辞："汪长尺不想重复他的父亲汪槐，就连讨薪的方式方法他也不想重复，结果他不仅方法重复，命运也重复了。""我在写字的时候，力争不重复，不重复情节和信息"[⑪]，但事实上这种不得已的重复，细节、场景和人物命运本身的重复，却反而帮了东西，使他的叙事具有了旋律感和戏剧性，以及强烈的寓言意味。这很像耶鲁学派的批评家希利斯·米勒所讨论的，"一个人物可能在重复他的前辈，或重复历史和神话传说中的人物"，而批评家对于重复现象的关注，便是落脚于"分析修辞形式与意义的关系"⑫。有意味的重复不只成就了鲁迅、余华，成就了他们小说中浓郁的寓言意味、戏剧性和形式感，也成就了东西，成就了《篡改的命》中叙述的节奏性与旋律感，彰显了人物血缘与命运的前赴后继，以及西西弗斯般的徒劳与困厄的努力。

还有饱蘸的感情。在许多片段中我意识到，东西所说的"失声痛哭"绝不是夸饰。他因为做到了与人物的同呼吸与共命运，所以人物本身的遭际与悲欢便成了他自己的遭际与悲欢，叙述的节奏由此紧紧扼住了他的笔端，使之无法不频频出现激越或华彩的段落，出现不是抒情但又胜似抒情的笔墨。比如当汪长尺看到年迈且残疾的父亲与母亲来到城市沦为乞讨者和拾荒者的时候，作者也无法抑制住他泪如泉涌的笔致：

因为人流量大，汪长尺没有勇气靠近。他躲在一棵树下远远地看着，咬牙强忍，但眼泪却不争气，哗哗地流，流一点，抹一点，恨不得把眼前这幅画面一同抹去。仿佛是有了感应，汪槐抬头朝汪长尺的方向看过来。汪长尺发现他的脸又黑又瘦，眼睛变小，眼窝变深，连胡须也没刮。汪长尺把头磕到树杆上，一下，两下，三下，磕得老树皮都掉了。汪槐看了一会，没发现异常，又把头低下。校园里传来上课铃声，马路上的人流量减少。汪长尺抹干眼泪，从树后闪出，走到汪槐面前，把带回来的两万块钱丢进口盅。口盅仿佛不能承受，一歪，滚到汪槐手边。汪槐的手一颤，像被针戳似的。他慢慢抬起头，木然地看着，仿佛眼前是一道强逆光。但很快，他深陷的眼窝挤出一串泪水，整个脸部瞬间扭曲，似哭非哭，似笑非笑。当他脸部的扭曲波一过，泪水便滑出眼眶，但只滑到半脸就凝固，仿佛久旱的大地没收雨滴。看着眼前这张干瘦缺水开裂的脸，汪长尺刚刚抹干的眼眶重又噙满泪水。他蹲下来，抱住汪槐，叫了一声爹……汪槐的泪腺好像被这声叫唤打通，眼泪"唰唰"，流过高山流过平畴。汪长尺问，妈呢？汪槐指了一下对面小巷。汪长尺抱起汪槐朝小巷走去。他没料到汪槐这么轻，轻得就像一个孩子。他没料到汪槐会这么小，小得就像一个婴儿。汪槐越轻他就越难受，汪槐越小他就越悲伤。

这样的段落，与许三观最后一次卖血被拒时的痛哭流涕沿街哭诉真可谓是有异曲同工之妙。作者已经无法按捺住其努力的超然，不得不与"复调"的人物意志与声音再度构成了交响或者和声，甚至合二为一，成为一个人的内与外、里与表。由此我可以确信，东西不只是写出了文化和道德意义上的挽歌，也写出了生命与情感意义上的悲歌，写出了作为精神记忆上的哀歌。他遵循着自己的内心情感，不由自主地泼洒下这些真挚而感人的笔墨。

五 荒诞、哲学，或者结语

在《西西弗斯神话》中，阿尔贝·加缪开宗明义地说："只有一个真正的哲学问题，那就是自杀。"如果这话是对的，那么也意味着我们的主人公汪长尺同样具有了哲学处境，或者说也几乎思考了哲学问题。因为他最后终于跨越了命运的万壑千沟，完成了奋力而悲壮的一跳，向着那浊浪滚滚的河流中。虽然他的死更多的不是缘于哲学的虚妄与无所事事，而是死于穷困潦倒和对世俗之"命"的抗争，但也正像加缪所说，"人们从来只是把自杀当作一种社会现象来处理"，可"正相反，问题首先在于个人的思想和自杀之间的关系。这样的一个行动如同一件伟大的作品"。[13]汪长尺的死某种意义上也是一件伟大的作品，他结束了自己无法颠覆的人生与命，终结了世世代代无法替换的卑微与贫穷，完成了父亲不能完成的愿望——用了他比父亲更多的知识和见识，处心积虑将儿子实实在在地送入了富人之家。毫无疑问这是一个杰作，一个由灵感和奇思妙想构成的杰作。但也正因为如此，它也将小说的美学升华至了加缪所推崇的荒诞之境。"一个突然被剥夺了幻觉和光明的宇宙中，人感到自己是个局外人。这种放逐无可救药。""这种人和生活的分离，演员和布景的分离，正是荒诞感。"[14] 加缪的推理仿佛是为东西所设，为汪长尺所设，他提醒我们不能只从"现实"的层面来看待这部小说，它确实以异常尖锐和深远的方式叙述了一种生存历史的终结，一个族类或者群落的消亡，一个时代的悲剧。但更重要的是，这部小说也为我们展示了加缪式的世界观，即"一个人永远是他的真相的牺牲品"[15]。汪长尺正是这样，他并不知道，他的奋力一搏也许并没有改变任何现实，正如他与林家柏对簿公堂时验证自己儿子的DNA，得出的结论居然不是他的亲生一样。儿子最终也变成了别人的，这一切的努力到头来对于他自己和人类来说，都是一个旷古未有的笑话。

东西不愧是加缪的追随者，这个角度也使我看到了更远处的东西，使我对小说的某些直观的问题，某些叙述的不和谐或者不匹配有了合理的解释——比如说，从整个的故事结构与人物经历看，汪长尺之死应该是在2005年左右，因为最后其儿子"汪大志"变成了"林方生"，并长大成为一名毕业自警察大学的刑侦员，是他偶然"发现了"自己身世的疑点及身份线索。这表明他的出生时间最晚也应该是在1990年前后，而汪长尺是在其儿子大志出生后上初中的年纪自沉而死的。这便有了一个问题：东西使用了近年的某些流行文化符号，来描写了他的身份与20世纪90年代的故事，用"死磕""弱爆""屌丝""抓狂"等眼下的流行"热词"，构成小说前几章的题目，甚至还给主人公起了一个隐含着"屌丝"之意的名字"长尺"，这当然不是十足恰切的，它使故事本身的情境与叙事的话语之间构成了一种游离或不统一。但假如是以刻意的荒诞美学来看，这却不能算是问题，而且还是其荒诞逻辑的一部分了，作家用了荒诞的风格与手法，用了眼下的修辞去处理十几年前的事情，反而显示出他的一种鲜明的态度。

至此，我想我可以收尾了，但我还是要借用加缪的话来作结，他说：

> 如果人们承认荒诞是希望的反面，人们就看到，……存在的思想必须以荒诞为前提，但是它论证荒诞只是为了消除荒诞。这种思想的微妙是要把戏者的一个动人的花招。

加缪分析说，当一位作家"经过充满激情的分析发现了全部存在的根本的荒诞性时，他不说：'这就是荒诞'，而说：'这就是上帝：还是以信赖他为好，即便他不符合我们的任何理性范畴。'"[16] 显然，加缪的意思是想说，荒诞才是这世界的真相或者本质。如果这样的话是可以成立的，那么东西的小说也不只是叙述了现实中的离奇故事，而更是以哲学的面目和骇人的深广，向我们揭示了这个世界的荒诞，人性的，人心的，社会的，历史的，时代的和价值的荒诞。

这也是我肯定东西的理由。

注释：

① 克莱夫·贝尔：《艺术》，薛华译，南京：江苏教育出版社，2005年版，第4页。
② 康德：《判断力批判》，邓晓芒译，北京：人民出版社，2002年版，第72页。
③ 刘易斯·科瑟：《导论：莫里斯·哈布瓦赫》，见莫里斯·哈布瓦赫：《论集体记忆》，毕然、郭金华译，上海：上海人民出版社，2002年版，第51页。
④ 巴赫金：《巴赫金文论选》，佟景韩译，北京：中国社会科学出版社，1996年版，第301页。
⑤ 东西：《三年一觉后悔梦》，《后悔录》，北京：人民文学出版社，2005年版，第293页。
⑥ 余华：《许三观卖血记》中文版自序，海口：南海出版公司，1998年版。
⑦ 余华：《兄弟》后记，上海：上海文艺出版社，2005年版。
⑧ 见《晶报》记者：《作家东西：生活其实是在模仿文学》，2007年9月18日，搜狐网文化频道。
⑨ 余华：《许三观卖血记》中文版自序，海口：南海出版公司，1998年版，第2页。
⑩ 东西：《篡改的命》后记，上海：上海文艺出版社，2015年版，第310—311页。
⑪ 同⑩，第311页。
⑫ 希利斯·米勒：《小说与重复》，王宏图译，天津：天津人民出版社，2008年版，第2页，第4页。
⑬ 阿尔贝·加缪：《加缪文集》，郭宏安等译，南京：译林出版社，1999年版，第624—625页。
⑭ 同⑬，第626页。

⑮ 阿尔贝·加缪:《加缪文集》，郭宏安等译，南京：译林出版社，1999年版，第643页。

⑯ 同⑮，第644—645页。

2015年10月3日凌晨，北京清河居

原文发表于《当代作家评论》，2016年第1期

辑三

III

价值分裂与美学对峙

——世纪之交以来诗歌流向的几个问题

谁都看到了世纪之交以来文学及诗歌的新变,这种变化之巨,已经超过了20世纪70年代与80年代之交的那种转变,也超过了1986年"现代主义诗歌大展"带来的转变,更超过了20世纪80年代与90年代之交的转变。考察其变化的原因,大概不外乎是这样几个因素的影响:一是市场化程度的加深,进一步将诗歌的社会功能边缘化了;二是迅速发育的大众文化借助网络与其他传媒载体,以娱乐化和行为化的方式对诗歌写作与传播的介入,改变了诗歌的社会与艺术职能,使之成为公众舆论与娱乐的方式;三是社会的深刻分化导致了大量显著的民生问题,如底层民众生活的贫困化和社会分配的不公等,也促使诗歌的道义力量骤然上升。上述三种因素的交错互动,决定了诗歌所表现出来的艺术与社会价值的趋向的互为分裂和矛盾。

在不久前的一篇文章里,我已就 21 世纪以来诗歌附着在网络等因素之上的娱乐化趋向、基于底层生存状况而出现的道义呼声与伦理力量,还有依据于市场化、个人化与其他因素所出现的中产趣味等做了一些描述①,因此一些具体的外部现象我就不再重述,这里只想从内部和根源的意义上就两种诗歌美学向度的对峙、诗歌社会价值的分裂这两个问题做一些阐述。另外,也对于我前一个时期的文章观点遭到的质疑和批判做一些回应。

一 "知识分子性写作":语境转换中的意义悬置

1999 年"盘峰诗会"之后的被弱化最严重的写作向度,可谓是"知识分子性写作"。请留意,我这里用了"知识分子性"这一概念,因为"知识分子写作"这个词,经过"盘峰诗会"这一事件,已经被舆论"矮化"了。我说的"知识分子性"是从启蒙思想性和人文批判意义上说的。而"被矮化",不是指被划定在"知识分子写作"群体中的诗人个体的能力被弱化了,也不是说这一群体的写作水准出了问题,而是说他们在与现实的关系上出现了问题,因为这个关系的变化,他们的"身份"随之被悬置,同时因为这个身份的模糊化和几近丧失,写作的人文性与批判性当然也大为缩减。很显然,在 20 世纪 90 年代的语境中,"知识分子写作"这个说法具有相当丰厚的"隐形语意",当欧阳江河在他的那篇文章中系统阐释这一概念②的时候,它和现实、历史之间的紧张关系中所孕生出来的丰厚的人文内涵是不言而喻的。它所隐含的批判意识,以及"启蒙悲剧的角色想象"意味,使它在这一时代语境中的合法依据和现代性价值具有很强的"自明性"。与20世纪80年代初期受围剿的"朦胧诗"一样,当受到现实政治和已有文学权力的双重压制的时候,他们的写作不但出现了强烈的意义增殖,而且备受社会和读者关注——某种程度上说紧张的社会环境成就了朦胧诗人也不为过。然而,当1985年中国的社会情境陡然一变,乍暖还寒的政治环境忽然时过境迁风平浪静的时候,朦胧诗却失去了方向和力量。用那时批评家朱大可的话说,是从"绞架到秋千"③的一种戏剧性延迁,这样的情境与身份变迁,使得朦胧诗人由"受难者"的英雄形象,一下滑落为"尴尬的话语嬉戏者"。朦胧诗人没有这样快地预计到社会季候的变化,没有时间和思想准备及时调整转换自己的角色,所以只能纷纷去国找寻另一种身份去了④,或者留守国内痛苦地忍受"被忽略"的命运。

20世纪90年代前期是诗人非常自觉地对自己的身份认同做出调整的一个时期。所以这个年代的诗歌阵营内部异常平静,出现了一个非常重要的文本积累时期。许多诗人在自觉的边缘化生存情境中始料不及地被经典化了——成名了。这种情况有两方面的原因，一是确实像欧阳江河所说，他们已不再相信诗歌是一种政治冒险，而相信其"写作已经带有工作和专业的性质"，"是一门伟大的技艺"，所以他们的文本相对于20世纪80年代后期"反文化"的躁动时期更为成熟和专业；另一方面，他们仍然带有不易觉察的"身份优势"——欧阳江河说他们已经终结了"群众写作和政治写作这两个神话"，告别了福柯所说的"普遍性话语的代言者""以及带有表演性质的地下诗人"这两种角色，但实际上这个年代的诗人身上仍寄予了读者的许多神圣想象，他们仍被赋予了受难者的内涵和普罗米修斯的气质。所以，某种程度上也可以说，他们又经历了与朦胧诗人近似的历史境遇，这个处境给他们提供了适时和必要的背景，不但加速了他们的经典化过程，也给他们涂上了一层想象的油彩——就像欧阳江河在文章的结尾处所说的，在人们的想象中他们已经变成了"一群词语造成的亡灵"[5]。正是这样一种"活着的亡灵"式的身份继续了他们的传奇，为他们找到了一种合适的诗意的叙事。

上述的这个说法也许会被认为是"不厚道"的解释，但确实，来自现实的压力使20世纪90年代的诗人有机会成为一群真正具有"知识分子气质"或"知识分子性"的写作者——这和朦胧诗人当初的境遇是有相似之处的。比如，以个人场景书写同外部现实构成了某种隐性对峙，以克制和带有孤独与悲情意味的"叙事"为特色，还有日益成熟和深沉的"中年之慢"的节奏,强调"本土"生存但又坚忍地守望着"彼岸"(西方)的文化,以专业化的角色保持了精神独立和技艺优势,以"亡灵"一样的决绝姿态与现实构成了紧张和拒绝关系……试想,这样的姿态和身份所构成的意义内涵,当然会使这些诗人成为时代至高精神价值的寄托者与想象体。而且,由于逐渐被国际文化交往接纳和被汉学家认可,某些诗人的"国际影响"也反过来促进了其在国内的声誉。但是,临近世纪末,中国的现实环境再一次发生了深刻改变,市场化程度的加深使意识形态对文化的控制变得越来越间接和富有弹性,诗人与现实的紧张关系忽然变得有些"不真实"起来,"亡灵"式的分身甚至变得滑稽起来,换句话说,"绞架"再一次向着"秋千"滑落。特别是当经济崛起导致了新一轮民族主义情绪的高涨之时,以西方文化背景为精神底色和思想支撑的知识分子精神便陷入了孤立的境地。在这样的情境下,20世纪90年代前期的那种写作惯性、为欧阳江河所描述和界定的相当欧化的知识分子写作,确已到了难以为继的地步。

　　正是这一次价值调整的滞后,和相对于某些外省诗人在经典化过程中的"被亏欠",知识分子写作群体变成了外省诗人眼中的"过度获益者"。因为20世纪90年代初期他们的某种悲情处境,已被日益广泛的国际知名度和相当显赫的权威身份所代替。艳羡积聚为了愤怒,外省诗人们联合了一群更年轻的写作者,祭出了"民间"的旗帜,来借以对他们的合法性提出质疑。很明显,"知识分子写作"的一方在这次论争中处于相当"被动"的地位,而外省诗人则更像是有备而来,不由分说地把这顶"过时的帽子"扣在的前者头上,树起了"政变的假想敌"。现在事情过去多年,我并没有翻旧账、评是非的意思,主要是想把此前和此后诗歌界的问题联系起来看待。如果说"知识分子性的写作"曾经是20世纪90年代中国诗歌的中流砥柱的话,那么这个安泰是怎样因为与大地之间的疏远和悬空化而失去了力量?让我们来回顾一下,当初欧阳江河的一番定位是多么有远见,他说:"苏联政体崩溃后,那些靠地下写作维持幻觉的作家困境是值得深思的。我认为,真正有效的写作应该能够经得起在不同的话语系统(包括政治话语系统)中被重读和改写。"这是说,诗人应该努力使自己的作品成为在政治语境和纯粹人文话语意义上都经得起检验的东西。但他同时又说:"这一命题中的'自己'其实是由多重角色组成的,他是影子作者、前读者、批评家、理想主义者、'词语造成的人',所有这些形而上角色加在一起,构成了我们的真实身份:诗人中的知识分子。"为了区别于另外的一些身份,他还强调说:"从某种意义上讲这是迫不得已的。我们当中的不少人本来可以成为游吟诗人、唯美主义诗人、士大夫诗人、颂歌诗人或悲歌诗人、英雄诗人或骑士诗人,但最终坚持下来的人几乎无一例外地成了知识分子诗人。"⑥我想任何人都会明白,欧阳江河在这里讲的"诗人中的知识分子"或者"知识分子诗人"的含义,应该是"专业性"与"人文性"的统一,而不是历史上那些比较类型化的诗人角色。正是因为这样一种内在的统一性,使他们在20世纪90年代获得了成功。但是,在世纪之交以来,这样一种身份是否还能够有效地保持呢?这是一个问题。首先,相对单一化的语境变得多元、暧昧甚至混乱起来,在这样的情境下,诗人的身份自然也模糊和暧昧化了,声音被迅速淹没或者扭曲。批评家程光炜早在1996年就相当敏锐地意识到了一个"多声部时代"的来临,他说:"当社会运作出现哈贝马斯所说的'总体性价值系统危机'时,民间话语就有可能在夹缝中一跃而出,表现为一种'语言的狂欢'。"⑦他似乎不幸"预言"了几年后诗歌界的情形。当这种民间话语蜂拥而出,并且以其另一种合谋与摧枯拉朽的暧昧属性大行其道、与主流文化构成了共存与游戏关系的时候,知识分子被确定无疑地边缘化了。还是在这篇文章中,程光炜指出,当他们自觉地"放弃了与权威话语激烈对抗的古典人格","通常以社会中介的角色出现"时,"在外在形态上"也便"具有了某些中产阶级的色彩"。而事实上,当大众传媒所起到的中介作用对于他们的帮助越多的时候,他们所书写的"个人日常生活审美化"的内容,就越接近于"中产阶级的趣味"——当我再次梳理这个概念的时候,发现多年前的好些批评家就早已在使用它了——这也许并非他们的初衷,但在当代中国社会的含混乃至混乱的语境中,鉴于知识分子使命的尖锐性不时会显现出来，而他们又急于要实现"转型"，放弃紧张性与批判性，他们所受到的误解和批评也必然要比实际情况严重得多。

事实证明，曾经为有的批评家所首肯和称赞的20世纪90年代知识分子写作的"文本的有效性"，在世纪之交以后被严重削弱了，"特定时代的知识气候"——程光炜用了这样一个词，来解释文本的及物对象[8]——仍然存在，但这部分诗人对它的触及却似乎变得不那么有效了。为什么呢？还是那些人，如果论技艺，他们只能是更高和更好了，可是为什么影响力却变小了，这个问题值得我们深思。我想最简单化地说，也许可以归纳为这样几点，一是因为水已被"搅浑"，由网络支持的大众娱乐化写作倾向和"粗鄙美学"的冲击彻底改变了这个时代的"知识气候"，使原来有效的价值向度变得很难再继续有效；另外，诗人的处境在世俗意义上的"好转"是又一个重要的原因，当身份离"事物的焦点"（欧阳江河引述福柯的说法）越来越远、其个人经验对公共领域的积极介入与影响相应衰减的时候，"个人日常生活审美化"的书写的合法性与审美价值便越来越值得怀疑了；第三，从内部主体的原因上，我以为是没有或者也真的无法对自我的精神定位与价值认同做出新的调整和确认，这恐怕只能归因于这批诗人身上本来的"知识分子性"的游移、含混或稀薄了——在这样的时代"诗人何为"仍然是一个没有过时的命题，而对这个命题的回答，他们显然没有让读者像20世纪90年代那样满意。

二 粗鄙美学：合法性与限度

1999年以后中国诗歌发生的最明显的变化，莫过于美学上的粗鄙化。表现在这样几个方面，一是以日常性与世俗化的内容，夸张地表现道德图景的崩溃与对精神价值的贬损；二是欲望与无意识世界的活动成为主要的诗歌元素，作为精神现象的诗歌再也不以关注形而上学世界为荣，而下意识世界中的诸种隐秘经验，则成为诗歌复杂精神含量的替代品；三是所谓的"口语"化表达，极致的说法是"只要分行就是诗"（杨黎语），在这方面，网络载体的一次性阅读与消费成了其合法的理由支持。写作者在将以往不能入诗的题材、领域、语言统统纳入诗歌写作方面展开了激烈的竞赛。

请注意，当这里说"粗鄙"二字的时候，并不首先是贬义的。粗鄙是一种相对而言的趋向，其中程度也非常不同。就像当年雨果富有诗意的浪漫主义美学宣言中说的，"近代的诗神"是"以高瞻远瞩的目光来看事物的，她会感觉到万物中的一切并非都是合乎人情的美，她会发觉，丑就在美的旁边，畸形靠近着优美，丑怪藏在崇高的背后，美与恶并存，光明与黑暗相共……"（《克伦威尔传》序言）适度的粗鄙也是美学的一种，否则我们探讨它也就没有什么太大的意思了。另外，粗鄙也是德里达式的"解构""关于存在的形而上学"的"文学行动"。在本文的语义里，它同时包含了近代和现代两重意义上的美学精神内涵。但是另一方面，"粗鄙也就是粗鄙"，它不是精细和优雅之美，不是崇高和悲剧之美，不是宏大与庄严之美，而是荒诞与滑稽之美，是粗俗与丑陋之美，归根结底这是现代的一种畸变的美学，一种最终会离开美感本身的粗陋的美。但是在诗歌领域中承载这一粗鄙美学的，又是向度各有不同的复杂集合，伊沙早期的诗歌具有相当鲜活的粗粝之美和解构主义艺术快感，和其随后大量生产的口语叙述并不一样。与早期韩东的《有关大雁塔》《你见过大海》，于坚的《尚义街六号》，李亚伟的《中文系》之类的作品相比，他在20世纪90年代初创作的《结结巴巴》《北风吹》《反动十四行》等等更有意思，不只是观念的累积和叙述，而是在语言的层面上更有心机，在颠覆和处理历史的经验范型方面更富戏剧性意味，但这都是1999年之前的粗鄙之美的代表性文本。之后的"粗鄙"具有了更世俗和直接的内涵，总的来说，它表现为"常态"和"极限"两种情形，常态主要是就一般趋向而言的，以叙述日常与世俗经验为主要特征，它们与知识分子写作的主要分界只是语言方面"口语"与"雅语"（即书面语）的区别，另外基本不关注形上世界与精神命题，1999年之后大众文化借助网络世界的迅速发展蔓延是其基本的支撑平台。这个复杂集合中的一个典型例子是赵丽华，她在2006年导致了一个影响广泛而轰动的所谓"恶搞"事件，被命名出一种基本无难度、无含量的，随意性、口拈式的"梨花体",据说有数以十万计的人参与了这场游戏,在网上张贴自己的"随机创作",或者参与了抨击漫骂。当然赵丽华本人的诗未必是无难度和无含量的,她在关注某些无意识世界的瞬间经验方面,甚至是相当独到和"健康的"。因为她并不以"性"和裸露式的欲望叙述为能事,她所揭示的无意识经验世界的某些东西有其灵敏和细腻之处,少量的也有不可言传之妙。但公众所理解的这个"梨花体"——无论是趋之若鹜还是猛烈抨击——则代表了目下"一次性消费""无深度构造""分行就是诗"的网络写作趋势。

极端的情形是"下半身美学"⑨。这一趋向以欲望陈设式的"下半身修辞"为载体,以"性话语"的恶意张扬为刺激力,刻意以刺眼和尖锐的感官冲动来吸引读者的眼球,并刻意亵渎一般人的道德底线。因而可以说是素有恶名。但问题在于,不管存心还是巧合,这种"下半身写作"又因为其与当代中国某种敏感的文化情境相联系和应和,又有一定的可解释性和阐释空间——它与巴赫金在其"狂欢节"理论中所描述的情形十分相似,这使得我们不能完全以道德审判的方式简单化地对待它。巴赫金说,拉伯雷的"非文学性"某种意义上即是他的"民间性",这种非文学性有若干表现,其中之一,便是使用粗鄙话语来"取消一切等级关系",使之具有"贬低化、世俗化和肉体化的特点",而他"对崇高的东西的贬谪决不只具有表面的性质……在这里'上'

和'下'具有绝对的意义和地形学的意义。上是天，下是地（人世）；地有吐纳的本能（坟墓，肚子）……从纯肉体的方面来说，上就是脸（头），下就是男女生殖器官、腹部和臀部"。"贬低化既是埋葬，又是播种"，"贬低化意味着靠拢人体下身的生活，靠拢肚子和生殖器官的生活，也就是靠拢诸如交配、受胎、怀孕、分娩、消化和排泄这一类行为。贬低化为新的诞生掘开肉体的墓穴，因此它不仅具有毁灭、否定意义，也具有积极和再生的意义：它是正反同体的"。⑩这种表述几乎是为这伙人准备的，当然，巴赫金的理解偏重于人类学与民俗学角度，但观察当代中国的文化现象，也不可不注意到它们"取消一切等级关系"的诉求与冲动，"下半身写作"之所以称得起是一种"美学"，我想根据也应该是在这里，也只能是在这里。因此我们就可以对照一下沈浩波的说法，他认为有人说"下半身写作"的只是标注了"性"主题的说法是"屁话"。他辩解说："强调下半身写作的意义，首先意味着对于诗歌写作中上半身因素的消除。知识、文化、传统、诗意、抒情、哲理、思考、承担、使命、大师、经典……这些属于上半身的词汇与艺术无关……所谓下半身写作，指的是一种坚决的形而下状态，指的是诗歌写作的贴肉状态，追求的是一种肉体的在场感，意味着让我们的肉体体验返回到本质的、原初的、动物性的肉体体验中去。"⑪可见他们自己也认为"下半身写作"的说法更接近一种比喻，是以"下"来反对"上"、以"贴肉"

来消解"知识"、反抗等级的一个修辞或者隐喻。因此类似这种态度或口号也需要小心地辨析对待。

关于粗鄙美学的合理性问题大概已无须讨论，正像小说界评价20世纪80年代以来的一种类似趋向一样——"民间""喜剧"和"狂欢"如今也已经成为讨论当代文学最重要的关键词。人们对王朔一类作家已经实施了许多次审判式的批评，但还是无济于事，他前期那些作品对我们的时代而言几乎已成了另一个经典化范例。诗歌界的状况当然更加难以判断，在文本的价值辨认方面更加良莠不齐。从理论上讲，其合理的一面最大限度上还是建立在与当代中国的文化情境与价值逻辑的关联上，因为它应和了世纪之交的某种"节日"氛围，应和了与"知识的等级"相对立的"写作平权"的冲动，应和了当代中国文化的持续瓦解转型……特别是应和了网络媒介的兴盛。上述因素当然都是不言自明的，但关于网络的作用，我们却似乎并未给予认真研究，事实上也许粗鄙最终将产生并且定位于一种特有的"网络美学"，因为网络传播的"隐身"性质，正使我们的生存建立并且依赖于一个"虚拟的社群空间"，从文化性质上，我将这一世界称为"高科技的民间世界"，它和中国传统社会中的"江湖"空间有相似之处，同时更接近西方文化中的"狂欢节"气氛。在这样的空间里，传统的文化规则与交往伦理几乎完全失效，因为它的每个成员都可以使用一个符号化的假性身份——用临时虚构的"网名"

来进行交际,通常情况下,他或无须用自己的真实身份为自己的言论负责,故可以纵情恣肆地表达他的看法甚至冲动。这样,实际上便是开演了一场没有结束的狂欢喜剧。这种气氛深刻地影响和改变着这个时代的文化主体——人的心态和伦理边界,改变着时代的美学。使整个民族的语言都空前的戏谑化、时尚化、噱头化了,诗歌自然也不能幸免,况且它还是这种语言变化的敏感的记录器。

所有这些,都使粗鄙化美学和类似"下半身"式的写作的口号具备了合理的依据。但随之,另一个问题是更重要和更需要回答的,那就是作为一个巴赫金所说的"正反同体"之物,粗鄙美学的限度在哪,它是否应该有界限和"底线"?这个问题的答案当然应该是肯定的,内容则是常识。因为只要稍微回溯一下历史,问题就会变得比较清楚。以1986年的"现代诗群体大展"为例,其中虽然罗列了各种名目的观念和口号,看起来振振有词,但就文本而言相当多的却是鱼目混珠的"非诗",原因就在于它们已突破了"诗"的基本底线,或成为观念的传达工具,或是为粗鄙而粗鄙,为痛快而粗鄙。这样尝试"进入历史"的努力当然只是逞一时之快。如果再往前,还可以追溯到1958年的"新民歌运动",那种观念化的简单拼凑与复制,当然不会有任何的价值。还往前推,便几乎可以推到五四"白话诗运动"了,在语体与文体的转换过程中,"尝试"和"创造"在某些诗人那里变成了没有技艺依托的涂鸦,即便是一些很有名头的新文化运动的参与者,也只是留下了一些"无厘头"的不知所云或不知所终的文字。人们在很多时候对新诗的非难也正是因此而起。很显然,无论怎么变,诗歌还要具有基本的诗质,这个诗质就最低限度来说,既是一个"表"与"里"的呼应关联的结构,在其外部可以尖利、粗鄙甚至粗俗,但内里却一定要有一个比较严肃和认真的命题,仅限于外部的粗鄙是假粗鄙,从外到里的粗鄙才是真粗鄙。

还有一个边界和底线是"词语的暴力",使写作者变成了"语词流氓"或者"网络暴民"。随意地滥用亵渎性和言辞侮辱的性话语,是将粗鄙变成了另一种优越权——本来是要反对"知识等级",结果自己还是要建立另一种君临一切的等级——我是流氓我怕谁,将身份放至人的底线以下,文字也必然会是垃圾。

三 娱乐化与伦理性:面对两种分裂的社会价值向度

2006年包括"恶搞"与"梨花体"事件在内的急剧增长的网络文化事件,似乎确证了我们的生活和文化必然的娱乐化走向,这大概不是以哪些人、哪个阶层的好恶为转移的。因为娱乐不但是人民的权利,更是看起来健康和升平的文化景观,是常态和社会生活。所以这个趋势在短期内大约不会有什么变化。在今天，诗歌写作和人们对它的功能认知，已经不可避免地带上了娱乐化倾向。这当然不完全是坏事，娱乐本来也是文学和诗歌艺术的社会功能中的应有之义，"兴观群怨""多识于草木鱼虫"大概已经包含了娱乐。况且从现代社会的观点看，网络写作也是"写作平权运动"的有效实践形式，单是这一点，它的合法性就很难予以质疑。然而，为波兹曼所说的那种由于过分强调娱乐而导致"文化枯萎"的危险也确实存在。前文中已谈及，世纪之交以来诗歌粗鄙美学的蔓延与网络传播媒介也有着密不可分的关系。如今，网络环境已经成为我们时代语境的典型载体，甚至连反对娱乐化的言论一旦在网络环境下出现，也成了娱乐化的一部分，成了新的娱乐话题与噱头，2006年底的"天问诗歌公约事件"就是一个例子。当我在相当偶然的境遇下以认真又不无"从众"的心理在这个公约上签下自己名字的时候，没有想到不久之后也变成了被戏谑和嘲弄的对象，其哭笑不得的尴尬，使我对网络环境有了一次真切的认识。

同娱乐化的趋势构成对应甚至是对立景观的，是伴随着"底层写作"而彰显出来的道义力量与伦理诉求。这种现象其实并不是始自眼下，也不是仅限于这一两年，只不过在最近的几年中有凸显的趋势，主要原因还是由于社会的分化、底层民众的相对贫困、种种社会的不公现象等引发。2005年《文艺争鸣》杂志推出了关于"底层生存写作"的专题讨论,随后便陆续看到了一些讨论和争议。

关于"底层诗歌"与"写作伦理"问题,我已经写过专门的文章[12]讨论,这里就不重述我的观点了。我想进一步阐述的是,当我将它与"娱乐化"现象放在一起,并且和前文所谈的两个问题加以对照时的一些新感受——它们是这样地互相联系和不可分割。这样问题也就有了宽度,我想在对之做整体观的同时,也顺便回答一下有人对我此前几篇文章的观点的质疑。本来,娱乐性和粗鄙化几乎就是一对互为因果派生的双胞胎,如果"娱乐至死",粗鄙必然永难挽救。"知识分子性写作"本是可以区别于娱乐化写作的,但现在的问题是"知识分子写作"的"知识分子性"越来越处于衰弱的局面,所以娱乐化的趋向也终于无人来抵制和改造。如今表现出与之反向的道义与伦理担承的反而不是知识分子写作,而是一些身份比较边缘的底层生存者,一些没有什么名声的写作者。这是很有些令人诧异的。他们的身份也遭到了一些人的质疑,其理由是,真正意义上的底层生存者根本不可能写作,也无须写作,他们只是"沉默的大多数"而已。这当然没错,但关注底层并不只是底层生存者自己的责任。为什么这几年中,呼吁关注底层民众生存境遇、权利和尊严的呼声有渐行高涨的趋势?还是因为现实、因为社会公正问题激发了人们的道义感与社会良知。当 2007 年山西的非法佣工问题、监禁受雇佣劳工的"黑砖窑事件"暴露出来的时候,底层写作的某种热度还会让一些人感到那么奇怪吗?有人又会说,诗歌只与永恒与普遍的生存有关,而"底层生存"并不能构成单独的诗歌理由;诗歌只表现生命的体验,而无须去区分这些生命的社会成分……是的,这也许是事实,但另一个事实是,社会又是一个有机体,社会出了问题,诗人作为知识分子当然也可以,并且应该责无旁贷义不容辞地担当道义与公正,这不是什么"道德归罪和阶级符咒"⑬,而是最基本的人之为人、诗人之为诗人、知识分子之所以能够成为知识分子的理由。因为"正义是一个社会制度的首要价值"。什么是正义?正义就是"否认为了一些人分享更大利益而剥夺另一些人的自由是正当的,不承认许多人享受的较大利益能绰绰有余地补偿强加于少数人的牺牲"⑭。我不明白,有的人为什么不愿意别人谈论一下"底层生存",谈论一下"写作伦理"的问题?一个写作者确实不会因为谈论了一点底层生存、社会不公的问题就有了优越权,就成了好的诗人,谁会天真到这一步呢?那我们反过来也可以问一下,难道谈论和关注一下这类问题,就会使一个好的诗人失去了技艺和纯粹性吗?《兵车行》和《卖炭翁》难道会使杜甫和白居易降格吗?要知道,社会的不公正出现在诗歌里不是诗人的耻辱,社会的不公正本身才是诗人的耻辱。

所以我主张在"时代"的整体观中来理解"写作伦理"问题。单纯从个别事件来放大问题是缺乏意义的。为什么号称"民间"的写作陷入了粗鄙和语言暴力的泥淖？为什么"娱乐至死"的倾向愈益明显？为什么诗人的知识分子性越来越弱化了，为什么"中产阶级趣味"成为一个问题？皆与我们社会和时代整体的道义冷漠、伦理失陷有关。某种意义上这些问题和山西的"黑砖窑事件"有相同的社会文化根源。我以为知识界的自我检视省察，和多年前被迫接受原罪观、极端的民粹主义的价值观是完全两码事，这个问题我认为是无须讨论的，强加于人是险恶的。"荆轲刺孔子"这种帽子说白了是一种恶意的暗示，如果说批评一下广泛存在的伦理冷漠、中产趣味便是"荆轲刺孔子"，而对揭示社会不公的"底层写作"给予了肯定和同情又被视为是"道德符咒"，那么我也忍不住要反问，你的立场又是什么呢？为什么连一个体现社会正义的基本命题都要指责和反对呢？如果你认为我批评中产阶级趣味是在攻击"知识分子写作"的话，那就错了，恰恰相反，我的出发点正是，真正的知识分子性永远是反对中产阶级趣味的，反对中产阶级趣味就是为了维护知识分子性。反过来，如果你认为你是在维护知识分子写作的声誉的话，那相反你是在为这个词语抹黑。请查一下关于"知识分子"这个词的论述，我相信它永远不会是站在与"底层"相对的另一端的。人们都知道，如今在西方也有学者在颠覆传统的"知识分子概念"及其伦理，但即便是这种持有怀疑和批评态度西方学者也指出，"知识分子与领导阶级的关系是……相辅相成的。知识分子越是显得对那些统治、管理和创造财富的人的关心无动于衷,那么后者就越是会放纵地表达知识分子令他们感到的蔑视或厌恶。特权阶层越是显得反对现代观念的要求……"[15]当冷漠和麻木变成了一个社会见怪不怪的常态的时候,这个社会的文化体系才会出现畸形与分裂的状况。

  这里我不想把讨论的问题个人化,本来批评和反批评、就批评谈问题是正常现象,但断章取义、故意误读他人意思的做法,却使我不得不借此回答一些问题。我不是什么"道德主义诗学"论者,我的诗歌观念本来是强调生命人格实践与文本的互证,推崇的是用生命人格印证和实践自己作品的诗人,像春蚕吐丝、蜡炬成灰一样把人生和写作变成同一件事情的诗人……我将这称为是"生命本体论的诗歌观念"。但另一方面,我也的确认同和赞美诗歌对一个时代、一个民族的精神与道义承担,因为诗人就其本质而言,就是一个民族最核心的知识分子——中国古代知识分子的角色和精神,主要即是由诗人来担当的。不论他是用口语还是雅语,住在京城还是外省,显赫于世还是流落民间,我们需要和看重的是他身上的"知识分子性",而不是他的外表身份。在这样的主体前提下,再来谈诗歌写作的伦理是比较可靠的。但什么是诗歌的伦理,这不存在一个统一和恒定的框架和定义,诗歌的伦理是具体的,依据于时代语境而定的,也是有"大"有"小"的。从大处说,文学性本身即与伦理性有关,在"国破山河在"的时候,"白头搔更短"就是伦理;在"山外青山楼外楼"的时候,"不肯过江东"就是伦理。

——人的伦理和诗的伦理不可避免地变成了一个东西;在专制和"合唱"遮覆一切的时候,黄翔的"独唱"和食指的"疯狗"就是伦理;在 20 世纪 90 年代初,欧阳江河思考现实,反讽"一个软体的世界爬到了高处"就是伦理;在黑煤窑和黑砖窑泛滥、底层劳动者的利益受到侵害时,"关怀底层""底层生存写作"也是伦理。这样的问题难道还需要讨论吗?难道关注一下这样的写作就是试图占据"道德优势"吗?况且我也并没有用这样的伦理来否定其他的写作,我一直赞美着荷尔德林那样的大伦理——他热爱的是神、人类和大自然,还有海子,他热爱的是土地、世界的核心和生命本身,他们的伦理也将人类提升到更加诗意和形而上学的高度。但诗歌的伦理本身就是多重的,没有谁会傻到认为只有"底层写作"才体现诗歌伦理。从这个意义上说,我认为诗歌的伦理精神确与它的生命同在,就像知识分子的伦理精神与他们的生命同在一样。

注释:

① 张清华:《持续狂欢·伦理震荡·中产趣味——对新世纪诗歌状况的一个简略考察》,载《文艺争鸣》,2007 年第 6 期。

② 欧阳江河在《89'后国内诗歌写作:本土气质、中年特征与知识分子身份》一文中,曾经对"知识分子写作"和"知识分子诗人"的内涵做了详尽阐释。载《花城》,

1994年第5期。

③朱大可：《燃烧的迷津——缅怀先锋诗歌运动》，载《上海文论》，1989年第4期。

④1987年，北岛、顾城、江河、杨炼等朦胧诗的代表人物先后都出国到欧美澳等地定居。

⑤⑥欧阳江河：《89'后国内诗歌写作：本土气质、中年特征与知识分子身份》，载《花城》，1994年第5期。

⑦程光炜：《误读的时代——90年代诗坛的意识形态阅读之一》，载《诗探索》，1996年第1期。

⑧程光炜：《九十年代诗歌：另一意义的命名》，载《山花》，1997年第3期。

⑨张清华：《21世纪中国文学大系·2001诗歌卷》序言，南京：南京师范大学出版社，2014年版。

⑩巴赫金：《〈弗朗索瓦·拉伯雷的创作与中世纪和文艺复兴时代的民间文化〉导言》，见《巴赫金文论选》，佟景韩译，北京：中国社会科学出版社，1996年版，第96—120页。

⑪沈浩波：《香臭自知——沈浩波访谈录》，载《诗文本》，2001年，总第4期。

⑫张清华：《"底层生存写作"与我们时代的诗歌伦理》，载《文艺争鸣》，2005年第3期。

⑬钱文亮：《道德归罪与阶级符咒：反思近年的诗歌批评》，载《中西诗歌》，2007年第6期。该文对笔者在近两年的几篇文章中谈及的"底层生存写作""写作伦理"和"中产阶级趣味"等问题进行了批判。

⑭约翰·罗尔斯：《正义论》，何怀宏、何包钢、廖申白译，北京：中国社会科学出版社，1988年版，第3—4页。

⑮雷蒙·阿隆：《知识分子的鸦片》，吕一民、顾杭译，南京：译林出版社，2005年版，第224页。

原文发表于《文艺研究》，2007年第9期

个体的命运与时代的眼泪

——由"底层生存写作"谈我们时代的写作伦理

以令人猝不及防的速度,"现代"的神话裹挟混合着政治、文化、人文以及个体的物质梦想,依次派生出发展、进步、启蒙还有自由与幸福等等词语,我们这个号称保守的农业民族,已经成功地建立了一个由上述词语所构成的专断而不容置疑的、诗一般激情洋溢的新的"宏伟叙事"。在今天,这一诗性的叙述正夹带着日益合法化的关于财富、欲望和现代生活的奢侈梦想,像正在崛起着的摩天大楼、竞相扩展着的都市建设蓝图一样,推动着我们的时代不顾一切地飞速前行。可是,在这一诗性外表下所掩藏的个体的命运,却是充满了屈辱的眼泪、失去土地的茫然、背井离乡的苦难、生存根基被动摇之后的心灵失衡。谁会关注和写下这一切?

……也有人只是经历了漫长的白日梦

开始是苦难，结束也是苦难

列车的方向再度是命运的方向

这是杨克的《广州》一诗中的句子。它让我在熟视无睹中猛然看见，时代的列车是在怎样地碾压和支配着一个乡下青年的命运——他不能不茫然地屈从它的方向。它在南方，在那个制造着财富的神话和汇集着屈辱、梦幻、汗水和命运的方向。这青年朝着这方向进发，不知道等待他的是成功还是失败，他只是默默地倚靠在拥挤的车厢壁上，眼里闪着束手无措的呆滞和对未知世界的向往，宛如一条被烘干了的沙丁鱼。

这是我们时代的千千万万个青年中的一个，空间的移动改变了他的生活和命运，也改变着我们这个国家。无数的个体汇成了蚁群、潮水和泥石流，可他们参与制造的经济学数字和GDP的神话，却淹没和覆盖了这些卑贱的生命本身，遮蔽了他们灰尘下的悲欢离合和所思所想。现在，有人要为他们书写这身世，书写这掩藏在狭小的工棚、闷热的车间、汗臭熏天的简易宿舍中的一切，书写他们内心的欢欣与痛苦，这怎么说也是一件大事。

我意识到，这篇短文将要讨论的是一些基本的，甚至是"ABC"的问题，但因为这些作品的出现，这些问题再度变得重要起来，使我不得不冒着陷于浅陋的危险来谈论它们。

尽管我一直认为，诗歌只与心灵有关而与职业无关，但是在我们的时代，职业却连着命运，而命运正是诗歌的母体。历史上一切不朽和感人的写作，都与命运有着密不可分的关系，在我们的时代尤其如此。当我们读到了太多无聊而充满自恋的为"中产阶级趣味"所复制出来的分行文字的时候，这种感觉就愈加强烈。

"底层生存中的写作"，我意识到，这是一个包含了强烈的倾向性还有"时代的写作伦理"的庄严可怕的命题。从字面看，它大概包含了两个方面的问题。一是写底层，这恐怕是问题的主要方面，我们现在可以看到的绝大部分作品应该是属于这一类的。二是底层写，这个问题比较难以界定，究竟什么样的生存算作底层的生存？什么样的身份才符合一个"打工诗人"的标准？我注意到，像柳东妩这样的诗人可以说"曾经是"一个"打工诗人"，但现在他是否还是一个打工者的身份？因此我想，写作者的身份固然是重要的，但也可以不那么重要，他只要是在真实地关注着底层劳动者的命运就可以了。

但我这里却不想仅仅从感情的层面上谈论一个伦理化的命题，因为那样可能会把问题简单化。底层的生存者并不仅仅是进城的"农民务工者"，在社会急剧分化的今天，农村的贫困家庭、城市失业者的生存状况并不比他们更好——如果是农村的生活状况可以维持的话，怎么还会有这么多进城务工的农民？那么这些人的生存状况要不要书写？所以，问题还需要深入。我联想到"五四"新文学诞生之后不久出现的"乡土文学"，为什么会出现一个乡土文学？在古代中国有"田园诗"，但是却没有"乡土文学"，这是颇为奇怪的，那时的田园未必总是好的，兵火之灾常常使得"白骨露于野，千里无鸡鸣"，但那样的描写也还称不上是乡土文学。为什么呢？是因为我们民族整个的生存方式并未发生根本变化——换言之，"文化"并没有出现根本的变动。现代意义上的乡土文学的诞生，正是基于两点：一是传统的生产与生存方式发生了深刻变动，因此文化的结构与价值形态也相应地发生了变动，在这样的一个变动下，人作为存在物，其命运——也即其悲剧性的诗意得以显现；二是现代意义上的知识分子的启蒙主义意识的烛照，使得乡土生存的深渊状况被照亮了，否则，"从来如此"又有什么不好？知识分子把农人的苦难"解释了出来"。当资本的流向和工业化的进程阻断并破坏了传统的生存方式与伦理观念，在致使农民贫困化的同时从土地上流离出来，这样便导致了乡土文学的诞生。在现今，情况大致是相似的，大量的农民或是出于对城市的向往，或是由于失去土地，由贫困所迫背井离乡涌向城市，这里表面上看是一个个体生活的空间位置的变化，但实际上却是意味着一种生存、伦理、价值和文化的巨变，这一切对于个体来说，除了解释为个人与历史之间的冲突——一个必然的悲剧命运以外，别无任何可能的解释，这正是诗意产生的时刻。

但这样的"诗意"未免太过宏伟了——它是历史性的，其不可抗拒性在于它是不可逾越的"历史代价"，马克思早就说过，历史前进的杠杆正是恶与欲望这样的东西，时代的"进步"与"发展"理所当然地要以某些人的悲剧性命运作为代价。但这是政治家所思考的，19世纪欧洲的作家们并不清楚这些，或者他们对这个充满理性的估价并不感兴趣。巴尔扎克和司汤达们对当年的"外省青年"（他们某种意义上和现今中国的一个"进城务工人员"的身份不也很相似吗？）的命运的描写，和19世纪30年代法国贵族被资产阶级打败的编年史一起，曾经意外地成为比历史学家、政治经济学家、统计学家们的数字之和还要多的翔实记录，为什么？就是因为他们书写了人，书写了个体生命，书写了他们在这个时代的命运，这样才留下了具有血肉的而不是只有冷冰冰的文字叙述的历史。19世纪伟大的批判现实主义作家们的不朽之处正在于，他们所关心的并不是所谓"历史的进步"，相反而是这场所谓的进步中付出了失败、挫折和悲剧命运的那些人们。因此，如果说要有一个现今意义上的写作伦理的话，那就是这样的一种"反历史"的伦理。

也许有人会对这些写作的意义甚至动机表示怀疑——比如会简单地将之归结于一种"现象"或者"问题"的写作，一种概念化的和"非纯粹"的写作,等等。我不否认,对于每一个具体的写作者而言他的动机的无意识和含混性,甚至他的思考和观察角度的某种"不健康"趣味,等等,但正是这些作品强化了我们时代的一个关于写作伦理的庄严命题。我得说,它们令我感到震撼,并产生了强烈的为之辩护的冲动。因为我以为最重要的还不是"对苦难的拯救",而是"看见"。你不能要求苦难的叙述者去消除苦难本身,他做不到,事实上"悲剧"的意义也许从来就不是意味着对命运本身的拯救,古典悲剧的美学与精神内涵同样也不包含这些,它们只包含了怜悯、恐惧、净化和崇高的意义,而这些意义产生的基础在于"命运是无可改变的"。所以,我们并不能去苛求写作者,对他们的写作动机提出虚妄的质疑。但是另一方面,我又认为这是拯救我们时代的良心和每一个个体的人性的有效途径,因为悲剧的意义正在于对局外人——那些观众的良知与心灵的唤醒和救赎。从这个意义上我认为,这些作品的感人和有价值之处就在于,它们是写作者通过自己的发现和书写来实现对劳动与劳动者价值的一种伦理的捍卫,并由此完成对自己心灵的净化和提升。

这和鲁迅他们当年的写作是不一样的:某种意义上,作为写作者的他们和这些诗歌中的人物并没有多少差异,他们都是同样意义上的"生命"和"生存者",并没有什么特殊的优越感。而相比之下,鲁迅和文学研究会的作家们眼里的乡村却是破败的,他们眼里的农民也只是愚昧和麻木的。为什么会有这种差别？那是因为他们试图去拯救这些人，试图去改变他们的命运，或者换句话说，他们以为自己是高于底层劳动者的，《故乡》中鲁迅虽然对那里的人民充满了热爱，可是连闰土据说也偷拿了老爷家的东西，这是让人感到多么悲凉和绝望的消息，鲁迅的拯救意识导致了另一种更具悲剧性的体验——那就是绝望，他的作品由此产生了另一种接近荒诞的诗意。除了"五四"作家，还有另一种书写的角度，这就是沈从文式的，把乡土和劳动者的人生进行诗化的处理，使之变成知识分子最后的精神乌托邦。在这两种写法之外，我以为在现时代最朴素和最诚实的写法，就是这种再现和呈现式的表达，他的所有主题都还原为"生命""命运""生存"这些初始的概念，而不只带有社会伦理意义上的那些层面。当然其中也会包含写作者的感情，但是写作者不会高于被描写者，这样反而带来完全不同的朴素和真诚的诗意。

　　这也使我联想到古代诗歌里的那种写作——在一个时期，我们曾经很意识形态化地把那叫作"诗歌的人民性"，从《诗经》到汉乐府、从杜甫的"三吏""三别"到元白诗派所描写的底层百姓的疾苦，那种写作同样充满了对生命的体恤和命运的怜悯，所以让人感动。但在文人创作中，这种关怀底层和体恤生命的精神与其称之为"人民性"，还不如称之为"知识分子性"，因为无论什么样的人民性，究其根本都是写作者知识分子性的体现。

在《中国打工诗选》中,我们同样可以看到写作者强烈的亲近底层劳动者的立场,而且他们所充当的角色也不再是旁观者的吁请,而是多有置身其间的切身体验。宋晓贤的一首《乘闷罐车回家》中,就有这样设身处地的感人句子:"一颗牛头也曾在此处／张望过,说不出的苦闷／此刻,它躺在谁家的厩栏里／把一生所见咀嚼回想？//寒冷的日子／在我们的祖国／人民更加善良／像牛群一样闷声不语／连哭也哭得没有声响"。这是坐闷罐车回家的打工人的感受,这本来用于运送牲畜的运输工具,现在被临时用于运送回乡的民工。作为"人民"本身,他们可能并不会感到特别的屈辱,因为这和他们在异乡住低矮潮湿的简易工棚、干最脏最苦最累的活儿本身比起来,又算得了什么,但是我们的诗人却从中感受到非同一般的处境和命运,并写下了让人落泪的诗句。

与此同时,在《中国打工诗选》中我们还可以看到,大多数作品却都是在一个隐含着的角度中展开的,即,自己是站在一个城市的人、一个与打工者相比有着"合法居住权"的人的角度来反躬自问的,这也应该是它们的"知识分子性"的另一体现。在卢卫平的《在水果街碰见一群苹果》中,他用了"苹果"这样一个形象来形容那些乡下来的女孩子,对这些贫困但充满纯洁与健康气息的生命,表达了一个城市生存者的深深感动与赞美之情,同时也暗示了他所代表的城市的自惭形秽:"它们肯定不是一棵树上的／但它们都是苹果／这足够使它们团结／身子挨着身子，相互取暖，相互芬芳／它们不像榴莲，臭不可闻／还长出一身恶刺，防着别人／我老远就看见它们在微笑／等我走近，它们的脸就红了／是乡下少女那种低头的红／不像水蜜桃，红得轻佻／不像草莓，红得有一股子腥气／它们是最干净最健康的水果／它们是善良的水果／它们当中最优秀的总是站在最显眼的地方／接受城市的挑选／它们是苹果中的幸运者，骄傲者／有多少苹果，一生不曾进城／快过年了，我从它们中挑几个最想家的／带回老家，让它们去看看／大雪纷飞中白发苍苍的爹娘"。这是多么淳朴和美丽的生命啊，却是这样的廉价。这样的作品使人相信，"打工诗歌"绝不是一个来自"慈善机构的宣传品"，或者是什么人施舍作秀的产物，而是可以"成为艺术"的真诚的写作。

关于"现实"和"真实"是另一个至关重要的问题。这并不是从现在开始的，事实上关于"真实"的问题从来都不只是写作的基本要求，而且还是一个写作者基本的伦理标尺。"忠实于现实"，这是我们过去很多年里一直强调的东西，但是现实究竟在哪里？我们何曾接近过它？我们曾经把"现实主义"这样一个概念伦理化甚至法律化，而写作却依然远离现实和真实本身，这是我们一直没有很好反思的。基于这样一个历史，我不愿意把这样的写作称作"一种再度出现的现实主义写作思潮"云云，这样的命名有可能会带来曲解甚至伤害。远的不说，即便是出现在20世纪80年代前期的那种"新现实主义诗歌"，也堪称是悲剧的例证——它们不是反映了现实，而是肆意篡改了现实。在一首"获奖诗歌"中，诗人设想自己是一名纺织女工，在产假结束之后的"第五十七个黎明"推着婴儿车去上班，这车子就推上"生活""希望和艰辛""三棵白菜，两瓶炼乳，一袋味精……"之类，然后就是一路"绿灯"和"致敬"，然后就得出了结论："旋转的婴儿车，就是中华民族的魂灵。"这是什么样的现实主义？它何曾触及过生活的真实状况和人物的心灵？全是"概念化了的现实"。在这种写作成为风气之后，类似的"打工题材"的诗歌也已经出现，比如"清晨，我登上高高的脚手架""我骄傲，我是一名板车工""街头，有一个钟表修理摊"……曾成为这年代的一种"生活抒情诗"的典型句式，但这种写作同样也未曾抵达过现实和真实半步，写作者假代当事人，虚构了他们的幸福生活，而把汗水、辛劳和他们所忍受的屈辱生活诗意化了，有的批评家笔下早就揶揄和抨击过这种虚伪的"灰色的市民意识形态"。这是一种典型的"假性写作"，写作者冒充劳动者，假借他们的名义，表达的是对现实的粉饰和认可。

所以真正的现实，还是回到人物的命运。这是活生生的作为主体的"具体的个人"——"That Individual（那个人）"，而不是建立在"典型意义"上的概念化的代表。而且某种意义上，真实的"多元性"中最重要的是真实的"残酷性",如果一个写作者认识不到这一点,那么他的写作就不曾达到应有的深度。事实上所谓"深度"就在"底层的现实"中。我之所以强烈地反对我们时代的写作中的中产阶级趣味,就是因为它在本质上的虚伪性。我当然不否认,即使是"中产阶级趣味"下的生活者也有他们自己的"现实",但如果在一个依然充满贫困和两极分化的时代滥用写作者的权力,去一味地表现其所谓的后现代图景,就是一种舆论的欺骗,对于"沉默的大多数"来说,谁能够倾听和反映他们的声音?作家莫言曾提出过"作为老百姓的写作"的说法,这无疑是真诚的,但我在事实上仍然愿意将其看作是知识分子写作的另一种形式,因为真正的老百姓是不会写作的,他们根本没有可能和条件去写作,莫言的说法的潜台词是要知识分子去掉自己的身份优越感,把自己降解到和老百姓同样的处境、心态、情感方式等等,这样才能最大限度地接近他们,并且倾听到他们的心声。因此,在一定程度上也可以说,只有实践了"作为老百姓的写作"的诺言,才有可能抵达"现实主义"的真实。在游离的作品《非个人史》中,他这样书写了一个乡下青年的履历:"遗弃、绝望、乌托邦,它们 / 规范的称呼是:乡下、县城、省城。/ 这几乎是我三十年的拉锯历程……// 三十年,我仍在拉锯。切割的进程 / 跟不上年轮的增长,越来越深的木屑,/ 掩埋着来自地底下的蚯蚓的呼喊://有一把锄头可以切断我,有一根草 / 给我呼吸，有一个街头供我曝晒尸骨，// 有一张纸，在第四个空格写下：身份，其他。"在这里，"我"介入到了对象之中，成为那个卑微的生命的另一个身体，它让我们听见了来自那体内的声音，使我们感到，关注一个生命比起关注一个宏大的词语和概念，不知道要真实和重要多少倍。

另一方面，真实也并不纯然是紧张或者崇高庄严的悲剧，它也有可能是喜剧。小人物本身就带着天然的喜剧性，他们的弱点甚至愚昧和他们的不幸与屈辱一起，构成了丰富的人生内涵。这同样是真实性的体现。马非的《民工》就让我看到了另一种真实，一个百无聊赖的打工人在"人民公园"的一角和一个暧昧女子谈起了皮肉生意，这虽然不雅，但却使人看到了底层生活的另一景象，我们可以想象那些远离了女人的人，在单调沉重的体力劳动中内心的贫乏与虚空焦灼。这并不会使我们对他们产生鄙视，相反一个严肃的读者会由此生出由衷的悲悯之情。相形之下，写得更好的是伊沙，因为他没有简单地写喜剧，他是用了喜剧的笔调去写一个悲剧，所以更有叫人感动的力量。这首叫作《中国底层》的诗选取的是"西安12·1枪杀大案"纪录片开头的一个片段，男女主人公的对话。通常人们习惯的是去妖魔化地理解这些犯罪者，对他们切身的生存处境却不会予以考虑，但这里伊沙偏偏要设身处地，他模拟了电视片中贩枪女孩和盗窃枪支的男青年"小保"之间的一段对话，原来所谓的犯罪实际上动机也极其简单，不过是出于一个饥不择食的生存欲望，而女孩的犯罪则纯然是出于一个简单的同情心。是这样简单的动机毁了他们的一生，其实一切不过是一念之间的事情，片刻之间就区分了人类和妖魔。最后我们的诗人是这样说的——

> 这样的夜晚别人都关心大案
> 我只关心辫子和小保
> 这些来自中国底层无望的孩子
> 让我这人民的诗人受不了

这就是还原到生命个体的真实！它重新揭开了被法律、舆论和所谓道德所遮蔽的原始的真相，在诙谐中我们看到被概念覆盖和捆绑中的生命的绝望与哭泣，它让我们相信，最终还世界以公正的不仅仅是法律，还有诗歌。

最后我想还可以谈一谈所谓的"叙事"。因为一方面，据说叙事已经成了20世纪90年代以来诗歌最重要的表现手段之一；另一方面，要表现底层生活的现实，当然也离不开力求"客观"和"实录"的叙事。所以它也似乎成了事关写作伦理的大问题。叙事的时代表明了抒情在一定程度上的退席，但当代诗歌的贫乏症之一就是抒情的弱化，这看起来是一个技术或者文本的问题，但实际上却是一个主体的写作立场与态度的问题。写作者普遍的充满变态、自恋的自我放大，攫持和支配了叙事的趣味，也使得叙事变成了一种虚伪造作的伎俩。我当然并不想说，是这些记录底层人群生活状况的作品"挽救了叙事"，但至少，在这些作品中叙事变得不那么面目可憎了。上面所引的伊沙诗中的叙述几乎占了全部的成分，但它给我的阅读感觉却充满着灵魂的震撼，它的表现力达到了惊人的丰富和厚重。无独有偶，还有一位叫作"管上"的作者的一首《王根田》，也是以实录的形式，用了诙谐和平静中又带了悲伤的口吻写了一个外出打工人的命运，他在外面苦熬，家里村长却霸占了他的妻子，并且"超生"下了并不属于他的孩子，王根田蒙羞之下只有铤而走险，杀了村长，自己也被判了无期徒刑。我们一方面可以感叹这可怜的人不懂法律的愚昧，但设身处地去想一下，但凡王根田有一点说理的去处，他也不会这样不计后果，事实是他别无选择。在这首诗中，作者并没有去刻意地说理和为这个当事人辩护，但其叙事中所生发出来的丰富含义却能够使读者思量良久。

　　本文试图谈叙事，还有技术方面的动机。因为我对这些作品叙事方面的自然生动和流畅自如留下了深刻印象。江非的《时间简史》甚至用了"倒叙"的手法，在极简练的笔墨中写出了一个十九岁青年的一生："他十九岁死于一场疾病／十八岁外出打工／十七岁骑着自行车进过一趟城／十六岁打谷场上看过一次发生在

深圳的电影 / 十五岁面包吃到了是在一场梦中 / 十四岁到十岁 / 十岁至两岁，他倒退着忧伤地走着 / 由少年变成了儿童 / 到一岁那年，当他在我们镇的上河埠村出生 / 他父亲就活了过来 / 活在人民公社的食堂里 / 走路的样子就像一个烧开水的临时工"。这样故意地轻描淡写，是刻意地要体现一个卑微的生命，就像他不曾来到这个世界，一切都这样快地结束了，没有留下任何痕迹，也没有引起任何的悲伤。这首诗中我们不难看出作者丰沛的悲悯之情，以及对于我们这个时代的冷漠与失德的尖锐反讽。

说来说去还是又回到了起点。我并不想说，有了"打工诗歌"一切就都变得好起来了，无论是现实还是诗歌都不会仅仅因为一个伦理问题的浮现而解决所有的问题。但是我确信它给我们当代诗歌写作中的萎靡之气带来了一丝冲击，也因此给当代诗人的社会良知与"知识分子性"的幸存提供了一丝佐证。在这一点上，说他们延续了一个真正的现实主义的写作精神也许并不为过。

2005年4月10日深夜急就于北京
原文发表于《文艺争鸣》，2005年第3期

当代诗歌中的地方美学与地域意识形态

——从文化地理观察中国当代诗歌的一个视角

在 20 世纪 90 年代以前,当代诗歌与当代文学的基本格局是"现代"与"传统"的对立、"变革"与"保守"之间的冲突,这一逻辑在更早的时候是表现为"革命"与"守旧"之间的对立。尽管性质不同,但关于文学和诗歌的基本评价都是以时间逻辑为标尺的,谁在"新"的序列中占据了前沿,谁就意味着占据了价值的制高点。而在近十几年来,这种"时间的神话"[①]文学的流动性特征越来越不明显了,日益明显的则是空间丰富性和差异性的展开。表现在研究话题中的一个趋势便是,人们的兴趣越来越偏离对"趋势"的谈论,而越来越专注于对"格局"的观察和认识了。

预言当代文学和诗歌中"时间神话的终结"无疑是一个高瞻

远瞩的判断。但是十几年来的当代诗歌研究中,关于可以替代它的"空间性"的分析,却与当代诗歌日益复杂的状况与丰富的特质不相匹配。本文当然也无力整体地解决这一问题,只是提出来以期引起更多关注与讨论。

一 为何从文化地理的角度看当代诗歌

文化地理与诗歌中的地方文化与地域美学并不是一个新问题,有史以来一切文学中无不自然地带上了地域文化色彩,同时人们对于一切文学与文化现象的研究,也很自然地借助其产生的环境来予以观察。黑格尔说:"爱奥尼亚的明媚天空固然大大地有助于荷马诗歌的优美,但是这个明媚的天空绝不能单独产生荷马。而且事实上,它也并没有继续产生其他的荷马。"为什么注定要出现更多荷马的地方没有出现呢?因为"在土耳其的统治之下,就没有出过诗人了"。② 孔子在褒奖《关雎》"乐而不淫"的同时,又认为"郑声淫","恶郑声之乱雅乐"。显然,他们都意识到了文学和诗歌的某种地域性特质,意识到了地理环境对于文学和诗歌的先天影响作用。然而这些认识和谈论角度在文学和诗歌研究中通常被人们忽视了,原因是在很多年中,价值判断中的历史和时间维度占据了绝对主导。

这一逻辑的始作俑者当然也可以归于黑格尔，他曾宣称"世界的新与旧，新世界这个名称之所以发生，是因为美洲和澳洲都是在晚近才给我们知道的"。③也就是说，"现代"概念的产生，是因为一些"落后"的地理文明的发现，才证明了所谓文明的"先进"与"落后"的性质之分；但是他所创造的体现"历史理性"的必然论和进步论逻辑，却成了主导世界的价值观将近两百年的主要思想方式，"新世界"和"时代精神"这些概念正是在他那里才成为一种新神话。在福柯那里，上述观念遭到了强有力的反思和批判，他说："这是起始于柏格森还是更早的时候？空间在以往被当作是僵死的、刻板的、非辩证和静止的东西；相反时间却是丰富的、多产的、有生命的、辩证的。"总之，"19世纪沉湎于历史"。④一位当代的历史理论家爱德华·W.苏贾也随之指出，"在20世纪80年代，学者们一致呼吁对（历史的）批判想象需要进行广泛的空间化……因此，一种具有明显特色的后现代和批判的人文地理学正在形成"。它"重新将历史的建构与社会空间的生产紧密地结合在一起，也将历史的创造和人文的构筑和构形结合在一起。从这种富有创造性的结合中正生出各种新的可能性"。⑤

上述理论观念足以能够成为一个理由，让我们来讨论"中国当代的诗歌地理"这一诗歌和文化命题。在过去的一百年中，我们一直是在时间的范畴中来讨论新文学和现代诗歌的，时间使现代文学和诗歌的历史具有了某种价值和方向,从陈独秀所说的"文学艺术,亦莫不有革命,莫不因革命而新兴进化","今欲革新政治,势不得不革新盘踞于运用此政治者精神界之文学"⑥,到 20 世纪 80 年代初期徐敬亚所宣称的"新的,就是新的"⑦,所使用的都是这样一种逻辑。直到眼下的所谓"现代性"和"全球化"讨论也仍是如此。人们谈论文学,包括诗歌的基本观念仍习惯于使用时间维度所派生的价值标准。然而正如英国人彼得·奥斯本所一针见血指出的,"'现代性'和'后现代性'、'现代主义'和'后现代主义'以及'先锋'都是历史的范畴,它们是在理解历史整体的水平上建构而成的",或者说,它们是一种将"历史总体化"的结果,是一种"与这些时间化相关联的……历史认识论",因而也是一种"特定的时间的政治"。"现代主义和后现代主义——与保守主义、传统主义和反动一样——侵入了时间的政治的领域"。⑧奥斯本尖锐地揭示了"现代性"作为一种"价值虚构"所体现的西方社会的霸权与统治力量。

有意思的是,对于文化地理的发现,恰恰使中国人认同了时间的价值逻辑,走上了"现代化"的进程,中国人是在西方工业文明的侵凌与催逼之下才"睁了眼睛看",具有了启蒙和现代意识。一切都是从魏源留下的那本《海国图志》开始的,有了作为"文化地理"的《海国图志》,才有了严复翻译的《天演论》和他自己写的《原强》,中国近代意义上的"进化论"历史观才逐渐得以萌生和确立。而对于西方来说，文化地理的发现则同时催生了他们的浪漫主义情怀——转而怀念古代、东方、中世纪的原始森林与陌生的异域情调。斯达尔夫人正是从欧洲南方与北方的地理差异中，解释了文艺复兴、古典主义与19世纪初欧洲文学的动力，并且提出了在地理的差异（欧洲北方和南方）中包含了时代和价值的对立（古代和中世纪、骑士精神和希腊罗马制度的对立）[9]的一般规律。这一定律到了中国人这里也反过来了，在古今之争中，正是包含了陈旧与现代、进步与落后、革命与反革命之间的对立。因此，关于中国现代历史包括文学与诗歌的历史的叙述，显然也充满这样的虚构与规则：改良、革命、变革、进步、先锋、新潮、后、新新、后后……这样一些概念，构成了一个个关于文学进步的观念神话。不止"五四"时期，20世纪二三十年代革命文学运动时期、延安文学时期、新中国成立后到"文革"后的"新诗潮"运动、超越"朦胧诗"一代的"新生代诗歌"等等，无不遵从这样的逻辑。但在这样一个历史轨迹中我们不难发现，诗歌确实是一直在变，但却未必总是在"进步"。

因此，对这样一种评价角度与思维逻辑予以修正，在如今的文学格局下便显得非常有必要。因为在"变革"出现了某种"停滞"之后，诗歌反而呈现了一种空前丰富，原来"代际的对立"更多地变成了"地域的分野"，所谓"民间"与"知识分子"的分立，"外省"与"京城"之间的对峙，在当代诗歌历史上都是前所未有的状况。这表明,地缘文化关系、文化地理差异对诗人和诗歌的影响越来越大,而不同地域的诗人群落则日益清晰地意识到这种差异的合理性,并且有效地加以利用。如广东地区诗歌中所集中体现的底层生活场景,以及那里无比热闹的诗歌景观;再如北京地区诗歌所显露出的国际化,其政治波普性、前卫文化属性与中产阶级属性,等等;而大西南地区的诗歌则更加自觉地呈现出了其原始和荒蛮的气质。这些都为我们考察诗歌格局的变化和地域差异提供了鲜活的对象和材料。

二 中国当代诗歌地域文化特性的演变

但"空间"维度的考察,也仍然需要从"时间"流变的角度加以回顾和审视。

中国当代诗歌的地域性,在早期的革命洪流与意识形态强力的统合作用下,曾显得十分模糊,在20世纪50年代、60年代很难找到合适的例子。虽然新中国成立之初许多诗人就响应号召奔赴各地,在一线生活中寻找创作灵感与资源,但写出的作品却鲜有风格的区别。唯一可以显示一点地域特色的例证似乎是闻捷,他在1955年出版的《天山牧歌》,因为带有相对浓郁的边地风光与异域情调而受到欢迎。其中对哈萨克青年男女的恋爱场景的描写尤为引人，这也应了欧洲传统中主流的说法，所谓浪漫主义其实就是指"异域情调"，如勃兰兑斯所说，即是"文学中的地方色彩"，"所谓地方色彩就是他乡异国、远古时代、生疏风土的一切特征"⑩。闻捷诗歌中浪漫意味的获得，除非借助于这种边地少数民族的特殊身份与生活情境，否则连基本的合法性都不具备，写姑娘和小伙子之间缠绵的爱情，大胆直露的倾吐表达，都几乎与革命意识形态的"健康美学"相冲突。因此，连作者也对此感到难于处理，只好在结尾处加上概念化的"升华"："要我嫁给你吗？你的胸前少了一枚奖章"，"要问我们的婚期在什么时候吗"，"等我成了共青团员，等你成了青年队队长"。从这个意义说，新中国成立之初的诗歌中既无真正的浪漫主义，也很难谈得上有真正的文化地理。

  上述状况一直持续到 20 世纪 70 年代后期。原因不外乎是强大的国家意志将一切写作都纳入到官方的艺术生产体制之中，公开出版物之外的一切文艺生产都无法进入合法的传播渠道。但在 20 世纪 60 年代后期到 70 年代中期的北京，特殊的环境——如权力的交叉与纠结状态所生成的特殊庇护（许多青年是因为出身于高干家庭而享有某些特权，并有机会了解到更多权力秘密），如特殊阶层思想的活跃与信息暗道的畅通（在北京青年中私下流行的"黄皮书"和"灰皮书"的启示，使他们有条件接受到长期禁绝的外国文学和哲学，特别是现代派哲学与文学的影响）等，这些都催生了一种特殊的文化样态,即杨健在《文化大革命中的地下文学》一书中所记载的"地下沙龙",这些遍布北京的思想群落先后达到了六个之多,他们中孕育了后来的"白洋淀诗歌群落"和《今天》中的大多数诗人[11],这样的特殊形式除非是在北京,在其他任何一个城市都无法想象其存在。地下沙龙是当代中国最早的自由思想群落,也是具有鲜明的北京地域特点的诗歌群体,这中间的重要人物如赵一凡、食指、根子和多多等,都深刻影响了之后的现代主义诗歌运动。

1978年10月,贵州诗人群创办的《启蒙》和同年年底北岛等人在北京创办的《今天》,可以看作是"民间"的具有"文化地理"意义的诗歌现象出现的标志。这两份民刊,一份出现在偏僻遥远的贵州,一份出现在京畿要地,实在是非常值得思考玩味,要么是文化稀薄天高皇帝远的边地,要么是在思想活跃炙手可热的政治中心,在其他地方则很难想象。但是,远在贵州的《启蒙》诗人并没有丝毫注意到那里的地方文化、民俗风物,相反它们共同的特点是传达了社会变革与思想启蒙信息的急切先声,而且是更为激进地采用了"诗歌大字报"的方式,奔波数千里到北京予以张贴;而身居北京的诗人北岛则在给贵州诗人哑默的信中说,"我们打算办一个'纯'文学刊物,所谓纯,就是不直接涉及政治……应该扎扎实实多做些提高人民鉴赏力的工作……"[12] 这表明,两个群体中更加洞悉政治时局的北京诗人反而更重视作品的文学性和专业性，而不主张政治色彩过于浓厚。

上述比较也许意义过于简单了。我要强调的是，中国当代诗歌的文化地理特性是在"体制外"的民间诗歌群落中发育和体现的。原因很简单，主流的写作已经高度"一体化"了，只有在民间诗歌场域中才能体现出真正的差异性。20世纪80年代中期，这种差异终于借着"第三代"的崛起显现了出来。1984年，韩东在南京组织了"他们"，标立出一种平民化的诗学姿态，提出了反对诗人作为"政治动物、文化动物和历史动物"的角色而还原为世俗身份的口号，并转而去寻找"民间和原始的东西"。[13] 同年2月，李亚伟、万夏等人则在同样的世俗化社会思潮的催动下创立了"莽汉主义"诗歌群体，主张对传统和现存的一切予以大胆冲撞；稍后，受到"宇宙全息论"和文化人类学思想的启示，四川的部分诗人石光华、杨远宏、宋渠、宋炜等人又组织了"整体主义"群落，强调以"现代史诗"的方式对民族文化进行"整体状态的描述或呈现"。这三个诗人群体成为当代中国民间诗歌美学爆炸的导引和先声。1986年，在徐敬亚等人的策划下，"中国现代主义诗歌大展"一举推出了数十个诗歌团体与流派，一时泥沙俱下、旗帜纷呈，当代诗歌的格局也陡然为之一变，自此生机蓬勃、群雄争逐。

可以说，中国当代先锋诗歌运动的发育是从南方城市和偏远的山区兴起的，当以北京的部分青年诗人为主体的朦胧诗获得了新权威地位的时候，南方和大西南地区更年轻的一批写作者向他们发出了有力的挑战。这当然不只是因为那里的写作者们携带了更多自然的气息而更富有诗意，而且还因为他们携带了更符合当代中国现实经验的、更加大众和平民化的文化观念，因而才更富有生长性。在第三代诗歌运动中，占到最大比重、起到最显著作用的，当属四川的诗歌群落，在由发星整理的《四川民间诗歌运动简史》一文中记录了最早的一批民间诗歌群体：李亚伟、胡钰、万夏等人创立的"莽汉诗歌流派"，欧阳江河、周伦佑、石光华、万夏、杨黎等人创办的"四川青年诗人协会"，石光华、欧阳江河、宋渠、宋炜、杨远宏、刘太亨等人创办的"整体主义"，以及尚仲敏、燕晓冬由于编辑《大学生诗报》而形成的"大学生诗派"，等等。这些民间诗歌团体使这块自古被称作"天府之国"的富庶而封闭的古盆地，成为当代中国诗歌一块鲜明的精神地标、当代诗歌变革运动的策源地，以及大量优秀诗人的输出地。[14]无论如何，这与它壮丽的自然山水以及自古以来的诗歌传统——由司马相如、陈子昂、李白、苏轼，乃至现代的郭沫若所留下的深厚的诗歌气脉不无关系。封闭的地理反而赋予了它格外巨大的突破力量，富庶的物产则给予了诗歌与诗人得以滋育生长的条件。欧阳江河在回答为什么四川成为"第三代诗歌运动的策源地"时是这样说的："这很正常，这里天高皇帝远，人们喜欢泡茶馆、吃火锅、闲聊、饮酒、读书，养出了闲适的文人心态，同时，这里又有一种很非非和莽汉的东西。这两极的结合造成了书卷气、江湖气、市井气的并存，口语和书面语的交汇，使四川诗歌写作呈现出令人瞩目的现代诗语言奇景。""四川人很好强，个性很张扬，但又包容，不排外。这些都是四川成为第三代诗歌重镇的原因。"[15]

这是20世纪80年代的状况和代表性景观。20世纪90年代之后，尚存的原始自然与地域文化在中国日益加入全球化进程之后，基本上也陷于瓦解，那么诗歌中的地理和地理中的诗歌，也变得越来越丰富复杂和难于把握。难怪像"寻根文学"运动会发生在20世纪80年代，而20世纪90年代"先锋文学"的场域则实现了从原始乡村到现代城市的转换。消费的与娱乐的、欲望的与身体的写作代替了文化的忧思与精神的挽歌，代替了对存在意义及其形式的勘探与追索。但从另一个方面看，20世纪90年代也是民间诗歌群落与流派秘密发育并逐渐活跃的一个时期，这与其特有的"文化缝隙"的扩展——市场与大众文化的发育使民间文化形态有了更多藏身之地——有密切的关系。仅据荷兰莱顿大学教授柯雷的统计，这时期出现的诗歌民刊就达到了49家[16]，这份名单当然不全，实际数量要多得多。在这个近乎无限大的群体中，"政治地理"意义上的对于官办诗歌与权力诗坛的僭越，"文化地理"意义上的地域风尚的倡扬，还有"文学地理"意义上的对于诗歌界某些时尚趣味与精英规则的挑战与解构，都得到了充分的体现。在这个民间群体的作用下，传统的诗坛权力结构及其价值系统终于土崩瓦解，几乎所有被广泛认可和经典化的诗人，都是从民间诗歌刊物上成长起来，而不再是由原有的发表体制所制造出来的。这意味着从20世纪50年代以来由意识形态架构起来的诗歌生产体制，所谓"当代诗坛"的文化权力结构被彻底修改和颠覆了。

在20世纪90年代末，还发生了另一场重大的诗歌事件，就是"盘峰诗会"中出现的"民间写作"与"知识分子写作"的分立。其实在今天看来，其中的观念之争也许并不是最重要的，无论是民间还是知识分子，其最初身份都是对照于"权力诗坛"而存在的，他们在20世纪90年代的写作都具有"知识分子性"，而存在的方式也都曾是"民间"的。换句话说，他们原本就是一体的，只是美学趣味和文体风格上有微妙的差异。但随着权力诗坛的趋于弱化，在他们两者之间又产生了新的"权利之争"。很显然，身居京城的"知识分子诗人"是20世纪90年代诗歌参与国际化进程的最大获益者，在政治与文化紧张关系逐渐缓和之后，原有的异端身份随之淡化乃至消失了，而海外汉学对中国当代诗歌的研究与翻译的兴盛，则使许多身处文化便利与开放前沿之地的北京诗人，一变而成为声名远播的"国际诗人"。这样，身居外省、几乎与身处京畿的诗人同时成名的那些人，便成了相对"被遗忘"的一群。这种巨大的不平衡使他们不得不通过刻意放大与前者的差异，夸大同"本土""传统""民间""现实"等等场域的关系来扩展其合法意义，并且进而实现对知识分子写作的身份矛盾——即所谓"国内流亡诗人"的说法，以及写作的"不及物性"的批评，以争取在经典化和国际化过程中的自身利益。

确实，"民间写作"的这一诉求部分地得到了实现，在盘峰论争及其余波中，民间一派成了获益者，并且因为对于精英诗坛新的权利格局的打破，而为"中间代""70后""80后"以及"网络写作"一代的粉墨登场创造了条件。借着网络新传媒的蔓延，还有千禧年新世纪的节日狂欢氛围，中国的诗坛终于出现了前所未有的多元局面。

三 当代诗歌中的"地域性意识形态"特质

以上这番"当代中国民间诗歌地理"的描述，仍然使用了一个"时间叙事"，这也是不得已的，不可能在完全取消时间因素的条件下完成一个历史叙述。我们所需要做的，一是尽可能地展开历史过程中的空间因素及其丰富性；二是在建构历史的逻辑与整体性时，尽量避免使用时间意义上的简单价值判断。很显然，当代中国诗歌的历史确有这样一个趋向，即它的民间特性、地理文化差异性处在一个"渐趋丰富"的过程中，而这一点也十分符合"进步论"的历史逻辑，这也是一个客观事实。但这一过程中的空间丰富性，我们也确未能充分展开，因此，下面我要对于近些年诗歌的地理属性做一些简要的分析。

首先是"地域性意识形态"的差异。如同苏贾在《后现代地理学》中所阐述的，城市所构成的权力中心支配着一个时代的文化，而另一些居于边缘地带的地区则要努力冲破这种权威。90年代后期以来，"外省"与"民间"这类词语的日益显赫即与此有关。"外省"一词本无本土含义，是翻译文学中关于"巴黎"的对应物的一个特殊符号，它几乎是"乡村"或"郊区"的同义语。但随着2000年一份民刊《外省》（河南诗人简单创办）的出现，这一词语在当代诗歌中渐渐被确立了其与"京城"相对的意义。盘峰诗会之后的数年间，看起来是"民间写作"与"知识分子写作"两种观念之间的对立，其实就是在这一旗号下"外省诗人"与"京城诗人"之间的分野。因此，"民间"立场及其表达方式——"说人话"的"口语"，还有"本土"的经验内容便成为与"不说人话"的"雅语"，还有非本土的外来经验，以及现实的不及物状态的内容之间构成了对立的一种形式，并因此具有了另一种"道德优势"。这其实便是生成了一种新的意识形态力量，它不期然地结合了中国久远的革命民粹主义传统，与日益发育的大众意识形态适应了网络传媒的环境，确立了自己在新语境中的身份与角色,以及价值与位置。

　　相比之下,"京城"原来有权力层级结构与官方意识形态,还有来自国际汉学的跨国影响甚至"全球化"的总体文化逻辑所赋予的混合优势,在世纪之交似乎突然丧失了合法性。在延迁多日的论争中,知识分子诗人群体似乎显得有些无心恋战,其声言"献给无限的少数人"的诗歌理想也显得略带悲情。然而这个群体在事实上仍然据有"国际化"的优势,以西川、王家新、欧阳江河、翟永明(她是穿行居住于北京、四川两地)等为例,他们在进入 21 世纪之后,仍是经典化程度最高的诗人,并且日益享有国际性的声誉,每年有大量时间是在欧美与世界各地巡游和访问,这仍然是"外省"诗人们徒有艳羡而无力相比的。如今,两个事实上边界已日益含混的阵营,是以这样一种奇怪的交错与胶着的方式存在着。其中"民间"一派的领军人物于坚、韩东和伊沙等也都有机会被译介和频繁出访,某种程度上他们也已经"国际化",但是两相比较,"待遇"还是不同:北京的"知识分子诗人"仍然拥有另一种不可动摇的"等级优势"——即全球性的诗歌知识以及文化背景赋予了他们的作品以"更高级"的阐释空间与可能,所谓庞德、史蒂文斯之于西川,里尔克、纳博科夫之于欧阳江河,米沃什、帕斯捷尔纳克和布罗茨基之于王家新,普拉斯之于翟永明……⑰人们似乎习惯于在一个世界性、国际化的诗歌谱系中诠释他们,赋予他们以一种类比的优势;而"外省"

诗人便只能依据"本土""现实"等"地方性知识"来阐释其意义了。

另一个值得注意的问题是，地域内部的景观。仍以北京为例，在它的大街小巷中活跃着形形色色的诗人群体，他们寄生于各种体制：民间的、官方的、学院的、亦官亦商的、资本与企业主的；身份则上至官员，下至打工者，有小企业主、记者、书商、制片人、IT行业从业者、行为艺术家、冒牌学者、草根画家、行僧或食素者、无业游民甚至痞子混混，他们构成了一个类似于本雅明在其《发达资本主义时代的抒情诗人》中所描述过的"游荡者阶层"。这个阶层只能是在今日的北京，在别的任何一个城市，都很难想象他们会获得基本的生存条件，但在这个城市里他们却能够被养活，并且找到自己的生存快乐与发迹之途。在北京的大大小小的朗诵会与各种各样的"诗歌活动"中，他们称兄道弟、推杯换盏，交错构成无数个小圈子，也很快分化甚至反目成仇。也因为这样一个环境，北京成了众多诗歌民刊、诗歌组织的温床。在这里活跃着《诗参考》《诗江湖》《第三条道路》《新诗代》《新诗界》《卡丘主义》《小杂志》《物》《红色玩具》等等比较固定的民刊，也有难以数计的以公开出版的方式面世的同人书刊；就经济力量来说，北京有着外省很难匹敌的投资者，以中坤集团为例，其2006年开始承诺给北京大学新诗研究所、中国诗歌学会、批评家唐晓渡等主持的帕米尔文化艺术研究院各投资1000万元，这样的投入堪称迄今为止的中国之最。虽然据说投资并未完全兑现，但至少在帕米尔文化艺术研究院的名义下，"中坤国际诗歌奖"已经举行了两届，其影响也堪称严肃和巨大。这类活动中所具有的学术含量也是外省无法匹敌的。即使是在上海那样有经济力量的城市里，也很难想象会有一位企业家把巨额的资金投向诗歌事业。

但在另一个经济发达、有"世界工厂"之称的地区——广东，却迎来了一个不可思议的诗歌繁盛时期。那里资金雄厚，流动人口非常多，多数是底层人物或是两极分化的人群。但这里在世纪之初却汇聚了众多的诗歌写作者，仅以2005年、2007年由广东官方召开的第一、二两届"广东诗歌节"为例，出席的本地诗人就多达200余人。有人甚至用"诗歌大省"这样的词语来形容其诗人之多、出产作品数量之巨。在这里仅有影响的诗歌民刊，就有《诗歌与人》《行吟诗人》《赶路诗刊》《思想者》《今朝》《诗歌现场》《女子诗报》《低诗歌年鉴》《中西诗歌》《打工诗人》（报纸）等十多家，还有影响广泛的最早提出"打工文学"概念的各种诗歌选本。这些民刊有的因为获得了或官或商的支持，印装多体面豪华。迄今为止我确很难解释，为什么在这个人们想象中文化的不毛之地竟出现了不可遏止的诗歌热流？资金的雄厚固然是文化滋育的一个基础，但社会生活的丰富奇特似乎才是真正的原因。在这块"改革开放的热土"上，确乎发生了太多的故事，积聚了太多的社会心理，有太多的血泪和秘密，有太多不吐不快的人心块垒。从郑小琼的诗歌里，我们便可以看见这一缩影：在铁一般冰冷的流水线上，在铁一般贫困而无助的生涯中，有千千万万个命运如同铁钉的、经受着锻造与锈蚀的卑微生命，他们忍受着铁一般的生存法则，经历着机器一样枯燥疲累的人生，但他们的内心也燃烧着铁的痛楚与追问，积聚着铁的悲凉与呐喊，铁的顽强与奋争。正是在这里，在郑小琼的诗歌里，我们看到了工业时代中国底层人群的精神影像与生命创伤，以及以"铁"为经典符号的"时代的新美学"。

　　显然，是在一块人们想象中最近乎"不可能"的地方，出现了社会伦理与诗歌精神中的呐喊，在那块财富迅速积累、江河严重污染的地方，在那块外国的工厂与资本家榨取了中国底层廉价劳动力的剩余价值并创造了一个时代的GDP神话、帮助中国成为世界最大的美元储备国的地方，出现了这个奇特的诗歌景观：众多的打工者和刚刚脱离打工身份的、出于责任的或者仅仅是跟风的写作者，他们共同书写了当代中国未必是艺术质量最高，但却无疑是最具有现实感和最具良知呼唤力的诗歌。这应当是"当代中国民间诗歌地理"这一命题中最富有启示性与传奇色彩的景观。它本身也构成了一种鲜明的"地域美学"——在这块土地上，显然中产阶级的感伤与自恋，花花草草的轻薄与调侃，还有普泛意义上的"南方的才情"，以及北京这样的中心城市的后现代体验，以及"高端"的美学谱系与文化背景等等都是与之不可同日而语的。

但问题也不能极端化和一概而论，事实上即便在最为遥远的边地，也有着对等级意义上的"高端诗歌思维"的追求。在众多民间诗刊中，比如黑龙江的《剃须刀》《东北亚》，四川的《非非》《存在》，福建的《新死亡诗派》，还有地理不断迁移的《太阳》《女子诗报》，以及浙江的《北回归线》、广东的《今朝》等等，也都体现着对于普遍的和形而上学意义上的诗歌经验及其美学的诉求。特别是存在历史已长达二十多年的"非非"诗人群落，他们对诗歌中语言与文化、结构与文本的孜孜以求的追寻与思考，在中国堪称独一无二，他们所构造的"悬空的圣殿"既是社会的，也是文本和词语的、哲学和形而上的，而他们将自己描述为"刀锋上站立的鸟群"的角色体认，也在文本之外标立起鲜明的人文主义和知识分子的立场[18]。这种毫不回避的精神担当，在时下的诗人群落中已显得形单影只。

在大西南的民族地区，也活跃着众多的诗歌流脉与群落，最典型的是在四川与贵州存在了多年的《独立·零点》，以发星为核心，它多年来坚持着人文性、地域性与民族性的统一，他们不但在当代民间诗歌历史与地理状况的资料积累与整理上做了很多工作，还格外关注于彝人的汉语诗歌写作、西南的地域性诗歌写作，甚至他们的语言与修辞都带着浓厚的地域性与陌生化风格，这些都为丰富中国当代民间诗歌的地域文化与美学内涵做出了实实在在的努力。

四　文化地理中的"地域诗歌美学"

如果刻意观察"北京和外省"这样两个相对意义上的地理概念的话，在诗歌写作上就可以看出美学上的差别——这当然有简单化和以偏概全的危险，但宏观上仍可讨论。混迹北京的诗人最注重的往往是对旗帜的标榜，以及各种形式的实验，这是由于知识信息的迅捷与庞杂所决定的，因此"极限性文本"多半出在北京。如果说外省的诗人可能更注重抒情或者写作的道义担当，那么北京的诗人则最注重形式的实验与探求；如果说外省的诗人们有更多"前现代的焦虑"与精神性追求的话，那么北京的诗人则有更多"后现代的智性炫耀"与技术趣味。以2007年问世的《卡丘主义》创刊号为例，这可谓一个典型的"后现代"意味的民刊。很显然，这样一本诗歌民刊不大可能出在北京以外的地方——上海的《活塞》在视觉上也给人以强烈的"后现代式"的震撼，但那是由"鬼魂"与"幽灵"的图画构成的一种荒诞感，是物质生存、经济压迫所带来的焦虑的寓言；而"卡丘"则拼贴了大量革命和"文革"时代的影像符号，它用了各个不同时期的历史图画，以强烈的"间离"效果呈现了我们的文化失忆或记忆的碎片感，它更多地指向政治和文化上的异化性危机。但是显然，它与20世纪90年代的大量类似读物已不一样，不再是单纯追求"政治波普"的效果，而是作用于消费时代的一般性文化感受而已。

"卡丘主义"在文化与美学上都具有十足的兼容性与含混性，它的创刊号上一下子推出了三个"宣言"，这些文字很繁复且很有意味，但读完则使人陷入了茫然。这种迷失感使我不得不放弃试图"理解"和诠释它的冲动——

> 卡丘主义者认为，卡丘是一场自觉自愿的文化、艺术、流派的运动，也是"反对"文化、艺术、流派的运动。卡丘相信诗歌和艺术的一切，卡丘包容一切……卡丘是整合一切精神资源的探索狂的代名词。卡丘不是要得到什么，不是要成为什么，卡丘是要"从结果回到资源"的诗歌运动，从诗歌的表现形式回到诗歌的本质的运动，从写作者回到读者的运动，从读诗者回到高兴者、有趣者的诗歌运动，卡丘是从疯狂回到宁静、再从宁静来到更疯狂的螺旋上升的运动……[19]

既"包容一切"又在两可之间，几乎可以成为这种"卡丘美学"的简化版本，平静中的游戏，含混中的不同与趋同，诙谐中的严肃意味,这是只有北京才会具备的驳杂和多元。它的存在,无疑是指向了北京地界丰富的诗歌主张与美学派系的颠覆与自我区分。

我们再看上海的《活塞》,相比《卡丘主义》的诙谐与游戏观念,它反而表现出十足的叛逆与紧张意味,对抗与势不两立的特性,在美学上也显得更幽暗和陌生。这是它的理论倡扬者——80后诗人丁成的一番主张:

"活塞"像一颗铁钉粗暴地扎向当代文学的胸膛!血流如注的文化浊流中,活塞以其特有的、独异的光芒,照耀并医治着人们业已无可救药的绝望。甚至,说它像铁锤一样,砸向固有的时代禁忌,砸向麻木的文学良心,砸向僵化的文化思维……[20]

《活塞》提供了大量关于现代文明的、都市生活的、文化异化的和精神分裂的诗意想象。这是残酷的想象,波德莱尔混合着布勒东式的超现实主义的想象,也是真实和有着真正现实及物性的想象。它完成了一个恰如其分的诗歌修辞:文字是来自边缘的、年轻的或底层群落的那些叫人触目惊心的生存景观,他们对于时代、社会、文化和文明的尖锐批评,再配以充满死亡隐喻与颓败气息的现代木刻的图画,大量死亡的、骷髅与幽灵式的电脑图画共同构成了富有"文明颓败的寓言"意味的诗歌修辞,创造出了一个关于腐败与不公正的、血泪和强权的、死亡与深渊的、富有巨大想象与涵盖力的现代"叙事"。

这是一个前工业时代和后现代相交合的奇怪的文明情境的产物——"活塞",这工业世纪力量的象征和来源,如今已不仅意味着惠特曼式的憧憬,未来主义者对暴力和新世纪的狂想和叫嚣,以及超现实主义者变态的精神寓言,同时也有后现代的精神分裂与欲望宣泄,以及戏仿和单调复制的文化隐喻……总之,这是一个关于现实和当代文明的丰富而杂烩式的比喻,也是在这一情境下的当代诗歌精神的丰富拟喻。它符合上海这座有着殖民地历史的、现代工业与商业的、拥挤而又充满财富的、在现代中国业已有着大量类似疾病与精神分裂、财富与欲望纷争的文学想象的城市的特点,这些在中国其他任何一座城市也是很难具备的。

《活塞》诗人擅长一种奇怪的"大诗"写作——那些悲情澎湃的、规模宏大的、有着密集意象的、长句式的、充满着铺排与延绵力的诗歌,可以称作是"关于人类文明的抒情诗",或者有着"寓言性""预言性"的"宏大悲剧叙事"。第一期中徐慢的《人民》、丁成的《上海,上海》、雷炎的《地狱变相图》都属于这类容量和密度巨大的作品,它们以尖锐的疼痛感,书写了这个时代被经济神话所掩盖了的另一面,写出了"人民"作为牺牲者的命运:"……我仅是人民,同志,一个弱小的劳动者 / 在黄昏时脱下破旧的工装，我渴望一场暴风雨／洗去这令人悲伤的夜晚，洗去这蝙蝠狂舞的时辰／我是人民，命运无常的人民，具有了人民简单的逻辑／一次挫折就让我丧失一生的自我"。"人民"这个词语的当代传奇，在徐慢的笔下被验证了它从"概念的高空"中疾速坠落的现实。还有丁成的《上海，上海》，这城市过去是、现在仍然是中国人关于现代、欲望、财富以及精神沉沦的符号："颧骨日渐高耸的上海／营养不良，消化不良的上海／掀起裙角的荡妇／正在勾引被物质兑换的人们／淋病、梅毒甚至艾滋／瞧，这些多么时尚、多么现代的词／像魔咒一样如影随形／坐上高速的磁悬浮列车／前进，前进，进……"这是上海，也是所谓"现代"和"全球化"的影像——前现代的罪恶和后现代的喜剧正同时热闹地上演着。

另一种"时代的新美学"来自广东。与上海相比，它在精神上更简单、直接，并且在这块身处"改革开放的前沿""世界工厂"和成千上万底层劳动力的集散地的"热土"上一分为二，变成了在道德上分裂和挣扎着的两极：一个是前面所引的郑小琼那样的诗歌，它们通过苦难的见证和受戕害的劳动者的身体，刻画出时代的典型影像，也唱出悲伤与哭泣的旋律，它们指向人们灵魂与良知的所在，唤醒道义与精神的力量；另一种则是宣称放弃、自戕和对尘埃之低的认同。在由龙俊主编、2007年问世的三卷厚厚的"低诗歌丛书"——《低诗歌批判》《低诗歌代表诗人诗选》《低诗歌年鉴》(中国国际文化出版社，2007年11月)中，我们可以看出"低诗歌"的"盛况"，其中的一篇宣言如是说：

低诗歌是中国诗歌的急先锋。低诗歌是中国诗歌的"极端主义"。

低诗歌原则：无禁区，无原则，无秩序，无终极即"无极"。

低诗歌姿态：无知。无畏。极端。彻底。决绝！如果一些人非要给它扣上一个帽子，将它视为诗歌文化艺术的"反动派"，它乐于接受，并不做任何辩解。……低诗歌的任务就是破坏。

低诗歌态度：永远不要被认同，永远不要被接受。不管任何形式的和潜意识的，它的被成人和被接受，将是它最大的耻辱！……㉑

与人类历史上一切艺术宣言比，这些"低诗歌"的信条无疑是最牛、最彻底的口号了，它甚至反对被认可和接受，不啻最"无极式的精神思想解放运动"了，与前些年在北京等地流行的"用下半身反对上半身"的"下半身诗学"比，更反映了中国当今社会剧烈分化中的一种"底层意识形态"，这是带着悲愤与无望、卑贱与不平的思想情绪的一群,他们用否定性的立场和态度来看待一切,表达着底层、草根阶层的境遇、情感和思想。这和历史上欧洲资本主义情境中出现的"达达主义""未来主义"等左派思想,与诗歌运动中的一切"现代"主张——包括当年朦胧诗、第三代崛起之时的叛逆主张还不一样,那些马里内蒂式的宣言中虽然也声称"破坏""狂热""原始""摧毁"[22]等等行动,但所代表的似乎只是"年轻"二字,因为年轻即是"权力"的对立面,似乎并不代表人群中特定的阶层;而现在,"低诗歌"确乎体现了我们这时代"广义的底层",或草根的美学立场与意识形态。

低诗歌的一个最基本的美学特征,那就是"文本的边缘性"。仅仅用"粗鄙""粗俗"甚至"粗野"都只能涵盖其形,而无法传达其神,它词语的粗蛮在多数作品中其实真的充满了痛感、尖锐、合理性甚至震撼人心的力量,但从修辞的层面上它们确实很难在任何"公开出版"的载体上被保留下来。只有少量的作品"接近于可以公开",如曾德旷的《我没有故乡》《我把自己同进城挑粪的农民相比》《我生下来就是为了歌唱》,都能带给人以罕有的震撼和感动。这位曾因为在网络上发表了自己隐私的流浪生活而引起了争议的人物,确是一位功底深厚的诗人,他在卑贱的生活场景与心绪中,书写出了令人心灵颤动的悲凉诗意:"我没有故乡/我的故乡/早已迷失在迁徙的路上/我没有避风港／我的避风港／是秋风中候鸟的翅膀／从南方到北方／从人间到天上／秋风，隔开了星星的诗行……"悲情、凄楚、无望、苍凉，确实是好诗。当然，这里并没有征引他的那些更具破坏性修辞和粗鄙风格的诗句，但不管怎样，在诗歌中可以读出写作者真实的卑微，读出其身份与生活的卑贱，这就是见证的力量，诗歌永远因为见证而高人一等，因为它能够带来阅读的感动。他让我们知道，在这个世界上，真的还有许许多多的人在呼喊和挣扎，在生存的底线上，在诗歌华丽的表象下。我们当然没有理由无界限地推崇粗鄙的修辞，或以"道德优势"来看待与诠释底层的生存，但也应该明白，诗歌真的没有权利漠视这真实的情境和悲凉的声音。

考察中国当代诗歌中的文化地理状况是一个巨大和纷繁的工作，本文显然无法完成一个稍显整体的梳理，只能算是提出问题。很显然，这种多元的状况正在深刻地改变着中国当代诗歌的格局，使其文化与美学内涵发生巨大的变异。这无论如何也不是一件坏事。而且须知，诗歌的地域文化与美学特质在中国有着久远的传统，从《诗经》的十五国风各具风格的差异，到《楚辞》与《诗经》之间的大相径庭，以及东晋以后中国政治文化中心南迁造成的诗歌日渐华美富丽，南朝与北朝民歌鲜明的不同，盛唐时期国土疆域的拓展所带来的磅礴气象……这些都是文化与地理条件在诗歌中打上的深刻烙印。现代以来也不例外,从不同的国家留学归来的诗人,其实也给中国新诗带来了完全不同的诗歌传统与美学资源,英美的浪漫主义与法德的象征主义,还有来自日本和苏俄的诗歌影响,共同推动了中国新诗的发育和成长。这些都应是我们观察当代中国诗歌的文化地理与地域美学属性的参照和依据。

注释:

① 参见唐晓渡:《时间神话的终结》,载《文艺争鸣》,1995年第1期。
② 黑格尔:《历史哲学》,王造时译,上海:上海书店出版社,2001年版,第82页。
③ 同②,第83页。
④ 福柯:《地理学中的问题》,转引自爱德华·W.苏贾:《后现代地理学》,王文斌译,北京:商务印书馆,2004年版,第15页。
⑤ 爱德华·W.苏贾:《后现代地理学》,王文斌译,北京:商务印书馆,2004年版,第17页。
⑥ 陈独秀:《文学革命论》,载《新青年》,1917年2月1日2卷第6期。
⑦ 徐敬亚:《崛起的诗群》,载《当代文艺思潮》,1983年第1期。
⑧ 彼得·奥斯本:《时间的政治——现代性与先锋》,王志宏译,北京:商务印书馆,2004年版,第3—4页。
⑨ 斯达尔夫人:《论文学》,见伍蠡甫主编《西方文论选》下卷,上海:上海译文出版社,1979年版,第141页。
⑩ 勃兰兑斯:《十九世纪文学主流·法国的浪漫派》,李宗杰译,北京:人民文学出版社,1982年版,第19页。
⑪ 参见《文化大革命中的地下文学》一书的第二、第三、第四章,北京:朝华出版社,1993年版。
⑫ 北岛:在1978年底给伍立宪(哑默)的信,未刊。
⑬ 韩东:《关于诗的两段信》,载《青年诗人谈诗》第124—125页,1985年印行,

未刊。

⑭ 参见"诗家园网站"http://sjycn.2008red.com/sjycn/article_269_5742_1.shtml,未刊。

⑮ 欧阳江河:《没有了诗歌,就没有了下一个奥斯维辛了吗——答安琪问》,载《经济观察报》,2006年6月12日。

⑯ 参见 柯 雷(Maghiel van Crevel): A Research Note and an Annotated Bibliography, MCLC Resource Center Publication, Leiden University (Copyright February 2007)。

⑰ 参见程光炜:《不知所终的旅程——序〈岁月的遗照〉》,载《山花》,1997年第11期。

⑱ 参见周伦佑主编:《悬空的圣殿》《刀锋上站立的鸟群》,拉萨:西藏人民出版社,2006年版。

⑲ 朱鹰、周瑟瑟:《卡丘主义宣言二号》,载《卡丘主义》创刊号,2007年。

⑳ 丁成:《异端的伦理——汉语诗歌在当代的沦亡和拯救》,2008年,未刊,见自印本。

㉑ 开物、一空:《低诗歌宣言》,龙俊主编《低诗歌批判》,北京:中国国际文化出版社,2007年版,第3页。

㉒ 马里内蒂:《未来主义宣言》,伍蠡甫主编《现代西方文论选》,上海:上海译文出版社,1983年版,第64—65页。

原文发表于《文艺研究》,2010年第10期

从精神分裂的方向看

——论食指

> 在你疯狂的热焰上
> 浇一些清凉的镇静剂吧
>
> ——莎士比亚《哈姆莱特》

> 待暴风雨式的生活过去
> 再给我们留下热情真挚的语言
>
> ——食指《海洋三部曲》

对于重要诗人的研究通常不仅仅是一个个案,而是一种精神现象学的研究。在中国人的经验中,诗人的命运与精神境遇常常是理解一个诗人的关键。这样的例子从屈原就开始了,正是他那伟大而变态、坚忍而脆弱的精神世界的斗争,才赋予了他的诗歌以丰富的精神内涵和人性价值。某种程度上李白也一样，精神的创伤与复杂状况对于写作者来说，具有无论如何都不能忽视的意义。这类例证在西方更是层出不穷。因此我以为，真正的诗歌与诗人研究必须是一种精神现象学意义上的探讨，否则不会触及问题的内部和根本的所在。

在当代中国特殊的历史语境中，曾经存在的精神迫害所导致的疯狂，使很多本来的写作者失去了写作的权利与能力，这方面，胡风、路翎都是最好的例子；而另一类则是被这疯狂推向了"一次性生存"的深渊和"一次性写作"的峰巅，不幸和幸运因此同时降临到他们的头上，在这方面食指是一个绝好的例证。[①]

显然，本文要将食指放在这样一个向度来予以审视，因为我发现一旦这样来看待他，问题和意义立刻改变，获得了升华，一个单纯的诗歌或者历史问题同时变成了哲学问题。因此这并不构成对诗人在世俗和病理学意义上的人格亵渎，相反作为哲学和诗歌意义上的"精神分裂"，将会使我们的诗人获得最深阔的精神与价值背景。就像很多人会从哲学的意义上谈论"死亡"一样——诗人多多和诗论家唐晓渡曾分别有一首诗和一篇诗论题为《从死亡的方向看》——本文也是从哲学的意义上来谈论精神分裂，因为不但死亡构成了当代诗歌的一个根本性的命题，精神分裂也一样成为根本性的哲学与诗学命题。

一 "一次性生存"与写作

写下本篇的题目就注定了这些文字的方向。人们为什么发现食指变得"越来越重要"？是因为他不同寻常的生命人格实践——当"相信未来"的青春豪言与福利院中灰暗苦难的中年互相见证的时候，人们发现，他的诗是包含了痛苦而悲壮的生命实践的诗，是包含了真正的抗争、毁灭和牺牲的诗，他对作品的完成不是作品本身，而是他悲剧性的人生，这就是历史上一切重要的和优秀的诗人与通常意义上的诗人的根本区别。由于这样的人格实践，他的作品得以被生命之光投射，获得了最后的完成和整体的提升。

这自然首先带来了一个问题：即重要的和优秀的诗歌同其作品的"难度"是否成正比的问题。有人会说，食指的诗歌显然太平易，他的写作方式也太传统。不错，食指的写作是不像近十几年的诗那样结合了太多智力的因素，然而诗人的写作中从来就包含了两种难度：一是文本本身的复杂性和智力含量，二是人格实践与世俗准则所拉开的距离。对于有的诗人来说，他们的作品的确包含了很多的智力因素，但他们的人生却俗不可耐，他们用两种不同的方式生活和创作——换句话说，作为诗人和作为生活的人，他们的人格是分裂的，他们不是雅斯贝斯所说的那种人格与诗合一的"一次性生存"着的人，这样的人和他们的作品或许可以留下来，但却注定成不了最令人悲悯和崇敬的伟大诗人。伟大的诗人总是用生命的燃烧去完成写作、"毁灭自己于作品之中"（只有歌德是个"例外"——雅斯贝斯这样认为）；② 而且，伟大的人格实践也不是按照世俗的或正统的标准来看"成功"的人格实践。相反，他恰恰可能是伟大的失败者，屈原、李白、拜伦、普希金，甚至海子，他们哪一个是按照世俗标准的"成功"者呢？甚至一些重要的诗人，王国维、朱湘，还比如荷尔德林、叶赛宁、弗吉尼亚·伍尔芙、尔维娅·普拉斯……作为生存着的人，他们大都是以疯狂或自杀为生命结局的，是一些彻头彻尾的"失败"者，但作为诗人，他们却是纯洁而不屈的抗争精神的象征。他们的价值就在于此，无可替代。从这个意义上看，食指也是一个非凡的，至少是一个高尚的失败者，因为他所持守的人生信念从未与生活妥协，所以只有疯狂；因为他坚持生命与诗的合一，不肯使自己的人格陷于分裂，所以只有使精神不堪重负而被撕裂。反过来，也正是他的疯狂反衬和映照了他作品的崇高而悲壮的理想精神，使之具有了感人肺腑、震撼人心的力量。他是一个时代的精神死结和聚焦点，与他同时代的人们从那个时代逃脱出来得以幸存，而他却义无反顾地与这个时代同归于尽，一起沉沦。他是一个真正面对和生存于自己时代的人，他唱着自己时代的歌，宛如泰坦尼克号上的乐师，临危不惧，勇敢地投向毁灭的渊薮。

优秀的诗人和精神分裂症患者之间竟是这样一种关系。雅斯贝斯说过，世俗的人只看见世界的表象与实利，而只有伟大的精神分裂症患者才看见世界的本源。"优秀的艺术家认真的按独自的意志做出的表现，就是类似分裂症的作品。""在凡·高和荷尔德林那里，主观上的深刻性是和精神病结合在一起的"，[③]这正是我们现代人生的荒谬性。雅斯贝斯说："恐怕达到极限的形而上学体验的深刻性，以及关于在超越性东西之感觉中的绝对者、恐怖和最大幸福的意识，无疑是当灵魂残酷地被解体和被破坏时给予的。"[④]雅斯贝斯给了所有浅薄的偏见以奋力一击。当然，并非所有的精神分裂都会像他所说的这样，将导向其对世界的真理性的认识。然而从哲学和艺术的范畴看，精神分裂的认识角度本身就构成了我们对世俗世界、对现代文明病态症状批评的一种比喻，一种精神抗议与抗争的姿态和角度，正如哈姆莱特以佯疯对付丹麦强大的黑暗，堂吉诃德用疯狂进击羊群嘲笑他的时代一样。作为世俗世界的挑战者，诗人不可能成为现实中的胜利者，但他会成为艺术和诗歌中的胜利者，并通过其浸透了伟大的悲剧人格实践的作品征服世俗中的人，如今凡·高的每一幅遗作都抵得上一个世俗的人一生的蝇营所值——尽管他们未必看懂了这些作品，却不得不承认它们的价值。

我由此看见一个交相辉映的有趣对比，食指和海子——时间将会凸现这两颗重要的灵魂的光彩，他们是我们这个时代两个令人崇敬的分裂症患者。在海子的死亡鉴定书上曾赫然写着医生的诊断结论:"精神分裂症"。而食指多年来一直就住在精神病院里。但他们都是具有很强自制力的人,在海子随身携带着的遗书中写着"我的死与任何人无关"——明明是世俗的力量共同谋杀了这位天才的青年,而他却开脱了一切人的罪责。食指为自己取"食指"这样一个笔名,是用以自嘲,他知道人们会在他的背后指指点点,瞧!这个人是个精神病。但他并没有反唇相讥,他悲愤地写下了《疯狗》这样的诗表达自己的悲愤,但却没有把怒气对准哪一个具体的人。在他的诗中我们看见的是一个善良的弱者,一个在无望中坚韧守望着的灵魂,可见他们都是天底下最善良的人。当然,食指和海子又有根本的不同,食指内敛,沉重而缓慢,他内心激烈斗争的结果是"化为一片可怕的沉默"(《愤怒》);而海子则外倾,爆发如闪电雷霆,他灵魂中有抑制不住的毁灭冲动和伟大想象,是"天才和语言背着血红的落日,走向家乡的墓地"(《土地》)。由于这样的区别,所以食指苦度到今天,已走进了"生命的秋天";而海子则如耀眼的彗星,爆响并熄灭在青春的天空。在食指的诗中,我们看到的是顽强抗争着的清醒和理性;而在海子的诗中,我们则看到天才的狂语与幻梦。在食指的笔下,生命和热血化为内燃的灰烬,每一个字都凝着汗水与泪水的盐分,他是一个头颅深陷在手中的苦吟者;而在海子那里,狂想与激情则闪烁为遥远夜幕中的地光,诡奇而神秘,语言如汹涌的云层翻卷变幻，他是一个双手拥向宇宙的赤子和先知……

之所以要从精神分裂的方向看食指，是我看到了食指背后一个巨大的背景，一个矛盾的荒唐和分裂的时代撕裂了他，这个时代被暴力扭曲并被幻象诱导致疯狂的语言与思维方式撕裂了他，这个时代疯了，而和时代一起疯掉的狂欢者们却得以因此卸掉了自己的精神包袱，而食指则由于坚守了自己的内心而被无情的飓风摧折。他寻求自己独有的语言与方式的过程，就是被时代驱逐和追逼的过程；他尝试独立不倚地思想的时候，就是强大的群体意志及其语言试图将其淹没的时候。他曾不得不尝试着屈服于这种语言的威压——在1969年以后他曾写过许多"红色战歌"式的作品，但具有讽刺意味的是，正是他在开始使用这种红色话语的时候罹患了抑郁症，并在为准备写《红旗渠》前往河南采访时遭窃而再次加重了病情，这或许只是富有象征意义的偶然事件，但不难想象，在他的无意识世界中一定经历了两种意识与两种语言方式的激烈斗争，这种斗争最后是以个人精神遭受创伤、独立意志被迫牺牲作为结局的。但抗争并未结束，实际上，疯狂不过是这种抗争的显形与外化，是隐喻创伤、抵抗规训、平衡生命存在的内心需要。这一点，正如不朽的莎士比亚笔下的哈姆莱特所暗含的深层心理动因一样，疯狂是缓解并有效保持内心与现实冲突的唯一方式。

之所以要从精神分裂的方向看食指，是因为我还看到另一个巨大的背景：在现代以来的哲学史、艺术史和文学史上，许多卓越的名字都与精神分裂连在一起，荷尔德林、尼采、克莱斯特、爱伦·坡、斯特林堡、凡·高、叶赛宁、普拉斯……这本身就构成了伟大的启示，人类在自己的途程中，精神越来越陷入自我的矛盾和分裂之中。许多西方的艺术家和知识分子都曾深入研究精神分裂症式的认识方法给人们的哲学启示，从哲学或艺术的角度来批判现代社会的精神危机，以及它对人类自由精神的压制、对本源性认识的排斥与遮蔽。如超现实主义的作家与艺术家，就越出世俗的社会偏见而对精神分裂式的思维方式给予热情的肯定，认为他们虽然丧失了"健全的理智"，但"正因为如此，他们才能全部沉入潜意识之中，才能毫无顾忌地表现出他们内在的天性"。⑤弗洛伊德基于他长期的观察研究指出，"疯子比我们更知道内心现实的底细，并且可以向我们揭示某些事物，而要是没有他们，这些事物就不会被理解"。⑥当有人说爱伦·坡是个疯子时，他是这样反驳的："人们把我叫作疯子；但是科学还没有告诉我们，疯狂是不是智慧的升华？……一切所谓深刻的东西是不是产生于某种精神病？"⑦超现实主义艺术大师达利，也非常推崇谵妄症和精神分裂症式的思维所带来的启示意义，他预言，"凭借妄想症积极发展脑力（同时利用无意识活动和其他被动状态）就有可能使混乱条理化，从而有助于彻底推倒现实世界"⑧。

在布勒东的代表作《嘉娜》中,他书写了一个"自由的灵魂"被关禁于精神病院的悲剧,在书中布勒东严厉地抨击这种精神统治对人类自由天性的迫害:"进过一个精神病院就会知道,人们在那里造就疯子,就像在少年教养院里造就强盗一样……"⑨ 所有这些,都从另一个方面对我们从世俗精神标准对精神分裂者的歧视,进行了有力的和富有哲学深度的批判。然而,食指的写作同西方的作家们所张扬的那种疯狂的宣泄还不同,他的诗中充满了坚定的理性和执着的信念,显现了乐观、健康和积极的生命意志与人生情怀。他的诗中不乏生与死、希望与绝望、坚守与放弃、庄严与荒谬、价值与虚无、和谐与紧张、自信与怀疑、挚爱与悲愤等等内在心灵的激烈冲突,但这种冲突的结果最终却表现为对他"相信未来、热爱生命"的信念的捍卫,这是自我的斗争,食指将巨大的冲突和苦难留给自己,留给世人的却是一首首闪烁着充满希望的生命之光的诗篇。甚至连他诗歌的形式都是整饬、优美、完整和和谐的。或许也可以这样说,食指通过他的诗,通过他不懈的写作和努力,如同坚守在风暴中的鸟儿,以诗歌那幻丽和坚韧的语言维系着他的生命之巢,证实着他自己生存的价值,当然也照耀了他自己"存在的深渊"。从这个意义看,食指所表现出的巨大的毅力、崇高的理想精神,更应得到世人的理解和尊重。

二 精神结构与诗歌主题

我面前有两张食指的照片,一张是于1952年食指四岁时拍下的,左手支着下巴,面露恬静和快乐,在花园中明媚的光线下,托颐遐思,天真烂漫,这张照片形象地记录着食指欢乐幸福的童年,也记录着他的勤思与聪慧;另一张是四十年后的1992年,食指在北京第三福利院拍下的,这张照片曾印在成都科技大学出版社1993年出版的《食指·黑大春现代抒情诗合集》中,后又印在《诗探索金库·食指卷》的封面上。人到中年的食指右手从下巴移上了额头,而饱经磨难的面颊则疲惫低垂,沉思中痛苦的表情刻写着四十年的岁月沧桑。这是两张有着多大反差的照片!它们之间跨越的不只是四十年的时光,而是两个,不,是三个或者更多的时代。从仰面遐想到低首沉思,青春和热血仿佛一道闪电,从瞬间消逝,而苦难、思想、信念和抗争带着岁月的风霜刻上了那张脸——一个时代的记录,一代人灵魂的画像。

可是,对于食指来说,他的命运并不仅源于历史的注定,更重要的是源自他丰富的和带着统一而又对立的激烈矛盾的心灵,它的外在的顽强和谐,从未掩蔽住内部的分离和对抗,这种非同寻常的特征从他今存的第一首诗《海洋三部曲·波浪与海洋》(《海洋三部曲》之一)中就已被形象和典范地予以揭示:

喧响的波浪

深沉的海洋

这是食指于 1965 年十七岁时写下的句子，这是大海，也是食指的心灵：它喧响而深沉、明亮而幽晦、涌动而沉默。外表的生动，源于他内在莫测的奥秘与深邃，波浪是它的外形，海洋则掩藏于它的内部，凝重而混沌。这是食指的性格，也是他一生的心结和命运，它同时也是两张照片最好的注解。大海的两种性格在食指的灵魂中得到回应。他强烈地意识到自己灵魂中这两种力量的守衡和较量，守衡使他和谐安宁，较量使他激动紧张，充满激情与力量。他顽强地维护着两者的统一，保持生命的平衡，但他又必须从两者的对抗分裂中获取灵感与启示，而展开自己的人生中全部的惆怅与宽广、怯懦与坚强、寻常与磅礴、丑陋与明朗的充满诗意的较量。对于世俗人而言，我们可能会掩饰这种冲突和较量，以维护我们脆弱而肤浅的平衡，但对于食指，他却"顽固地"要展示出这种壮观的较量，将自己的生存和精神引向这种冲突，这是导致他长期沉湎于精神痛苦而终被撕裂的一个内在精神基础，也是雅斯贝斯所说的那种"毁灭自己于其中"的"深渊性格"的体现。

在我看来，《海洋三部曲》既是食指最早的作品，也是我们理解食指的入口和起点，它是一种纲领和预言，因为它形象地书写出诗人的起点与终点。其一《波浪与海洋》可以看作是原初的内心结构，它分裂而整一、对抗而和谐。其二《再也掀不起波浪的海》可以看作是起点的逆转或倾覆，它体现为诗人内心平衡被外部力量打破，成为体味现实的挫折与失败的心灵象喻。它是一次精神的倾斜与蜕变，是一次实践、探索、受伤和磨难后的回味，它是前一个逻辑的必然延伸，它已将精神的先验原型转换为生命经验，它预示着诗人内心精神世界将发生失衡后的裂变："可怕地沉默""失去了语言的坦白""离开这再也掀不起波浪的海"，都是这种失衡的形象表现。但是，诗人的理性精神依然在顽强地支撑着，它的参与又增强了诗人内心的力量，也使斗争进一步扩展。其三《给朋友们》，意外但又在情理之中地加进了时代政治的因素，在这首诗的前两节里，灵魂的搏斗交混着外部观念力量的参与，这实际上可以看作诗人对精神危机的一种暂时"转嫁"和"逃避"，借居于社会政治的"风眼"（风暴的中心恰恰是静止的）和混迹于回避思索的芸芸众生之中。但是在这首诗的第三部分中，又重新折回了激烈的对抗之中，"它突然跃进浪谷／沉埋在无底的深渊／在哪儿，在哪儿啊／我所期望的帆船……"诗人强烈地意识到他"精神的船划着意志的桨"，"踏进流着鲜血的战场"，"地狱呢？还是天堂？"在这样的追问中，灵魂的搏斗将一直进行下去。《海洋三部曲》是诗人年轻时代的精神三部曲，同时也预示并形象地注释了食指一生的"希望（精神原型）——

挫折（创伤经验）——沉思（诗歌诞生）"不断重复循环的诗歌行旅与精神历程。

很明显，《海洋三部曲》是一个堪称卓越和特立独行的开端，它注定了食指自此将在他内心的斗争中展开他的写作，因为它所展示的巨大的生命空间与澎湃激荡的生命激情，以及由此诱发的充满丰富的生存内涵与人生启示的挫折经验、悲剧性的内心生活，为诗人提供了源源不断的动力、材料和灵感，而这正是一个扭曲人性、掩蔽人心的颂歌与"合唱"的时代最为缺少和宝贵的。基于此，食指从一开始就脱开了"时代"的框定，他的高度个人性的抒情人格形象，以及由此产生的独立的语言姿态，使他意外地冲破了这个时代的精神和语言的牢笼，而具有了纯粹的美学品质，使他的《鱼儿三部曲》《命运》《烟》《希望》《寒风》《相信未来》《这是四点零八分的北京》《书简》（一、二）、《我这样说》等早期作品，得以历经时光的淘洗而留传下来，几乎成为一个时代仅有的"纯诗"。不难看出，食指诗歌特殊的生命力在于它的心灵性。而这种心灵性又带上了特殊的历史时期的特点，进而获得了丰富的历史内涵。理想主义时代所赋予食指的一种特有的单纯性、信守理念价值的执着性、坚定性，及其无法兑现也不可能兑现的虚惘性、欺骗性，同他个性中天然的偏执性、悲剧性、天然的敏感、善良、脆弱、理想主义和感伤主义气质之间，发生了统一又分裂的多重矛盾，由此造成了其作品中深厚而丰富的精神与时代内涵，并形成了他最重要的写作驱力和支点——他的面前出现了一个强大的关于"命运"的悲剧理念：在这样一个时代，一个"过去"和"未来"（历史和理想）发生了不可思议的"断裂"的时代，一个纯洁的理想与被篡改过的现实发生了严重错位的时代，一个个体价值与尊严同具有强大摧毁和覆盖力的暴力之间发生了不可能平等和平衡的冲突的时代，一个一切都无法获得令人信服的解释的时代……食指把这一切不可解释的力量都简化为一个东西——命运。将复杂的历史对抗简化为个人与命运之间的对抗。这种简化既是不得已的，同时又是有效的、富有诗性色彩和悲剧美感的，被证明有着丰富的历史潜台词的"简化"。而且，重要的是食指并没有简化个人对命运的抗争的态度与后果，"相信未来"的悲壮信念只是其中的一个方面，更多情况下则是他对内心的苦恼、困惑、迷茫和绝望等创伤的真实的暴露、展示和分析。我以为，这正是食指诗歌最具有心灵性、悲剧性以及精神与人性深度的最根本的缘由。

林莽将食指诗中的内心生活描述为"心灵的战栗"，说"他用血和泪为那个时代写下了永恒的祭文"，[⑩]我以为是准确的。"战栗"才是这一历史过程中人的真实感受与处境，"燃起的香烟中飘出过未来的幻梦 / 蓝色的云雾里挣扎过希望的黎明 / 而今这烟缕却成了我心头的愁绪 / 汇成了低沉的含雨未落的云层……"（《烟》）希望化为绝望，而绝望唤起对命运的抗争，这成了食指诗歌中普遍的"情感三部曲"的演变逻辑：绝望将诗境引向深刻和悖论的丰富；抗争则同时包含了信念和牺牲的二元处境，将诗的美感推向悲愤和壮丽的感人之境。《鱼儿三部曲》终了，鱼儿的死亡所唤起的一种悲壮乃至神圣的意境与情感，应是最好的说明。另一方面，上述情感逻辑又是循环的，这循环是一次新的唤起和折磨。冰雪下的小草刚刚从雪水下挺起细弱的身躯，满以为会看到温暖的阳光，可谁知它却是"匆匆的夕阳"，因此："带着夜间痛苦的泪痕/草儿微笑在蓝色的黎明/昨天才被暖化的雪水/而今已结成新的冰凌"。食指固执地使自己陷入了一个"永不成熟"的境地，他一遍遍地抒写着这种磨难和挫折，认同和面对这种悲剧与失败的处境，这实际上不仅是对自我内心真实的认真面对和抗争，而且更表明了他对外部现实的面对和宣喻，这使得他能够超越所有掩蔽内心、粉饰现实的虚伪写作，而成为真正的时代歌者。

　　前期如此，食指后期（20 世纪 80 年代以来）的诗歌仍坚定地延续了他早期的这种情感与人格逻辑。而且，由于悲剧性的人生实践与沧桑岁月的映照，多舛的命运，内心的痛苦、矛盾和绝望，同他人格中的顽强与不屈的意志之间的对抗，就更加生发出感人至深的悲剧力量。当食指逐渐步入中年的时候，人生处境更加黯淡，不能不加剧他内心的焦灼和冲突，但食指并未因此回避这种现实，并且在《致失败者》、《在精神病院》、《人生》（一、二、三）、《秋意》、《受伤的心灵》、《向青春告别》、《人生舞台》

(一、二、三、四、五）、《想到死亡》《归宿》等大量的作品中更加执意和无悔地面对这一现实。他毫不讳言地体味着人生的悲凉和失败，但他对人生更加透彻与深邃的理解却更增强了他的承受力，并把这种承受深化为更加成熟和坚强的内在精神人格。在《致失败者》中他写道："丝丝败迹像挡不住的寒风 / 吹透了你那单薄的肌肤 / 一扫你心中希望的余热 / 直吹进你颤抖的内心深处 // 稍稍一大意便葬送了前途 / 从未像今天这般凄苦——/ 勇敢些不过是再次领略了 / 命运的捉弄，人世的残酷"。绝望情绪的增长，终于使诗人开始试图结束"在路上""相信未来"的青春式的抗争，而接近于对人生"归宿"的体味。"失败""告别""归宿""死亡"这些词语开始频繁出现于笔下，食指真实地披露着自己内心的失意与悲凉。但尽管如此，我们在食指诗中所看到的人格形象却并非一座人生的废墟，相反，他仍是一座坚韧如山的体味者、承受者和思索者的雕像。对于诗人，失败不是命运的回击，而是主动迎来的结局，对人格与生命实践的悲壮完成：

> 经历了世态炎凉的人生战场
> 使我深受了难以愈合的内伤
> 当欢欣和伤感的泪水串成诗句
> 就有了闪光的字句，精彩的诗章

> 的确，我曾奋斗，消沉，探索
> 像同时代的一个普通人一样
> 只是我是在诗歌的道路上奔波——
> 这一切现已成为最珍贵的宝藏
>
> 今天，我默默地读着这些诗行
> 发现她现在还那么令人神往——
> 这时，我只有一个最简单的要求
> 让我一个人先静静地独自品尝……
>
> ——食指《人生之一》

对诗歌的收获和收藏的幸福感、满足感，使诗人将人生的失败看成了必要的代价。但这也没有使食指变成一个现实的逃避者，而是使他深刻而泰然地领悟了生存和存在的真谛。在《人生舞台》和《归宿》等诗中，食指沉着并不无悲愤地表达了自己返璞归真、用生命余温守护诗歌和灵魂的决心："优雅的举止和贫寒的窘迫／曾给了我不少难言的痛楚／但终于我诗行方阵的大军／跨越了精神死亡的峡谷／埋葬弱者灵魂的坟墓／绝对不是我的归宿"。但另一方面，他也深刻地洞悉着死亡——

> 一阵风带来了奶奶的叮嘱

"人生一世,草木一秋

孩子,这是你最后的归宿"

在当代所有的诗人中,最真诚地面对现实、面对生活和面对内心写作的,应首推食指。他启示人们,现实与"生活并不在别处",就在诗人自身的生命处境与人格实践中。那些遮蔽自己的内心去寻找"火热的生活"的诗人,同时也遮蔽了生活,虚构了现实,他们当然也将为生活所虚构,为艺术所抛弃。而食指却由于对心灵的忠实,对自己心灵现实中全部的冲突、斗争、幻灭和绝望的忠诚面对、诉说与分析,树起了一个真正忠实于时代、折射和承载着时代的人格形象。他的失败是一个时代和一代人精神的失败,然而他的成功,也最真实和生动地记录反映了这种失败——用自己的诗歌和人生。由此他将无愧于一个诗人的殊荣,无愧于人们最终给予他的尊敬。

三 美感与形式:"陈旧"的力量

看起来是用某种"陈旧"的形式创造了一个奇迹,食指用非常"正统"的诗体写出了"反正统"的感人诗篇。这说明,形式本身并不是唯一的决定因素——当然,这里的特殊原因在于,食指的写作业已成为历史，即使是他刚问世的作品，人们也会将此与遥远的往事联系起来看待。不可能有第二个食指，或者说，不可能会再有一个用食指那样的诗体写作并与食指获得同样的成功的诗人，因为食指属于"唯一"，是"一次性生存（或写作）"的诗人。他的抒情方式的统一性与根源性，立足于逝去年代的背景。也就是说，今天诗体的变化是必然的，但食指却可以写作在这个"今天的诗体"之外，因为他整个的属于昨天，他是昨天延伸至今天的一个讲述者，而忠于昨天的诗体就是忠于他对昨天的记忆和思考。食指用他的生命人格实践赢得了这一殊荣，他因此成了上个时代留下来的唯一的抒情诗人。

食指诗歌不同寻常的抒情力量表明，他是一个浪漫主义者。这同时也意味着食指是20世纪诗歌中的特例。海子也属于广义上的浪漫主义诗人，但他的诗中却包含了大量的现代哲学、现代美学因素；而食指的诗歌在根本上则是排斥知识、智力、观念、哲学等等复杂性因素的，它顽固地趋向于简化和单纯，亲和于情感、情绪、意念等等生命本体性的东西。很明显，如果没有食指悲剧的生命实践——如果他后来做了官或成了富翁，甚至成了一个学院和体制意义上的知识分子，一个具有某种"发言权"的权威诗人——他后期的作品将不可能出现，早期的作品（那些"相信未来"的主题）也将在被予以"证实"的同时被"证伪"。换言之，今天诗人食指的抒情力量在于他的诗与人格的完全合一，而这正是最典范的浪漫主义者如屈原、李白，如拜伦、雪莱、普希金、海子们所实践的人格与写作方式，这种方式在19世纪曾成为欧洲诗人普遍追寻的共同理想。作为世俗与社会的反抗者，19世纪的浪漫主义诗人们（以及由这种精神所感染及的许多作家、知识分子），包括别尔嘉耶夫在他的《俄罗斯思想》[⑪]一书中所论述的赫尔岑、莱蒙托夫、车尔尼雪夫斯基、陀思妥耶夫斯基、托尔斯泰等众多"俄罗斯式"的知识分子，都是以边缘性的社会角色做批判性的写作，并以全部的努力实践他们的艺术与生命理想，因此他们的生活与命运大都是悲剧性的、反正统的。中国20世纪上半叶的许多浪漫主义诗人也受到这种人格精神的影响，朱湘和闻一多就是两个典型的例证，他们都是正统社会权力的反抗者，只是一个是感情型的，一个是道义（政治）型的。而郭沫若和一批左转的"太阳社"成员，则通过介入革命政治（开始也是反正统的）而进入了体制，并最终变成了权力文化的一部分，而在他们进入体制之后，他们的诗人身份也随之消失了。浪漫主义诗歌在20世纪中国显然没有得到正常的发育，时代政治的洪流迅速地扭曲了它。而现代主义诗歌（特别是自瓦雷里、里尔克、艾略特等后期象征主义诗人以来）的发展在20世中出现了一个"反抒情"的倾向，也深刻地影响了中国，现代主义使诗歌的本体由情感与生命人格转向了认识论层面，诗歌更多地变成了一种与"知识"、哲学、认识论观念紧密连在一起的东西，并由此形成了种种稀奇古怪的诗歌现象，和一场场风波迭起的艺术运动，而抒情的、激愤的、唯美的、感伤的古典型"低智力"写作，基本上完全被废除。只是在20世纪五六十年代的中国，由于特殊的政治原因而倡导过通俗易懂的"革命浪漫主义"抒情写作不过徒具形式而已，其抒情的根基不是主体的情感人格，而是虚妄的政治理念。因此，食指在这样的时代背景与历史逻辑中的出现，便同时具有了两种依据，一是依托于一个特殊的浪漫型的精神与写作的时代；二是完成了对前代浪漫主义诗人人格精神的继承，和在此基础上的抒情写作的修复。虽然还不能说这样一种"修复"有多大的普遍意义，但食指的确创造了一个纯粹抒情写作的奇迹，重建起一个抒情写作的"传统"。

悲剧性的生命人格实践的折光，是食指诗歌感染力的源泉。然而，仅有这还不够——顾城的人生命运也是悲剧性的，其悲剧性的人生结局也是因为他罹患了精神分裂症，但他的诗却没有生发出如此强大的人格力量，这其中当然有境界的高下，但根本原因还是食指一直在他的诗中执着地倾力于一个富有人性内涵、心灵冲突、善良品性、坚定信仰、敏感情思、顽强意志、悲剧性格的主体形象的表现与塑造，而这一形象内心的丰富性和他多劫多难的命运、悲剧的自沉式的性格逻辑所焕发出的人格魅力，总是能够触及人性最根部的层面，尤其是抒情主人公所深切地体察和尖锐地揭示的那些失败与挫折的体验,最能激起人们内心的共鸣。从某种意义上说,失败是最能打动人的,这正是人们喜爱看悲剧的原因。由于执着于对失败和挫折的认同与表现,使得食指的诗总是直指生命和人性最深在的内核。这在食指早期的写作中就已十分明显,《鱼群三部曲》中鱼儿最终死在春天到来、冰雪消融的时刻,这充分表明了食指执拗地认同悲剧和失败的内心倾向与性格逻辑。在《寒风》(1968)这首小诗中,他将寒风写成了一个真诚地献出了所有从而使自己变成了遭人遗弃的乞丐的形象,寒风成了诗人自己的一种精神遭遇的比喻,它真诚、慷慨地"撒落了所有的白银",却因此丢失了自己而痛遭人世的冷遇:"紧闭的窗门外,人们听任我/在饥饿的晕眩中哀嚎呻吟/我终于明白了,在这地球上/比我冷得多的,是人们的心。"只有食指才有如此痛绝的体验角度,才会写出这样的"寒风"。这种悲切而愤懑的角色认同与自我定位,赋予了他的诗歌以令人"怜悯"(亚里士多德所说的"怜悯")、给人以"净化"的感人的悲剧力量。在另一首《命运》(1967)中,食指似已预见了自己的一生:"……我的一生是辗转飘零的枯叶/我的未来是抽不出锋芒的青稞/如果命运真的是这样的话/我愿为野生的荆棘放声高歌//哪怕荆棘刺破我的心/火一样的血浆火一样地燃烧着/挣扎着爬进喧闹的江河/人死了,精神永不沉默……"如果"命运"有什么先验性的话,那这实际上是指的性格逻辑。食指和所有的人一样,不可能安排并预告自己的命运,但他却"顽固地"设定了他悲剧性的性格指向,痛苦成了他抒情的支点,也成了他生命与精神安居的归宿,食指诗歌从整体到局部的感人之处都应在这里。这和那些浪漫主义诗人的性格逻辑是完全一样的——

> 下面是比蓝天还清澈的碧波,
> 上面是金黄色的灿烂的阳光;
> 而它,不安的,在祈求风暴
> 仿佛是在风暴中才有着安详!
>
> ——《外国名诗鉴赏辞典》

这是俄国诗人莱蒙托夫《帆》中的诗句,是浪漫主义者和理想主义者——那些骨子里燃烧着根深蒂固的自焚和自毁自虐的火焰的人共同的逻辑。所谓"性格即命运",在这点上可以被充分地印证。

但还有一点区别:食指并未像绝大多数浪漫主义诗人那样,以生命的夭折为结局,但他同样也没有使自己完成"世俗化"的过程。他一直循环在自己的悲剧性逻辑中,不能自拔。这一点可以从其后期的代表性作品《黎明的海洋》(1985)获得印证。《黎明的海洋》可以看作是处女作《海洋三部曲》主题的一个重现。

作为浪漫主义精神的传承者,"海洋"是食指诗歌核心的象喻之一,它的永不停歇的惊涛骇浪的喧嚣,也喻示着诗人永恒的内心情景。因此这首诗无疑可以看作是后期食指精神与心灵的画像。它经历了太多的黑夜的笼罩,经过了巨大的风暴,如今已伤痕累累:"你承受着黑夜的压抑 / 你深感到黑暗的窒息 / 你肌肉的每一次抽搐 / 都是一道寒心的波浪 //……终于醒来了,黑色的海洋 / 赤裸着肌肉闪光的臂膀 / 在那天边的海平线上 / 奋力托起了火红的太阳……"

大概大海也受了伤——

不然怎么会有

一滩殷红的鲜血

浮荡在黎明的海上?!

食指悲剧性的抒情并不单化作感人的生命力量,有时还会化作悲愤的社会批判力量。尽管食指从未过度追问过悲剧的外在缘由,而只是执拗地抒写悲剧的承受和体验本身,但这种基于善良人格的抒情,有时也会生发出对世道人心的有力质问。在这一点上,《疯狗》(1974)是令人震撼的,它是对"精神分裂"的社会含义的最好的诠释,是对当代中国心灵创痛的最生动的体现:"受够了无情的戏弄之后 / 我不再将自己当成人看 / 仿佛我成了一条疯狗／漫无目的地游荡人间／／我还不是一条疯狗／不必为饥寒去冒风险／为此我希望成条疯狗／更深刻地体验生存的艰难／／我还不如一条疯狗／狗急它能跳出墙院／而我只能默默地忍受／我比疯狗有更多的辛酸"。

    假如我真的成条疯狗
    就能挣脱这无形的锁链
    那么我将毫不迟疑地
    放弃所谓神圣的人权

  在"文革"结束之时,我们曾看到过大量的揭露"伤痕"和表达"反思"的诗歌作品,但没有哪一首诗可以与这首诗所达到的人性与心灵深度相媲比,它以永不愈合的创伤标识着一个时代对人性的犯罪。

  食指的诗歌将依据它不朽的抒情力量而传世,不止《相信未来》《热爱生命》《这是四点零八分的北京》等名篇,他全部的作品已成为一个整体,我想已没有多少人还会怀疑这一点。这是命运对他分外的苛待之后的报偿。希望、信仰、失败、挫折,这些永恒的主题,经由食指的生命实践而超越了它们通常容易陷入的"小布尔乔亚"式的情感窠臼,而抵达了纯净的生命本体以及由其所昭示的人性与哲学的高度。念及这一点,我们或许都能得到一份安慰：历史和人心，也许终将是公正的。

四 "被发现"的意义

在当代诗歌的历史上，食指的意义还会进一步显现，这一点或许还要留待时间的检验。林莽曾说："经历了现代主义风浪冲击后的中国现代诗坛，应该在食指的诗中再次发掘出一种启示，应该提倡食指这样的创作精神：以纯净的精神质量抗拒那些哗众取宠的花样翻新；以几十年如一日的坚韧人格抗拒那种急功近利的市侩作风；以一丝不苟的严谨创作态度抗拒那些自欺欺人的伪劣作品。"[⑫]的确，食指留给我们的启示是很多的，在当代社会历史的不断延伸和当代诗歌的历史脉络与格局的不断延伸调整的过程中，这些启示还会不断产生出新的意义。

首先，这是一个"发现"的过程。历经长久的历史沉埋，人们重新认识了食指的意义。人们终于发现，原来的许多炙手可热的名字和他相比，逐渐失去了光彩和意义，包括名噪一时的多家朦胧诗人在内，他们的绝大部分作品，都已有了某种"褪色"的迹象，而食指的原本很"旧"的写作，却反而焕发了常读常新和真实感人的魅力。这当然首先是"历史"本身的意志，是历史和诗本身的逻辑的显现，因为他忠实地面对了心灵而得以折射了历史,因为他忠实地记录了自己的时代而得以成为"纯诗",因为他忠实地表现了自己的命运而得以亲和了诗歌艺术。这是一切当代写作者都应记取的。

在当代中国作家和诗人的"精神历史"中,食指真诚的"一次性"生命人格实践与写作方式将成为一种宝贵的精神资源。它构成了对当代作家和诗人写作中普遍的"智性(知识)在场"而"人格缺席"状况的有力反衬与批评。当代的作家和诗人,应从食指的绝对的生命理想与写作姿态中看到自身的欠缺。某种意义上,食指的抗争是"抽象"的——重要的不是抗争什么,而是抗争的性格本身,这正是置身于历史与人生实践中知识分子和写作者必要的立场和姿态,它执拗地、执着地指向边缘和非主流化的、个人的写作立场。而这又是他作为一个诗人可以超越历史和时代局限的根本原因。

抒情的匮乏——我指的是真正独立人格意义上的抒情的匮乏,也是我们不得不重视食指诗歌的一个原因。在20世纪五六十年代,抒情虽然构成了主调和强音,但这种抒情是主体被假借、抽空和偷换的抒情;而20世纪80年代以来,诗歌强劲的现代性逻辑指向,又促使它倚重智性和观念而排斥抒情的要素。从情感的假性泛滥到认识论迷宫的掩蔽,健康的抒情传统一直未真正建立起来。所以回首历史,食指反而成了一个重要的"传统":他固守了情感、意绪、未经观念化处理的生命体验等这些属于生命本体的东西，而排拒着知识、哲学、观念等智性的认识论的因素；他顽固地坚持了简化的写作原则，但却最终在历史的自然整合中获得了复杂与深刻。这一点在当代诗歌的未来发展中的确有根本性的启示，诗歌究竟是走向智性还是抒情？还是两者做更好的结合？谁占更重要的分量？从读者的角度考虑，诗歌的确应更接近于抒情，因为诗就其根本的功能而言，它不是考察智能的游戏——尽管它离不开较高的智力。从这个意义上，抒情与诗歌的前途攸关。

诗歌还是一种"声音"，这是食指给我们的另一个启示。自朦胧诗倡扬意象写作以来，诗歌更多地变成了一种"视觉"艺术，甚至其语感上的起伏、回旋、连绵、转换等都变成了某些"视觉效果"，智性因素的过分承重，使诗歌难以再直接诉诸人们的听觉，而必须在"延时"的解谜式阅读中，琢磨其"迟到"的"延异"的意义。食指的诗几乎每一篇都适合朗诵，富有乐感、语言精确、庄严、典雅、和谐，并在变成"声音"的时候，更富有"精神治疗"、愤懑抒发、语言倾诉与心灵净化作用。另一方面，朗诵还构成了"集体阅读"的效果，而视觉性的阅读却是纯粹个人性的体验过程。食指诗歌的生命力也会使我们问一句：当代诗歌还能否再成为"声音"意义上的艺术呢？

食指当然不是没有自己局限性的诗人，前文中我曾提及，食指是仍生活在上个时代中的诗人，他或许才真正属于欧阳江河所说的那种"以亡灵的声音发言的诗人"[13],他的诗体也是上个时代的遗存物。他为我们创造了人生与诗歌合一的范例,但他的人生的不可模仿性和他的诗歌艺术的不可模仿性,都同样为我们标立了精神的极地与界碑。他将和上个时代一起进入历史,而今天诗人却必须沿着他的道路,再继续向前延伸。

注释:

[1] 食指自1995年住进北京第三福利院,至2003年4月离开。此文写作时食指仍住该处。

[2] 雅斯贝斯:《斯特林堡和凡·高》,引自今道友信:《存在主义美学》,沈阳:辽宁人民出版社,1987年版,第155页。

[3]《存在主义美学》第150、152页。

[4]《存在主义美学》第152页。

[5][6][7] 引自程晓岚:《超现实主义述评》,见《未来主义·超现实主义·魔幻现实主义》,北京:中国社会科学出版社,1987年版,第135—136页。

[8] 布勒东:《什么是超现实主义》,见《现代西方文论选》,上海:上海译文出版社,1983年版,第177页。

[9] 引自程晓岚:《超现实主义述评》,见《未来主义·超现实主义·魔幻现实主义》,北京:中国社会科学出版社,1987年版,第139页。

[10][12]《诗探索金库·食指卷·序》,北京:作家出版社,1998年版。

[11] 别尔嘉耶夫:《俄罗斯思想》,北京:生活·读书·新知三联书店,1995年版。

[13] 欧阳江河:《89以后国内诗歌写作》,见《谁去谁留》,长沙:湖南文艺出版社,1997年版。

1998年10月,济南舜耕山下
原文发表于《当代作家评论》,2001年第4期

"在幻象和流放中创造了伟大的诗歌"

——论海子

> 但愿我的死亡使你更爱大地……
> 这是自由的死
>
> ——尼采《论自由的死》

　　在人们回首和追寻当代诗歌发展的历史流脉时,越来越无法忽视一个人的作用,他不但是一个逝去时代的象征和符号,也是一盏不灭的灯标,引领、影响甚至规定着后来者的行程。他是一个谜,他的方向同时朝着灵光灿烂的澄明高迈之境,同时也朝向幽晦黑暗的深渊。这个人就是海子。海子本人的观念、创作及其生命实践所构成的完整独特的意义,及其对当代诗歌构成的深远影响,是我们进入和探讨这一命题的起点。因为诗歌在20世纪80年代后期和90年代以来所形成的存在主义主题,在很大程度上即是来自海子诗歌成功的启示,及其彗星般的生命之光的照耀,海子,无疑是当代诗歌跃出生活、生命、文化和历史而揳入终极的本质层次——存在主题的先行者。这位集诗人和文化英雄、神启先知和精神分裂症患者于一身的人,已用他最后的创作——自杀,完成了他的生命和作品,使它们染上了奇异的神性光彩与不朽的自然精神。由于这一切,海子对当代诗歌的发展产生了至为深远的影响,他在诗歌和世界幽暗的地平线上,为后来者亮起了一盏闪耀着存在之光的充满魔力又不可企及的灯,使诗歌的空间呈现出前所未有的广阔和辽远。当然,对海子的模仿在事实上也造成了另一个负面的影响。曾一度导致过浮泛的模式化的追风趋向,这是必然的,海子整体的诗歌及其人格魅力必然会造就众多的模仿者。然而,海子同样具有"一次性"特征的生命实践,他"突入""原始力量中的一次性诗歌行动"[①],包括他的自杀,却是根本上不能模仿的。事实上,"伟大的诗歌"(海子语)就是不可模仿的,它只给后来者以永恒的启示。

我们先来看一看海子的诗歌观念。

在我看来,海子的诗歌观念同他的生命观念是一体的,从这个意义上说,其中至少包含了三个要素,或者说,至少有三个存在主义哲学家的观念对他构成了重要影响,一个是尼采,一个是雅斯贝斯,一个是海德格尔。从生命气质与言说风格上说,海子极似于尼采。生命意志的极度膨胀，生命本体论的人生观与诗学观，对死亡的挑战情结，寓言化、个人"密码"化的言说方式，以及最终的精神分裂，都表明了他们之间的极其相似性。只不过海子的生命过程更为短暂和浓缩化罢了。在尼采的著述中经常出现一个"疯子"的象喻，而在海子，这个疯子则潜藏在他的内心之中。尼采这样讲述他主动迎向死亡的意愿："我的朋友，我愿因我的死亡而使你更爱大地，我将复归于土，在生我的土地上安息……这是自由的死，因为我要它时，它便向我走来。"[②] 而海子则用他的行为实践了这样的意愿。稍有不同的是，尼采或许通过对上帝的否定而泯灭了自己内心的神性理想，海子则因保持了对世界的神性体验而显得更加充满激情和幻想，大地的神性归属使他心迷神醉并充满体验的力量，由此生发出主动迎向死亡的勇气。

从诗学观念上看，海子似乎又与雅斯贝斯的观念如出一辙。雅斯贝斯有两个著名的观点，一是认为伟大艺术家的生存"是特定状况中历史一次性的生存"[③]，他所推崇的艺术家是荷尔德林、凡·高、达·芬奇，因为他们是人格与艺术相统一的艺术家，他们的存在方式是"作为历史一次性的艺术家的存在方式"[④]，而海子也认为"伟大的诗歌"是"主体人类在原始力量中的一次性诗歌行动"，是"伟大的创造性人格"的"一次性行动"，他也同样推崇"凡·高、陀思妥耶夫斯基、荷尔德林、叶赛宁（甚至在另一种意义上还有阴郁的叔伯兄弟卡夫卡、理想的悲剧诗人席勒、疯狂的预言家尼采）,认为"他们活在原始力量的中心,或靠近中心的地方。他们的诗歌即是这个原始力量的战斗、和解、不间断的对话与同一"。"他们符合'大地的支配'。这些人像我们的血肉兄弟,甚至就是我的血。"⑤雅斯贝斯还认为,在现代社会荒谬的背景下,"优秀的艺术家认真地按独自的意图做出的表现,就是类似分裂症的作品",他认为,恰恰是凡·高和荷尔德林这样的艺术家"在自己的作品中照耀了存在的深渊",而其他无数艺术家的平庸实则是因为他们只能停留于"欲狂而不能"的模仿。在凡·高和荷尔德林这里,他们"主观上的深刻性是和精神病结合在一起的"⑥,他们"达到极限的形而上学体验的深刻性……无疑是为灵魂残酷地被解体和被破坏时才给予的"⑦。而海子正是用他自己的精神结构与创作证实了雅斯贝斯的观点。据知情者回忆,海子生前极为偏执热爱的艺术家和诗人就是凡·高和荷尔德林,他对凡·高的热爱以至于使他称这位生活在精神分裂的幻觉中的画家为"瘦哥哥",并以其将生命注入创作的"不计后果"的方式作为自己的"某种自况"。

他最后写作的一篇诗学文章又是献给荷尔德林的《我所热爱的诗人荷尔德林》,"荷尔德林最终发了疯,而海子则以自杀结束了自己的生命,不知道这里面有没有一种命运的暗合?"⑧在海子死后,医生对他所做的死亡诊断为"精神分裂症",尽管从世俗标准来看，这或许是不公正的，甚至是有些残忍的，但我们从艺术的角度特别是从雅斯贝斯的角度看，海子在生命气质、心灵结构上同凡·高和荷尔德林却无疑是一类人。虽然海子与雅斯贝斯关于"伟大的诗歌"的认识和说法并不完全一致（海子的理解似乎具有更为原始或本源意义的倾向，在这一点上他又具有某种"反现代"性，他对荷马、奥义书、印度史诗以及古典浪漫主义的众多诗人如但丁、莎士比亚、歌德等亦怀有深深敬意），但在认为"写作与生活之间没任何距离"[9]这一点上，他们却是完全一致的，这就是"一次性"的写作或生存的本质。

就内心的体验方式、感受方式、生命的某种神性归属、关于艺术作品和世界本源的观念等方面而言，海子又或许同海德格尔相近似。海德格尔在他的《艺术作品的本源与物性》中曾阐述了他最重要的一个艺术观点，他在对现代世界和艺术的沦落表达了悲哀之后，以一座希腊的神殿为例说明了艺术的本质不是"摹仿"，而是"神的临场"和存在"如其本然的显相"，这样的一种关于艺术的"存在本体论"的观念，同海子将作品与生命实践合为"一次性"创作的观念无疑是相通的。而且，海德格尔还以抽象化了的"大地"作为存在的归所和本体，并引据荷尔德林的诗句"人，诗意地栖居在大地之上"，指出了人、艺术家及其作品对大地的归属性，他认为"屹立于此的神殿这一作品开启了一个世界，同时又返置这世界于土地之上，而土地也因此才始作为家乡的根基出现"。"作品让土地作为土地存在","呈现土地就意味着把土地作为自我封闭者带入公开场"。⑩土地、大地的概念对海德格尔来说是如此重要,而海子一生最重要的长诗作品之一《土地》正是以此为主题为归所、为生命激情和艺术的源泉、为言说的"场"与凭借的,"大地"对海子来说具有某种使他疯狂的巨大吸力,让我们举出他的诗句:

大地

  酒馆中酒徒们捧在手心的脆弱星辰
  漠视酒馆中打碎的其他器皿
  明日又在大地中完整

  这才是我打碎一切的真情
  绳索或鲜艳的鳞

  将我遮盖
  我的海洋升起这些花朵
  抛向太阳的我们尸体的花朵

  大地!

何方有一位拯救大地的人?

....

祭司和王纷纷毁灭

石头核心下沉河谷　养育
马匹和水

大地魔法的阴影沉入我疯狂的内心
大地啊,何日方在?
大地啊,伴随着你的毁灭
我们的酒杯举向哪里?

我们的脚举向哪里?

大地　盲目的血
天才和语言背着血红的落日
走向家乡的墓地!

……………

我们再来看看海德格尔所如痴如醉地引述的荷尔德林的诗句:

请赐我们以双翼,

让我们满怀赤诚返回故园……

土地是灵魂得以栖息的归所,但所不同的是,海德格尔认同荷尔德林的情感意向,故乡是土地的象喻,对每一个人而言,故乡就是他的土地,因此"诗人的天职是还乡,还乡使故土成为亲近本源之处",这使他们的灵魂和情怀趋向于安闲和沉静。然而在海子的内心中,他还有着充满疯狂气质的另一极:太阳。太阳是与土地母体相对的父本的象喻,是力量的喷涌和疯狂的燃烧,是其生命的能量和本体,是回归大地母体之前的辉煌的照耀、舞蹈和挣扎,它向着大地沉落,但又奋力从大地上升起,这样的方向激励着海子年轻的生命,使他在诗歌中得以爆响式地燃烧,并决定了他内心的悲剧与拯救的英雄气质。因此海子在其死前又倾其全部的生命能量,创作了另一部未完的长诗《太阳》,并将生命结束在这一作为血的隐喻的方向之中。

事实上，他最终不是回归家乡的土地，而是死在相反的方向[11]。

海子与海德格尔的另一个共同之处还在于对已消失于世界的"神性光辉"的寻求。海德格尔认为他生活在一个"贫瘠的时代"，之所以如此，是因为众神已离开了这个世界，上帝也已"缺席"。然而诸神的消隐却并非不留踪迹，诗人的使命就在于在这样的时代中引导人们去寻求这些踪迹。所以，他推崇荷尔德林，认为他不是一般地为诗，而以诗寻索诗的本质和世界的本质存在。因此他是"诗人中的诗人"。同样，我们以此认识海子也是毫不为过的，在20世纪80年代中期诗歌沉溺于文化的历史流变、许多诗人都以固有的神话文本作为"重写"的材料和蓝本（如欧阳江河、杨炼、"整体主义"诗歌群体等）的整体背景下，是海子以他领悟神启的超凡悟性和神话语意中的写作，提升了这个时代诗歌的境界。海子非常睿智地找到了通向神性的途径，这就是土地上最原始的存在：庄稼、植物、一切乡村自然之象，以及在大地这一壮丽语境之中的生命、爱、生殖、统治、循环等等最基本的母题。在追寻这一语境的过程中，他挣脱了历史和当代文化及其语言方式对他的拘囿桎梏而决绝地走向了"民间"，得以"让一切人成为一切人的同时代人，无论是生者还是死者"[12]。能够成为这样一种沟通桥梁的只有一个，这就是永恒的神性光辉。

现在我们再来看看海子的诗歌。

为了表述的简明，我不惜武断地将海子的诗概括为神启、大地和死亡三个母题，"神启"象征"存在向世界的敞开"，象征他对世界的可认知的能力及其把握与言说方式；"大地"象征存在与生命激情的源泉，象征他抒情和言说的对象，象征神的居所和与之对话的语境，象征自己最终的母体、安栖的归宿；"死亡"象征他对存在的主动性体验的自觉和勇气，海德格尔说"存在是提前到来的死亡"，叙述死亡表明对此生存的未来性认识，对海子来说，死亡意味着他走向他所叙述的神话世界的必由之路与终极形式，是他内心英雄气质的需要和表现形式。

很显然，上述三者又是沟通联系和一体的，神启给他以灵性和疯狂，大地给他以沉思和归所，死亡给他以勇气和深刻。

先看神启。所谓"神启"，只是一种抽象的说法，在其实质上是指一种超越经验方式与思维过程的直觉状态。它以先验的形式接通某种"存在的真理"，并在主体认知和判断事物之前形成先在的结论和语境。在雅斯贝斯看来，"寻常人"因为逻辑与经验世界对他们的遮蔽，所以他们不可能接近原始的真理。而在"分裂症患者那里"，一切"却成为真实的毫无遮蔽的东西"，比如"在凡·高的艺术世界中，生存的终极根源是看得见的，并能感到一切此在所隐藏在其中的根源似乎直接地表露出来了"。[13]这实质上是说，由于"正常人"思维习惯的虚假性与遮蔽性，已使他们不可能再看到人类的某些原始经验（而"神启"实质上就是类似于人类童年的幼稚状态，直觉判断状态下对世界的某些原始经验——神话就是在这时候产生的），而分裂症患者却能够再次接近这些反逻辑的直觉和未经伪装处理、加工和判断的原始经验。海子就是在这种原始的经验状态中写作并描述它们的。如在《秋》中海子所描绘的景象，"秋天深了，神的家中鹰在集合／神的故乡鹰在言语／秋天深了，王在写诗／在这个世界上秋天深了／该得到的尚未得到／该丧失的早已丧失"。这首诗中，鹰的出现完全是直觉的象喻，它与秋和神的存在，以及"王在写诗"之间究竟是一种什么关系？似不得而知，唯一似乎能有线索可寻的是最后两句，这是大自然的悲剧法则，神的法则是永恒的，无所谓悲喜，或许人的命运，这位写诗的"王"对秋天的感触和领悟就在这里。在另一首《海子小夜曲》中，我们似乎可以证实海子这种不可能为一般读者所感知的超越经验和逻辑的感知方式：

> 如今只剩下我一个
> 只有我一个双膝如木
>
> 只有我一个支起了耳朵
> 只有我一个听得见平原上的水
> 诗歌中的水

"在这个下雨的夜晚／如今只剩下我一个／为你写着诗歌"。

　　神启还表现在一切事物在海子的诗中都闪烁着神灵之性，它们是神的无处不在的化身，是存在的灿烂之象，这有似于斯宾诺莎的"泛神论"，但是神灵在海子这里并不是象喻，而是本体，是神祇世界的活的部分，他自己则是与它们共存共生互相交流对话的存在者之一。这使得海子笔下的每一事物都放射出不同凡响的灵性之光。比如他的《天鹅》："夜里，我听见远处天鹅飞越桥梁的声音／我身体里的河水／呼应着她们／／当她们飞越生日的泥土、黄昏的泥土／有一只天鹅受伤／其实只有美丽吹动的风才知道／她已受伤。她们在飞行。"

> 而我身体里的河水却很沉重
> 就像房屋上挂着的门扇一样沉重
> 当她飞过一座远方的桥梁
> 我不能用优美的飞行来呼应她们
> ……

　　仅仅以天鹅作为某种比喻的诗人是无论如何也不可能写得如此悠远、凄迷、神秘和美丽的。在海子的另一首《山楂树》中，更显现出他令人惊心动魄的天才想象力："……我走过黄昏／看见吹向远处的平原／我将在暮色中抱住一棵孤独的树干"——

山楂树！一闪而过

　　啊！山楂

　　我要在你火红的乳房下坐到天亮
　　又小又美丽的山楂的乳房
　　……在农奴的手上
　　在夜晚就要熄灭

　　假如没有某种接受神启的灵性，怎么能够把一棵山楂树写得如此动人和美丽！

　　语词的神性色彩也是使海子诗歌富有神启意味的一个内在原因。按照象征形式哲学家卡西尔的观点，语词在神性的语境中会闪现出一种超乎其原有意义的"魔力"，因为神祇，尤其是"女神"会对语词本身具有某种"收集"作用，并使言说者得以汲取"神的存在和意志的力量"，[14]这实际上也就是说，神灵是使语词变幻出魔力的"魔法师"。海子的诗正是由于他楔入了神话的语境，他的诗中成了神灵出入的场所，而神灵在他的诗中又似乎在自动编排着他的语词的密码，并形成种种特定的魔法般的吸力，使这些语词成为不断变换着绽开的"花朵"，"被置回到它的存在的源头的保持之中",而这时,作为言说者的人的"嘴不只是有机体的身体的一种器官,而成为大地涌动生长的一部分"。[15] 因此,我们从海子的诗中不但读到了出现频率最高的那些词语——"王""祭司""魔法""太阳""女神""大地""血""死亡"以及如被风暴卷起的自然之物,而且还在由它们所形成的反世俗经验的语境——犹如神灵的或疯狂者的语意结构,我们在其中看见了一个全新的世界,兴奋不已并被它照耀得眼花缭乱。

再看大地。万有之归所的大地在海子的诗歌中具有表象、本体和源泉"三位一体"的意义,海德格尔说:"作品把自己置回(set back)之所,以及在作品的这一自行置回的过程中涌现出来的东西,我们称之为大地。大地是涌现者和守护者。大地独立而不待,自然而不刻意,健行而不知疲惫。在大地之上和大地之中,历史的人把他安居的根基奠定在世界中……作品让大地成为大地。"[16] 在海子的作品中,事实上早已先在地存在着一个抽象的大地乌托邦,海子的一切象喻都离不开大地的依托,大地是他抒情的力量源泉,是他作品的承载空间,也是他诗歌所折射出的存在的本源,这是他的长诗《众神的黄昏》中的诗句:

……一盏真理的灯
我从原始存在中涌现,涌起
我感到我自己又在收缩

> 广阔的土地收缩为火
> 给众神奠定了居住地
>
> 我从原始的王中涌起，涌现
> 在幻象和流放中创造了伟大的诗歌
> …………

　　这是海子对诗人和世界和大地的关系的揭示。在海子看来，诗人的使命不是去表现那些被表象化和割裂了的事物、情感和世俗经验，而是要力图表现出世界、人类生存的本质，"伟大的诗歌"必须是超越于"碎片"之上的诗歌，而"主体世界与宏观背景（小宇宙与大宇宙）的分离，抒情与创造的分离"，终将导致"一次性诗歌行动"的失败和消失（见《诗学：一份提纲》）。而什么才能使之完整地统一起来？在海子那里，这种统一的力量正是来源于大地。

　　与大地相邻或重合的常常是"民间"世界与农业家园的背景或氛围，因为在现代世界中原始的自然已不复存在，只有民间世界和农业自然可以作为这一本源性存在的载体或象喻。海子是当代诗人中最早提出"民间主题"[17]的一个，在这个背景与氛围中，一切事物与经验都呈现出它古朴、原始、本真、统一和永恒的特质与魅力,诗歌就是从这种"最深的根基"中生长出来的。向着这个世界,"一层肥沃的黑灰,我向田野深入走去……有些句子肯定早就存在于我们之间,有些则刚刚痛苦地诞生……"[18] 由于这样的信念,海子一直拒斥着"现代文明"中的经验方式与语言方式,而保守着农业家园中一切古老的事物,因此,诸如"麦地""麦子""河流""村庄"等等事物与喻象便密度极高地出现在他的作品中,尤其是"麦地"和"麦子"。以至于有的评论者认为,在他的作品中存在着一个"麦地乌托邦",这是他"经验的起点","物质的""生存"的象征。[19] 但在我看来,"麦地"是更为形象的大地的隐喻,它是借助于创造劳动的生存与生存者的统一,是事物与它价值的统一,是自然与人和神性(法则)的统一,麦地不但揭示了生存与存在的本质,揭示了大地上的事物的存在特性,而且它本身与它的主体和养子——人(创造和依存的二重属性的人)的关系就构成了"大地"的全部内涵。由于这样一种极为生动的属性,在海子之后的许多诗人那里,麦子成为无处不在的植物,成为生存大地上的存在及存在者的经典象征物。

大地同时也构成了海子言说的原始和辽阔的语境,它构成了超越和融解世俗情感与社会经验的神性母体。也就是说,大地在海子的诗中既不断闪现为具体和个别的形象与事物,同时又是一个最终的整体。这一方面给海子提供了抒情的无尽的源泉,同时也使他面对永恒的存在而沉默下去,因为他似乎看到,大地本身即在言说着，大地上壮丽的事物自己就在歌唱。在这点上，海子与海德格尔的观点有所不同，从他的《春天，十个海子》中就可看出。"十个海子"是喻指大地上自然的海子，它们在春天到来时自动绽放出生机和美，而面对大自然的杰作，海子感到渺小、迷惘和缄默，并感到死亡的降临：

> 春天，十个海子全部复活
> 在光明的景色中
> 嘲笑这一个野蛮而悲伤的海子
> 你这么长久地沉睡究竟为了什么？
>
> …………
>
> 在春天，野蛮而悲伤的海子
> 就剩下这一个，最后一个
> 这一个黑夜的孩子，沉浸于冬天，倾心死亡
> 不能自拔，热爱着空虚而寒冷的乡村
> …………

乌托邦大地的无限与作为大地另一化身的乡村家园在海子的心中似乎发生了分裂，但他最终并没有像荷尔德林那样归返故乡，而且相反，朝着与这一方向相悖的北方投入了死亡的黑暗。

因此，海子的死，既可以视为对大地乌托邦的皈依，也可以视为抗争。

这很自然地就转向了另一问题：死亡。这似乎是一个最令人迷惘不解的问题。为什么海子这样"倾心于死亡"呢？这其中包含着两个问题：一是海子的死亡意识；二是海子的死亡行为自杀。因为事实上有死亡意识并不一定就会有主动的死亡行为。关于后一个问题，已有许多知情者做了解释，这里我们不做探讨，关于前者，我认为，除了性格、心灵结构深处的原因，也不能排除存在主义的哲学观念的某些影响，他的"一次性诗歌行动"的观点十分近似于雅斯贝斯对艺术家生命存在方式的解说，雅斯贝斯以荷尔德林、凡·高和达·芬奇为例，说明了伟大的艺术家其生命与写作统一为完整的生存，他们的生命和人格本身就具有"全部注入作品之中"和"毁灭自己于其作品中，毁灭自己于哲学立场中"[20]的特性，海子同样也热爱凡·高和荷尔德林，并与他们一样内心充满疯狂的气质。他和他们一样，作为"病态的天才，也创作新世界，但他们毁灭自己于其中"。这其中似乎也蕴藏着一种必然，但哲学史和文学史上没有任何一个时代像存在主义者这样，把生存存在和死亡的对立统一的问题作为首要和本体论的问题来予以探讨。这一方面表明了现代人类在死亡——"生存的深渊"面前，由于"上帝之死"及其所预示的神学宗教世界的毁灭与人类自身的救赎无望而面临的意识危机，同时也把这些问题的思考者推向了绝境，他们仿佛必须面对这深渊做出某种"决断"，而那些将创作和生命本身视为"一次性行动"者便不免或疯狂（精神的死亡，像荷尔德林、尼采那样）或自杀（肉体的主动性毁灭）。

海子诗歌中的死亡似乎是无处不在的。大地上不断毁灭的事物的象喻深深震撼着他的心，使他相信，死亡本身就是存在的显现，是对关于存在的经验的唤起。如《九月》："目击众神死亡的草原上野花一片／远在远方的风比远方更远……／／远方只有在死亡中凝聚野花一片／明月如镜，高悬草原，映照千年岁月／我的琴声呜咽，泪水全无／只身打马过草原"。是死亡景象的启示，使海子如此专注于生存本质的追寻，并不断追寻着自我生存的性质。在他的《祖国（或以梦为马）》中，他写道："众神创造物中只有我最易朽，带着不可抗拒的死亡的速度／只有粮食是我的珍爱，我将它紧紧抱住"。生本身的脆弱使它不得不把细弱的气息寄托于"粮食"这大地的赐予和馈赠，然而这植物在本质上也与同它具有双向哺育关系的人一样不断地死亡，如他在《四姐妹》中所写：

…………

抱着昨天的大雪，今天的雨水

明日的粮食与灰烬

这是绝望的麦子
请告诉四姐妹：这是绝望的麦子
永远是这样
风后面是风
天空上面是天空
道路前面还是道路

  绝望成为海子面对死亡的最终结论，而且他不是像普通人那样以"暂时与自己无关"的态度予以回避，"作为沉沦着的存在"做着"在死亡面前的一种持续的逃遁"，[21] 也不是像那些"躲着使自己毁灭的道路而前进"的艺术家那样，去用文字模拟死亡，而是主动迎向了它并可能在内心中艺术地幻化了它。这可能使他摆脱了死的恐惧，而感受到一种结束生与死的对抗，而融入永恒大地的安然，虽然带着"绝对理想的失败"，但毕竟是以自身的勇敢实践了在诗歌中不断对死亡的"倾心"和体验。在彻底的"疲倦"和"衰老"中，海子日日夜夜自己痴迷着的预言实现了：

大地　盲目的血
　　天才和语言背着血红的落日
　　走向家乡和墓地

　　海子的诗歌毫无疑问地已成为不朽的诗篇，但这并不等于说他的诗歌已属于所有的读者，因为他的"一次性写作"的原则和"回到民间"与原始的"超于母体和父本之上，甚至超出审美与创造之上"的"伟大诗歌"的理想，已注定使他的诗作带上了"反经验性"和"反可认识性可感知性"的性质。这种性质既成就了其作为无上的"伟大诗歌"的品质，同时也使它们陷于"绝版的神话"的境地，使它们不是作为阅读而存在，而是作为存在而存在。

　　所谓"反经验性"，海子在他的《土地》长诗前的序言中已做了很充分的说明："……在我看来，四季就是火在土中生存、呼吸、血液循环、生殖化为灰烬和再生的节奏。"这是《土地》基本的结构原型，从这点来看，似乎是不难理解的，但作者是如何表现这一结构的呢？"我用了许多自然界的生命来描绘（模仿和象征）它们的冲突、对话与和解。"

　　……豹子的粗糙的感情生命是一种原生的欲望和蜕化的

欲望杂陈。狮子是诗。骆驼是穿越内心地狱和沙漠的负重的天才现象。公牛是虚假和饥饿的外壳。马是人类、女人和大地的基本表情。玫瑰与羔羊是赤子、赤子之心和天堂的选民——是救赎和情感的导师。鹰是一种原始生动的诗——诗人与鹰合一时代的诗。王就是王。石就是石。酒就是酒。

……………

这是海子在《诗学：一份提纲》中对他自己语言"密码"的注解。很显然，海子的象喻方式完全是属于他个人的幻象和神话世界的，这个世界甚至与人类已有的神话之间也没有什么共同之处。它是海子自己的创世神话。这些长诗作品从本质上说，不论海子是否加以注解，别人都很难完整和准确地破译这一系统，并全面地掌握它的意义，因为海子的命名方式与编码方式，正是试图完全跳出人类已有的文化经验、情感经验与语言经验，以此达到他超越模拟的诗歌而成为原始的"伟大的诗歌"的目标。可以说，在海子诗歌的伟大属性和可感知性、可阅读性之间，存在着一个由他自己的"反经验"追求所设定的根本悖论，这一悖论，注定了海子诗歌文本的不可开放性，和根本意义上的"不可解读性"，而且一旦打开，就面临着被误读的危险。因此，其诗意只能沉积在经验的盲区，无法被文化照耀的黑暗之中，一旦被置于解析过程中时，诗意就将弥散、扭曲和消亡。这样说似乎有绝对之嫌，海子那些小夜曲式的短歌当然是"可以解读"的，它们既是海子诗歌整体中的一部分，同时也是可以单独存在的抒情片段。而且某种意义上，海子也是一个纯美和罕见的抒情诗人，一个带有民间歌手、流浪骑士、忧郁症者、江湖剑手……的混合气质与质地的谣曲诗人。然而从根本上说，他属于黑暗，属于混沌的天地与太初的存在，他的诗歌作为一个语言世界是趋于晦暗之渊的，不可能有完全意义上的解读。似乎也正是出于这样一个悖论，海子不得不用他的身体投向黑暗，使他的青春生命所放射出的一次性的耀目的光芒，最后照亮他的作品。从这个意义上说，海子挺身迈向死亡实则是对他的写作行为和作品本身的最后完成。我同意把海子之死看作是一种崇高的献祭仪典的说法，海子最后的生命之光成为一盏闪耀在永恒时空中的灯，使他作品中的神性光彩得以越出黑暗的遮蔽而高耸在诗歌王国的天穹。

从上述意义上说，海子的诗歌是不能模仿的，任何模仿都将黯然失色和缺少意义。或者是矫饰，或者是重现死亡的悲剧（而不具备海子那样写作高度的死亡，是难以与海子比肩而立的，在海子之后，据悉已有多位青年诗人自杀身亡，这是颇为令人悲哀的，事实上也只能有一个海子——这本身已经够残酷了），或者是退回到可经验性的写作。对海子诗歌中的个别部分施以植出，诸如村庄、麦地等等农业生存的情境进行回应性的"共同写作"，这曾导致20世纪90年代初期"新乡土诗"的兴盛一时。海子对存在的追问以及他诗歌所透出的高迈风格、神启意味、语言魅力在推进当代诗歌写作境界的同时,也引起了众多诗人对他的模仿。在众多因素的作用下,以至于在20世纪90年代而下的诗歌中出现了一个"唯存在论的主题情结",海德格尔等存在主义哲学家的诗学观念渐次取代此前其他诗学思想而被奉为当代诗学的圭臬。这样一种趋势既给当代诗歌的发展和精神提升提供了新的强大动力,同时也使当代诗歌写作陷入了一个"唯存在论"的困境。不过,这是源于一场善意而无法不俗化和降格的误读,而不是海子应负的责任。

注释:

① ⑤ 海子:《诗学:一份提纲》,见《磁场与魔方:新潮诗论卷》,北京:北京师范大学出版社,1993年版。
② 尼采:《论自由的死》,见考夫曼:《存在哲学》,北京:商务印书馆,1987年版,第106页。
③《存在主义美学·译者前言》,崔相录、王生平译,沈阳:辽宁人民出版社,1987年版。
④ 今道友信:《存在主义美学》,崔相录、王生平译,沈阳:辽宁人民出版社,1987年版,第148页。
⑥ 同④,第150页。
⑦ 雅斯贝斯:《斯特林堡和凡·高》,转引自《存在主义美学》,第152页。
⑧ ⑨ 西川:《死亡后记》,《诗探索》,1994年第3辑。
⑩ 见陈嘉映:《海德格尔哲学概论》,北京:生活·读书·新知三联书店,1995年版,第250—252页。

⑪ 海子于 1989 年 3 月 25 日由北京乘火车至山海关,26 日在山海关以北龙家营附近卧轨自杀。

⑫ 海子:《谈诗》,见老木:《青年诗人谈诗》,北京大学五四文学社,第 175 页。

⑬ 今道友信:《存在主义美学》,崔相录,王生平译,沈阳:辽宁人民出版社,1987 年版,第 110 页。

⑭ 卡西尔:《语言与神话》,北京:生活·读书·新知三联书店,1988 年版,第 72—15 页。

⑮ 海德格尔:《通向语言之路》,见《人,诗意地安居》,郜元宝译,上海:上海远东出版社,1995 年版,第 58—59 页。

⑯ 海德格尔:《诗·言·思》,见《人,诗意地安居》,郜元宝译,第 102 页。

⑰⑱ 海子:《民间主题(〈传说〉原序)》,见《海子诗全编》,上海:生活·读书·新知上海三联书店,1997 年版,第 873 页。

⑲ 宗匠:《海子的诗歌:双重悲剧下的双重绝望》,《诗探索》,1994 年第 4 辑。

⑳ 同 ⑬,第 155—156 页。

㉑ 海德格尔:《存在与时间》,北京:生活·读书·新知三联书店,1987 年版,第 305 页。

1987 年 5 月,济南舜耕山下

原文发表于《当代作家评论》,1998 年第 5 期

辑四

IV

民间理念的流变与当代文学中的三种民间美学形态

"民间"话题已经成为当代小说理论中重要的组成部分，回到民间，也已成为小说变革的重要标志与成就，围绕这一话题已经有很多精彩见地与论述。虽然说民间本是小说艺术的本然处境，是小说之"家"，但它在当代艺术的整体格局中却能够成为一个问题，一种包含了"进步"与"变革"的趋向。在现今的语境里谈论它，仍然具有其"本体"与"隐喻"的双重意义，它不但意味着对小说基本性质的把握，还意味着对曾经被异化、扭曲和利用的历史以及现今依然存在的某些非艺术的外力作用的矫正、逃避与反拨。

关于当代小说的民间性、民间走向、潜在的民间因素，许多学者特别是沪上的批评家，已经有了许多很好的论述。但我以为关于这一概念的历史传统，其在当代的流变，特别是在20世纪80年代以来的不同美学形态的表现仍有值得梳理、区分与探讨之处，本文即试图对以上几个问题做一些粗略的探究。

一 小说艺术的"民间"传统

作为文学或美学概念，"民间"一词大约始出自明代小说家冯梦龙的《山歌》。在此篇短文中，他即非常明确地提出了同主流文学、文人写作相分野的"民间"说："书契以来，代有歌谣，太史所陈，并称'风雅'（按：风，民间歌谣也；雅，庙堂之辞也），尚矣。自楚骚唐律，争艳竞畅，而民间性情之响，遂不得列于诗坛，于是别之曰山歌，……唯诗坛不列，荐绅学士不道，而歌之权愈轻，歌者之心亦愈浅。"在这里，"民间"作为一个文学空间、一种艺术风尚、一种美学风范与格调的概念，已经十分清晰。它是文学最早的范本，是一切文人写作的源头。但随着文人文学与主流文学的发育，这个源头反而受到了漠视，渐渐被遗忘和排挤在"正统"文学之外，乃变成了"山野之歌"。然而这些"民间性情之响"的山歌，却有着"荐绅学士"的文学所没有的可贵之处——它们的歌者都是"歌之权"很轻的山野之人，因为与权力的写作相去甚远，其写作的心理和写作的内容就看上去"愈浅",然而,浅则浅矣,"情真而不可废也",因为"但有假诗文,无假山歌"。冯梦龙推崇这种"不屑假"的文学,便搜集整理了大量的民间白话小说,因此世方有对开创中国小说传统具有重要意义的《三言》,《三言》无论是文化立场还是其美学趣味都是"民间"的,也正是因为其民间性与"非官方""非主流"的性质,它们才特别受到市民阶层的消费者的欢迎。

尽管"民间"一词的出现是晚至明代,但小说从它的诞生时起,就注定了它的"边缘"性民间基质。"小说"这个词最早出现在庄子笔下时,就表达了说话人对它的轻蔑:"饰小说以干县令,其于大达亦远矣。"① "小说"在这里显然是指小人物的道理,离真正的"大道"哲思远矣的世俗言谈。东汉史家班固在其《汉书·艺文志》中列出了"小说"一类文体,并专就"小说家"的概念做了阐述:"小说家者流,盖出于稗官(下层官员——引者)。街谈巷语,道听途说者之所造也。……闾里小知者之所及,亦使缀而不忘。"他还引用孔子的话加以补充说明:"虽小道,必有可观者焉,致远恐泥,是以君子弗为也。"② 下层的官吏所记载整理的那些"闾里小知""街谈巷语,道听途说"就成了"小说"。"小说"多陷于奇谈怪论、荒诞不经之事,所以"君子弗为也"。"小说家"只是一些小人物,因为需要基本的文化水平,所以才由"稗官"来充当。

明代是中国小说走向成熟的时期,不止《三言》《二拍》等整理自民间的话本与拟话本小说，而且在同样基础上还诞生了成熟的长篇小说，诞生了所谓"四大奇书"——《三国演义》《水浒传》《西游记》和《金瓶梅》，历史、游侠、世情、神魔，中国小说的几大传统都已因之发育成熟。这些长篇小说虽属文人创作，但无疑是在融入了大量来自民间的文化与艺术因素的基础之上诞生的，体现了浓厚的民间精神与审美价值取向。

总体上看，传统小说的民间基质大致表现在这样几个方面：

一是"江湖"空间或市井的生活场景。与诗歌和"文章"一直以主流道德与崇高理念为书写对象不同，小说多描写的是"绿林盗匪"的传奇和"引车卖浆者流"的生活景观。啸聚山林、寄身水泊、"飘蓬江海漫嗟吁"的《水浒》英雄当然是托身民间的，它完整地勾画了一幅江湖民间社会及其特殊的"江湖意识形态"的图画;《金瓶梅》写的完全是市民生活的场景，它可以说是在《水浒传》故事的主干上旁枝斜出的分支，在市民趣味的支配下又被"演义"和"演绎"而成的，这充分反映了一般受众对世俗生活内容的兴趣。应该说"市井"和"江湖"正是在这两部小说中，成了两个典范的文化和美学概念，也成了最重要的民间文化范畴，它们都是相对于"庙堂"社会的民间世界的典范符码。事实上，如果说《金瓶梅》这部小说是有重要意义的话，那它的意义远不在于它对明代末叶社会生活的所谓反映与批判，而在于它对市民生活情趣的生动细腻的表现，并由此标立了一种与主流教化式的写作完全不同的、市民式的写作立场与叙事方式。

二是道德的民间化，或反正统道德，这是传统小说另一个重要的民间基质。"庙堂"的基本道德尺度是"忠"，而"江湖"的基本道德尺度则是"义"，"义"是民间的，"忠"则是主流的，"忠"表达的是"垂直"的"君君臣臣父父子子"的等级制的统治者道德，而"义"表达的则是"平行"的平等的"四海之内皆兄弟也"的民间道德。《水浒传》之所以受人喜爱，主要是由于读者在阅读中，从民间的非正统道德那里获得了一次极大的精神解放，作者巧妙地利用了民间意识形态的力量，以"义"的名义，赋予了这些绿林好汉的杀人越货、"抡着两把板斧只管砍过去"的性格与行为以特殊的"合法性"，因为他们是讲义气的，所以杀人就有了特殊的理由，就成了英雄之举。普通人从这里找到了一种对抗于以"贪官污吏"为代表的强权与暴政的力量，所以就不仅合法，还合情。在《三国演义》这部比较"主流"的小说里，作者也有效地使用了民间道德对"扬刘抑曹"的正统道德进行补充和消解，"是非成败转头空"的慨叹，使另一种"人本"的民间历史观得以确立。"秋月春风"，"江渚渔樵"，不以成败论英雄，唯剩人生感慨，岁月沧桑，这是一种典范的"中立"式的"中性"的民间历史意识。同时作者还刻意强化了"刘关张三结义"的江湖性质，淡化君臣主仆的关系，突出手足兄弟的义气，这显然是为了强化其民间道德与美学倾向，以照顾一般受众的阅读趣味。

民间道德的内涵是很复杂多样的,这在话本白话小说中有丰富的表现。正像有人所概括的,"《沈小霞相会出师表》,描写了一场惊心动魄的忠奸斗争。《杜十娘怒沉百宝箱》歌颂了不肯屈辱而生的宁折勿弯精神。《灌园叟晚逢仙女》写的是善良和贪婪之间的对立。《金玉奴棒打薄情郎》谴责了富贵忘旧的丑恶灵魂……"③所谓忠奸对立、善恶报应、富贵忘旧、见利忘义、富贵无常、祸福轮回等等,都是民间最常见和最典范的道德评判模式。而大量的古典小说所依托的教化思想、其道德合法性的获得都是源于这些基本模式。

三是故事性与传奇性因素,即遵循消费规律的"好看"原则。这既是小说兴盛于明代资本主义萌芽时期的一个根本性原因,同时也有一个久远的传统,因为中国小说的早期原型正是魏晋时期倡兴的"志怪"文体——曾为孔子所不齿的"怪力乱神"一类的奇想幻闻,"怪"与"奇"一直是小说最重要的文体特征,从魏晋到唐,虽然小说的要素逐渐具备,描写内容开始由神鬼转向人,但"志怪""传奇"的特性却依旧明显;再到宋元话本,"说话"形式对小说内容的根本要求也是故事情节的吸引力;这种特征一直持续到明代的拟话本,所谓"警世""奇观""拍案惊奇"都是这种特征的表现;直到清代文言笔记体小说(如《聊斋》)的复兴,如蒲松龄者所推崇的仍是"干宝之才""幽冥之录","披萝带荔"之"牛鬼蛇神"。[④]"奇",由消费需要变成了小说美学观念的最重要的因素。因为奇,便满足了受众观赏性、娱乐性、消闲性和刺激性的需要,也满足了出版商好看好卖好传播有好效益的需求。正像清人袁于令称赞《西游记》时所说的,"闲居之士,不可一日无此书"。[⑤]以消闲为第一目的,同时又不致"为风俗人心之害"(清·闲斋老人:《儒林外史序》),可以说是传统小说整体的艺术宗旨,这样的宗旨无疑是民间性的。

上述对传统小说的民间特性做了一个简单的概说,当然不是说传统小说中没有统治者意识形态的东西在,但总体上,它们之所以还有活力,还有着可贵的自由的思想源泉与艺术魅力,首先得益于其诸多的民间特性。

将小说提升至社会文化的"中心"位置者,始于近代的康梁等启蒙思想者。他们借鉴西方近代文化与文学发展之路径,重视大众文化媒体在传播新思想、推动社会文化变革方面的作用,而小说就是这样的大众媒体之一,康有为认为:"仅识字之人,有不读经,无有不读小说者。"另一个同时期的小说家邱炜爰亦说:"天下最足移易人心者,其惟传奇小说乎?"[⑥]所以要传播新思想,必须利用小说有力的传媒作用,因为它在所有的艺术形式之中同大众的距离最近,而且还"有不可思议之力支配人道"的作用,所以"欲新一国之民,不可不先新一国之小说"。[⑦]不过,即使是在维新派的主张发生了强大影响力的年代,也仍然有人出来坚持小说的民间艺术性质，如王国维、徐念慈等，徐说："小说者，文学中之以娱乐的，促社会之发展，深性情之刺戟者也。"但"所谓风俗改良，国民进化，咸推小说是赖，又不免誉之失当"。[8]他仍然把"娱乐"放在第一位，把"性情刺激"亦放在重要位置。作为新文学与白话小说的奠基人的鲁迅，虽然特别强调小说改良人生的启蒙作用，但他在小说史的研究中却非常敏锐地注意到传统小说固有的民间特性，以至于"民间"一词在他的《中国小说史略》中出现的频率非常之高。

不过，这里有必要说明的是，重新梳理传统小说中的民间文化与审美基质，并非要否定新文学小说中的改良社会人生的作用，只是旨在说明两个问题：第一，当代小说的民间价值倾向是有其历史依据与精神传统的；第二，过分强调小说的社会主流文化作用，将之变成意识形态的工具，是从晚清维新派的主张演变而来的，它虽曾起过许多有益的作用，但也中断了古典小说亲和于民间文化精神的传统，致使当代小说走向了畸形和贫困，最终再度引起了人们的警觉、反省和改造。这是一个总体的背景。

二 民间理念的当代复活与拓展

"民间"一词作为一个当代性的文化立场与美学范畴的提出，

当然是20世纪80年代以来的事情。在诗歌中,它的最早的提出者应当是海子,在他完成于1984年12月的一首长诗《传说》的前面,他写了一篇题为《民间主题》的序言,这应该是"民间"一词作为诗学概念在当代的首次被提出。海子用他诗意的话语方式对这一概念做了这样的阐释:

> ……在隐隐约约的远方,有我们的源头、大鹏鸟和腥日白光。回忆和遗忘都是久远的。对着这块千百年来始终沉默的天空,我们不回答,只生活。这是老老实实的、悠长的生活……在老人与复活之间,是一段漫长的民间主题,那是些辛苦的、拥挤的,甚至是些平庸的日子,是少数人受难而多数人也并不幸福的日子,是故乡、壮士、坟场陌桑与洞窟金身的日子,是鸟和人挣扎的日子。清风披发,白鸟如歌,地面上掠过一群低低的喃语和叹息。老树倒下的回声,月光下无数生灵的不眠之夜,醉酒与穷人的诗思……反正我怎么也叙述不尽这一切。遥远了,远了……⑨

无疑,海子对民间的理解和阐释是非常有深意和远见的,这一段阐述直到今天也仍然是准确和丰富的。它体现了民间的原发性、自在性、自然性、日常性,未被修改和装饰的一系列本真与本然的特性。然而在20世纪80年代的语境中,他的想法却不会立即为很多人所认同，虽然在"第三代"的诗歌运动中，某种"边缘的"、破坏性的甚至"反正统""反主流"的写作已成为其先锋性的标志，但这类极端即时性和策略化的写作态度与立场，同民间性的原生、自在、本然与博大却仍有根本的差异。

民间理念在小说中的复活是在20世纪80年代初，但作为理论观念的提出却已迟至1985年，并且其本身是很暧昧的和很"主流化"的，这很有意思，因为它是在20世纪80年代启蒙主义色彩很浓的特殊语境中出现的，所以难免不被主流思潮和时尚话语所覆盖。

民间理念出现的契机是"风俗文化小说"在1980年前后的悄悄出现。风俗文化小说的意义在以往我们总是未能给予应有的阐释，现在看来，当代小说的许多重大变革都是悄悄地从它开始的。这是一次意义深远的"搬家"，在此之前，当代小说虽然做出了巨大的变革努力，但总是摆脱不了当前话语与意识形态主题的强大遮覆，小说虽然爆发出巨大的社会能量，但其艺术与文化底蕴却总是显得虚弱和瘠薄，小说缺少真正的生命力，无法同整个民族的文化与艺术的传统链条相连接，无法真正汇入到它应在的那个久远的血脉和精神的谱系之中。无论是"伤痕""反思"还是"改革"主题，它们都是典型的"即时性"的主题，小说的艺术和精神品质一直没有建立起来。在这样的背景下，汪曾祺、邓友梅、陆文夫乃至冯骥才等人的风俗文化小说的出现就具有了特殊的意义。在汪曾祺的《受戒》《大淖记事》，邓友梅的《那五》《烟壶》，陆文夫的《小贩世家》《美食家》和冯骥才的《神鞭》《三寸金莲》中，与当代社会生活"无关"的乡间民俗和市井生活场景，成了具有自足意义的存在，乡村和城市，两种民间景致都一并浮现出来。在汪曾祺的小说中，氤氲着一种特有的民间的宽容精神：当了和尚照样可以娶老婆，失了女儿身也不要紧，虽然这些都近乎作家自己的臆想，是"四十年前的一个梦"，但他毕竟写出了民间的自在和本源的一面。邓友梅的小说不像汪曾祺那样富有桃源的风神和理想的气质，但毕竟小说中出现了"身份暧昧"的人物，出现了市井闲人、落魄贵族、纨绔子弟，还有古董商、旧艺人等等，可谓三教九流、形形色色，由此他勾画出了一幅幅古老的中国式城市民间社会的风俗画卷。

小说由此开始"回家"，离开社会政治与意识形态的急流，而接近于许多恒久长在的东西，接近于生存、人性，永恒不变的风景，开始关注那些在古老的家族谱系上生长出来的人物，这些人物的社会特性、阶级身份都逐渐模糊化了，而他们的种族文化特性却逐渐清晰起来。而小说家对他们的观察与表现的态度也"中性"化了，主流道德对他们也难以再发生框定作用。由此小说的主流教化功能开始变弱，而其可观赏性、娱乐性与消费性的功能则开始凸现出来。这一切都取决于民间因素的潜滋暗长。

1985年小说的"爆炸性"的革命，在很大程度上取决于民间意识的复活，尽管这复活由于主潮式的"寻根"文学运动的遮覆，还没有成为最显在的问题，但它却在深层的内在意义上成为一个真正的变革动因。正如李杭育所梳理的文学精神之"根"，不是属于主流的"中原规范"，而是这中心之外的"老庄的深邃，吴越的幽默"，以及楚人的"讴歌鬼神"。它们才是"我们需要的'根'，因为他们分布在广阔的大地，深植于民间的沃土"。[⑩]韩少功也在他的《文学的"根"》中反复强调那些"还未纳入规范的民间文化"和"乡土中所凝结的传统文化"："俚语、野史、传说、笑料、民歌、神怪故事、习惯风俗、性爱方式等等，其中大部分鲜见于经典、不入正宗"，但他们却"像巨大无比、暧昧不明、炽热翻腾的大地深层"，"承托着地壳——我们的规范文化"。显然，取向于非主流、原生、乡野、大地、民间，这些概念与这种思路在寻根小说家们那里已经接近于一种共识。

不过总体上看，在20世纪80年代启蒙主义语境占据了绝对优势、知识话语具有特定强势的情形下，民间性更多的还是一个隐喻，一个既具有本源性又具有功利性，既接近小说本体又更具有文化启蒙意义的概念，它的民俗性暂时得到夸大，但消闲性却被排除在外，作家们表面上强调了它的边缘性，但骨子里却充满了宏伟理念和精英意识。因此它事实上只是小说革命的一个潜在因素，而难以成为直接浮出地表的显在的命题，其表现也比较初步，比如在乡村，它更多地表现为某种"古老风情"性的东西；在城市空间，它也多是着眼于某种边缘性的人格模式或道德理念。而且人们对民间因素的误读也是严重的，比如王朔的小说，它也可以说是在主流的文学空间之外辟出了一方新的天地，并且由于其特有的反主流话语风格而培育了一大批特定的读者，由此对原有当代主流社会话语的解构也起到了巨大的作用，但来自两方面的误读却硬是将它变成了另外的东西，或是将它看作纯粹"痞子"的文学，或是将之读为"后现代"的先锋，人们唯独对它的民间性质很少有客观的认识。逼得王朔无法，只好大声求饶：我不过是个码字的匠人罢了！

民间问题之所以在20世纪90年代浮出，首先是由于社会情境的巨大变迁，原有启蒙语境的瓦解，使知识强力话语失去了优势，小说的启蒙主题与精英话语叙事的独立合法性已经面临难以成立的危境。在此情境下，小说必须借助于另一个支撑点，同时对自身的价值立足点做出新的解释，在它无法建立自己独立自足的宏伟叙事与巨人式的启蒙思想主体，同时也无法依附于旧式政治理念的处境下，它的"进步性"或现实批判性何在？其必不可缺的意义与精神何在？这不单纯是一个小说艺术所面临的问题，同样也是一个知识分子在精神上的一个归属问题。像现代史上经常出现的情况一样，他们又赋予"民间"一词以特殊的内涵——"民间"又成了一个与"庙堂"相对应的精神世界与空间的特殊概念，成了个性与自由的载体，本源和理想的象征。这当然首先是一个意愿，一个言不及义的"隐喻"，因为无论怎样，"民间"一词在20世纪中国所特有的政治合法性也是难以动摇的，它在以往曾被做过各种各样的解释，"为工农兵服务"，"向民歌学习"都曾是这种解释的某种变相形式，但它们又都同时被"主流化"了，背离了真正的民间。而"回到民间"，正是在启蒙话语受挫，并同时受到市场语境的挤压之时，对当代文学精神价值的一种重新寻找和定位，这样一种定位包含了当代知识分子深切的忧思、智慧与责任感。陈思和的民间理论的提出正是应和了这样的背景，并且生发出深远的含义和影响。他先是对民间意识的浮沉与20世纪中国文学的兴衰的关系做了细致和独到的梳理，由此对抗战以来一直到"文革"时期的文学做了一种新的解释，即，这是一部由民间文化与政治意识形态之间的复杂对立又互为纠结渗透的关系所演绎出的文学史。在这一部文学史中，民间文化的潜在力量是使许多文本能够葆有历经磨洗而后存的价值的主要原因，"文学史又一次证明了民间的力量"。[11]在另一篇文章中，陈思和又对"文革"后文学当中民间文化因素的增长与民间美学形态的浮出进行了探讨和梳理，他认为以寻根文学为标志，"广场上的知识分子重返庙堂的理想"即被终结了，嗣后的作家开始以"来自中国传统农村的村落文化的方式，或来自现代经济社会的世俗文化的方式来观察生活"，或者"虽然站在知识分子的传统立场上说话，但所表现的却是民间自在的生活状态和民间审美趣味"。由于他们注意到民间世界的存在,"并采取了尊重的平等对话而不是霸权态度,使这些文学创作中充满了民间的意味"。[12]他把"新历史小说"的崛起,以及张炜的《九月寓言》、张承志的《心灵史》、贾平凹的《废都》等小说都看作是相关的例证。

  无疑,陈思和的上述理论同20世纪90年代以来思想文化界的新视界是有着一致性的关系的,它既阐释了文学的一般规律,同时也基于当代中国现实的敏感语境,因而必然产生广泛而深刻的影响。

三　当代小说中的三种民间美学形态

  当代文学中的民间文化与美学倾向有着相当复杂的表现,它依托于几个不同的空间,并且与传统小说中的民间文化内涵相比又有许多新质。因此,要想对其特征进行阐释,必须加以离析与区分。在我看来,民间理念与民间立场在当代的实现大致呈现了三种形态,即"乡村民间""城市民间"和"大地民间"。它们在互相联系的同时,确实具有比较明显的不同内涵和向度,并产生了相关的文学流向与大量作品。不过必须说明,划分这三种形态并非意味着它们都已发育成熟,而首先是为了说明的方便。实际上具体到每个作家那里可能又是兼而有之的,而且三种形态也都还在形成过程之中，与其说"形态"也许还不如说"趋向"。

（一）"城市民间"

"城市民间"可以说有着古老的渊源，中国古代的小说基本上是一种城市民间的消费文本。小说之所以在明代崛起，主要是因为资本主义在明代出现了萌芽，城市民间社会的发育为出版印刷业作为商业活动提供了现实基础，小说的消费群体与传播载体由此得以形成。这在西方也是有着同样背景的，西方近代小说的兴起也是始自文艺复兴时期资本主义生产方式的萌芽，《十日谈》《坎特伯雷故事集》等小说同中国的《三言》《二拍》可以说是有着惊人的相似。很显然，城市社会空间与城市生活方式的出现与扩展，是小说发育的最根本的动力，作为一种城市社会的"民间意识形态"，小说不仅主导着城市的文化消费，而且成为新型价值观念的传播媒介，它们以新的道德理念诠释着市民阶层的生活方式，使之合法化，这也是它们在"推动社会发展"方面所做出的重要贡献。我们通常也正是在这样的意义上肯定市民小说的价值的——不是去苛刻地批评它们的那些不无"诲淫诲盗"意味的放纵描写，而是着眼于它们对主流道德观念的瓦解与冲击。

但小说植根于"民间意识形态"的最初状态很快就被改变了，它很快就受到了"知识分子意识形态"的利用和修改。小说在19世纪的欧洲达到了高峰时期，但却基本上变成了社会批判与思想启蒙的工具、知识分子进行人性与道德探求的方式。这种"过分"的知识分子意识形态的改造，在20世纪取得了最辉煌的成就，但显然也已经穷尽了小说的活力与可能性。在20世纪的中国，小说被命定地选择为推动社会变革、改良人生状况的工具，知识分子很自然地将传统的主流文学观念套到了小说的头上，同时"社会政治意识形态"又将庸俗化了的社会学认识论观念塞入其中，小说不堪重负地变成了"经国之大业"：思想之阵地。在逻辑上这固然是合理的，可是从小说艺术发展的实际看，其作用就不仅仅是正面的了。世纪初启蒙知识界对"鸳蝴派"和"礼拜六"等娱乐性小说的批判当然是有道理的，然而问题的另一面则是将小说变成了主流文化的一个分支，使小说原有的古老民间传统逐渐被阉割。

但这仍然有一个过程。20世纪二三十年代，在北京、上海和其他城市，仍然有着民间化的城市空间，虽然这个空间也正日益遭受着污染。在老舍、张爱玲等等作家的作品中都或多或少地含有城市民间文化精神的因素，在《骆驼祥子》《四世同堂》等小说里，可以比较明显地看到原生的市井人物与民间生活场景。

在当代，由于意识形态的作用，城市小说演化成了"工业题材"小说，变成了一个文化和文学的特定部门。原有的城市小说概念不复存在，从欧阳山的《三家巷》到周而复的《上海的早晨》，再到艾芜的《百炼成钢》，所遵循的都是苏联式的社会学反映论模式，着眼于表现城市社会或"工业战线"上的社会矛盾和阶级斗争。小说完全变成了一定时期政治理念的演绎与演示。这种情形实际上是一直延续到20世纪80年代初"工业改革题材"的小说，只是改头换面，原来的阶级斗争主题被置换成了改革。蒋子龙、张洁、李国文、柯云路的改革小说，基本上都未触及过城市文化本身。

城市民间社会及其文化价值的显形始自王朔的小说。王朔小说中的城市民间倾向大致表现在这样几个方面，一是人物社会政治身份的模糊化，他们被称为城市的边缘人、游走者、文化闲人或"精神痞子"，这样一些人，其身份同传统小说中的三教九流、市井人物之间具有了某种很微妙的血缘联系；二是人物所表现的特别"扎眼"的反正统道德倾向，"千万别把我当人""玩主""玩的就是心跳"这类具有挑战意味的字眼，成为他小说价值与道德倾向的标志；三是叙述风格的大众俗文化倾向，小说的主导性话语选择了一种"文革后"色彩很浓的城市市民话语，在喜剧式的语境中杂糅了大量已经被遗弃的政治话语，以及相应的红色宏伟叙事的习惯性语气，变成了一种市民主体对庄严政治话语的"嬉戏"，这一方面引发人们对历史悲剧的"喜剧回忆"，营造出非常富有历史内涵的戏剧情境，同时在潜在层面上也暗合了当代文化中的解构主义倾向，通过对语言的"施虐"而最终触及文化，产生了对"文革"及"文革后"意识形态的"软性消除"的作用。而且非常奇妙的是,这种"政治话语的嬉戏"居然成了一种新的城市市民意识形态与边缘性话语的有效载体。在他的小说中,"文革"时代的革命话语被有效地转化成了喜剧的噱头——一种"语言鞭尸"的游戏,新的市民娱乐的消费品。这是他的小说曾经得到广泛欢迎,并同时得到先锋批评家的赞同和推崇的原因。由于上述几个原因,我以为可以说王朔重新续接并开启了城市市民小说的传统,尽管事实上还带有浓厚的"后文革"时代的历史与政治印痕。

20世纪90年代的城市小说呈现了从未有过的兴盛局面。伴随着新生代小说家个人性叙事的崛起和主流化写作的衰微、意识形态写作的终结,城市市民小说开始以非常多样的形式出现在人们面前。总体上看,20世纪90年代的城市小说大致出现了这样一些新的趋向。一是形形色色的"城市新人类"作为故事的主体次第登台表演,如邱华栋笔下的身份飘忽的"城市游走者"和"寄生族"式的人物;何顿笔下出入于黄黑二道、搏击于商海风浪的"新淘金者"与"暴发户"式的人物;张欣笔下的珠光宝气在交易场上游刃有余的"白领一族";以及更为晚近的"70年代出生的作家",尤其是女性作家如卫慧、棉棉者,她们笔下的身份更加暧昧、出入于舞厅酒吧、私人Party,行为乖张、恋爱随便、有歇斯底里症,甚至吸毒、与外国佬上床,是非常具有"边缘"或"另类"道德色彩的"新新人类",上述他们构成了几乎是我们的时代最自由、最富有、最刺激、最快活、最没有负担和最令人瞠目震惊的一群"新人"。二是他们的叙事共同复活了一个传统的市民社会，及其承载了市民生活理想与价值观念的"市民意识形态"，这其中虽有生活方式与生活内容的新变化，但从精神与观念的角度看，却完全是古老的城市市民社会精神谱系与价值链条的自然延伸，比如他们的生活观念已经完全"非正统化"了，他们无论是同主流意识形态，还是同知识分子的传统人文理念之间，几乎都是格格不入的，他们是一些地地道道的个人主义者、利己主义者、现世主义者和享乐主义者，他们共同完成了一个对历史的遗忘和对现实的拥有。三是他们的叙事已经完成了从先锋小说叙事中的分裂与蜕变，特别是在20世纪90年代中期以后，他们仅有的一点被阐释为"前卫"的特点实际上仅剩下了"裸露的大胆"，与商业时代文化经营方式已经完全"接轨"，小说不再具有认真的生存思虑与意义追问，也不再具有形而上学的精神与艺术探求趣味，而只是一味地迎合读者，形象一点说，他们（她们）的"另类"已经完全商业化了，成了一种角色定位和商业包装的需要，成了一种对市场份额的谋算。从叙事特点上看，他们（尤其是她们）基本上把先锋小说的意识探险、潜意识场景和乌托邦叙事变成了一种"身体写作"与"行为写作"，不再追求艺术上的智慧含量，而是极尽强化其刺激性与惯性滑动的力量，以将读者诱入其间。因此"公共的玫瑰"就成了她们新的毫不避讳的信条,"可能的话,我努力做一条小虫,像钻进一只苹果一样钻进年轻孩子们的时髦头脑里,钻进欲望一代的躁动而疯狂的下腹"。[13]应该说,就这一点而言,城市小说及其所负载的城市民间精神正在接近于一种迷途。

1995年问世的王安忆的《长恨歌》,是迄今为止体现出强烈的城市民间倾向的小说的典范之作。这部小说用极优美和哀伤的笔触,复活了一个逝去时代的城市的民间记忆。王琦瑶,一个完全与时代的洪流割断了联系的旧上海的市民女性,一个生错了时代的女人,能够在红色的年代里默默地地下"蛰居"般地生存了几十年,完全是因为上海这座现代中国的商业城市中的民间社会的庇护。这是一个完全不同于林道静式的"现代知识女性"的人物,甚至也不同于茅盾、丁玲等现代作家笔下的"时代女性"或叛逆性的知识女性,她走的是一条古老的女人之路,像历史上所有的薄命红颜一样,她向往着富贵和安闲的生活,盲目地把希望寄予男人,然而她又总是错过了一切的机缘。她是一个按照市民的生存理念走完自己一生的特殊人物,通过她的命运,作家完成了一个对传统文化精神、形象谱系与美学意念的修复,复活了一个古老的市民社会,一个从白居易的诗歌那里延伸下来的感人母题,一个永恒的悲剧美学理念。可以说,同样的题材和相近的人物,由于完全不同的写作立场与理念,才导致了如此不同的内容、主题以及美学情调。从杨沫到王安忆,从《青春之歌》到

《长恨歌》，从林道静到王琦瑶，之所以会发生如此大的转折与对比，根本的在于从主流到民间的观念的变化。

与城市民间相邻的是一种属于历史或"历史乌托邦"的城市民间。这种流向同20世纪80年代末90年代初的先锋小说曾有着密切的关系，在苏童的"妇女生活""香椿树街"等系列的长中短篇小说《米》《妻妾成群》《红粉》中，在余华的《呼喊与细雨》《许三观卖血记》等长篇小说中，叶兆言的《状元境》《追月楼》等"夜泊秦淮"系列小说中，甚至在方方的《桃花灿烂》《祖父在父亲心中》等作品中，都氤氲着浓重的城市民间氛围。陈思和在他的《民间的还原："文革"后文学史某种走向的解释》一文中，曾把这些"新历史小说"看作是小说民间走向的例证。不过，历史氛围中的城市民间同现实情境中的城市民间毕竟还是有着很大不同的，它更重于风俗与文化意义上的民间生活场景，而不是从"行为"与道德意义上去认同和张扬它们。迄今为止，先锋新历史小说仍然标志着城市民间在小说中所达到的精神与文化深度。

（二）"乡村民间"

"乡村民间"在古代小说传统中不像"城市民间"那么丰富，这是由于小说的基本消费群体主要是城市市民而造成的。在中国古代小说中，似乎只有《水浒传》中有较多的描写，但也基本上呈现为"江湖民间"。在 20 世纪的中国小说中，乡村民间似乎一直未能成为一种成熟的文化与美学形态，而仅仅是表现出了较明显的"民间性"倾向，这同"农村题材"的小说特别发达的事实之间，正好形成了一个很大的反差。

鲁迅和文学研究会的作家首倡乡土文学写作，叶绍钧、许地山、王统照、王鲁彦、许钦文等等都写过较多乡土题材的作品，但以鲁迅为代表，他们对乡土农村社会的描写，主要是为了实践他们"为人生"的文学理想，以拯救受难者的眼光关注民生与乡村的苦难，由于这样的启蒙主义文化立场，他们笔下的乡村是破败的、荒凉的，作品的格调基本都是悲剧性的，人物大都是愚昧和可怜的，乡村生活被打上浓重的悲剧与拯救的主题印记，而很少呈现过自足的乡村文化与生活景观。由于十足的知识分子视角，乡村文化本身被较多地遮蔽和修改了。再到后来的左翼作家笔下，乡村社会又进一步变成了表现阶级斗争的场所。

在一些自由主义作家那里，乡村社会生活也曾得以表现，但又走向了另一个端点——文人化，即浪漫主义化了。以沈从文为例，他的湘西小说中含有大量的对民间道德、民间文化的崇尚与赞美的因素，但他的审美态度则是纯粹文人趣味的，是典型的浪漫主义式的民间——对风俗描写的注重、传奇色调的强化、道德理想的灌注等等。这样，文人的乌托邦的理念色彩，实际又置换和消除了小说本身的民间生活特性。

显然,"乡村民间"是"站在农民的立场上看农民"的一个视角,无论是对乡村的现实的悲悯还是浪漫的诗化,都不能看作是真正"乡村的民间",而是"文人(或人文)的民间",而从本质上说,它们已经不是民间了。

真正富有某种"原创"色彩的乡村民间叙事的首创者是赵树理。虽然赵树理一向被解释为"二为方向"的代表作家,是《讲话》以后最典范的"主流"作家,但他的小说的活力和鲜明的喜剧式的叙事风格,无疑是源自其对民间文化与民间艺术精神的吸纳,在他最具代表性的作品,如《小二黑结婚》《李有才板话》中,虽然也注入进了社会变革、人的解放的主题,但实际上作家在面对这些政治内容的时候,并没有简单化地套用意识形态的表现方式,而完全是以原生的民间叙事的形式来点活他笔下的人物的。为什么他小说中前台的主要人物给读者的印象还不及那些次要人物深刻?为什么像"三仙姑"和"二诸葛"这样的人物不过三言两语就栩栩如生,让人过目难忘?这些小说为什么让人百读不厌?这是因为作家对纯粹的而没有经过"修改"和扭曲的、未经主流意识形态解释的民间文化因素与民间艺术传统的特别地道,抓住了神髓的把握,类似"米烂了"和"不宜栽种"等等这样的民间叙事因素是其小说充满活力的最重要的原因。他在20世纪50年代发表的《登记》《三里湾》和《锻炼锻炼》之所以还能够在一定程度上保留他的一贯风格,还具有活力,也是因为这一点,"小飞蛾""糊涂涂""常有理""铁算盘""惹不起""翻得高""小腿疼""吃不饱"……这些鲜活的人物形象和他们那些生动有趣的故事才依旧具有让人忍俊不禁的喜剧性的神采与魅力。但也很明显,由于作家不得不对其原有的纯粹民间性的叙事方式有所改变——以表示其"进步"性和"自觉服务"的立场——《登记》要逊色于《小二黑结婚》;《锻炼锻炼》如果不是作家刻意表现了两个喜剧式人物的话,也会要平淡得多。至于《套不住的手》和《实干家潘永福》这样几近沦为"先进人物通讯或特写"的小说,则已全不见了赵树理所本有的天分与活力。一个新文学史上出色的特色作家就这样江郎才尽,写不下去了。为什么?原因就在于真正的乡村民间社会空间随着主流意识形态的全面覆盖,已经不再有存在的可能,而赵树理所赖以依托的民间性的文化因素——那些古老农业家族谱系上的人与事、情与态也就随之消亡殆尽了。

赵树理是一个天才的作家,他的小说是很传统的,但却几乎是前无古人的。在此之前,没有哪一个新文学作家是以农民的眼睛看农民的,以农民的审美趣味写农民的,他对农人心理的细腻的洞察,对农民文化的富有神韵的把握,实际上并不是仅仅从风俗场景的意义上去看待和描写的,而是在最深层的也即文化心理和精神传统的层面上去理解的。而且他还把小说看成是一种有着古老的民间血缘联系的艺术,而不是意识形态的一种工具。比如他很乐意采用诸如"板话"、说书、故事（真正的民间故事）的形式，完全以事件带动叙事，以讲述人物作为中心，等等。

但赵树理的局限也在于他没有能够写出真正具有本源性的文化性格的人物，他只是着眼于一些细节场景的描摹，漫画式的人物情态，甚至没有一个可以与鲁迅笔下的阿Q、祥林嫂一样的人物相媲美的人物。因此他的乡村民间实际上也还不能算作成熟的形态。

在赵树理之后的当代作家中，真正能够"下降"到民间意义上的乡村题材写作的作家几乎是难觅其踪的，在赵树理的影响下所形成的山西"山药蛋派，征格，也没有的"作家们，虽然继承了赵树理小说中写人记事的白描手法、刻画人物的喜剧式的笔调，但在整体意识上却很难能够接近民间文化的根系，并写出具有恒久艺术魅力和真正具有农民文化内涵的人物。仅仅是在民间性的因素上也是越来越少的，建国之交在周立波的《暴风骤雨》中还有一些踪迹（如老孙头一类人物等），再到梁斌的《红旗谱》中就已经把最初朱老巩一代的传奇故事装饰成了革命家族历史了，再到浩然这一代作家那里，乡村生活已经必须完全按照阶级分析和意识形态的对立模式来安排了。

20世纪80年代以后，先后有如高晓声、刘绍棠、路遥、贾平凹、郑义、刘玉堂、刘恒等一些作家在其作品当中开始注入一些民间性的内容，一些农民性格的因素开始不再经过意识形态的修改和包装而直接表现在作品中，也可以说，乡村生活叙事的"非意识形态化"一直是一个总的趋势。但"非意识形态化"的走向主要又表现在其"人文化"的理解方式上，而真正能够接近于"纯粹民间"性的乡村叙事者还尤为少见。这里我想举出刘玉堂的例子，在上述作家中，也许只有刘玉堂的"新乡土小说"能够称得上是民间叙事的范例，在一篇评论中我曾归纳过他的叙事的两个民间性特征："一是站在农民的认识方法与情感立场上来写农民，作为叙事者，他在小说中顽固地持守着站在农民之中而不是之外，之间而不是之上的视角，以朴素的内心去观照、理解和书写他们本真和原色的那些喜怒哀乐与生活场景。他将这种写作态度谦称为'不深刻'，因为他没有在叙事人与叙事对象之间设置悲悯、拯救、批判或皈依等等复杂的关系。第二，他用农民的语言写农民，放弃知识者在语言上的优越感，实际上也即意味着放弃知识分子叙事中根深蒂固的自我意识。这一点最需要勇气，在《乡村温柔》中，刘玉堂干脆采用了让主要人物作为叙事人直接出场自述的方式，来实现其完全采用农民语言叙事的目的，这不光是构思上的奇思异想，更是一种民间叙事立场的自觉追求。"[14] 也难怪有人将刘玉堂看作"赵树理的传人"，他的小说就其叙事人与叙事对象的关系看的确是最近的，"主体降解"到民间的水准，这是最重要的。但刘玉堂与赵树理又有不同，这不同就在于他赋予了他的乡村叙事以很深的文化思考——即表面的

"浅显"与内在的深意有一个很好的结合，在这方面他的意义近似于王朔：王朔是以接近于城市民间的叙事风格，对城市民间意识形态同主流文化之间纠结缠绕的复杂关系进行了生动的描摹，而刘玉堂则是对乡村民间意识形态同主流文化之间的互动关系做了最精彩的展示，而且他们两人都是通过"语言的戏仿"这样富有"解构主义"色彩的方式来完成的，简言之就是在民间化的语境中进行"意识形态的话语嬉戏"的方式，就这一点而言，刘玉堂的意义应该值得进一步探讨和肯定。

贾平凹似乎是一个从"乡村民间"误入了"城市民间"的作家，陈思和曾经专门对此做过分析，他早期的"商州系列"以及《小月前本》《鸡窝洼人家》一类小说，所赖以依托的叙事方式基本上是一种民间文化风情与民间性言情叙事，不过那时批评界对此基本上是好评如潮的，而到了写城市社会和市井生活场景的《废都》，则由于"一步迈出了新传统的界限"而"一失足而成千古恨"，遭到了知识界尖锐的批评。但陈思和指出，"《废都》虽然有一股浊气，但其对政治话语和知识分子人文主义的反讽，对人生困扰之绝望及其表达的方式，都显然得之民间的信息"，而"民间的浑浊物对政治一体化的专制主义的解构仍然有独特的功效"。[15]

（三）"大地民间"

"大地民间"是一个特殊的民间概念。这个概念是当代文化情境下的特殊产物，是一个各种意义交叉混合的产物。它的生产大致有这样几个基础和原因：一是海德格尔的关于存在的诗性哲学思想的影响，在海氏的哲学中，"大地"是其关于存在的抽象理念的一个总体的象征，是存在的表象、本体和源泉的三位一体，这一理念在当代作家的意识里产生了普遍的影响，因此，对大地的归属变成了一种具有某种终极哲学意义的审美之境；二是由于主流意识形态长期对文学的限制与捆绑，文学失去了与大地——存在的本源之间的诗性联系，失去了与民间文化与艺术精神之间的血缘纽带，文学本体的玄远高迈的形而上学之境不复存在，这样，在挣脱这种困境的过程中，大地自然成为一个依托和凭借的象征；三是它也根源于知识分子文化在20世纪80年代以来的一个转型，即更加亲和于非主流文化的倾向，因为此前当代文化与文学的发展历史表明，过分倚重于对主流文化的附庸，或者它的反面——抗争与对峙——来建立写作的意义是不明智的，难以建立文学独立的精神内涵与审美价值。而"大地"作为本源世界和民间世界的一个象喻，为作家的审美理想的建立提供了一个广阔而独立的空间。因此，大地民间的出现，不仅意味着80年代以来文学的现代性内涵又获得了新质，具备了至为高迈和玄远的境界，而且也更加直接地体现了人文知识分子的独立的审美情怀。

因此，简言之，"大地民间"即诗性的民间，是知识分子的民间，是哲学意义上的民间，也是一个文化隐喻的民间。

最早在小说中体现出这一哲学与审美理念的作家是莫言。1986年前后，他的"红高粱系列"小说相继问世，并结集为《红高粱家族》。在这一系列作品中，莫言以他特有的激情、诗意和灵性，以他敏感深厚的乡村生活经验，以及对农业自然的热爱与皈依情怀，构建了一个壮阔而深邃的、激荡着蓬勃昂扬的生命意志与酒神精神的"红高粱大地"，使之从寻根文学过于沉重的理念中解脱出来，变成了一个生命哲学的乌托邦。不仅如此，另一方面它还以其鲜明强烈的反正统道德的立场，确立了这个大地乌托邦的民间属性，其主人公"爷爷"余占鳌作为绿林土匪的身份，同古代小说中的英雄侠士、绿林豪杰具有一脉相承的属性，他们出入于乡村野地和青纱帐中的生存方式和"杀人越货又精忠报国"的反正统道德立场，显然具有强烈的民间性质。这样，大地—生命—自然—民间—野性—酒神—诗性等等这些相关因素，就成了一个相依相生的有机链环。应该说，作为诗学概念，大地和民间虽然曾经在韩少功和李杭育等人的寻根理论宣言中，但在写作实践中，这是第一次在结合中得以诠释和确立。

莫言的大地民间同乡村民间的情境与概念不同，同传统知识分子所刻画的乡村的浪漫"风情"与破败现实也都有不同。它的精神内核是在生存和存在的层面上展开的，而不是在现实或理想的层面上展开的，这构成了它特有的精神与哲学的高度。莫言在他早期的小说中就已初步具有了"民间/大地"的统一的理念，《民间音乐》《秋水》《枯河》《球状闪电》等小说可以说都表现了对原始自然的体味与守护的思想，这是其一；其二，人类学思想是莫言红高粱大地的另一哲学支撑，其中的生命、死亡、性爱、生殖、杀伐等等一系列事件与场景构成了一个人类学意义上的大地景象，这使他笔下的乡村生活具有了知识者特有的诗性情怀，同一般的乡土理念与场景构成了鲜明的区别。

1995年，莫言又推出了他最为用力的长篇巨制《丰乳肥臀》，这部小说的封底上赫然写着："献给母亲和大地。"有人曾困惑不解，认为这是作家的闪烁其词，其实这句话是非常准确的，它精确地说明了这部小说历史与人类学的双重主题——母亲对应着历史与苦难，大地对应着哲学和永恒。人类学主题是表层叙事，肉体、生殖与家族的生存景象（丰乳肥臀）构成壮美与自然的大地理念；历史主题则是隐线叙事，战争、杀伐、政治的争斗，20世纪的所有灾难与悲剧，最终的承受者只有一个，即母亲——民间和人民的化身，她对一切苦难的迎候、接纳和收藏，她的自在、顽强、博大和饱经沧桑都使得她成为永恒的民间精神及其力量的象征。从另一方面说，母亲本身也是大地，是大地的化身之一，这不但是诗性的隐喻，而且也对应着古代的神话，海德格尔说，大地独立而不待，它永恒的自在充满了自我归闭的特性。应该说，《丰乳肥臀》是典型的"大地民间"和"知识分子民间"的诗性文本。

张炜是另一个例子。他1992年发表的长篇《九月寓言》，称得上是诗性与哲学意义上的民间的典范之作，它所构造的大地寓言与民间神话比之《红高粱家族》，似更具有纯粹哲学理念的色彩，也更接近海德格尔的思想，同期发表的诗体散文《融入野地》可以看作一个旁证。张炜早期的作品就刻意注重表现乡土诗意，但那些作品离通常的"田园诗"更近些，而《九月寓言》则近似于一个关于"存在的本源"的哲学命题。它不但表达了一个在现代生存的危机下"拯救大地"（郜元宝语）的忧患主题，在哲学关怀的高度上创造了当代小说中少见的范例，而且更加深化和凸现了此前莫言小说中所初步营造出的诗性的民间文化精神。可以说，这是一部关于人类生存本源的探询的悲剧抒情乐章，其核心主题即对民间文化与民间生存方式的玄思、认同与悲悯。在这部小说中，民间的生存景象，同大地自然和谐相处的一切，与现代社会的掠取式的开采、现代文明的暴力的和道德堕落的种种丑恶之间，发生了激烈的冲突，而这冲突的结局是以民间世界的毁灭和这大地上的人最终无家可归而告结的。

"大地民间"在《九月寓言》中获得了十分和谐和完美的统一。作家有意删减和剥离了当代历史特别是意识形态在乡村民间生活中的种种印记，将那些农人的生存行为、挣扎与苦难还原为民间永恒的生存悲歌与壮剧；同时在其形而上的层面上，它又超越了对田园劳作、土地生存的悲悯与挽留，而达到了对生命与存在本源的追思诘问与冥想体验的高度，并以"大地"作为它的原型、母体和象喻进行了诗性的整合，使其统一为一个关于存在理念的诗化载体，确立了大地作为存在母体的诗性内涵。由于这一点，它变得非常"单纯"和富有形式感。

作为知识分子回归民间的典型例子的还有张承志。他在20世纪80年代即辞去了公职，他从《黄泥小屋》《海骚》《西省暗杀考》等中篇小说到1991年的长篇小说《心灵史》都反映了他彻底回归民间的写作态度与精神立场。只不过像《心灵史》这样的作品不是以纯粹哲学意义上的"大地"为精神背景，而是以回族民间伊斯兰的宗教精神与他们的生存苦难、生存意志的依存关系作为其精神支点的。所以，它似乎还不能看作是海德格尔式的、玄学的大地象喻，但是从另一方面说，民间本身就是大地，况且西北黄土高原的巨大背景和"哲和忍耶"世代的苦难与信仰，也在某种意义上构成了这个"民间的大地"的巨大载体。作为生命的实践，张承志堪称以身相许民间大地的第一人。

"回归民间"已成了20世纪90年代最重要和最响亮的口号。这当然首先取决于这个年代迅速变化了的语境，文学的悲壮、寥落、出走甚至下坠都与此有着密切的关系。回到民间，续接上了文学与民族文化古老的传统，使小说回到了古老的常态；回到民间，使走出主流意识形态写作之后的作家，重新找到了其必需的精神依托与合法名义，使具有忧患与拯救意识情结的中国作家牢牢地把住了文学所必须具有的精神价值；回到民间，使20世纪90年代的小说充满了平民性与消费性的活力，彻底瓦解了长久以来根深蒂固的宏伟话语与巨型叙事；回到民间，既可以是一种现实情境中的策略，也可以是一种形而上意义上的终极境界，至少它已使当代小说真正找到了自己的起点……当然，回到民间并不就是意味着文学的福地与唯一归宿，民间化也使小说出现了种种前所未有的问题，出现了下降、混乱、虚浮和弥散。对此，优秀的作家应当保持应有的清醒。同时力量界也必须要避免另一个极端，要对那种把一切粗劣的东西都解释为"民间"，并以此对其肯定或攻讦的不良倾向保持足够的警惕。

注释：

① 《庄子·外物》。
② 《论语·子张》。
③ 缪咏禾：《"三言""两拍"和〈今古奇观〉》，《中国古代通俗小说阅读提示》，南京：江苏人民出版社，1983年版。
④ 《聊斋志异·自志》。
⑤ 袁于令（幔亭过客）：《西游记题词》。
⑥ 《客云庐小说话·卷四》。

⑦ 梁启超:《论小说与群治之关系》,载《新小说》,1902年第1期。

⑧ 徐念慈:《余之小说观》,载《小说林》,1908年第9期。

⑨ 海子:《民间主题》,《传说·原序》,见《海子诗全编》,上海:生活·读书·新知上海三联书店,1997年版,第873页。

⑩ 李杭育:《理一理我们的"根"》,载《作家》,1985年第9期。

⑪ 陈思和:《民间的浮沉:从抗战到"文革"文学史的一个解释》,载《上海文学》,1994年第1期。

⑫ ⑮ 陈思和:《民间的还原:"文革"后文学史某种走向的解释》,载《文艺争鸣》,1994年第1期。

⑬ 卫慧:《公共的玫瑰》,《70年代以后小说选》,上海:上海文艺出版社,2000年版,第245页。

⑭ 张清华:《大地上的喜剧——〈乡村温柔〉与刘玉堂新乡村小说的意义诠释》,载《小说评论》,1999年第3期。

原文发表于《文艺研究》,2002年第2期

先锋的终结与幻化

——关于近三十年文学演变的一个视角

在沉寂多年之后,"先锋""先锋文学"在 2015 年再度成为了一个热词,纪念和讨论之声不绝于耳。但关于这些讨论,学界似乎并不十分认真。因为历史在经过了三十年或更长时间之后,先锋文学与今天的文学究竟是怎样的一个演变关系,这才是问题的关键所在。它演化出一系列的问题,比如——先锋文学还存在吗?如果存在,它演变成了什么样子?如果不存在,它去了哪里?它的终结和"幻化"究竟意味着什么?它留给今天文学的遗产是什么?今天的文学受到它什么影响,因此该如何评价?等等。假如我们失去了对历史的感知,便不可能对今天的文学及其趋向做出客观和清楚的把握,这是常识。

在笔者看来,必须要试图解答上述问题,宁可冒着跌入历史或者概念陷阱的危险,也要促动一下关于先锋文学的问题的思考与讨论。此前,笔者曾以《谁是先锋,今天我们如何纪念》为题,关于先锋文学的历史流脉,关于今天我们应该以什么样的出发点和立场来纪念先锋文学,进行了一个粗略的辨析,[①] 但毕竟该文只是针对更为久远的历史,而关于后续——先锋文学的演变与终结的晚近状况,并未做出厘清。在本文中,我将尝试对这些密切关联的问题再做一些梳理。

一 先锋文学的终结

说先锋文学"终结",当然不是预言家的占卜和宣告,而是一种历史的和文化意义上的探讨,从内在精神线索上小心的梳理。事实上,与中国当代文学的历史流脉相比,这一话题早已显得过于古老了。从历史逻辑上说,这一预告应该在二十年前,在20世纪90年代中期中国社会的转型之际。如同丹尼尔·贝尔所说:"现代性用迅速接受的办法来阉割先锋派,就像它同样安之若素地把西方的过去……的种种因素,接收到它的文化大杂烩中一样。"[②] 这种情形非常像20世纪90年代中期中国文学的境况,因为社会观念的结构性的松动,原来的新旧对立迅即瓦解,先锋文学所产生和赖以依存的紧张情境陡然消失了,社会仿佛一夜之间迅速地接纳了十几年来一直被迫暗流涌动潜滋暗长的先锋文学，人们对所有陌生新鲜的趣味忽然都不再感到新鲜。用这个年代的批评家的说法，先锋派的境遇是经历了"从绞架到秋千"[3]的变化，绞架固然危险，但成就了先锋派的文化英雄角色，而一旦绞架变成了秋千，主体的身份即迅速瓦解了。不仅其人格化的力量迅即消弭，其文本形式也迅速地俗化或粗鄙化。这一逻辑替换成贝尔的话说，即所谓"天才的民主化"，他在讨论美国20世纪五六十年代的文学与文化的时候，也描述了类似的一种演变。从"强调艺术中的等级观念"的汉娜·阿伦特等50年代的批评家，到将"高级和低级文化（又称大众文化和通俗文化）的分野""嗤之以鼻"的苏珊·桑塔格，人们对于先锋派的认识迅速改变，认为其与俗文学之间的关系，不过是"独特物品和批量产品"之间的区别而已。贝尔还引述桑塔格的话指出，严肃艺术家本有的特殊价值，具有了"一种明确无疑的非人格特征"。[4]

仅是这样比附当然不足以阐明当代中国先锋文学的状况，正如彼得·比格尔在《先锋派理论》中反复强调的"审美范畴的历史性"[5]一样，"超历史的知识"是靠不住的，甚至超出历史逻辑单纯以自我的审美取向来进行判断也是有问题的。据此，他对卢卡奇和阿多诺的先锋派批评都进行了分析和质疑[6]。在笔者看来，关于中国当代先锋文学的"历史化"的理解，是谈论这一问题的基础。关于这一点，我已在之前的文章中做过梳理，这里只能稍加回溯。"先锋文学"在当代中国当然是一套审美价值观念，一种自由的艺术精神，一种反叛的力量，一堆作家和文本的集合。但归根结底，它又是一场具体和历史的文学运动，是由一系列定格于历史时空的事件、文本和人的连续化构成的。因此我们可以将它看作是在历史中持续发生和存在过的一场文学运动，或一个具有变革性的文学潮流。在笔者多年前的描述中，它是一场始自20世纪60年代"历史黑夜"的，以启蒙主义思想为内核的，以现代主义的艺术元素为表现载体的，在前期是由社会范畴中的启蒙向着文化范畴中的启蒙逐渐深入的，在后期是由启蒙主义转向了个体本位的存在主义思想内核的……是一场持续二三十年时间的，由地下逐步浮出水面的，由弱小逐渐壮大的，由不合法而最终合法的，并且进入了当代中国文学与文化谱系的顶端的……这样一场波澜壮阔的思想文化与文学艺术运动。这是笔者早在1997年出版的《中国当代先锋文学思潮论》对先锋文学所做描述的一个基本轮廓。[7] 它不仅包含了小说和戏剧界的变革，更是以诗歌领域中遥遥前出至历史黑夜之中的"地下写作"的思想变革而肇始。因此，所谓"纪念先锋文学三十年"，其实只是一个并不完整和确切的话题，假如从当代诗歌写作中现代性思想的发端开始算起，先锋文学的纪念起点何止已经四十年。

然而本文的意图不是探讨这无限久远的历史，而是要探讨它的终结。在笔者看来，先锋文学一定是一个历史范畴。假如只将先锋文学理解为一种"精神"，自由的精神，那么它将无法被看作是一种历史，所以我们从当代中国文学历史的大逻辑来理解，它从最低限度上，是对于"左"的政治意识形态时期文学的一种反拨；从较高的限度上说，是对"五四"新文学传统的一种恢复和弘扬，因为新文学是在一种世界视野和中西文化冲撞的条件下才出现的；从最高的也是最根本的意义上说，它又是中国文学自身不断运化前行的必然要求。也就是说，现代性的必然诉求，加上20世纪60到20世纪80年代的历史契机，导致出现了这场时空旷远又广泛联系的文学运动。它的根本使命不外有两个，一是要通过文学的方式来续接中断的启蒙，这与"五四"是遥相呼应的；另一个则是要通过一场艺术的现代主义运动，追赶越来越被拉大的技术距离。而对于这样一场启蒙主义与现代主义相交杂的文学运动的整体性想象，就是我们对于"先锋文学"的基本理解。这基本上重合了西方对于"现代主义"与"先锋派"的交叠关系的理解，但也有一个重要的区别，即在西方先锋派被认为是进行"自我批判"的，比格尔举例说，"作为欧洲先锋派中最激进的运动，达达主义不再批判存在于它之前的流派，而是批判作为体制的艺术"本身。[8]而中国当代的先锋派文学，虽然也包含了类似的极端观念，但主要还是基于对之前旧的艺术方法——那些植根于简单认识论、机械反映论、庸俗社会学的艺术方法——的全面摒弃与僭越。只是到了20世纪90年代的后期，在大众文化逐步兴盛起来之后，极端性和行为化的写作方才逐渐显露出来。这是另一个问题,下文我还将详述,这里我想说的是,它恰恰表明了先锋派文学运动在当代中国的衰变和式微。

从上述逻辑看,归根结底,先锋文学在当代中国是一场启蒙主义的文学运动,只不过它所采用的艺术标尺和背景改换为了现代主义而已。而这场运动的结束,实际上也就不难推断,启蒙的终结就是先锋的终结。当然,我说的启蒙不是历史范畴中的启蒙,而作为功能和实践范畴的启蒙,在20世纪80年代的语境中,任何新知和新的方法论、世界观,就其功能与实践意义而言,都是启蒙。而启蒙的终结标志,形象地说就是"从绞架到秋千",启蒙主义文化情境的消失,终结了先锋派的主体价值以及人格力量;贝尔所说的"天才的民主化"庶几近之,即艺术创造蜕变为了风格复制,先锋派独有的人格化内涵遂趋于散失。

仅从逻辑上推论当然不够,再让我们来看看事实:1993到1995年,是中国社会从政治中心转向经济中心,价值与伦理发生了剧烈动荡的最初几年。正是在这几年中,中国文学发生了几个标志性的事件。一是人文精神大讨论,这场历时近三年的论辩几乎席卷了整个知识界,其主要的分歧在于,面对市场时代新的价值规则,知识者是以"顺从"还是"抵抗",是守住"崇高"还是"躲避崇高",是以"宽容"还是"不宽容",出现了两种看似截然对立、实则又殊途同归的论争。这一讨论的实质,现在看来其实是再次证明了一个关于历史与道德之间的古老的价值背反关系。面对市场经济带来的物质至上主义，抵抗者着眼的是坚持既有的启蒙主义价值立场和精英意识，以此来抨击讽喻世风日下人心不古，缅怀其似曾拥有的辉煌过去；而顺从者着眼的则是社会的发展进步，认为不能为市场经济的某些负面所障目，真正的社会变革和文化理想须要通过市场经济的建立来实现，没有市场经济的基础便不可能有自由创造的思想空间，因此没必要大惊小怪。在极左政治的年代中，"压根就没有"什么人文精神，又"上哪儿失落去？""现在终于可以大谈特谈了，是不是说明市场经济的发展终于使人文精神有了一点点回归了呢？"⑨这是王蒙对抵抗派的一个劝导，他所谈的正是贝尔所揭示的"文化经验的多样化"的开端，在这种渐趋多元的价值结构中，先锋派文学的土壤——危险的社会语境和清晰的文化紧张关系已经近乎含混不清；同时，知识分子群体内部的价值分化，也使其原有的"天然合法"的启蒙主体角色迅速瓦解。

第二个标志性的事件，是1993年贾平凹的长篇小说《废都》的出版，这部作品之所以成为人文精神讨论的导火索之一，是因为其中充斥着刻意夸张的性描写，用了大量的"□□□"一类的删节符号，来刻意凸显对性的商业性兜售。显然，这样的作品在1992年之前是难以出现的，尽管在历史与社会批判的力度上，先锋文学始终要大得多也尖锐得多，但奇怪的是，先锋小说居然没有遭到什么像样的批评；而在社会更加开放的1993年，《废都》却遭到了激烈抨击。这刚好也应了贝尔的说法，"先锋派的性质即对某种传统的摒弃"。《废都》摒弃了新文学以来小说的基本写法和立场，显得在道德上异常惊世骇俗，但却没有人认为其是"先锋文学"；因为与大量同时期的作品比，它显得更像是中国传统小说的一个复活——仿佛是《金瓶梅》的一个当代版。而这刚好可以富含深意地表明，中国古老的旧小说传统在新文学历经了将近一个世纪的变革之后，居然又重新借尸还魂。毫无疑问这是一个征兆，即以变革和反叛为己任的先锋文学，正在迅速失去其刚刚被拟定的合法性，一种"怀旧"的写法反而具备了更为敏感的现实基础。

　　果然，无独有偶的是，1995年王安忆推出了她的长篇代表作《长恨歌》。与《废都》一样，《长恨歌》也是向传统致意或致敬的小说，在形式上模拟了白居易，在故事结构和神韵上又仿佛是"简版的"《红楼梦》，或是戏仿了明代的拟话本小说《王娇鸾百年长恨》。总之在这部小说中，王安忆早期本就较为稀薄的欧化探索意向，早已被贴着社会历史和人物命运前行的写实手法所取代。在20世纪50年代出生的作家群中，贾平凹和王安忆无疑是具有代表性的两位，他们在市场经济和大众文化复归的年代共同地显现出回归传统的取向，绝非偶然。当然，这个年份中也出现了莫言的《丰乳肥臀》，这部作品中的先锋性依然无可否认，它用了非常接近于马尔克斯和福克纳的结构，来展现20世纪的中国历史。但它"反进步论"的历史叙述，却也透出了类似中国传统小说中的"轮回化的时空观"。这在其早期的小说中是绝不可想象的。在余华等作家的笔下，我们还看到了另一种相反的向度，即早已为批评界反复论述过的向着"现实主义的转型"。他在1992年出版的《活着》和1995年出版的《许三观卖血记》，一反之前他那些极具有形式探索意味的中短篇小说的写法，呈现了刻意的直白和简单。这其中当然也有许多深层的可阐释的联系，但作为先锋派代表人物的余华，其创作风格的陡然变化，也正是敏感地喻示了先锋派文学作为一场运动的幻形，或者终结。假如我们要简单化地解释这个原因，那么贝尔所说的"现代性用迅速接受的办法来阉割先锋派"，似乎是一个比较传神和准确的结论。

很显然，小说领域中1985年的新潮运动和1987年的先锋派崛起，在政治和文学上都几乎未曾遭到任何的抵抗，而之前在20世纪80年代之初雏鸭试水般的"今天派"和"朦胧诗"却遭到了激烈的批判。之所以会出现这种现象，原因一是前行者已然筚路蓝缕杀开了血路，二则是社会文化环境中固有的紧张早已不复存续，危险的"绞架"业已变为了游戏的"秋千"。在20世纪90年代之初短暂的回潮与压抑之后，1992年急速转型的政治与文化又迅速置换了这些压力——对知识者来说，压力不再来源于同旧式政治之间的紧张，而是来自市场比照下的囊中羞涩。具有明显游戏意味的大众文化与新一茬的消费主义的叙述，正在"尖叫"着挤进将临散场的文学殿堂。先锋派所实践的看似陌生和新鲜的一切还未曾稳住阵脚，一代新人便以"卫慧般的疯狂"排队登台，他们以更通俗的形式和更令人吃惊的叛逆姿势，迅速地抢夺且盖过了先锋派的风头。

事实上，笔者早在《中国当代先锋文学思潮论》一书的最后一章中，即以"先锋文学思潮的分裂与逆变"为题，预示了先锋文学可能的终结。迄今这个判断被时间证明是客观的。我的依据正是"人文精神讨论"所标识的价值分裂，对先锋文学精神根基的自我颠覆。其中，我对先锋文学运动停滞的背景原因大致做了四个方面的归纳：一是"启蒙主义的受挫和被商业文化悬置"，二是"进化论神话的崩毁和相对主义的价值困境"，三是"一个总体的'后现代'假象在上述背景上的出现给当代文化带来的深刻误导"，四是"文学本体的弱化、虚化、迷失和认识论方法的畸形发育与膨胀"。⑩这些分析可能有言不及义处，但总体上说出了先锋文学根基的动摇，从精神内核、思想资源、价值依托以及文学自身的诸种状况上，阐述了先锋文学即将被大众文化主导的消费文学所围困和替代的逻辑与趋势。

二 先锋去了哪儿

先锋文学去了哪里？这是紧随"终结论"而出现的问题，照贝尔对欧美先锋派去向的论述逻辑，先锋派在遭遇后人的"迅速接受"以及复制之后会无疾而终。这种逻辑在当代中国，则还有另一种"善终"——即很自然的一种消融，它渗进了土地和万物的根系，成为后来者的基因。犹如一位虽不曾成为先锋派诗歌的代表，但亦堪称是同路者的骆一禾，早在1982年的一首题为《先锋》[11]的诗中所预言的，"在春天到来的时候 / 他就是长空下 / 最后一场雪…… / 明日里 / 就有那大树常青 / 母亲般夏日的雨声"。犹如一位真正的预言家，他在朦胧诗处于被批判和半是秘密流传的处境之中时，便预告了它作为"先锋"的终将胜利。只是他非常清楚，这种胜利已不是郭沫若式的预言，"凤凰涅槃"般惊天动地的再生，而是悄无声息的最终消散——当它被接受之时，也就是它深入人心"化雪为雨"再无踪迹之日。所以，诗人说："我们一定要安详地 / 对心爱的谈起爱 / 我们一定要从容地 / 向光荣者说到光荣"。这也如同李商隐的"何当共剪西窗烛，却话巴山夜雨时"一样，是一种"现在将来过去时"或"将来过去现在时"的说法，是汉语里独有的表达时态：在未来的胜利之时说到今日的困苦守望，遥想那必定是一种难以言喻也无须言语的百感交集。

先锋派去了哪里？让我们来尝试着回答这个问题。在我看来，先锋文学的类型大致应该有三种，一是基于社会和文化的，一是基于哲学与形而上学的，还有一种更多是基于形式探索的。第一种的代表是早期的启蒙主义写作，还有20世纪90年代初期诗歌写作中承受压力的一脉，主要是针对旧的非人性的集权文化的一种反动。朦胧诗是其最典型的例子，之后的"第三代"也有反对旧意识形态的一面，但它更多的是文化而非政治的姿态，某种意义上他们还成了先锋诗歌中自我终结与埋葬的部分，因为它还兼有了"反艺术制度"的一面，充满了文本与技术上的破坏性与自我颠覆性。第二种便是"海子式"的，近乎一种稀有的特例。他与骆一禾作为同道，在20世纪80年代书写了一种现代的诗歌神话，也同时完成了自己"诗歌英雄"的主体设计——这也符合苏珊·桑塔格所推崇的"人格化创造"的先锋派范式。我一直认为，海子或许是在农业文化经验之中产生的"最后一位"抒情歌手与诗歌英雄，虽然他崇敬的人格范型更近于浪漫主义的"诗歌王子"，他致力于构建的是穿越古典与现代，同时具有文化原乡、原型以及"弑"的现代性创造的"伟大诗歌"写作，但其哲学根基却是存在主义与现代性认知的混合体。他用农业时代的象征体系与经典语言，创造了一个"现代史诗"的文本类型，并通过其"一次性的诗歌行动"[12]——自杀，而将之祭上了神坛。海子无疑属于先锋派的经典形象，但他的创造通过人格的自我圣化，而被封存于他自己的"雪山神话"之上，一部分被定性为"不可解读"的伟大诗歌，另一部分则被简化和俗化为农耕文化条件下的乡土抒情，或"现代田园诗"。在20世纪90年代之初，这股因为缅怀和追随海子而涌起的"新乡土诗潮"，显豁地证明了这种先锋写作的降解与终结形式。随着另一位更年轻的诗人伊沙的一首《饿死诗人》[13]的嘲骂，这股流俗化了的诗歌潮流便迅速消失了。

显然，海子诗歌所派生出的"新乡土诗"热，正是"天才的民主化"和"现代性用迅速接受来阉割先锋派"的范例，先锋派正是消失在这种迅速的接纳和泛滥的模仿之中。这其中当然有文本复制与创造之间的差异，但更重要的则是"创造性人格"本身的不可复制性，即海子所推崇的人本与文本合一的"一次性诗歌行动"，这种"一次性"犹如屈原同时写出了《离骚》并且殉身于汨罗一样，是无法模仿的。这当然是极端的例子，其实在先锋诗歌运动的早期，所有诗人都有一种人格化的建构，比如北岛，他在《回答》中即描画了自己作为牺牲或者殉道者的决心与形象："如果海洋注定要决堤/就让所有的苦水注入我心中/如果陆地注定要上升/就让人类重新选择生存的峰顶"。仿佛是拉奥孔或者普罗米修斯，他有一种为真理而承受苦难的冲动；顾城是另一种例子，虽然他没有诗歌英雄的理想，却以其极端和病态的人生演绎了另一种悲剧型的人格例证，构成了一种病态的精神现象学的范例——某种意义上,顾城也是一种介乎浪漫主义与现代主义者之间的诗歌传奇。但这种情形在除海子之外的"第三代"之后,便不再延续。在李亚伟、于坚、韩东和伊沙们的笔下,主体人格被刻意露骨地矮化和俗化了,成为粗糙粗鄙和粗陋粗俗的形象。假如说在他们这里,故作姿态的自我矮化似乎还具有一些文化反抗的意义的话,那么到世纪之交以后的"下半身""垃圾派"与"低诗歌"群体这里,人格几乎已完全不再有文化含义。所以,所谓"先锋性"在文化上也就无以附着了。一句话,先锋在他们这里,已经完全异化为了一种极端的恶作剧,或者纯然的撒娇游戏。

另一种情形,是先锋美学幻形为了"中产阶级趣味",这也是丹尼尔·贝尔最经典的论述。在论及美国20世纪50年代的文化状况时,贝尔提出了这个极具贬义性的文化概念——"中产趣味"。他引述另一位文化批评家德怀特·麦克唐纳的话说:"大众文化的花招很简单——就是尽一切办法让大伙儿高兴。但中产崇拜或中产阶级文化却有自己的两面招数:它假装尊敬高雅文化的标准,而实际上却努力使其溶解并庸俗化。"[14]贝尔没有详细地讨论这种中产阶级趣味的来历,他只是指出了其与大众俗文化之间眉来眼去的关系;但他的另一个说法却可以看作是对其来历的精妙解释,即"先锋派的制度化"。本来是反制度的,没承想却也成了制度化的东西——被作为主要消费者的中产阶级当作了一种新的意识形态。贝尔说:"先锋派观念一旦为人接受,它将在礼节、道德以至政治领域内确立起文化至上的制度化形式。"而这极有可能就会变成中产阶级所追慕的消费品。如同凡·高在活着的时候一幅画也卖不出去,但死后其作品却迅速成为一种制度化的风格、一种经典的消费品一样,中产阶级趣味就是这样一种看似追随高雅和先锋文化,实则骨子里空洞和平庸的东西。贝尔接着说:"今天已不复存在具有重要意义的先锋派,亦不再有令人震惊的艺术与受震撼的社会之间的那种张力——这种平庸普遍的观点,仅仅证明先锋派已经取得了胜利……"[15]

以上这段话无疑可以看作是对"先锋派去了哪里"的一个精妙的解释。通过制度化和消费化,变成了一种被社会接纳却也矮化了的消费文化,这是看似胜利,实际却变质了的一种东西。在20世纪90年代后期,这种状况变得尤为明显,1999年春天的"盘峰诗会"上,作为"民间派"前锋的诗人徐江,就曾以尖酸刻薄但又极具杀伤力的口吻,对"知识分子写作"的一方予以讥讽,诸如"开着私家车,搂着洋妞,过着中产阶级的生活,冒充国内流亡诗人……"[16]云云,粗蛮的话语道出了一个敏感的事实,即在这个年代先锋诗人合法身份的丧失。很明显,在20世纪90年代之初,先锋派诗人无论怎样写都不会有身份问题,西川的《致敬》,欧阳江河的《傍晚穿过广场》,王家新的《帕斯捷尔纳克》《瓦雷金诺叙事曲》,无疑都成了这个年代先锋诗歌的代表性文本。然而为什么仅仅在数年过后,这种写作的可持续性变成了一个问题,诗人的身份也变成了一个问题？就是时代的转换,文化紧张关系的不再,致使那个原本受尊敬的"知识分子身份"被悬置了。简言之,在压力之下先锋派诗人的文化身份是明晰的,但当压力戏剧性地消减,且在国际化和经典化的过程中更为戏剧性地变成了"过度的获益者"之后——他们的文本和美学趣味被制度化了,其文化身份却变得虚浮和暧昧起来。当写作者作为"知识分子"变得不那么理直气壮的时候,其随后的写作便可以轻易地被质疑和指摘。一旦诗人们在这样的身份危机之中再毫无觉察地滥用身份的优越权写作的时候,就不可避免地带上了"中产阶级书写"的嫌疑。在2006年,笔者意识到这一问题的所在,曾指出过在诗歌写作中比较普遍地存在的一种精神危机：

中产阶级趣味是我们时代的文化与艺术所表现出的一种新的审美观,它所代表的是一种删除了精英知识分子的启蒙批评立场的、同时也隔绝了底层社会的利益代言角色的、与今天的商业文化达成了利益默契的、充满消费性与商业动机的、假装附庸风雅的或者假装反对高雅的艺术复制行为。[17]

这些观点后来遭到了不少人的批评,但这些批评大都是基于误读，是疑虑笔者片面地讥讽了"知识分子写作"群体。但实际上我所试图解答的，是先锋写作所面临的整体逻辑与情境的延迁，是关于当代诗歌先锋精神式微与衰败的一个分析，而无关乎具体的写作者风格的指摘与质疑。

　　以上是诗歌中大致的情形，在小说领域中我们所看到的是作家的普遍"转型"，也即前文所述的先锋写作的第三种类型——基于形式探索的一脉，普遍放弃了早期的试验写法。关于这一脉系，我以为大致有这样几种情况，一是由"寓言性写作"转回了"现实主义"，这是一个标志性的变化；二是由西向学步借鉴欧美现代小说的形式，转回到向中国传统叙事看齐；第三是更加靠近市场和体制的写作，以各种花样翻新次第登台。但除了这三种情形，仍有部分写作以边缘或极端的形式延续了先锋的精神与气质。关于传统的转向，我在前文中已有涉及，这里要强调的是，在以《废都》《长恨歌》还有莫言的《檀香刑》以及晚近格非的《江南三部曲》为代表的复活中国叙事的这一向度上，我们所预见的不只是"先锋的终结"，同时也是一种可能的出路。因为毕竟在新文学诞生将近百年之后，在先锋写作开启了与现代派文学的全面对话与互动之后，传统的再度浮现不会是一个简单的复辟，而一定是一个获得了他者视野之后自我身份的再度觉醒。从这个意义上，我们谈"先锋的终结"并非单纯是一个"悲剧性的话题"，而应该有一个更加客观开放的逻辑。

有关先锋寓言写作的现实主义的转向,大概是一个相对棘手的话题。因为所谓新潮和先锋小说运动,很重要的就是以现代哲学为认识论基础的寓言化写作,对于以反映论为基础的现实主义写作的反动,这一逻辑几乎可以涵盖整个先锋小说运动的思想与精神轨迹。正如加缪所强调的"哲学和小说"之间的互融关系,"人们不应该过分地强调艺术和哲学之间的古老对立",艺术家应该以少言多,"伟大的小说家是一些伟大的哲学家……"⑱先锋文学所做的全部努力,追根溯源是对历史、世界和人性的哲学求思,以及试图揭示其全部的复杂性的冲动,而现在他们大都重回到了写实的轨道。以余华的《活着》和《许三观卖血记》、格非的《欲望的旗帜》、苏童的《蛇为什么会飞》等为标志,先锋派出现了为批评界所关注到的整体的"转型"。而曾经追随他们的新生代的一批,如毕飞宇、李洱、东西、艾伟、邱华栋等,也从早期相对浓重的寓言意味的写作,转向了写实的轨道。关于这一向度,当然同样意味着"先锋的终结",不过从他们的自身逻辑来看,变革的目的当然不只是一味地让读者感到繁难和陌生,而是要获得更切近的理解和更清晰的现实及物性。从这个意义上说,转向现实或许就是早年的实验性写作的最终"正果"。也难怪余华迄今最为经典的作品、最为大众认可、最具有现实的批判性力量也最具有历史和人性的寓言深度的小说,不是早期的那些艰涩的中短篇,而是《活着》和《许三观卖血记》;而苏童最为人称道的也是其最具有中国传统神韵的《妻妾成群》和《红粉》一类作品；最能代表格非写作成就的，也恰恰是其最具"红楼梦气质"的《江南三部曲》。而作为新潮和先锋小说的集大成者的莫言，则同时展现了他罕有的"混合能力"——他是最具有民间和中国性叙事风神的作家，也是最擅长切近地处理中国现代和当代历史的作家，是始终保有了清晰的外来影响痕迹的作家，也是最具有文体探索自觉与独创性的作家，他的《丰乳肥臀》《檀香刑》《生死疲劳》和《蛙》等长篇小说，可谓既鲜明地标识了先锋文学的终结，又强烈地暗示着它的精神和生命的幻形与延续。

　　还有王朔和王小波的例子。他们可能属于另一类型，虽然风格写法不尽相同，但在文化上的谐谑和反讽却都包含了尖锐的反叛性，尤其他们都针对后革命时代的意识形态、人性弱点与语言无意识，以喜剧性的"话语嬉戏"进行揶揄，并以此具备了典范的先锋性质。德里达在《结构，符号，与人文科学话语中的嬉戏》一文中，亦曾反复指出现代学术话语中的一种能指过剩的现象，诸如其"自由嬉戏与历史的紧张关系"，以及"与此在的紧张关系"，以及"重复的自由嬉戏与自由嬉戏的重复"[19]，等等。借此我们可以来确认此"二王"在文学上的独特价值与先锋意义，即他们创造了一种属于当代中国的具有敏感的文化解构力的话语嬉戏。然而对他们来说，这种话语嬉戏的意义是建立在与历史和现实的紧张关系上的，一旦紧张关系不复存在，其批判性价值也就接近于散失。王小波因为英年早逝，在困境尚未出现时便终结了写作，但王朔却在 20 世纪 90 年代中后期面临了无法绕过的困局——他过剩的幽默与沉湎于能指游戏的讥讽，因为上述根基的消失而陷入了纯然的油嘴滑舌。王朔的不可持续性，某种意义上也显示了先锋文学的一个固有缺陷。

或许用 20 世纪 90 年代早期徐坤的一篇题为《先锋》的小说，来拟喻"解构性写作"所面对的悖论是更为形象的。当然，它不只是寓意了解构主义者的困境，也是暗指了整个先锋文学运动的一个逻辑陷阱，其必然衰变和没落。在荒蛮的圆明园的遗址，这个象征着历史的屈辱与颓圮、现实的灰暗与无望的精神废墟之上，出现了一个自命不凡的先锋艺术群落——这似乎是暗指 20 世纪 90 年代初"圆明园艺术村"的特殊事件——以撒旦、鸡皮、鸭皮、屁特组成的一个"先锋艺术家"群体，创造了一个名为《存在》的艺术奇观，用一只空的画框矗立在圆明园著名的大水法遗迹之上，旁边是其天才的注释——"一切的虚无皆是存在，一切的存在皆是虚无"；然后还附上了子虚乌有的新潮杂志《太平洋狂潮》的评论——A 类是"多么高妙的艺术的空框"，B 类是"瞎掰，《存在》存在吗"，然后围绕这一"作品"展开了令人啼笑皆非的争吵和行为推销。这一作品可谓精妙地表明了先锋派文本已然退化为纯然的"文学行动"的性质，也尖锐地揭示出其天然的弊病。

三　先锋文学的末端或余绪：极端写作

这仍是回答"先锋去了哪里"的问题。在历史范畴中的"先锋文学的终结"，当然不意味着精神和美学意义上的消亡，因此人们也可以说，先锋不死。但作为一种历史化的精神潮流与文学运动，先锋文学在世纪之交以后演变出了一种新的形态，我将之称为"极端写作"。这既是先锋派终结的标志，也是其新的幻形。这个说法仍是受到了德里达的启示，他说，"20世纪现代主义的，或至少是非传统的文本，都具有一个共同点，即它们都写于文学的一种危机经验之中"。它们是"对于所谓'文学的末日'十分敏感的文本"。[20] 德里达所说的当然是指现代主义文学的一个普遍特征，它的起源之一即是现代派作家对于原有的"文学建制"是否走到了终点，是否还可以存续的质疑，但在当代中国的语境中，这种"写于危机经验"中的、有似于面对"文学将死"或者"已死"的预感的文本，更接近于一种"极端性的写作"。

极端写作的基本属性，在当代中国，是先锋文学内质丧失之后表现出的一种焦灼，一种"危机的反应症"，它不只是贝尔所说的"制造丑闻"的策略，而是基于一种假设，即既往的写作已经"过时"。因此，他们才会想出种种花样，用耸人听闻的方式来展示这种文学的危机。亦如德里达所说，这种状况常常使文本充满了自我颠覆性，"它的开始便是它的终结"，"它的历史的建构就像一个根本未存在过的纪念碑的废墟。这是一种毁灭的历史、一种制造事件以供讲述并将永不出现的记忆的叙述"。[21]这多像是徐坤的《先锋》中的情形——"《存在》存在吗?"这种自我的建构与颠覆、回答与诘问,表明了创作者并非在展示自足的文本,而是在进行一场极端的"嬉戏化"的"文学行动"。

极端性写作表现为普遍的"文学行动",还有一个背景,即世纪之交特有的狂欢气氛的弥漫,这种与"官方节日"相区别的"时间节日"(巴赫金语)所隐含的戏剧化含义是难以言喻的。同时,网络新媒体的迅速发育,更加速了这种气氛的生成。因为写作者相信,在网络的世界里,每个主体都变成了虚拟意义上的"隐身者",因此写作的伦理和原有的美学准则都随之不复存在。关于"狂欢节"的文化现象,巴赫金有至为精彩的描述,在对拉伯雷小说的分析中,他敏感地指出了其粗鄙场景与语言狂欢中所暗含的民间文化内涵,以及作为民间仪式所包含的心理诉求。他说:"拉伯雷从古老的方言、俚语、格言、谚语、学生开玩笑的习惯语等民间习俗中,从傻瓜和小丑的嘴里收集智慧……通过打趣逗乐的折射,得到淋漓尽致的展示。""狂欢节仿佛是庆祝暂时摆脱占统治地位的真理和现有的制度,庆祝暂时取消一切等级关系、特权、规范和禁令。"在修辞上,它体现了"对崇高东西的贬谪","在这里,'上'和'下'具有绝对的意义和纯粹地形学的意义……从纯肉体的方面来说,上就是脸,下就是男女生殖器官、腹部和臀部……在这里，贬低化就是世俗化"。[22]巴赫金反复展开讨论了"诙谐""怪诞""假面""贬低"等关键词，感性而深入地描绘了"狂欢节文化"的各种表现。借助这些讨论，我们似乎可以来理解世纪之交中国"文化狂欢"的景象。限于篇幅，我这里无法列举太多现实中的例子，2006年，当笔者输入"百度"查找关键词"狂欢节"（英文carnival，又译"嘉年华"）时，所得到是十数万计的条目，而2015年底输入同一个条目，所得到的数据已变成4070万个。这表明，狂欢在中国人的日常生活中出现的频率之高，已近乎难以估计。我无法准确地解释出这种历史的相似之间，究竟暗含了什么样的文化联系，毕竟中世纪与我们今天的社会已是如此不同。但按照一般规律，一个越是结构完备和维系压力的社会，无疑会越容易滋生出狂欢的需求与冲动；同时，现代社会愈来愈强大的技术统治，某种程度上也会滋生出一种相反的力量——在网络世界中形成的"民间社会"便是这样一个奇怪的存在。总之，这些都成为极端写作最合适的土壤与产床。

狂欢文化对于文学的影响首先是"行为化"，在过去的十数年中最为知名的"文学行动"可谓数不胜数，苏非舒"裸体朗诵"，杨黎的"自我关禁"，曾德旷的"吞食垃圾"和自我虐待，赵丽华的"梨花体事件"……种种骇人的事件和耸人听闻的景观层出不穷，在诗歌的江湖上又出现了新的行吟者和流浪汉,出现了各种网上的叫骂和争吵。当然,这些几乎都还只是止于"自虐",而2000年出现的"下半身写作",以及随后的"垃圾派""低诗歌"则表现出了更大的冒犯性,更令持有传统诗歌观念的人无法接受。对此,笔者当然也有同样的反应,但是假如一定要在文化上给出一个理由,那么巴赫金给予拉伯雷的解释是一个最好的借口,他关于"下半身语言"所包含的文化含义早已做了充分的诠释:"在拉伯雷的作品中,生活的物质和肉体因素——身体本身、饮食、排泄和性生活——的形象占了绝对压倒的地位。""就文艺复兴时代而言,这是典型的'为肉体恢复名誉'。"他还指出,"在怪诞现实主义中,物质和肉体本性是一种非常积极的因素"。[23]我似乎不便再罗列他为肉体的那些滔滔不绝的辩护,也不想将"下半身写作"所呈现的语言暴露与之等量齐观,但假如我们是在一种历史的"文化狂欢"的境遇中来认知这一现象,那么巴赫金的观点是不可回避的参照。也许沈浩波的说法是有那么一点点道理的,因为它们看上去是如此地相像——他说:"知识、文化、传统、诗意、抒情、哲理、思考、承担、使命……这些属于上半身的词汇与艺术无关,这些文人词典里的东西与具备当下性的先锋诗歌无关","所谓下半身写作,指的是一种坚决的形而下状态,指的是诗歌写作的贴肉状态,追求的是一种肉体的在场感,意味着让我们的肉体体验返回到本质的、原初的、动物性的肉体体验中去"。[24]在历史的或者人类学话语的意义上，或许这些谈论应予以认真对待，但如果据此将之归类于先锋写作的谱系之中的话，我又无法说服我自己。

在"反道德的极端写作"的旁侧还有娱乐化的写作，就其"行为化"而言，它不仅显现着写作者自身的娱乐动机，更重要的是由媒体和读者共同制造出的作为"事件"的意外而巨大的"公共性"。2006年，由赵丽华在个人博客上登载的几首诗引发的"梨花体事件"，几乎造就了新诗诞生以来参与者最多的公共传播效应。从文本看，以其《一个人来到田纳西》为例，可谓无厘头之作，但正是这种刻意的寡淡和无聊所导致的不同看法，引发了读者的围观，由此也生成了巨大的"点击量"，也造就了作者的知名度。事实上赵丽华也有常态的和有意义的诗歌文本，但在此种传播语境中，那些"正派的文本"却已然不再有吸引力。这也算是另一个极端文本的案例，只是它的"极端性"是基于大众娱乐的"传播奇迹"而诞生的。

以上种种似乎都是处在文学外围的风景，假如我们要注视一下既往那些业已经典化了先锋派诗人的踪迹，会发现他们也在尝试书写极端文本。比如西川和欧阳江河，排除个人的风格所至，西川写于近年的长诗《小老儿》便是一个例子，无论从哪方面看，这都是典型的"非诗化的文本"，不只是散文化的语言和外形，连"诗意"本身也完全是"反诗化"的，甚至连"解构""戏谑""反讽"这些概念和解释也很难将它套住。我只能笼统地将其看作是用了"拟儿歌"的形式,来传达了一个"矮化的主体"在今天的文化与社会中的境遇,其中充斥着无奈的经验游戏和无方向的认知,至于价值、自我、理性、人格,这些传统知识者强调和追求的东西,在这里几已踪影全无。在欧阳江河的长诗《凤凰》中,我们看到的是另一种极端化的文本景观,词语与词语的拼接,能指与能指的重复,观念与观念的组装,拟喻着那两只用后工业时代的观念和垃圾材料拼装起来的凤凰,它们在白天的认知下的"碎片"与"废物"属性,同在夜晚灯光映照下的光明璀璨之间的对照与分裂,在欧阳江河的互文性的诠释下,生发着令人瞠目的斑驳碎光。

在小说世界,先锋的诉求似乎早已是昨日风景。放眼望去,如今是一片波澜不惊的写实景象,连极端文本也属于奢侈之想了。唯有在某些不愿从众的作家笔下,还间或呈现着一些极端性的修辞。但这些极端修辞所支持的文本的并不充足的先锋性,却遭到了读者的广泛质疑。比如莫言的《檀香刑》中对酷刑的正面而极致的描写,就遭到了许多尖锐批评;在阎连科的小说中,"怪诞美学"一方面使他的文本的技术厚度得以增加,也成功地缓冲了其过于尖锐的批判性,但另一方面却增加了其接受的障碍;还有余华,在他的《兄弟》和《第七天》问世之前,他几乎是先锋派作家最完美的代表了,但这两部作品却带给了他太多的争议,关于其中的暴力的描写,关于众多极端事件的插接,都遭到来自他昔日的忠实拥趸的讥嘲和批评。特别是《兄弟》中关于窥视、下半身话题、处美人大赛等等情节,更是让很多人感到愤怒。但对照巴赫金关于拉伯雷小说的诠释,余华的这些描写倒是更敏感地触及了我们时代的某些文化病症。关于这一点,余华自己早有辩护[25],笔者也曾另文撰述,这里不再展开了。

在结束本篇文字的时候,我发现它并非一个"悲剧性的叙事",尽管也有一丝悲凉的叹息。无论如何,历史是不能翻转和重来的,从孕生、发育到沉落和消失,是一切文学运变无法改变的逻辑。更何况,它确乎融入了今天文学的内里和根部,不管如何变化幻形,蜕变沦落,但那些曾经令人激动的文本却不会消失,那些探索和涨破所带给文学的动力也不会白费,文学的道路,依然延续不息。

注释:

[1] 张清华:《谁是先锋,今天我们如何纪念》,载《文艺争鸣》,2015年第10期。
[2] 丹尼尔·贝尔:《资本主义文化矛盾》,赵一凡等译,北京:生活·读书·新知三联书店,1989年版,第149页。
[3] 朱大可:《燃烧的迷津——缅怀先锋诗歌运动》,载《上海文论》,1989年第4期。
[4] 同②,第178—179页。
[5] 彼得·比格尔:《先锋派理论》,高建平译,北京:商务印书馆,2002年版,第79页。
[6] 参见彼得·比格尔:《先锋派理论》,高建平译,北京:商务印书馆,2002年版,

第 162—172 页。

⑦ 张清华：《中国当代先锋文学思潮论》，南京：江苏文艺出版社，1997 年版；北京：中国人民大学出版社，2014 年修订版。

⑧ 彼得·比格尔：《先锋派理论》，高建平译，北京：商务印书馆，2002 年版，第 88 页。

⑨ 王蒙：《沪上思絮录》，载《上海文学》，1995 年第 1 期。

⑩ 张清华：《中国当代先锋文学思潮论》，南京：江苏文艺出版社，1997 年版，第 344—348 页。

⑪ 该诗最早见于北京大学"五四"文学社未名湖丛书编委会，老木编选《新诗潮诗集》（下），该书后记表明编成时间是 1985 年 1 月 31 日。在西川选编的《骆一禾、海子兄弟诗抄》一书中，该诗标注的写作时间为 1982 年，南京：江苏文艺出版社，2014 年版。

⑫ 该诗最早见于民刊《非非》1992 年复刊号，原诗中有句："城市中最伟大的懒汉 / 做了诗歌中光荣的农夫 / 麦子，以阳光和雨水的名义 / 我呼吁：饿死他们 / 狗日的诗人 / 首先饿死我 / 一个用墨水污染土地的帮凶 / 一个艺术世界的杂种。"

⑬ 海子：《诗学：一份提纲》，其中一节为《伟大的诗歌》，见西川编《海子诗全编》，上海：生活·读书·新知上海三联书店，1997 年版，第 898 页。

⑭ 丹尼尔·贝尔：《资本主义文化矛盾》，赵一凡等译，北京：生活·读书·新知三联书店，1989 年版，第 91 页。

⑮ 同⑭，第 80—81 页。

⑯ 1999 年 5 月"盘峰诗会"上徐江说这番话时，笔者刚好在场，且被指定充当了这场论争的记录人，故可以为证。

⑰ 张清华：《我们时代的中产阶级趣味》，载《南方文坛》，2006 年第 2 期。

⑱ 加缪：《西西弗斯神话》，见《加缪文集》，郭宏安译，南京：译林出版社，1999 年版，第 689 页、692 页。

⑲ 德里达：《结构，符号，人文科学话语中的嬉戏》，王逢振等《最新西方文论选》，桂林：漓江出版社，1991 年版，第 146—147 页。

⑳ 德里达：《文学行动》，赵兴国等译，北京：中国社会科学出版社，1998 年版，第 8—9 页。

㉑ 同⑳，第 9 页。

㉒ 巴赫金:《拉伯雷的创作与中世纪和文艺复兴时代的民间文化》导言,见《巴赫金文论选》,佟景韩译,北京:中国社会科学出版社,1996年版,第94页、105页、119页。
㉓ 同㉒,第116页。
㉔ 沈浩波:《香臭自知——沈浩波访谈录》,载《诗文本》,2001年,总第4期。
㉕ 余华、张清华:《"混乱"与我们时代的美学》,载《上海文学》,2007年第3期。

原文发表于《文艺研究》,2016年第4期

论《蝴蝶》的思想超越与语言内省

——一个历史的和解构主义的细读

一 回溯历史的钥匙,也是《蝴蝶》的钥匙

在叙述当代文学史的时候,人们渐渐开始淡忘一些东西。这似乎是没办法的事情,时光荏苒,岁月累积,有的东西逐渐变得不那么重要了。比如,今秋作家张贤亮的去世,才使人们忽然意识到这代作家已经剩余不多,即或还有也已是耄耋之年了。很多问题已经被淡忘了——比如,他们的文学成就究竟几何,应该如何评估,在日益变化和面目全非的当代文学史格局中,这代作家曾经轰动一时的那些创作究竟还有没有意义?似乎已没有人有兴趣回答这些问题。

但假如时光回溯,让我们回到百废无兴的20世纪70年代末,会更能理解那时尚处于中年的这代人,他们被迫抱以青春的激情出现在历史拐弯处的种种不得已。在关禁了将近二十年之后,他们再度"归来",再度与"人民"一起"胜利",并重新获得了"曲折道路"中的"光明未来"。有的复出诗人用了很大的口气发出了"我是青年"[1]的呼喊,甚或还有"马群踏倒鲜花,/鲜花,/依旧抱住马蹄狂吻"[2]的诗句,前者的意思是要用中年的肩膀承担起青年的使命;后者则更为过分,所表达的"忠诚"之意有肉麻之嫌,虽说政治虐待了我,而我却依然热爱着这政治。如今看来这些表达都不够得体,浮泛的热情要么虚假,要么显得愚蠢,根本没有看到那时人心的危机、历史的循环以及人性的更深黑暗。但不要忘记,对这代人来说,这就是某个历史的关头和起点。

如何来看待这代作家的创作,在当代文学史的叙述中似乎并不是什么难题。在谱系学的意义上,他们早已经被列入了"伤痕""反思""改革"文学的知识架构之中,被格式化和概念化地编订和处理,被当作了重要但又迅速翻过的一页。简言之,谁也没有说他们"不重要",但到底有多重要,他们的文本在文学性的意义上应做何判断,却多属语焉不详。遥想最初的若干年,他们确曾被充满激情地叙述过,因为他们的文学形象不只是那时人们谈议的话题,甚至也是改革和社会意识变化的推进剂。但不幸的是,他们很快遭逢了"新潮文学"迅猛崛起的年代,宽广而多维的文化学与人类学视野迅速代替了窄狭僵化的社会学视野,洞烛幽微的精神分析很快取代了"人物性格二重组合论"③,各种结构主义与"新小说"的叙事观念很快取代了单调的现实主义叙述方法,复杂的文化寓言、历史寓言与人性寓言的构造取代了"再现生活真实"的老套子,甚至也取代了放脚式的"准荒诞派"的常用技法……他们的雄心壮志还未等完全变成现实,历史就翻过了新的一页——张贤亮曾经宣布要推出的"唯物主义启示录"系列,在只发表了《绿化树》和《男人的一半是女人》之后就草草收场了;王蒙在稍后推出的长篇小说《活动变人形》,虽然也是试图描画出当代知识分子的精神史,但确没有企及钱锺书《围城》所达到的讽喻效果与高度。如同在"刷新"过快的电子时代老式计算机会很快过时一样,在新观念的涌动与新方法的风靡之下,虽然这代作家也曾试图将寓言的、意识流的、荒诞与喜剧的因素融进其写作中去④,但与年轻一代作家的作品相比,这些新元素是那样地稀薄和不协调,在艺术和思想方面又是显得那样生硬和笨拙。

显然,由王蒙、张贤亮、刘心武、谌容、宗璞,甚至高行健为代表的这代曾才华超群的作家,很快被贾平凹和王安忆、莫言和残雪、马原和扎西达娃、余华和苏童们取代了。在并不持简单进化论观点的我看来,这个年代的文学变革其实是中国当代文学真正的起点——现代性得以真正确立的标志。因为在他们之前的当代文学，甚至连现代文学三十年所达到的叙述技艺与艺术难度都未曾接近过，在思想水准上更是难以望其项背——从鲁迅的"救救孩子"到刘心武《班主任》中"救救被四人帮坑害的孩子"，是何等让人百感交集又羞赧惭愧的变化与传承！而新一代作家们则以其迅速掌握的现代主义表现方法，以及敏感的本土文化意识，从两方面建立了其写作的思想资源与高度，使之成为承续中国现代文学、对接当代世界文学的真正开端。

但是话又说回来，这丝毫也不能成为抹杀这一代作家曾经的重要贡献的理由，不能取消他们的作品曾经在历史中的影响作用，任何有历史感的人都不会这样理解问题。缘于此种原因，我决定谈一谈王蒙的《蝴蝶》[5]，尽管其中有些观点只是"阐释出来"的，或许对于作者而言只是限于"无意识"。但是回顾1980年的历史情境，这篇小说却像一个奇迹，孤独地孑立在历史的曙色与早霞之中，显得那么特立独行。以这个年代人们的认知能力，写出《蝴蝶》几乎是不可能的，因为它对于刚刚过去的时代的反思，不是仅限于概念上的，而是根本性的，尽管它的作者不可能从政治无意识和个体无意识的角度上全面否定这个时代，但却敏感地从语言的角度，从话语方式的转换上，写出了近乎石破天惊的主题——即"意识形态话语的失效"，及其荒诞感的问题。

或许有人会笑我，这么耸人听闻的结论是如何得出的，其实很简单，小说中不过是引用了一段有意思的流行歌词——在 1980 年开始半公开半秘密地流行的邓丽君的一首叫作《千言万语》的歌，用它打开了回溯历史与理解现实的钥匙。小说似乎颇不情愿却又感慨万端地引用了这首歌中的句子：

> 不知道为了什么，忧愁常围绕着我，我每天都在祈祷，快赶走爱的寂寞……

作者说："一首香港的流行歌曲正在风靡全国（注意：不是香港而是台湾。歌的名字叫作《千言万语》，不叫"爱的寂寞"。这个常识的模糊，更表明了它给人物——当然同时也是给作者——所带来的震惊与陌生感，理性中的不屑和无意识中的好奇）。"作为"张副部长"的主人公张思远，在"微服私访"重回当年下放劳动的山村的路上，在与一个贸易公司采购员合住的小招待所的房间中，通过那人携带的录音机，"一遍又一遍地听到了这首歌"。

在普通人那里，这首歌或许只是一首迅速占领了其感官和日常趣味的流行曲调，但在王蒙所精心刻画的主人公这里，却意识到了一场历史性的冰消雪融，一场静悄悄的、全面的、悲哀而无法抗拒的塌陷，曾经的革命意识形态的无声而确凿的塌陷。"他想砸掉这个采购员的录音机……这是彻头彻尾的虚假！这是彻头彻尾的轻浮！那些酒吧间里扭动着屁股，撩着长发，叼着香烟或是啜着香槟的眉来眼去的少爷们和小姐们，那些……混蛋们，他们难道真正懂得什么叫爱情，什么叫忧愁，什么叫寂寞吗？"革命者的意志似乎在支持着他本能地坚拒这首歌，拒绝它所代表的一种资产阶级的意识形态，但是连他自己也没有想到，他居然犹豫了——

一首矫揉造作的歌。一首虚情假意的歌。一首浅薄甚至是庸俗的歌。嗓子不如郭兰英，不如郭淑珍，不如许多姓郭的和不姓郭的女歌唱家。但是这首歌得意洋洋，这首歌打败了众多的对手，即使禁止——我们不会再干这样的蠢事了吧？谁知道呢——禁止也禁止不住。

主人公义正词严的鄙视，并没有战胜他刹那间不由自主的犹疑。所谓"微服私访"的寓意其实也很明显，假如去掉了高官身份，放弃了权力保护，成了普通人，他会用一个普通人的眼光看问题，会有完全不同的思考和答案。为什么这样一首被鄙视的歌居然可以响彻在遥远边地的小旅馆里，响彻在神州大地的街巷与角落里，可以"得意洋洋"地，轻易地替代曾经强大的革命文艺，成为这个时代最新的文化标签与符号？他难以置信，究竟"是怎么回事？三十年的教育，三十年的训练，唱了三十年的

'社会主义好'、'年轻人，火热的心'，甚至还唱了几十年'老三篇不但战士要学，干部也要学'之后，一首'爱的寂寞'征服了全国！"这让人沮丧、百思不得其解的疑问背后，其实是一个反问——为什么历经几十年的灌输与改造，革命意识形态看似深入人心，却因为这样一个靡靡之音的旋律，几句浅薄无聊的歌词，居然轻而易举地土崩瓦解，顷刻间被解除了武装？

还需要更多和更直接的话语吗？王蒙在这里为我们提供了一把通过现实进入历史的钥匙，当然也是我们进入他的小说的钥匙。邓丽君的歌所代表的，其实是人们对于日常生活和世俗情感的接纳，这是一个渺小而又巨大的信号，旧时代的终结与新时代的来临就是从这里开始的。它被旧政治视为非法的身份，却因为"无边的日常生活"的包围而获得了胜利，实现了权力拥有者尚未觉察的僭越。张思远当然不是先知，王蒙也不是，但是他们确乎早于大多数人意识到，一个蔑视世俗价值的革命神话的时代结束了，那些在历史已经止步的地方，还背靠背互为表里的权力意识形态与旧文艺，其实也已开始退出时代的舞台。这样一种认知在1980年，在新思潮还处于孕育之中、潜于地表之下的年代，在中年一代作家那里，已然是十足超前的观念，若非采用含混的、充满自否与反复的表述，王蒙会重新被打回新疆也未可知。

二 "革命者"的身份局限与超越

谈到了人物的主体身份与作家的认知立场,就不能不说到陶东风教授的文章,《一个知识分子革命者的身份危机与疑似化解——重读王蒙的中篇小说〈蝴蝶〉》[⑥](以下称"陶文"),数月前拜读到它,觉得确乎是一篇妙文。它对于该篇小说中所蕴含的一个巨大的思想局限所做的分析可谓鞭辟入里;对其所蕴含的一个关于当代中国知识分子精神缺陷的命题的解剖也发人深省。的确,即便在王蒙这样有代表性的作家身上,文化身份的自我确认仍然是困难而充满矛盾的,而这决定了他们在思想意识上所能够达到的境地,也决定着当代文学所能够达到的思想高度与艺术品质。从文化分析和思想批判的角度,我认同其高远的立论和深湛的思想,对其洞烛发微的精彩细读也深为赞佩。

然而,稍稍转换一下角度,我认为也还存在着另外的认知可能,即一种"历史的认识"。对文本的解读自然可以有绝对性的或理想的标尺,但对当代文学的认识却无法超越历史本身。而且在对人物的思想逻辑和作家的认知逻辑的理解上,笔者与陶文不同,认为恰好应该采取相反的逻辑。陶东风教授的逻辑是:当代作家理想的认知与合理的身份认同,应该是具有独立思考与批判精神的"知识分子",而王蒙并没有达到这样的认知水平,他一直认同自己是一个"少共"作家,只不过在《蝴蝶》中适时地表达了其身份与"认同的危机",而其中的局限性是不言自明的。从这个意义上,《蝴蝶》当然也是有局限的。这个逻辑并没有错,但从另一相反的方向看,陶文所设置的"绝对尺度"又远远超越了历史固有的可能,在笔者看来,返回时间现场的"历史逻辑"应该是:王蒙这一代作家的文化身份是早已形成的既定事实,无论在意识还是无意识中,他们都不可能超越历史而给自己设定一个独立知识分子的文化身份。他的价值就在于,在历史已然铸就的局限之中,他居然获得了超越自己文化身份的认识,达到了总体反思旧式政治与意识形态的高度,而且是从"语言——话语构造"的基本层面上的反思,这就使得他的意义超出了他原有的动机与可能。这一切正如恩格斯对巴尔扎克的赞赏一样,作为一个政治上的保皇党人,巴尔扎克居然书写了他所深恶痛绝的新兴资产阶级的胜利,并为他深爱的贵族阶层唱了一曲灭亡的挽歌,从而实现了"现实主义的伟大胜利"一样[7]。这一相反的认知方向显然会得出不同的结论,正如条件的置换会使逻辑关系颠倒,"虽然有优点,但缺点更多",与"尽管有不足,但优点很明显"的表述效果是完全相反一样。

很显然,从历史具体性出发和从绝对标准出发,所得出的认识是完全不同的。在1980年中国的政治与主流文艺界的文化气候中能够诞生出《蝴蝶》,在笔者看来是一个奇迹,一个超出了作者预料,也超出了其基本立场与认知能力的奇迹。当然,在同时期的朦胧诗人或部分处于"地下写作"的诗人那里，确乎已经有了立场相对鲜明，有基本的独立思想与精神品质的人格的迹象，但这些人格形象的背后，写作者的现实人格构成其实也并不稳定。比如，或许北岛、顾城、舒婷等"朦胧诗人"的身份是比较独立的，但舒婷也在同时写了《祖国啊，我亲爱的祖国》等相当"主流"的作品，据说江河的《纪念碑》一首本来是写给《人民文学》杂志的，只不过被退稿了，才转而刊登在《今天》上[8]。许多处在"地下"或"潜流"当中的诗人，其实都有"两支笔"，同时进行着体制外和体制内两种话语与两种姿态的写作。在文化身份上并不存在截然独立的一个群体。在诗歌中是这样，在小说界我们能够奢求什么呢？《蝴蝶》写于一个在文艺界还充斥着政治话语与概念化主题的年份，三年后的1983年还发生了"反对资产阶级精神污染"的政治运动，在这样一个时刻要求王蒙获得独立知识分子的精神立场，显然是超历史的观点。

关于中国当代作家的文化身份问题，是一个一直没有完全水落石出的问题，不止王蒙这代作家，在接下来的新潮与先锋文学作家那里，似乎也并未完全解决。在20世纪90年代，这个问题几乎就要解决了，但在世纪之交以后反而重新变得暧昧不明。对此笔者也曾专门撰文讨论[9]，之前是因为政治因素的纠缠，20世纪90年代文化关系的相对紧张与市场经济的初起，作家和知识分子被迅速边缘化，这反而成就了他们，使他们的著述与作品的言说立场具有相对充沛的人文主义情怀;而在世纪之交以来,随着国家在经济上的成功和知识分子经济状况的显著改善,部分作家甚至富豪化了,加上来自体制的日益扩大的利益撬动,这种本来并不坚定和明晰的立场又重新陷于松动。中国作家正在沿着市场、国家政治、传媒需求所分别做出的"利益规划"前行,用丹尼尔·贝尔的话说,是"文化本身的聚合力"正在销蚀,"俗鄙的盛行大有淹没严肃文化之势;畅言无忌的亚文化群已经向社会各重要阶层提供了种种自我中心模式……现代性本身就在文化中产生了一种涣散力"。[⑩]一言以蔽之,中国作家正在日益偏离人文主义的写作,而这正是当今中国文学的最大危机。如果说在20世纪90年代许多作家还能朦胧地意识到自己作为"知识分子写作"的文化身份的话,到了世纪之交以后,连这个阵营内部也对知识分子的文化身份表示了怀疑与鄙夷——诗歌界的"盘峰论争"就是一个例子。假如说在90年代"知识分子写作"曾经建立过文化上脆弱的合法性的话,那么在近十几年来,这个口号则变成了被揶揄和嘲讽的对象。

当然,出现这样的问题表明当代中国的文化情境的确是太复杂了,太敏感多变了。但扫视目下,有助于我们认知上个时代。陶东风教授的文章确乎深刻地揭示了当代中国作家和知识分子的思想局限,但以张思远为标本,要求在他身上,在王蒙小说中找到理想的现代知识分子的理性精神,也确乎是镜花水月的游戏。

不过陶东风教授的文章也再度激发了我对王蒙作品的兴趣，启示我认识到他小说中这类人物的共性：常常是一些具有特殊政治地位又具有一定思考能力的人，早在1956年的《组织部新来的年轻人》中的林震，《春之声》中的科学家岳之峰，《布礼》中的钟亦诚，《海的梦》中的缪可言，《蝴蝶》中的张思远，以至于《活动变人形》中的倪吾诚……他们大都具有特殊的感受力与超乎身份的思想力，即便有特殊的政治身份，也常常不由自主地成为了"作者的影子"。以张思远为例，他在进城之前是解放军的师长，之后是军管会的副主任，之后依次是张副市长，反革命分子张思远，下乡改造的老张头，而后又官复原职且很快晋升为张副部长。细审这一身份，丝毫也看不出有过什么知识分子的底色或成分，但叙事的需要，作为主人公同时又作为回忆者和"意识流"的主体角色，作者赋予了他强大的思考力，让他成了置身体制内却不断对体制进行反思反讽的一个角色，让他成了一个奇怪的"语言的觉醒者"，一个超前的具备了"解构主义意识的反思实践者"，通过对个人半生经历的回忆，对于革命本身的动力与奥秘、体制与机制、革命话语的来源与构造、意识形态的虚伪与运行方式等等，都进行了入木三分的分析与描绘，这不能不说是一个奇迹。

三 作为首个解构主义例证的《蝴蝶》

《蝴蝶》最大的意义在于,它可以视作当代作家"语言意识觉醒"的一个标志,也可视为"通过反思语言来反思体制与意识形态"的最佳范例。它不但因为在深层含义上取了《庄子·齐物论》中道家哲学的思想而显得富有精神深度,充满了"恍兮惚兮"的人生怀疑与存在追问,而且通过对当代语言政治与语言暴力的哲学求思,开始了对重大政治与社会命题的深层拷问和触及。这里,我也尝试用细读的方法,来分析一下其中的解构主义思想元素。

显然,本文的理论前提并不是基于西方的论述,西方解构主义理论的引入已迟至 20 世纪 80 代后期,王蒙不可能在 1980 年就知晓西方的解构主义。但是中国,在古老的哲学与禅宗思想中,在中国人日常的语言智慧中,在新文学的许多经典文本中,早已有着丰富的解构主义实践[11]。在《道德经》的开篇,老子就提出了"作为本体的存在"与"作为语言的认知"之间的不对称关系,"道可道,非常道;名可名,非常名"早已指出了存在与认知之间、意识与表达之间、语言与意义之间一系列的不对称关系,而这正是解构主义理论的最原始的起点。对逻各斯中心主义,对德里达所说的"关于存在的形而上学"的怀疑与颠覆的思想,早已包含在老子的命题之中。禅宗故事中六祖慧能回应五祖弘忍的"生死大法",针对神秀"身是菩提树……"的偈语,反其意而作的"菩提本非树……"可谓是最经典的解构主义命题了。在新文学中,钱锺书的《围城》可谓是解构主义思想极为丰富的作品,小说中异常活跃地运用了语言中的间离和反讽,昭示了五四文化精神在20世纪40年代的彻底颓圮。其中新文学话语与旧的传统话语之间、中文与西语之间多重的错位关系,都被渲染得淋漓尽致。在"十八家新诗人"之外的"第十九家"的曹元朗所作的一首《拼盘姘伴》中,其文白夹杂、语法混乱、中西文硬性地互文插接的状况,已然呈现出"能指狂欢"的意味:

> 昨夜星辰今夜摇漾于飘至明夜之风中
> 圆满肥白的孕妇肚子颤巍巍贴在天上
> 这活守寡的逃妇几时有了个老公?
> Jug! Jug! 污泥里——Efangoèil mondo!
> ——夜莺歌唱……
> 雨后的夏夜,灌饱洗净,大地肥而新的,
> 最小的一棵草参加无声的呐喊:"Wirsind!"[12]

当代诗歌中类似的实践也有非常典范的例证,"非非主义"的理论观念,王朔小说中三重话语的狂欢,先锋小说叙事中的"元小说"策略,伊沙早期的诗歌,等等,都可以视为解构主义

实践的范例，但所有这些都晚于《蝴蝶》。

很明显，在西方的解构主义理论到来之前，中国人完全有可能进行自己固有的解构主义文化实践，敏感的作家会首先发现这样的机遇。在《蝴蝶》中，我们可以找出太多例证。它通过"日常话语"（叙述话语）、"政治话语"（革命歌曲、张思远所记忆、援引和疑惑的权力话语）、"主体话语"（作为具有"知识分子气质"的思考者张思远的内在话语）、外来作为"他者"角色强行嵌入且不战而胜的"陌生话语"（邓丽君的歌）之间展开的"话语嬉戏"，十分多义和精彩地传达了为德里达所描述的"中心消解""总体性破碎""现实与历史之间的紧张关系"等等信息。德里达说，"由于不存在一个中心或本源而造成的这种自由嬉戏的运动，是一种增补性的运动"，它以"能指过剩"的方式，彰显了"自由嬉戏与历史之间的紧张关系"，以及"与此在之间的紧张关系"，并昭示出"此在的瓦解"。⑬

与此对应，我们可以从《蝴蝶》中找出至为精彩的例证，来看一下王蒙所意识到的"革命话语的破碎"，其中心消解之后的游戏感。他用了隐忍的反讽，来细致地描述了解放之初作为军管会副主任的张思远前往礼堂为共青团员们演讲的情境。大礼堂中座无虚席，但"麦克风坏了"，就在修理麦克的当口，十八岁的美少女、共青团员海云，指挥大家"分声部"合唱起了革命歌曲《解放区的天是明朗的天》。历史的在场者显然是处于身体的亢

447

奋和意识的沉睡之中，但是作为遥远的回忆者，张思远的回溯与反思使这首歌的歌词出现了"断裂中奇妙的敞开"——它的奇怪的修辞与"能指的空转"状态被意外地彰显出来。小说将歌词直接抄录其中："……民主政府爱人民哪，爱人民……共产党的恩情，恩情……说不完哪……说不完……不完……"

"呀呼咳咳咿呼呀咳，呀呼，呀呼……咳咳！咳咳！咳咳！咳咳……"

全礼堂都在"咳咳咳咳咳咳"，好像在抬木头，好像在砸石头，好像在开山，在打铁。是的，打铁。

在奇怪的"和声效果"中，这话语游戏与狂欢的属性暴露无遗。作家对这个"能指极端过剩"的游戏产生了前所未有的质疑，他猛然意识到，正是这些"咳咳咳咳"的无意义音节，通过旋律和巨大人群的组织形式，通过和声与重复的加强，生成为一种不可抗拒的认同力量，并且转换为"新社会"和"新生活"的合法标记以及专制力量。反过来这也表明，在过去的几十年中，人们实际上是生活在这样一种"话语的虚构"游戏之中。

这便是真正的觉醒和历史的揭秘了。1980年，哪一部小说能够达到如此历史揭秘的深度？接下来，就是张思远的演讲。之前，小说已令人震惊地揭示出"语言即权力"[14]的秘密——王蒙几乎就要说出这句话了,尽管他此时并不知晓米歇尔·福柯为何许人,但却非常清晰地意识到了革命话语所蕴含的巨大力量,意识到革命的权力是通过革命话语的传播与加强来实现的,而这样的力量,只要通过他的虚构,通过他为权力所赋予的身份和"为真理做判断的集会"⑮,就能够轻而易举地实现。这套革命的、充满暴力的宏伟词语所向披靡,无所不能,"要什么就有什么",真是奇妙极了:

> ……他的话,他的道理,连同他爱用的词汇——克服呀、阶级呀、搞透呀、贯彻呀、结合呀、解决呀、方针呀、突破呀、扭转呀……对于这个城市的绝大多数居民来说都是破天荒的新事物。他就是共产党的化身,革命的化身,新潮流的化身,凯歌、胜利、突然拥有巨大的——简直是无限的威信和权力的化身。他的每一句话都被倾听、被详细地记录、被学习讨论、深刻领会、贯彻执行,而且立即得到了效果,成功。我们要兑换伪币、稳定物价,于是货币兑换了,物价稳定了。我们要整顿治安,维护秩序,于是流氓与小偷绝迹,夜不闭户,路不拾遗。我们要禁赌禁娼,立刻"土膏店"与妓院寿终正寝。我们要什么就有什么。我们不要什么,就没有了什么。有一天,他正对着市政工作人员讲述"我们要……"的时候,雪白的衬衫耀眼,进来了一位亭亭

玉立的大姑娘……

这套宏伟的词语，不仅转化为摧枯拉朽的专政力量，而且还当然地俘获了少女的爱情。主人公的话语权力、政治权力和性权力奇妙地结合在一起，实现了戏剧性的结合。

但这还没有完，王蒙接下来还要浓墨重彩地描绘出张思远"报告"的情景，他的这番看似无比正确的宏大叙事，彻底地彰显了他的"红色修辞的虚构性"，以及"能指"被无限夸大的状态。犹如宗教活动中的唱经，神圣的语境一经设定，神就要出场了，他的横空飞来的话语繁殖力便开始了华丽的表演：

"共青团员们！"鼓掌。"同学们，向你们问好！向你们致以革命的、战斗的敬礼！"鼓掌。"你们是新社会的主人，你们是新生活的主人，先烈的鲜血冲开了光辉而宽阔的道路，你们将在这条道路上，从胜利走向胜利！"点头称是，一字不漏地往小本上记，但仍然不影响频频地鼓掌。"中国的历史，人类的历史，开始了崭新的篇章，我们再不是奴隶，再不是任凭命运摆布的可怜虫，我们……失去的只有锁链，我们得到了全世界……"更加热烈的鼓掌。他看见了海云的激动的泪花。

多么激荡人心却又空洞无物的承诺，谁将是这没有具体主体的"主人"？作为听众之一的海云，在不久之后就被打成了"右派"，而被永远剔除出了"你们"的行列。张思远靠着这由虚拟的修辞所产生的巨大力量，使自己得到了令他自己都难以置信的辉煌成功和满足。他整个地已经"工作"并置身这种由词语造成的红色幻象之中。因此，当他的妻子海云痛失了刚刚出生的第一个孩子之时，没有尽到父亲之应有责任的他，便用了一个奇怪的逻辑来批评妻子的软弱："你不能只想到自己，海云！我们不是一般的人，我们是共产党员，是布尔什维克！就在这一刻，美国的 B-29 飞机正在轰炸平壤，成千上百的朝鲜儿童死在燃烧弹和子母弹下面……"他竟然没有搞明白，难道共产党员就应该对自己耽搁了病情而死亡的儿子无动于衷吗？难道儿子的死，相较于远在千里之外的朝鲜儿童的死，一定是某种必要和必然的代价吗？沉醉和迷恋于这种语言幻象的张思远，习惯性地做出了这种推论，否认了他作为父亲的失职之过。借用罗兰·巴特的话说，这就是"一种语言自足体的暴力，它摧毁了一切伦理意义。……它不是一种内心的态度，而是一种强制性的行为"[16]。

《蝴蝶》中揭示语言与权力关系的秘密，揭示话语本身的虚构逻辑的自觉，不是即兴和意外的神来之笔，而是非常系统的思考。比如，他清楚地意识到了"词语决定存在"的问题，小说主人公张思远在经历了几度人生的沉浮之后，发现自己命运的变迁最终不过是几个词语的变来变去。他因此发出了这样的追问——

……那个坐着吉姆牌轿车、穿过街灯明亮、两旁都是高楼大厦的市中心大街的张思远副部长，和那个背着一篓子羊粪、屈背弓腰、咬着牙行走在山间的崎岖小路上的"老张头"，是一个人吗？他是"老张头"，却突然变成了张副部长吗？他是张副部长，却突然变成了"老张头"吗？这真是一个有趣的问题。抑或他既不是张副部长也不是老张头，而只是他张思远自己？除去了张副部长和老张头，张思远这三个字又余下了多少东西呢？

语言主宰了人的命运，决定了一个人的生存。并且，语言还有时会大于和"先于存在"：在一个又一个运动中，张思远亲眼看见人被预先安排好的词语符号"击中"，词语想让谁一夜之间完蛋，总是具有魔术般的灵验，"揪出来，定性，这是比上帝的旨意、比阎王爷的勾魂诏更强大一千倍的自在和可畏的力量……这简直是一种魔法，一种丝毫不逊于把说谎的孩童变成驴子、把美貌的公主变成青蛙、把不可一世的君主变成患麻风病的乞丐的法术"。

福柯在论述历史的构建方式的时候，曾精辟地反思了被各种话语和材料建构的历史叙事的局限。一方面，"文献"是沉默的，"印记本身常常是吐露不出任何东西的"，另一方面，那些被权力设定好了的讲述,又同样不会接近历史本身。所谓的"伤痕"与"反思"叙述,都属于这种在政治框架上和叙事构造上已然设定好了的讲述:美好的童年或者开端,而后风云突变,某种僭越的邪恶势力强行改变了主人公的命运,然后是受难、关禁、亲人的离散,等待,黑暗尽头曙光出现,噩梦醒来是早晨,主人公被永恒正确的主导力量所拯救,重获自由与光明,团圆和胜利。总结是,前途是光明的,道路是曲折的,革命道路是不平坦的,但最终是一定会胜利的。这样的叙事已然成为一种"叙述的习惯"。福柯说,"只有重建某一历史话语才具有意义"[18]。《蝴蝶》在某种程度上,正是通过陌生话语与一个反思者主体的构建,在另一语境中复活了那些已悄然消失的历史话语,并将之投放在新的意识强光中,重现了历史内部隐秘而黑暗的路径。

某些时候甚至作者也按捺不住,要通过人物的意识来强行插入议论,以表明他所意识到的政治话语对人性的统治与遮蔽。张思远复职后,要把他一直深爱的远在山乡的秋文接来,但他却无法向部长交代,他只能说"他要解决个人问题,似乎这样说才合法,才规范。如果他说他要去看看他的心上人,那么人们马上会认为他'作风'不好,认为他感情不健康或者正在变'修'。把爱情叫作'问题',把结婚叫作解决问题,这真是对祖国语言的歪曲和对人的情感的侮辱"。这个说话人的身份显然已经不是人物,而是作者自身了。

例子还有很多，王蒙几乎是搜罗了他所有能够找到的语言例证，不惜"堆砌"的方式将它们烩于一勺，从而达到充分的"话语嬉戏"的效果。比如他写到主人公复职后最敏感的是大字报，仍如影随形、旧时相识一般地敲打着他，那些熟悉的话语常让他不知今夕何夕。他听到"左派"们喝酒时的"拳经"，可视为是革命话语直接的"解构主义戏仿"了："一元化呀，三结合呀，五星红旗呀，八路军呀……"两个不在哨位上的警卫战士，正"模仿样板戏的对话：'……两件什么宝？''好马，快刀。''马是什么马？''吹牛拍马。''刀是什么刀？''两面三刀。'"如此等等。甚至作者本人的叙述也在这种活跃的语境中受到激发，变得飘忽而滑动、戏谑而膨胀："美兰是一条鱼。美兰是一条雪白的天鹅。美兰是一朵云。美兰是一把老虎钳子……"四个词语的能指是完全不相干的，但它们却可以同时指向一个所指。它再次强烈地暗示着作家的一个荒诞体验：语言就是对现实的虚构、扭曲、粉碎和戏耍，语言本身即充满了暴力。

四 如何认识《蝴蝶》的意义与局限

陶教授的文章这样分析了张思远这一人物的局限性，认为他"除了认同革命，忠诚组织，根本不可能有别的任何认同或忠诚。这也决定了获得'平反'之后，张思远的'反思'根本不可能触及造成'文革'社会灾难（包括张思远自己的悲剧命运）的根源"⑱。的确，从绝对性的意义上来说是这样，张思远不可能从一个完全的人文知识分子的高度上，意识到"文革"的根源，并找到另外的认同，因为他不可能超越历史，王蒙先生也不可能超越历史。这一点，我并不会因为出于"历史主义"的立场就会加以否认，同时，我也并不认为从一般和永恒的意义上，这篇小说会有多么了不起的艺术价值。但从历史出发，我仍然服膺于它敏锐的语言自觉与精妙的解构主义实践。认真阅读作品，将之放还至1980年的历史场域，会得出这样的结论，会吃惊于他对体制本身与意识形态痼疾的深入思索，对其构成秘密的率真揭示，以及"春秋笔法"也无法掩饰的讽喻立场。在我看来，它通过语言（而不是观念）层面上具体而精准的戏仿与反讽、狂欢与嬉戏的解构活动，敏感地揭示出了革命意识形态及其话语构造的来源，其生成机制、传播奥秘、权力的实现形式，以及在某些时候的病变与弥漫，其可怕的虚构性、荒诞性与欺骗性。这样的反思高度，恰恰是这个年代的绝大部分文本所无法抵达的。因此，历史地看待，我主张给它以客观和高度的评价，或许是更实事求是的态度。

我之所以说《蝴蝶》是"孤独"的，是因为在它之前这样的自觉是没有的，在它之后很长时间里也没有。直到1985年之后，类似具有解构主义实践意义的作品才陆续出现。1985年还只是个苗头，在莫言的《透明的红萝卜》中，小石匠对着公社革委会副主任"刘太阳"说的那番话，似乎有一点游戏红色主流话语的味道；王安忆《小鲍庄》中给那个封闭山村的孩子们取名的方式（文化子、建设子、社会子等），也颇有反讽的意味。除此之外就是王蒙自己了，他1985年前后的小说如《冬天的话题》《来劲》《选择的历程》等，都充满了对语言的"施暴"和对宏伟词语包括对政治和知识分子意识形态双重的游戏倾向。但王蒙的局限在于，他的语言意识似乎并未从《蝴蝶》更前进一步，他过分强化了"作者"——叙事主体的兴趣和理念，几乎将叙事变成了自己的"语言表演"，而不是侧重于历史情境中的人物的语言活动。虽然有的作品中的这类表演很有着某种与解构主义接近的表征，像《来劲》中的一些句子："……你可以将我们的主人公叫作向明，或者项铭、响鸣、香茗、乡名、湘冥、祥命或者向明向铭向鸣向茗向名向冥向命……以此类推……"但这同他在《蝴蝶》中所表现出的语言方面卓越的颠覆性相比，根本没有什么进步。看起来他这里是刻意夸张地对汉语中字音与字义之间的差异性进行一种"实验"写作，甚至也试图借此对中国文化中的某些"亦此亦彼"的模棱两可的因素进行讥讽，但他还是没有从神髓上抓住当代社会特别敏感的情境，将对语言的处理深入到历史与政治情境的核心之地——1988年以后的王朔比之王蒙之所以有一些进步，主要是在这方面。在小说叙事语境的设置，以及人物对话过程中的反讽、调侃、语意颠倒与语境偷换等等技巧，是王朔的特长。

另外，如果从"解构主义阅读"的角度看，《蝴蝶》还是一个典型"男权主义叙事"例证。即使它不同寻常的政治深度，也不能掩盖它"皇帝婚姻结构"的叙事内核。主人公虽历经磨难，也还保有了超出常人的反思精神，但政治的沉浮赐予他的，最终却是"三易其妻"的机会，第一任妻子海云是"浪漫型"的，曾与他有过浪漫的精神对话；第二任妻子美兰是"生活型"的，曾把他的生活安排得井井有条；第三个"对象"秋文是历经考验的"完美型"的，她是知识分子出身，经历了人生的风风雨雨，思想性格散发着成熟之美。对张思远来说，还有什么比这更受用的呢？悲欢离合、荣辱浮沉，最终不过都是他人生辉煌和成功的必要和浪漫的组成部分罢了。假如从这个角度看，《蝴蝶》又变成了一个可以进行精神分析与女权主义批评的对象了。

注释：

① 杨牧:《我是青年》，发表于《新疆文学》1980年第10期，该诗获得1979至1980全国首届中青年诗人优秀新诗奖。影响较大。
② 梁南:《我不怨恨》，见《野百合》，南京：江苏人民出版社，1981年版，第29页。
③ 刘再复20世纪80年代中期的观点，认为人物性格不应是单面的，应该是善恶与美丑的复杂组合。该观点在理论界影响巨大，但与1985年的新潮文学实践之间显然并不

匹配。参见刘再复:《性格组合论》,上海:上海文艺出版社,1986年版。

④ 如在1985年王蒙的《选择的历程》,宗璞的《我是谁》,谌容的《大公鸡悲喜剧》和《减去十岁》等,都运用了类似夸张和荒诞的手法,像是一种充满讽喻意味的"社会寓言"。但与同年爆发的新潮文学相比,在技法上还是显得单调和吃力。

⑤ 王蒙:《蝴蝶》,《十月》1980年第4期,作品引文出处同,不再另注。

⑥ 陶东风:《一个知识分子革命者的身份危机及其疑似化解——重读王蒙的中篇小说〈蝴蝶〉》,《文艺研究》,2014年第8期。

⑦ 恩格斯:《1884年4月初给玛·哈克奈斯的信》,原话是:"……是的,巴尔扎克在政治上是一个保皇党,他的伟大作品是对上等社会的必然崩溃的不断的挽歌;他的同情是在注定要灭亡的那个阶级方面。虽然如此,当他让他所深切同情的贵族男女行动的时候,他的讽刺却是最尖刻不过的,他的嘲弄却是最毒辣不过的……他看出了他所心爱的贵族的必然没落而描写了他们不配有更好的命运,他看出了仅能在当时找得着将来的真正人物——这一切我认为是现实主义最伟大的胜利之一,巴尔扎克老人伟大的特点之一。"见米海伊尔·里夫希茨编:《马克思、恩格斯论艺术》,曹葆华译,北京:人民文学出版社,1960年版,第10—11页。

⑧ 关于这一说法,来自笔者对于与江河熟识的诗人林莽与宋海泉的询问,他们持共同的说法。此外,例子还有食指,"文革"期间食指一直有两种诗歌,个体性抒情的作品如《相信未来》《四点零八分的北京》等,但同时他也写了《我们这一代》《红旗渠组歌》《南京长江大桥》等作品。在《我们这一代》中也有这样的句子:"毛泽东的旗帜/正在标志着/共产主义道路/第三个里程碑……"见林莽、刘福春编选:《诗探索金库·食指卷》,北京:作家出版社,1998年版。

⑨ 张清华:《身份困境与价值迷局:中国当代文学的世界处境》,见《文艺争鸣》,2012年第8期。

⑩ 丹尼尔·贝尔:《资本主义文化矛盾》,赵一凡等译,北京:生活·读书·新知三联书店,1989年版,第133—134页。

⑪ 可参见笔者《存在之镜与智慧之灯:中国当代小说叙事及美学研究》,第五章"解构主义与当代小说的美学变异",福州:福建教育出版社,2010年版。

⑫ 钱锺书:《围城》,北京:人民文学出版社,1980年版,第74—75页。

⑬ 德里达:《结构,符号,与人文科学话语中的嬉戏》,盛宁译,见王逢振等编《最新西方文论选》,桂林:漓江出版社,1991年版,第144—147页。

⑭ 米歇尔·福柯:《话语的秩序》,肖涛译,见许宝强、袁伟选编《语言与翻译的政治》,北京:中央编译出版社,2001年版。

⑮ 克尔凯戈尔:《"那个个人"》,见 W. 考夫曼编著《存在主义》,陈鼓应、孟祥森、刘崎译,北京:商务印书馆,1987年版,第93页。

⑯ 罗兰·巴尔特:《写作的零度》,李幼蒸译,北京:中国人民大学出版社,2008年版,第33页。

⑰ 米歇尔·福柯:《知识考古学》,谢强、马月译,北京:生活·读书·新知三联书店,1998年版,第7页。

⑱ 陶东风:《一个知识分子革命者的身份危机及其疑似化解——重读王蒙的中篇小说〈蝴蝶〉》,《文艺研究》,2014年第8期。

原文发表于《文艺研究》,2015年第6期